Les dames de la Loire

MÉNIE GRÉGOIRE

Les Dames de la Loire

Plon

ISBN : 2-259-19188-6

Chapitre 1

Le 10 septembre 1858

On finissait le gigot, rose et savoureux à souhait. Eulalie emportait la salade, une laitue du jardin, et disparaissait mystérieusement par la petite porte ancienne, au fond de la salle à manger, gris souris comme la cuisinière elle-même. Une bonne odeur de chocolat fit irruption comme elle ouvrait la porte dans un agréable courant d'air.

Il faisait anormalement chaud en ce début de septembre. On se serait encore cru en été. Pas une feuille ne bougeait dans le grand marronnier du jardin, ni dans les peupliers qui bordaient la Vienne, derrière le grand portail de pierre blanche. Hortense Pillet s'éventa. C'était une superbe créature dont l'imminente quarantaine ne semblait pas devoir atteindre les formes sculpturales. Pour venir chez son frère à la campagne, elle avait banni toute étiquette et choisi une simple robe de cotonnade fleurie abondamment juponnée, mais sans crinoline. Elle soupira :

— Comment fait l'impératrice pour rester fraîche par un temps pareil ? Il paraît qu'elle peint ses sourcils et le contour de ses yeux parce qu'elle est blonde, et même un peu rousse, et que « les cils blonds donneraient l'air bête et effacé ! ». Par ce temps, la peinture doit couler !

Et elle rit. Elle-même n'en avait vraiment nul besoin, elle était très brune, la peau très blanche, des yeux bleu céleste ombragés de longs cils noirs.

— Ne vous fâchez pas, oncle Hercule, ajouta-t-elle vivement en se retournant sur sa droite vers un grand vieillard qui fronçait le sourcil en entendant parler de l'impératrice, je ne fais pas de politique !

— La beauté d'une femme ne fait jamais de tort à aucune cause, coupa gaiement le maître de maison en débouchant son précieux vouvray (1848, dix ans d'âge).

— La tradition, dit-il, du vouvray avec les fromages de chèvre.

Jacques de La Gravière recevait, ce dimanche de 1860, l'essentiel de sa famille : sa sœur Hortense et son mari le banquier Octave Pillet, qui avaient fait route le matin depuis Tours et dont on entendait le cocher en grande conversation dans la cuisine. L'oncle Hercule-Marie-Ambroise, « chevalier de La Gravière, seigneur de l'île Bouchard et autres lieux », gardait de la cour de Charles X une incroyable dignité. Pas un sou, pique-assiette, il partageait avec son neveu la maison de campagne indivise de ses parents. Les hommes avaient adopté le bouc de Napoléon III qui seyait fort bien à Jacques, ancien officier de Saumur, toujours sanglé dans sa redingote, mais son oncle avait conservé les favoris et le visage imberbe de Charles X. Grand, droit comme un *i*, un long col qu'ornait un jabot de dentelle, portant un visage enfantin un peu niais sous une couronne de cheveux blancs et frisés : Hercule-Marie-Ambroise, « porte-coton du roi », raillait Jacques à la grande joie de sa fille Julie.

Les La Gravière, petite noblesse provinciale avaient été totalement ruinés à la Révolution et aucun d'eux ne s'était abaissé à gagner vraiment de l'argent. Jacques, d'esprit ouvert, avait accepté volontiers la famille d'Orléans, et cette course au progrès dont l'empereur avait pris la suite.

Entre deux commodes anciennes, derniers souvenirs d'un château brûlé en 93, il avait également convié sa belle-mère, Mme des Bordes, veuve retirée chez les sœurs augustines à la mort de son mari, et Éléonore, sa belle-fille, qui se trouvait seule avec son bébé depuis que François, jeune lieutenant de cavalerie, était parti pour la guerre d'Italie.

François avait fait un très beau mariage : Éléonore était de la tribu des Rose, la plus célèbre fabrique de soieries de Tours qui remontait à François Ier. Une belle dot, bien nécessaire aux La Gravière.

Les deux bouts de table étaient occupés par Julie et sa tante Marthe, sœur de sa mère, restée fille. À la mort de sa femme, tuberculeuse depuis son enfance et qui s'est éteinte doucement, épuisée par trois maternités, Jacques était resté veuf. Mme des Bordes et Marthe avaient veillé de loin à l'éducation des deux enfants survivants : François, qu'on avait envoyé au nouveau lycée de Tours, et Julie, confiée aux dames de Marmoutiers.

On s'efforçait de ne pas parler politique. C'était plus prudent. Octave Pillet, apparenté aux Pillet Will, s'était rallié à grand bruit au nouveau régime. Sa fortune croissante régnait sur Tours. Il allait souvent à Paris par ce train qui reliait Tours et Orléans depuis quinze ans. Il en ramenait toutes les théories économiques des finances publiques et les dessous de la politique. Sa réussite rayonnait autour de son crâne dégarni et des rondeurs de sa redingote. Jacques de La Gravière, qui lisait la *Revue des Deux Mondes* depuis sa fondation, lui donnait la réplique, tandis qu'Hortense, qui avait accompagné son mari à Paris l'hiver dernier, contait l'opéra en vogue : *Jenny l'ouvrière*, qui faisait fureur.

Julie ne disait mot, buvait ses paroles et brûlait sa tante

de ses yeux noirs où passaient des éclairs de passion, bien surprenants chez une jeune fille.

Le fromage arrivait : sainte-maure, valençay, scelles-sur-cher, un beau plateau de chèvres mûrs à point. La conversation languissait, les femmes, serrées dans leur corset, ruisselaient. Le déjeuner durait depuis plus d'une heure. Julie, trop vive pour rester si longtemps tranquille, s'ébroua.

— En tout cas, moi je n'en peux plus, je suis en nage.

Mme des Bordes eut un sursaut :

— Oh ! Julie, voyons mon enfant, un chien transpire, un homme bien élevé est en nage, mais une jeune fille a seulement un peu chaud.

Jacques souriait. De Julie, il acceptait tout et aujourd'hui, il semblait la couvrir d'un regard ému. Oui, Julie était belle, menue et fine de toutes ses attaches et de son visage délicat. Brune à la peau très claire, comme sa tante, elle étincelait de vie et ses yeux noirs immenses semblaient envoyer des flammes.

— Cette petite, quand elle me regarde, elle me fait peur, plaisantait Hercule alors qu'elle marchait à peine.

Et c'était vrai que le regard de cette presque enfant vous brûlait. Du feu, c'était bien cela Julie. Derrière la grâce et la gaieté de cette abeille sans cesse active, il y avait une source de passion encore mystérieuse, encore ignorée peut-être, mais qui tranchait depuis son enfance dans le charmant troupeau des demoiselles de Marmoutiers.

La crème au chocolat d'Eulalie était sublime comme à l'accoutumée. Sa recette était tenue secrète et même Hortense, qui avait dépensé des trésors de séduction, n'avait pas pu la lui arracher pour son cuisinier :

— Du beurre, Eulalie ? Sûrement. Beaucoup de beurre, du chocolat aussi, et quoi ? Des œufs ?

Eulalie haussait les épaules et bougonnait d'un air méprisant.

— Cuit ou pas cuit ?

Elle tournait le dos et disparaissait dans les cuisines, comme Achille sous sa tente.

— Julie, puisque tu as trop chaud, va donc un peu nous jouer du piano pendant que nous prendrons des fruits... Les chasselas du jardin, les premiers, ils sont en avance.

Il y eut un brusque silence tandis que Julie s'envolait dans le tourbillon de ses jupons blancs. Tout le monde se regardait en souriant avec un air de connivence. Un accord, une dégringolade de notes en majeur, Julie attaquait *La Pluie de perles*, son triomphe au piano. Ça y était, Jacques allait enfin annoncer la nouvelle :

— Chers amis, comme je vous le laissais entendre dans mon petit mot d'invitation, je songe à marier Julie. Ou plutôt on me la demande en mariage.

— Déjà ! s'écria Hortense en s'éventant. Et moi qui voulais donner un bal pour ses dix-huit ans ! et qui...

— Tu me l'as déjà emmenée au bal, ma chère ! À cette fête de l'empereur à la Préfecture. Et c'est bien de là que vient tout le mal, car je t'avoue que je n'étais pas aussi pressé. Elle est bien jeune et la solitude qui m'attend me pèse déjà. Enfin, il paraît qu'elle a dansé avec Gustave G. et qu'il...

Un cri unanime lui coupa la parole :

— Les G., de Chinon ? Ça par exemple !

— Mais mon cher je lui crois la trentaine.

— Il est beaucoup plus âgé.

— Je le connais, il est assez beau garçon et je crois qu'il a une fortune solide.

On se regardait, on hochait la tête. Tante Marthe tirait son mouchoir. Mais Hortense Pillet se sentait lésée : on allait marier sa nièce sans elle. Et avec qui ? Ce garçon était-il de la société ? Sans doute, puisqu'il avait été invité au bal de la Préfecture. Mais quelle était sa position ? Avait-il le respect des usages et le minimum de vernis mondain ?

— Tu as pris des renseignements ?

— Évidemment ! Sinon, je ne vous en aurais pas parlé. Ils sont excellents, c'est un beau parti.

— Des bourgeois ! Certes ils sont convenables, mais Julie méritait peut-être mieux ?

L'oncle Hercule avait pris l'air méprisant des grands jours et tante Marthe s'épongeait les yeux. Hector Pillet coupa court aux émotions :

— Ont-ils parlé de la dot ?

— Oui et non. Ils savent qu'elle n'aura pas grand-chose, du moins de mon vivant.. Je crois vraiment qu'il est amoureux.

— Qui est venu te voir ?

— La mère. Elle est veuve, en grand deuil depuis vingt ans et n'a pas d'autre enfant. Elle m'a joué le troisième acte de la mère noble...

— Quel âge ? Quelles espérances ?

— C'est une femme déjà âgée et il est fils unique. Ils ont une verrerie qui semble marcher depuis des générations. Quelques vignes aussi. Une très belle maison dans Chinon, rue Haute-Saint-Maurice. Vous la connaissez sûrement, c'est une des grandes maisons anciennes. Avec le peu que Julie apporte...

Hortense et Hercule se rengorgèrent .

— Elle apporte un nom, tout de même !

— Qu'est-ce que cela vaut, aujourd'hui, ma pauvre amie ?

— Et sa beauté, ajouta Hercule. Si ce n'est pas un rustre et un butor, il doit en savoir le prix.

— Mme G. m'a fait demander de la recevoir par votre cousin Bonneau, Éléonore, lequel était à ce fameux bal et m'avait laissé entendre la raison de cette visite. Vous en a-t-il parlé ?

Le piano s'était tu. La *Pluie de perles* avait cessé dans un brillant accord. Julie revenait servir le café et les liqueurs.

— On en reparlera, dit sèchement Hortense. Julie, ma chère, il faut qu'avant l'automne, tu viennes refaire ta garde-robe d'hiver. Figure-toi que les dolmans à boutons militaires vont faire fureur. Si tu ne veux pas attendre que Mme Leroy soit surchargée...

La conversation était repartie : l'alliance anglaise, cette affaire d'unité italienne qui mettait en danger les États du Pape, ces victoires auxquelles François avait participé, à peine sorti de l'école de Saumur. On s'était installés sous le grand platane, dans l'ombre douce de cette incroyable lumière de septembre en Touraine, plus limpide, plus bleue que partout ailleurs. Le parfum âcre des géraniums et des œillets d'Inde semblait presque une hérésie dans tant de douceur. En bas du jardin coulait la Vienne, dans le bruit léger des herbes, brutalement déchiré par des sifflements :

— Tiens ! Un bateau à vapeur, quelle sottise ! s'écria Octave Pillet, brusquement réveillé, alors que l'Empire se couvre de chemins de fer...

— Attention Octave ! (C'était Hercule, également éveillé par la voix claironnante du banquier.) Ce chemin de fer ne pourra jamais suffire pour le transport des objets de marchandise d'un poids ou d'un volume considérable. D'autant que les frais seraient trop élevés ! M. Rossignol, lors du dernier conseil municipal, l'a clairement établi, réclamant un canal latéral à la Loire.

— M. Rossignol a néanmoins mené une action vigoureuse auprès du ministre des Transports pour le passage du projet Tours-Les-Sables-d'Olonne, par Chinon ! Et cela depuis plus de cinq ans. On parle même d'adresser une pétition à l'empereur lui-même pour que Chinon soit enfin desservi par le chemin de fer.

— Il y va de l'avenir et de la prospérité de la ville. Sans chemin de fer, mes amis — Octave était impressionnant, les deux pouces dans les emmanchures de son gilet brodé — sans chemin de fer, vous resterez isolés, vous végéterez hors du progrès ! La prospérité du commerce, l'écoulement de vos produits agricoles, le développement d'une industrie digne de ce nom en dépendent.

Éléonore, silencieuse et attentive depuis trop longtemps, lança l'éternelle dispute de la gare : la gare à Saint-Lazare, de l'autre côté de la Vienne, ou contre le jardin anglais en bordure de la ville ?

— En ville, en ville ! coupa Jacques. Ces stupides ingénieurs n'ont jamais mis les pieds à Chinon. Tout le conseil municipal est pour le jardin anglais.

Les hommes se déchaînaient. Les femmes écoutaient. Julie avait disparu dans sa chambre. Il était bientôt trois heures et les Pillet devaient retourner dîner le soir à Tours en ramenant Éléonore, sa nourrice et son bébé. Il était temps de terminer cette belle journée.

— Julie a donc disparu ? demanda Hortense en se levant majestueusement.

— Elle a dû aller monter Atlas qui était au pré, je ne la vois plus.

Cavalier de Saumur, Jacques avait toujours serré au plus près ses dépenses pour pouvoir conserver un cheval de selle. Atlas, fort âgé, avait dans son jeune âge vidé plus d'une fois François et Julie. Aujourd'hui, on pouvait aussi l'atteler. Octave Pillet se leva péniblement, alourdi par le cognac, et conclut :

— Nous vivons une époque admirable, je vois chaque jour naître quelque nouveauté : chaque semaine la création de quelque nouvelle fabrique, des jeunes hommes courageux qui révolutionnent les engrais agricoles. Notre siècle sera celui du progrès et aujourd'hui, le seul ennemi, c'est l'ignorance !

Tante Marthe qui s'agitait en fouillant son sac de macramé pour trouver un mouchoir et s'éponger, osa enfin quelques mots, de sa voix d'éternelle pensionnaire :

— Attention, Octave ! L'instruction ne consiste pas seulement à savoir lire et écrire. Il faut qu'elle s'appuie sur une bonne éducation morale. À notre époque (elle leva les yeux au ciel), mieux vaudrait ne rien savoir que faire de mauvaises lectures !

Les hommes haussaient les épaules. Hortense pouffa. La malheureuse se tut. Le grand mot était lâché : « le progrès ». On nageait en plein progrès et Hercule lui-même se laissait entraîner et griser, regrettant seulement que les rois légitimes ne président à cette nouvelle grandeur de la France. Homme des Lumières, Jacques concluait sans être contredit :

— C'est pourquoi, mes chers amis, je souhaite la réconciliation de tous les partis, et pourquoi j'ai voté contre l'indemnité à nos représentants élus, dont le rôle est une mission sacrée. Mais si nous devions subir de nouvelles épreuves après ces trois changements de régime, je saurais toujours défendre la civilisation, celle du progrès et de la concorde. C'est pourquoi, quelles que soient la couleur et l'origine des G., j'ai décidé d'accepter leur demande et de fiancer Julie avant la Toussaint.

Chapitre 2

Journal de Julie

ENFIN SEULE ! *On m'avait renvoyée à mon piano pour parler de moi, c'était l'évidence. Quelques mots me sont parvenus dans les* Dolcissimo *de* La Pluie de perles. *On va me marier, j'ai entendu les mots « dot » et « parti ». Me marier... « Fille, femme, veuve, religieuse », je chantais cela jadis à la marelle, en trichant pour ne pas m'arrêter sur « religieuse » ou sur « fille ». Depuis mon retour de Marmoutiers, je n'ai rien écrit encore dans mon journal. Il me faut maintenant réfléchir, et c'est mon crayon qui pense, comme me disait mon amie Caroline. Pensons donc !*

Suis-je contente ? Oui, bien sûr, une femme ne vit pas sans se marier et, sans mariage, la vie d'une femme, c'est le néant. Je dirai même que veuves, les femmes semblent vivre plus librement. Mais vieille fille, jamais ! Moi, je veux furieusement vivre, mais vivre quoi ?

J'aurais aimé être peintre comme mon cousin Roland qui est maintenant peintre officiel de l'impératrice, et qui d'ailleurs roule sur l'or, ce qui n'est pas négligeable. Et si j'en crois mon professeur, mes portraits valent presque les siens. Mais une femme n'est pas peintre.

J'aurais aimé, comme mon frère, partir au loin et voyager, mais une femme de notre monde ne sort pas seule à moins d'être mariée, et elle n'entre évidemment pas dans l'armée. Je n'aimerais d'ailleurs pas les armes à feu. Une femme ne travaille que si elle est dans le besoin : institutrice, caissière, commerçante, pour se tirer d'affaire. Mais pour une jeune fille de bonne famille, seuls le malheur et la ruine vous conduisent à peindre des éventails et à donner des leçons de piano. Va donc pour un mari !

Mon père va sûrement me convoquer ce soir quand ils seront tous partis et m'annoncer son choix, mais qu'est-ce que c'est que d'être mariée ? Les gens prennent de telles mines quand on en parle ! Et à qui le demander ? Ce que mon père ne sait pas, c'est que le soir, quand je suis censée dormir, je me relève et je vais prendre un volume de sa merveilleuse Revue des Deux Mondes *qui publie en feuilleton des romans. C'est ainsi que j'ai découvert Octave Feuillet et George Sand (un monsieur qui semble bien connaître les femmes), et que j'ai lu des romans d'amour. Rien à voir avec les feuilletons des journaux de mode de tante Hortense, ou les petites nouvelles du journal de Chinon le dimanche, écrites d'ailleurs par des femmes — sans doute dans le besoin ! J'ai aussi trouvé dans le grenier pas mal de choses dont* La Nouvelle Héloïse, *« très mauvais livre » diraient les dames de Marmoutiers qui ignorent sûrement son existence et les profondeurs infinies de la passion que nous révèlent les livres interdits.*

L'amour, la passion, cela m'a bouleversée, mais ça me fait presque horreur parce que c'est matériel, vulgaire. C'est l'ivresse du moment et, quand on referme le livre, l'esprit proteste et recule. Je lis pourtant d'un trait ces histoires sublimes et ridicules, qui mêlent l'âme et le corps, sachant mal faire. Pourquoi ? Il me semble que les jouissances délicates et secrètes de l'esprit, la lecture par exemple ou la musique, sont supérieures à celles du corps. L'élégance, les sorties ne sont que vanité.

Enfin, ce mari, qui est-ce ? Je ne suis vraiment sortie qu'une fois, c'est-à-dire il y a six mois. Tante Hortense m'a fait inviter au bal de l'empereur à la Préfecture. J'en ai rêvé pendant trois mois et j'ai dû aller vivre huit jours chez les Pillet pour essayer la robe qu'Hortense m'a commandée. (Je dis Hortense, et non ma tante depuis ce bal. Elle a prétendu le lendemain que ça la vieillissait et m'a demandé de changer. C'est drôle, car elle est si belle, la plus belle femme de Tours, c'est connu.)

— Tu seras en rose, m'a-t-elle dit, c'est moi qui t'offre cette robe. Ton père te fagoterait à faire rire, et cela m'amuse de t'habiller puisque je n'ai pas d'enfants.

Mme Leroy, sa couturière, m'a réalisé une robe de conte de fées, décolletée en largeur, sans manches, avec des rubans roses partout et des jupons à volants festonnés. Des heures d'essayage et des kilos d'épingles. Les premiers jours, nous avons fait des courses toute la journée : les chaussures, les gants, le carnet de bal, les dessous, les bas, les fleurs, les rubans. Les jambes me rentraient dans le corps ! Tours est une ville superbe, la rue Impériale surtout, avec ses palais sur la Loire et ses magasins sur un kilomètre. « Je n'aurais jamais accepté d'habiter ailleurs, m'a dit Hortense, tu verras d'ailleurs la Préfecture et son jardin, c'est une splendeur. Je te souhaite beaucoup de ne pas te marier à Chinon, mais nous en reparlerons. »

J'étais donc en rose parce qu'elle était en bleu roi, et une couleur douce parce que j'étais une jeune fille. Elle l'avait commandée à fond blanc, brochée de fleurs roses, une vraie merveille.

Je crois d'ailleurs que je suis plutôt jolie : j'ai le visage un peu allongé, le nez droit et très mince, pas trop long. Mes yeux sont très grands, assez écartés, les sourcils noirs et bien arqués, la bouche petite et ourlée. Les cheveux bruns, un peu roux et bouclés. Depuis ce bal, je suis sûre d'être jolie, mais deux choses me désolent : j'ai les oreilles un peu grandes, on me les a bien collées avec un bonnet serré, attaché sous le menton, jusque vers mes quatre ans, mais je tâche toujours de les cacher. Et puis, si j'ai des mains fines et longues, mes deux petits doigts sont arqués vers l'intérieur, franchement tordus. Je suis née comme cela, il n'y a rien à faire mais si je dois porter une alliance ou des bagues, comment pourrai-je les dissimuler ? Cela me tourmente un peu.

Mais revenons-en à ce bal : j'étais arrivée avec papa qui m'a conduite en voiture jusqu'à Port-Boulay prendre le train pour Tours avec Mme Rossignol et ses filles. C'était la première fois, ce train est vraiment magique !

La maison de ma tante est superbe et Mme Rossignol, bien que veuve de l'ancien maire, qui m'y a déposée, a semblé elle-même impressionnée. C'est une grande maison blanche du siècle dernier (Louis XV dit Hortense), le long de la Loire, dans le coin de la rue du Grand-Marché. L'escalier en pierre a une rampe de fer forgé que l'on croirait en dentelle et, comme banquier, mon oncle a six domestiques, dont un maître d'hôtel qui vous annonce au salon comme à la cour.

Ma tante a tout fait refaire quand elle s'y est installée. Il y a des boiseries grises à filets et décors dorés. Le salon est plein de fauteuils, de tapisseries, de poufs, de canapés sur un immense tapis. Des fleurs changées presque tous les jours ! Elle reçoit tous les mercredis, il paraît qu'on se bat pour être invité. Elle dit qu'après l'hôtel Mame, dont les boiseries sont peintes par les plus grands artistes des anciennes cours, c'est l'hôtel Pillet qui vient en second à Tours.

Ma chambre y est un amour, avec des rideaux de soie à pompons si épais qu'on ne peut les tirer qu'avec du fort cordon. Le lit est de même et le secrétaire a un secret, ce qui me serait bien utile ici pour ranger mon journal.

Le soir donc, le coiffeur de ma tante est venu et nous a frisées, crêpées et bouclées toutes les deux. Et nous voilà parties en calèche, avec mon oncle, vers la Préfecture. On a mis une demi-heure tant il y avait de monde, mais venons-en à l'essentiel : nous avons eu toutes les deux un succès fou ! Dans cette salle superbe et illuminée, la foule a presque cessé de parler quand nous sommes entrées. Hortense est très grande, avec des avantages considérables qu'elle montre généreusement, une taille de guêpe (cinquante-cinq centimètres), que sa femme de chambre serre en y mettant les genoux. Moi, je n'en ai pas besoin, je me demande pourquoi il me faut absolument un corset car je suis mince à désespérer une allumette. J'avais l'air d'être sa fille, mais je crois qu'on me regardait autant qu'elle.

Le bruit, les lustres, les bijoux, les toilettes, les parfums (les jeunes filles n'y ont pas droit, mais leurs mères !), j'étais terriblement impressionnée. Hortense était enfin à son affaire : c'est une reine, une statue antique. Sa robe venait de Paris, de chez Worth qui est la coqueluche de la cour, à des prix monstrueux. Elle a une façon de s'imposer, mais sans écraser, avec un incroyable naturel, une grâce, une simplicité sans pareilles. Elle arrive, tout s'incline autour d'elle et elle domine.

Je ne connaissais vraiment personne, elle tout le monde. Elle me présentait à droite, à gauche : « Ma nièce, ma charmante Julie qui fait son entrée dans le monde ! » Les messieurs lui baisaient la main et on me faisait des compliments à rougir.

Mais quand la musique a commencé à jouer, une dizaine de jeunes gens se sont précipités pour m'inviter. Mon carnet a été rempli en une seconde. La première danse était une valse et là, j'ai béni mon oncle Hercule. C'est un vieux monsieur un peu ridicule, mais il a vécu à la cour de Charles X où il passait, paraît-il, pour la coqueluche des dames dans tous les bals. Aujourd'hui, cela fait rire, mais il a sûrement été bel homme. Quand il a appris que j'allais sortir, il a beaucoup grondé papa pour ne pas m'avoir fait encore prendre des leçons de danse et il lui a dit sèchement qu'il s'en chargeait. Pendant des semaines, tous les soirs, j'ai tourbillonné à travers le salon dans les bras d'un vieux monsieur, « le meilleur danseur de la cour » ! Nous avons d'abord tourné vers la droite puis, quand j'ai bien su, vers la gauche. Il ne m'a lâchée que très au point, avec quelques notions de polka.

Donc au bal, je n'ai pas arrêté de danser jusqu'au souper. Je ne reconnaîtrais pas un seul de mes danseurs, sauf un jeune officier très beau et très brun, qui n'a cessé de me regar-

der tout au long de la soirée et qui dansait divinement. Il est revenu m'inviter pour la dernière valse. Il s'appelle Blaise de T. Je ne sais pourquoi il m'a littéralement bouleversée.

Il dansait donc divinement, mais en me racontant mille choses, si gaiement que je cessais d'avoir peur. Avec lui, je dansais beaucoup mieux. Il me serrait la taille contre lui en soufflant à mon oreille :

— Ne me regardez pas avec ces yeux-là, vous allez m'incendier !

Du tac au tac (c'est sorti tout seul), j'ai répondu vivement .

— Avec quels autres yeux pourrais-je vous regarder ?

Nous avons beaucoup ri tous les deux et il m'a fait tourner comme une plume à en perdre la tête. Et puis il me soufflait un tas de compliments en me demandant plein de choses sur moi, ce que je faisais, ce que j'aimais, et sur ma façon si légère de danser : « J'ai l'impression d'avoir une plume de cygne dans les bras ! » Mais il est au fond le seul qui m'ait vraiment parlé. Les autres : trois mots sur le bal, les salons, ma toilette, autant dire rien, et j'avoue que j'ai répété son nom (Blaise) toute la nuit sans arriver à m'endormir.

Si c'était seulement lui ? Ou quelqu'un comme lui... Je ne cesse d'y penser depuis trois mois, et surtout depuis tout à l'heure. Je commence à comprendre les romans si « ridicules » !

Est-ce ça l'amour ? Je ne le connais pas, ce jeune homme. Ce serait parfaitement déraisonnable ! Mais si l'amour était justement la déraison ? À en juger par tous les malheurs des romans, oui, bien sûr ! Mais, pourquoi les héroïnes s'y jettent-elles avec une telle constance, et font-elles pour cela tant de folies ?

Chapitre 3

George Sand et le chanoine Brun

LE SOLEIL se lève tard en septembre et le lendemain matin, Julie qui avait brûlé sa chandelle jusqu'à très tard dans la nuit ne s'éveilla qu'à huit heures. Son père terminait son café quand elle descendit en hâte :

— Ah ! Te voilà enfin, paresseuse ! J'ai pourtant beaucoup à te dire et nous n'avons plus guère de temps car je dois aller ce matin à Chinon. Enfin, assieds-toi ! Voici...

Jacques de La Gravière hésitait, tournait sa cuillère dans sa tasse presque vide :

— J'ai reçu pour toi une demande en mariage...

La réponse avait fusé comme un coup de canon :

— Comment s'appelle-t-il ?

— Tiens, tiens, tiens ! Mais ça t'intéresse. Tant mieux, car j'ai déjà presque donné mon accord. C'est un jeune homme qui t'a rencontrée au bal de la Préfecture et à qui tu aurais tourné la tête.

Julie rougit jusqu'à son décolleté, son cœur battait si fort qu'elle restait sans voix : Blaise, Blaise de T.

— Comment s'appelle-t-il ? souffla-t-elle enfin.

— Gustave G. C'est sa mère qui est venue me demander ta main. Les G. sont bien connus ici et j'ai jadis rencontré son père ici ou là. J'ai les meilleurs renseignements sur leur fortune. Leur famille...

Julie n'écoutait plus. Gustave... Qu'est-ce que c'était que ce Gustave ? Il l'avait fait danser ? Aucun souvenir, aucune image. Rien ! Des benêts, des timides, des quelconques. Peut-on vraiment tomber amoureux sans que ça se voie ?

— ... Et puis ils ont une très belle maison à Chinon, tu la connais, cette maison historique sculptée, dans la Grand-Rue, avec un jardin qui monte par-derrière vers le château ? Cette maison que tu appelais « la maison des Chevaliers » quand tu étais petite. Enfin, je t'avoue, ma chère, que je serais content de te savoir installée dans la vie. Je me sens tellement vieillir. Et puis j'ai peur que tu ne t'ennuies depuis que tu es rentrée du couvent. Je sais bien que tu es trop gentille avec ton vieux père pour le lui dire, mais enfin, une femme doit se marier n'est-ce pas ?

Julie secouait la tête, pensive. Non, elle ne s'était pas ennuyée depuis un an, ni à Chinon, ni surtout à Rivière. Elle avait découvert, hiver comme été, la vie d'une maison, d'un jardin, avec leurs saisons, leurs travaux, leurs joies, et puis une certaine liberté après huit ans de couvent. Elle avait été souvent à Tours revoir ses amies de pension, elle avait beaucoup lu, elle avait commencé une œuvre de Pénélope : retapisser le salon Régence qui s'effritait, le tout au point de Saint-Cyr avec des laines ravissantes. Au plus creux de l'hiver, elle avait fait son portrait, et ce portrait était excellent, avec une robe verte, malheureusement boutonnée jusqu'au menton. Elle avait travaillé son piano. Elle avait été la maîtresse de maison, elle avait commandé, pâtissé, jardiné, fait des confitures et des bocaux. Elle était montée à cheval tout l'été et elle secouait la tête :

— Non, non, vraiment papa, je suis très heureuse avec vous et, même pour me marier, j'aurai du chagrin de vous quitter.

L'émotion gagnait. Jacques se secoua :

— Tu ne me demandes pas comment il est, ni quand tu le verras... Remarque que, s'il ne te plaît vraiment pas, je ne te forcerai pas.

— Il est brun ?

— Non, je crois qu'il est plutôt blond. Grand et beau garçon et, selon sa mère, d'un caractère charmant. Mais tu le connais puisque vous avez dansé ensemble.

— Oui et non, enfin il me semble... mais je ne suis pas sûre. Il y avait tant de monde !

— Eh bien, tu le verras car je les ai invités dimanche prochain.

Dans huit jours ! Julie, restée seule, s'était assise les mains vides et ne pensait plus. C'en était fait : plus de rêve, plus de romans, plus de bal ni d'uniformes ! Et puis elle resterait à Chinon. Elle recherchait en vain une silhouette dans sa mémoire et répétait ce nom : Gustave. Rien, mais une sorte de malaise, d'angoisse confuse. C'était stupide : rien de plus naturel que d'être mariée. C'est très amusant de se marier, surtout quand on sait qu'on n'est pas épousée pour son argent, mais bien pour ses mérites, ce qui vous chatouille délicieusement l'amour-propre. Et puis cette maison admirable en pierre blanche, cette maison qu'elle appelait « celle des Chevaliers », avec sa cour intérieure et ses voûtes qu'on apercevait à travers les vitres, ses lourdes portes de chêne sculpté. Dans sa tête se bousculaient la robe blanche, le voile, la couronne de fleurs d'oranger, les demoiselles d'honneur en rose et bleu, les grandes orgues de Saint-Étienne, le soleil sur le parvis et un bouquet de roses blanches sur le cœur. Elle se secoua : finalement, c'était une bonne nouvelle.

Néanmoins, elle ne se sentait pas bien. La Julie raisonnable qui disait cela dans sa tête n'était pas tout à fait elle. Il y en avait une autre qu'elle ne connaissait pas encore très clairement, et cette Julie-là se tenait en réserve, attentive et grave comme un soldat à la veille du combat.

Que savoir de ce qui l'attendait ? Et puis serait-elle capable d'être mariée, d'obéir, ou de séduire pour régner, comme Hortense ? Son père était parti, un baiser sur le front, une fausse bonhomie d'homme tranquille. Elle était seule et jetait sur la vieille et chère maison un regard embué. Mal à l'aise comme quand on commence un rhume, alors qu'elle n'avait mal nulle part.

* *
*

Deux jours plus tard, le temps changea, un énorme orage s'abattit sur Rivière, qui ravagea le jardin. Il était temps de plier bagage, de faire des provisions et de rentrer à Chinon. Là au moins, pensait Julie, je pourrai en savoir plus long.

Les nouvelles se présentèrent le lendemain même de son retour, au milieu des caisses et des paniers, car on ne laissait jamais tout le linge à la campagne, y compris certains ustensiles de cuisine qui semblaient faire partie intégrante d'Eulalie.

Il était onze heures quand la sonnette tinta à la porte. C'était bien tôt pour une visite, Julie se précipita : le nez pointu de tante Marthe émergeait sous un parapluie ruisselant, dans une averse à ne pas mettre un chien dehors. Tout de gris vêtue et chapeautée (Mlle des Bordes avait sorti sa tenue d'hiver), elle pataugeait dans l'eau glacée. Julie s'empressa de la défaire, lui offrit des patins et l'installa dans le salon.

— Que c'est gentil, ma tante, de venir tout de suite nous voir ! Mais vous avez l'air soucieuse ?

Tante Marthe retirait ses gants doigt par doigt, les yeux soigneusement baissés :

— Soucieuse, non, mon enfant. Mais troublée par le poids de mes responsabilités... (Elle hésitait.) Je sais que ton père t'a annoncé la nouvelle, et je suis la seule à pouvoir en l'occurrence remplacer ta pauvre maman.

C'était donc de son mariage que sa tante venait parler ! Julie s'assit, l'œil vif, et passablement intriguée. Tante Marthe serrait précieusement contre elle un livre enveloppé dans un gros papier brun, ce qui était très inattendu :

— Sais-tu, ma chère enfant, à quoi tu t'engages dans cette voie sacrée du mariage ? Je suis sûre que ton pauvre père ne t'a rien dit et ne t'a nullement préparée à la vie et aux obligations qui t'attendent.

Julie attendait, surprise : quelle vie, quelles obligations ? Il s'agissait d'une nouvelle famille, d'une nouvelle maison, et qu'est-ce qu'une vieille demoiselle, confite en dévotion chez des bonnes sœurs, pouvait savoir sur les mystères du mariage et sur tant d'énigmes concernant le sort et la condition d'une épouse ?

— Avant de m'avancer, j'ai demandé à l'abbé Brun de m'aider dans cette lourde tâche. Il m'a confié le livre que voici...

Le papier crissait et le livre apparut, couverture grise fatiguée, hérissé de petites marques en papier. Julie tentait de déchiffrer le titre à l'envers : *Futures épouses* par le chanoine... C'était écrit trop petit, mais peu importait.

— Tu y trouveras tout ce qu'il faut savoir sur ton rôle de mère et d'épouse, dont ma pauvre sœur aurait sûrement souhaité t'informer à la veille d'un si grand jour.

Le geste de tante Marthe pour offrir ce trésor était si solennel que Julie resta sans voix : c'était gros, plusieurs centaines de pages que d'autres jeunes filles avaient coupées, lues, méditées. Julie avait pensé à tout : frivolités, futilités, mondanités et apparence, sauf à l'énigme du mariage, ce dont personne ne parlait.

Tandis qu'elle remerciait sa tante, celle-ci eut un coup d'œil à la fenêtre pour voir si la pluie s'arrêtait :

— Tiens ! Mais c'est ton fiancé qui passe, viens vite voir !

Julie bondit à la fenêtre : sous l'averse torrentielle, personne dans la rue sauf, au coin de la place, là-bas, un homme qui se hâtait, le bord de son chapeau ruisselant sur une moustache blonde à longues pointes et un petit bouc. C'était donc Gustave ! Il semblait grand, massif, sous un large manteau et avançait à grands pas. Il avait disparu !

— Vous êtes sûre, ma tante ?

— Tout à fait ! Il vient quelquefois visiter une tante qui est ma voisine chez les sœurs. Tu es bien heureuse, mon enfant, d'épouser un homme qui, me dit-on, saura te mettre à l'abri non seulement du besoin, mais des périls de la vie.

Julie n'écoutait pas, le livre serré sur son cœur. C'était donc Gustave, cet inconnu auquel il lui faudrait donner son amitié et auquel elle appartiendrait dans quelques mois ? La silhouette aperçue, qui était celle d'un homme déjà mûr, la laissait troublée.

Mlle des Bordes repartit sous la pluie qui décidément ne cesserait pas. Julie monta dans sa chambre et ouvrit le livre : « *Toute jeune fille parvenue à l'âge où doit se former une âme de future épouse, c'est-à-dire aux environs de dix-huit ans* (c'était donc bien pour elle)... *doit arriver aux heures si graves du mariage avec une conscience intacte, mais éclairée sur ses devoirs et ses obligations, énergiquement décidée à les remplir.* »

Obligations, voilà ! Julie tournait la page, puis d'autres,

pas d'explications, rien ! Elle feuilletait, de chapitre en chapitre : *L'éducation à la chasteté, Le rôle de la mère, Le culte de la pureté, L'organisation de la piété, La méditation des mystères...*

Mystères, voilà ! Elle sautait à la page quarante-trois. Non, c'était le mystère de la conception immaculée du Christ dans le sein de Marie. Elle sauta les « écueils intimes » (coquetterie, toilette, romans, bals, théâtre, vie mondaine), toujours rien sur les fameuses « obligations ». Elle se plongea dans la troisième partie intitulée « La fiancée » : *La noblesse des devoirs conjugaux, La grandeur de La maternité, Les gloires de la fécondité...* et passa au dernier chapitre toujours sur sa faim.

Le dernier chapitre, *L'initiation matrimoniale,* lui sembla enfin le sésame d'une légitime curiosité. Le style devenait amphigourique, il s'agissait des « fins du mariage et de la continence nécessaire » :

« *L'initiation consiste à introduire la future épouse dans la connaissance claire et convaincante des règles morales, divinement instituées, qui régissent l'état conjugal. Peut-on lancer une jeune fille dans le saint état du mariage sans lui avoir inculqué ses devoirs ? L'âme féminine est d'une si vive impressionnabilité que, mise en présence par son mari de devoirs inconnus qu'elle a promis sans les connaître, elle risque de se cabrer devant cette nécessité imprévue.* »

Nous y voilà ! Julie lisait de plus en plus vite, à l'affût d'un mot, mais le mystère ne cessait de s'épaissir : « *dignité féminine, surprise, candeur, charges matrimoniales, courage, recul devant l'inconnu, révélations, résignation...* », le livre s'acheminait vers la fin dans un brouillard de plus en plus épais. Julie sauta bravement « les sollicitations masculines et les vertus maternelles », pour lire la conclusion : « *Le mariage a été fondé par Dieu tout d'abord pour procurer la persévérance de la race humaine par la procréation des enfants. C'est là l'idée essentielle de toute formation de l'épouse.* »

C'en était trop ! D'un geste brutal, Julie ferma le livre et jeta le chanoine Brun sur le plancher. Au diable tante Marthe ! C'était à vous dégoûter à jamais du mariage et du mari.

Des gouttes tombaient sur l'appui de la fenêtre avec la régularité d'un métronome, on y voyait à peine en plein midi, le monde semblait assombri à tout jamais. Elle avait envie de pleurer sans bien savoir pourquoi. Les volets garnis de vigne vierge sur le jardin des voisins battaient, les clématites et les volubilis se fanaient, les pétales des dernières roses s'envolaient comme ses rêves, et les oiseaux du sorbier s'étaient tus. Contrairement à ce que voulait le chanoine Brun, la « future épouse » se prenait à haïr ce monde fermé qui semblait lui interdire tout ce qu'il y a de grand dans la vie et les forces humaines, lui imposant comme un devoir, un zèle odieux pour les choses les plus pot-au-feu et les misères de l'existence.

Pour la première fois, Julie se posait de vraies questions : Qui suis-je ? Qu'est-ce que je veux ? Et elle ne savait que répondre. Un désir inconnu de quelque chose qu'elle ne connaissait pas, mais qui ne viendrait que d'elle, lui donnait des frissons. Elle sentait s'agiter en elle des possibilités jusqu'ici murées, des profondeurs ignorées et des élancements de l'être... mais vers quoi ? Vers une autre destinée, à coup sûr, que celle de « future épouse » et même de « future mère ». Elle voulait plus, mais quoi et comment ? Elle avait aujourd'hui des mouchoirs à ourler, des taies d'oreiller à marquer, sans parler du courant des raccommodages. Il faisait un froid humide à vous glacer le cœur et les engelures allaient bientôt s'annoncer.

Son père, rentrant le soir, la trouva recroquevillée au

coin du feu, le teint brouillé ; sa tapisserie abandonnée gisait sous ses pieds. Il en conçut une curieuse culpabilité, mais n'osa pas lui demander si son mariage l'inquiétait Elle n'osa pas non plus lui parler de tante Marthe et du chanoine Brun.

Chapitre 4

Monsieur Gustave

Le temps s'était remis, Dieu merci, dès le samedi, et ce matin-là, pour la première rencontre, le soleil se leva le plus joyeusement du monde dans une nature ressuscitée, juste un peu plus fraîche.

Julie, dès l'aube, avait fleuri le salon et présidé aux préparatifs d'Eulalie pour un déjeuner soigné, mais sans ostentation. Elle avait même hésité à sortir le service d'argenterie aux armes de la famille qui dormait dans les écrins : trois merlettes d'argent sur champ de sable, au chef, le croissant des croisades, dont nul ne savait plus comment on y avait eu droit, ni quel chevalier avait bravé les Infidèles sous le brûlant soleil d'Orient. Son père y avait tenu pour en imposer, faute de mieux, par ces témoins de leurs ancêtres : Julie, après tout, n'avait que des espérances !

Son père avait invité les Pillet : Hortense suffirait à impressionner les G. et à garantir les valeurs familiales. Jacques lui avait écrit crânement : « Tu m'aideras à convaincre ces bourgeois que nous ne sommes pas à la côte, et cela d'autant plus vivement que c'est hélas la vérité ! »

Les G. arrivèrent à pied les premiers, Gustave au bras de sa mère. Julie, faussement calme et innocente, brodait dans une des bergères du salon en robe de pékin de coton, fleuri de roses sur fond blanc, les cheveux sagement attachés par un gros ruban du même ton. La porte, ouverte par Eulalie, s'ouvrit sur une grosse dame à capote violette, sanglée dans une robe en velours de Gênes également violette mais à pois noirs. Gustave la suivait, le chapeau à la main. Les yeux de Julie, vivement rabaissés, lui révélèrent en un éclair un grand monsieur un peu enrobé, un peu mou, mais avec de bons yeux bleus extasiés et un visage assez martial.

Bel homme, oui, mais pas « joli garçon » : le nez était large, les yeux un peu globuleux et le bouc ne dissimulait qu'à demi un menton légèrement fuyant. Les cheveux blonds se clairsemaient déjà sur le devant. Mais l'expression si douce et un peu timide du visage était émouvante. Gustave était sûrement un être bon et il la buvait des yeux en souriant.

— Mademoiselle Julie, quelle joie de vous revoir ! Et quels souvenirs : ce bal, cette danse inoubliable que vous m'avez accordée !

Cette danse, Seigneur ! Que répondre ? Surtout n'avoir pas l'air de ne pas le reconnaître, de ne pas se souvenir, car sincèrement ce Gustave était passé comme un ectoplasme. Julie plongeait dans sa révérence, affolée, et s'entendit répondre gaiement :

— Quelle belle soirée, en effet, monsieur Gustave, la plus belle de ma vie (ce qui était la pure vérité !).

Ouf ! Gustave souriait aux anges, visiblement rassuré et se répandait en amabilités :

— Ma chère maman, voici donc celle dont je vous ai tant parlé. J'espère que vous l'aimerez, comme pour ma part j'y suis tout prêt.

Nouvelle révérence ! Mme G. s'avançait lentement comme une dame qui a mal aux pieds ou dont les souliers sont trop étroits. Elle relevait Julie et l'embrassait. Sa robe violette sentait une odeur de penderie, elle devait avoir dormi un certain nombre d'hivers dans la naphtaline. Les Pillet, Dieu merci, arrivaient, ils étaient passés chercher Hercule à Rivière. Leurs chevaux tapaient sur le pavé et on entendait la voix chaude d'Hortense, tandis que le pas menu de tante Marthe glissait déjà dans l'entrée.

Entre gens bien élevés, la réception ne pouvait être qu'aimable et réussie : Hortense glissa dans l'oreille de Julie que ses renseignements étaient excellents et on parla de tout et de rien, comme s'il n'y avait pas mariage en vue ni anguille sous roche.

Mme G. avait une voix forte et un peu grasseyante, elle pensait comme il faut penser, parlait comme il faut parler, bourgeoise jusqu'au bout de ses doigts légèrement boudinés. Julie la trouva un peu vieille pour une belle-mère... peut-être était-ce cette capote à gros nœud sous le menton ? Mais elle était fort assurée, comme toute veuve confortablement assise sur sa fortune.

Gustave était sûrement plus vif mais, était-ce une illusion, il semblait un peu écrasé par sa mère, ne cessant de dévorer Julie des yeux que pour jeter des coups d'œil un peu inquiets vers la capote violette. C'était dommage, car il parlait fort bien de ses vers à soie et de leur travail étonnant « pour fabriquer en trois jours leur cocon et son incroyable fil de mille mètres continus, si solide qu'il pouvait supporter un poids de quarante-cinq kilos » !

L'étiquette d'une présentation a généralement quelque chose de guindé, et il devait être bien difficile pour un jeune homme d'affronter ainsi une future famille et une jeune fille inconnue. Il s'en tirait bien. Cette admiration muette dont il environnait Julie était infiniment agréable : devenue très importante et centre secret de la réunion, elle s'épanouissait, mordait discrètement ses lèvres pour les rougir, ce qui n'était pas nécessaire, et découvrait qu'une femme ferait des bassesses pour qu'on la regarde ainsi.

Hortense fut parfaite : couverte de bijoux très discrets et faussement modeste, elle assenait vigoureusement toute sa parenté et ses relations par leurs prénoms, comme la chose la plus naturelle du monde. Après le déjeuner, Octave Pillet s'isola dans un coin du salon avec Gustave pour causer affaires, et son impression devait être bonne à en juger par son sourire quand il repartit.

Ni Julie ni Gustave n'avaient évidemment pu échanger le moindre mot, mais Julie avait bien compris qu'il ne parlait que pour elle et elle avait animé le repas de vives reparties et d'un rire détendu qui semblaient ravir son futur. Elle se disait que le mariage, comme la guerre ou l'aventure, est affaire de courage et que cette aventure-là en demandait beaucoup moins que ne l'imaginait le chanoine Brun. Pour la première fois en présence d'un homme à séduire, elle devinait confusément qu'il faut déguiser ses sentiments, apprendre l'art des mots qui semblent doux, mais garder son mystère, savoir faire attendre, la tête froide et attentive, jusqu'à ce qu'on l'ait tout à fait perdue !

Mme G., en partant, l'avait serrée sur son cœur dans un silence éloquent. Hortense lui avait glissé dans l'oreille que l'examen était bon. Seule tante Marthe était restée et, visiblement, s'incrustait dans son fauteuil. Sans doute voulait-elle avoir des nouvelles du chanoine Brun, et cette vieille fille fureteuse déplut brusquement à Julie :

— Ma foi, ma tante, votre livre ne m'a pas appris grand-chose, et je vais vous le rendre tout à l'heure. Pour moi, l'important n'est pas là.

Mlle des Bordes eut l'air choquée. Elle avait déjà des lèvres minces, mais quand elle les pinçait, l'air en semblait refroidi.

— Et quel serait donc l'important en l'occurrence ?

— L'important, c'est que je vais vivre avec un monsieur que je connaîtrai à peine, et que je voudrais connaître avant de l'aimer, puisque telle est la règle du mariage.

— Que veux-tu dire par là ? (Elle avait l'air affolée.) Le connaître comment ?

— Mais en le rencontrant, en se disant tout et rien. Si l'on était au temps des fées, je ne voudrais nullement d'un prince charmant, mais d'un homme qui saurait me comprendre et qui aurait pour cela une délicatesse d'âme suffisante. Je voudrais même qu'il ait de l'esprit, de l'initiative, et enfin qu'il se connaisse mieux en affaires que mon père ! Je veux le rendre heureux, bien sûr, mais je veux être heureuse moi aussi. L'amour, j'espère, viendra après, puisqu'il est permis avec le mari.

— Les exigeantes, ma petite, ne peuvent pas être heureuses. La soumission et la modestie sont les vertus indispensables aux femmes dans le mariage... (la voix était aigre, tante Marthe était blessée). Enfin si tu veux des entrevues, ce que je comprends, je venais te proposer ma présence qui te permettra de le voir en toute bienséance jusqu'à ton mariage. Je suis à ta disposition.

Il fallait en passer par là ! En avant donc pour ce triste chaperon ! Julie accepta, remercia, et monta dans un tourbillon rechercher le chanoine Brun qui disparut dans les jupes de sa tante. Le sort en était jeté, Julie ne doutait pas qu'elle allait enfin vivre...

* *
*

Les fiançailles eurent lieu début octobre, à Rivière dont les grandes pièces se prêtaient mieux à une réception de vingt personnes que la maison du quartier Saint-Mexme. Il fit une arrière-saison glorieuse. Le petit bois encadrait d'or cette charmante demeure construite à la fin du siècle dernier, avec un fronton triangulaire et un perron accueillant où les derniers géraniums jetaient une tache de sang sur leurs grands vases de pierre blanche.

Julie découvrit un très vieux frère de Mme G., à demi endormi, mais deux cousines charmantes, bien mariées dans le Lochois, pleines de vie et de malice. La différence entre les « familles adverses » était évidente, mais tout fut noyé dans la musique. La cousine Alice proposa de jouer des valses et Julie ouvrit le bal avec Hercule, devant l'attendrissement général. Gustave, qui avait fait porter le matin un bouquet de fleurs blanches, offrit une bague superbe : un diamant de famille, carré, qui avait été démonté et enchâssé dans une couronne de perles par un joaillier de la rue de la Sellerie à Tours. (« Tout ce qu'il y a de mieux », avait dit Hortense.) Julie accueillit le cadeau avec l'éblouissement d'une jeune fille comblée et l'était réellement.

Le lendemain, il y avait eu visite de la magnanerie où Gustave avait brillé. C'était un peu dégoûtant et les installations en plein champ, entourées de mûriers blancs, n'étaient que de vieilles maisons paysannes. Mais c'était intéressant. Gustave qui, dans les rencontres, n'était guère éloquent, gentil mais plutôt terre à terre et bien loin des héros de roman, se montrait disert et sûr de lui dans son métier. Il en était un peu transfiguré car ce métier était proprement fabuleux : pour la visite, il avait attendu l'un des deux ou trois jours où les vers montent dans les buissons de bruyère et commencent à tourner autour d'un rameau pour y enrouler leur cocon. Julie n'aimait pas les vers qui évoquaient un peu les serpents, les escargots, les loches et toutes ces horreurs aussi repoussantes qu'inquiétantes. Mais il fallait être juste, c'était intéressant. « C'est un conte de fées, avait-elle dit gentiment en partant, vous êtes, monsieur Gustave, un vrai magicien pour transformer ces petites bêtes en princesses à la robe de soie. » Il avait été très ému et Julie apprit qu'il est bon de savoir mentir et déguiser ses reculs, pour garder cette douceur qui reste la première arme d'une femme et le secret de sa puissance.

Dans leurs rencontres, c'était elle qui parlait, elle faisait des projets, l'associait à ses rêves d'une nouvelle famille, d'une maison gaie et accueillante à tous leurs amis. Elle parlait d'enfants, pas trop, mais fille et garçon si possible. Elle sondait discrètement les connaissances de son fiancé en peinture, en musique, en littérature. Pas grand-chose, mais « il allait aimer tout cela grâce à elle », il le promettait, en la regardant comme un enfant regarde le pot de confiture défendu.

Il lorgnait sans cesse vers tante Marthe, rarement absorbée par son tricot, silencieuse mais toute oreille et, en partant, il lui serrait les mains à les briser. Un jour que le soir tombait (on était en novembre), tante Marthe avait été chercher les petits gâteaux oubliés par Eulalie lors du thé. Il s'était précipité vers elle, l'embrassant goulûment et l'écrasant presque violemment contre lui. Julie, surprise, en avait été désagréablement émue. Mais de jour en jour, à l'abri des chaperons, Gustave devenait plus proche et de moins en moins effrayant. Il ne brillait ni par sa conversation, ni par son esprit, mais par une gentillesse sans faille et un extraordinaire bon vouloir : tout ce que disait Julie était parfait. Il voulait et voudrait tout ce qu'elle voulait. Sur un seul point, il prenait l'avantage : leur installation. Julie avait rêvé d'une maison en bordure de ville avec un grand jardin :

— Mais jamais nous ne trouverons rien qui vaille la mienne ! s'était-il écrié. C'est une maison superbe que mon père a acquise du comte de Lion et a entièrement refaite à l'intérieur. L'ancien et le Moyen Âge sont à la mode aujourd'hui. Un jardin ? Bien sûr, mais nous en avons un ! Je reconnais que ma mère ne s'y intéresse guère, justement, vous pourrez en faire ce que vous voudrez.

— Mais votre mère... avait glissé Julie.

— Ma mère est si discrète qu'elle ne nous gênera pas. Si vous saviez comme elle se réjouit de nous avoir près d'elle. Elle n'a que moi... et bientôt vous, ajouta-t-il avec cette gentillesse désarmante qui coupait court à toute discussion.

Après tout, c'était vrai, cette maison était belle, grande, centrale et Mme G. semblait très affectueuse. Julie l'appelait madame, mais celle-ci l'appelait déjà « ma chère enfant ». Et puis Julie sentait bien que pour être une parfaite maîtresse de maison, une bonne épouse devait receler patience et zèle pour les questions pot-au-feu, vertus qui lui manquaient malheureusement. Ce programme n'était pas dans les romans de messieurs George Sand, Octave Feuillet et consorts.

Julie s'interrogeait le soir mais ne s'approchait plus de son journal intime. Que lui dire ? Est-ce que j'aime Gustave ? Je l'aime bien, mais sans ce quelque chose de brûlant et de passionné dont parlent les romans. Il doit être très agréable de vivre avec lui et d'être Mme G., parce que c'est raisonnable, facile et confortable. L'amour dont on parle dans les livres vient peut-être après, quand on est seuls tous les deux ?

Julie n'écrivait plus. Elle avait caché à Gustave qu'elle avait un journal. Il aurait pu demander à le lire et elle ne voulait pas qu'il sache tout d'elle.

Chapitre 5

« Il ne faut jamais faire confiance à Gustave »

LE MARIAGE avait été fixé au samedi de Quasimodo, et Pâques tombait très tôt cette année-là. Les fiançailles dureraient moins de six mois et Mme G., qui tenait aux convenances, avait trouvé que c'était court, mais Gustave avait argué de son anniversaire : il aurait trente et un ans en avril et souhaitait être marié à trente ans.

On déjeuna tous les dimanches alternativement place Saint-Mexme chez les La Gravière et rue Haute-Saint-Maurice, chez les G. L'hiver fut très froid. Mme G. disparaissait sous des fourrures impressionnantes : astrakan, col et étole de skunks. Julie qui n'avait pas de fourrure grelottait malgré une toque et un manchon de loutre. On s'ennuyait un peu entre les projets, les nouvelles de François dont on attendait le retour, le trousseau, les invitations, le menu, le partage des frais. Où recevoir, qui, combien ? Jacques de La Gravière était gêné car Mme G. voyait grand et survolait avec hauteur les questions financières. Elle inviterait large, toute la soierie de Tours sans compter les passementiers. Pour le repas de mariage, elle méprisait les hôtels de Chinon et voulait faire appel aux cuisiniers de l'hôtel de Bordeaux, sinon de l'Univers à Tours. L'honneur des La Gravière était en cause et Jacques décida de faire abattre sans attendre les grands peupliers qui bordaient sa prairie sur la Vienne. Sa femme et lui, à la naissance de Julie, les avaient fait planter et avaient beaucoup ri en promettant à leur minuscule bébé : « Dans vingt ans, ma chérie, ce sera ta dot. »

L'hiver passa donc fort occupé par des voyages incessants chez Hortense qui offrait comme cadeau de mariage tout le trousseau personnel de Julie : chemises, jupons, pantalons, corsets, chemises de nuit, mouchoirs, guimpes, sauts-de-lit, robes, tenues d'intérieur, vestes, manteaux, chaussures, tabliers. On fit broder, chez les religieuses, des jours qui étaient de véritables dentelles. On commanda tout chez les Berault, qui avaient un somptueux magasin de lingerie et trousseau de maison.

Ce trousseau donna lieu à une scène que Julie ne devait jamais oublier. On finissait le café, place Saint-Mexme, après avoir admiré les premières chemises de nuit à volants festonnés.

— Je pense qu'il serait insultant pour vous, chère madame, de vous proposer un trousseau de maison trop important, puisque notre jeune ménage habitera chez vous, et que nous ne pourrions faire mieux. Je me proposais néanmoins de lui donner des services de table brodés aux armes de la famille.

Mme G. resta quelques instants silencieuse, le visage fermé :

— Je crois, cher monsieur, que vous oubliez les initiales. Chez moi, tout est marqué G.L. et non G.G., et je ne vois pas comment changer ces broderies.

Jacques devint écarlate. Son « sang » lui montait à la tête. Il se leva d'un seul mouvement :

— Madame, si vous trouvez humiliant d'héberger chez vous l'héritière d'une famille qui date des croisades, il fallait le dire plus tôt !

La grosse dame, enfouie dans la bergère du salon, pâlit, ses mains tremblaient. Julie restait sans voix, terrifiée. Elle connaissait les colères de son père, rares et courtes, mais brutales.

Ce fut Gustave qui sauva la situation. La main sur l'épaule de sa mère, il eut les mots qu'il fallait pour dire sa fierté d'une alliance si flatteuse, et quel honneur ces armes seraient pour leurs futurs enfants. On se sépara vite, Gustave entraîna sa mère dès le café sous un prétexte saugrenu. Julie resta seule avec son père qui éclata, la porte à peine refermée :

— Cette bonne femme a le culot de refuser nos armes ! Une boutiquière, une marchande à la toilette, une chaisière, à laquelle je fais l'honneur de donner ma fille ? Non, mais quel toupet, quel aplomb !

Il arpentait rageusement le salon.

— Calmez-vous, mon père, je vous en prie, Gustave n'est pas comme elle et ce n'est pas de sa faute.

— Non, mais cette harpie a besoin d'une leçon et je puis te dire que je ne supporterai plus ses prétentions, quoi qu'il arrive.

Julie sourit :

— Elle n'osera plus après le ton que vous avez pris. Je l'ai vue se défaire comme du lait qui tourne.

— Elle fera bien, parce qu'à la moindre arrogance, je suis capable de rompre.

Julie tremblait au coin du feu, elle voyait par la fenêtre les paquets de neige sur les toits de la collégiale que le vent du nord faisait tourbillonner, mais ce n'était pas de froid, elle avait brusquement très peur :

— Je vous en prie, mon père, n'oubliez pas que je suis fiancée ; toute la Touraine le sait. Mon honneur à moi aussi est en jeu, et croyez bien qu'une fois mariée, je saurai le défendre si besoin est.

Jacques soupira et s'assit :

— Bien sûr ! Tu as raison, et pardonne-moi, ma pauvre chérie, de ne pas te marier mieux. Comme tu le sais, tu n'as pas de dot, je ne peux te donner que la nue-propriété de Rivière, et je suis fort gêné pour répondre à tant de prétention. Ma sœur, épousant Octave, a si bien assuré son avenir, que je ne voyais pas d'autre solution pour toi que de l'imiter.

— Mais vous m'avez toujours dit qu'Hortense était si belle qu'elle était à même de dix partis, tous plus riches les uns que les autres...

Jacques rit franchement :

— Elle avait surtout la tête sur les épaules et une arrogance que, Dieu merci, tu n'as pas ! Elle disait à qui voulait l'entendre : « Si je suis à même de trois imbéciles, je prendrai le plus riche. » Ce qu'elle a fait d'ailleurs, à ceci près qu'Octave n'est pas un imbécile, et de loin.

Mme G. revint, tout miel, et ne parla plus ni de trousseau, ni de meuble, se rabattant sur les faire-part, la nécessité d'en adresser jusqu'au dernier fournisseur, mais surtout sur le menu et les vins. Leur chinon et le vouvray des La Gravière ne devaient être qu'en carafons, comme base du déjeuner. Et là, Gustave était orfèvre : pour les deux entrées de poisson, il fallait du corton. Pour les viandes, du saint-émilion et, pour le gibier, du pommard. Pour le dessert, un champagne, pour les alcools, du très vieux cognac et des liqueurs.

Julie voyait avec angoisse monter le nombre des services que Mme G. énumérait avec des moues si gourmandes qu'on aurait cru lui voir la fourchette à la main : aux hors-d'œuvre et aux entrées s'ajoutaient les poissons. Et, après le premier service, un trou normand, puis toutes les viandes : d'abord le gibier, puis la viande rouge, puis la volaille, puis les légumes et les salades. Enfin, après les fromages, le grand gâteau et les desserts variés, sans compter les petits fours. Mme G. salivait visiblement d'avance et affrontait bravement une épreuve gastronomique que son poids supporterait sans doute. Jacques de

La Gravière avait cessé de lutter. Il acceptait mollement, s'excusant de son ignorance en cuisine avec une légère teinte de mépris.

* *
*

Février fut éclatant : un froid sec et cette lumière crue des beaux jours d'hiver où le ciel balayé a la couleur des yeux. Il ne restait plus que trois semaines à attendre. C'est alors que Gustave s'annonça un soir par un simple coup de sonnette, quand le soleil couchant incendiait de rouge les tours du château. Il déposa sans mot dire sur le guéridon du salon une grande enveloppe. Il était rose de froid mais si joyeux que Julie stupéfaite en laissa tomber son ouvrage :

— Qu'est-ce que c'est que ça, monsieur Gustave ?

— Cela, ma chère amie, c'est que nous ferons à Paris notre voyage de noces. J'ai retenu pour le premier soir une chambre à l'Univers et le surlendemain matin, nous partons pour Paris.

Julie sauta de joie : ça y était, l'avenir s'ouvrait enfin, libre et doré. Elle faillit sauter au cou de Gustave. Très vite dans sa tête, tout se bousculait : elle allait vivre et voir Paris, ce Paris dont tout le monde parlait. Il faudrait s'échapper de la fête, remplacer en quelques minutes sa tenue de mariée par cette ravissante robe avec veste courte boutonnée à la Garibaldi, en écossais rouge et noir, qu'Hortense lui avait fait choisir, avec un adorable petit chapeau coquin du même tissu, plus son collet de loutre et son manchon... Mais ses boucles ? Elle avait prévu, sous le voile, deux grosses masses de boucles et une raie au milieu. Le voile était déjà découpé et entièrement bordé des vingt mètres de points d'Angleterre, trésor des La Gravière. Ce chapeau-là, sur ses boucles, impossible !

La robe était en faille, d'un blanc éclatant. Selon Hortense, elle devait être très simple pour mettre en valeur la taille et le teint de pêche de Julie. Sans boutons, le décolleté discret, rebrodé comme le bas des manches, très larges et montées très bas. Triples volants sur les trois jupons de la crinoline : le premier en crin, puis le baleiné, puis l'empesé. Et, à la taille, une guirlande de roses de mousseline devait retomber en grappe jusqu'au bas du premier volant. Pas de bouillonné, de berthe ni le moindre décor : le corsage moulé et nu. C'est ainsi que l'impératrice faisait depuis peu valoir sa silhouette. Julie avait fait quatre essayages. Le corsage était si serré qu'elle se demandait où elle pourrait entreposer dans sa taille les innombrables services du déjeuner.

François était revenu à la fin de l'année de Rome où son régiment avait cantonné pour garder les États pontificaux. Il était venu passer une semaine chez son père avec Éléonore et leur petit Henri, ce qui ravit Julie. Elle était très liée avec ce grand frère unique : toute leur enfance sans mère leur remontait au cœur avec ses folies, ses complicités, cette tendresse confuse où se mêlaient l'admiration, la confiance et le respect mystérieux de l'autre sexe. Devant Éléonore, un peu jalouse, Julie avait fait fête à son frère, buvant ses récits guerriers, ses descriptions éblouies de Rome.

François était changé : ce n'était plus un jeune homme, mais un homme sûr de lui, un peu caustique, amusé par ces retrouvailles avec une ville et un pays qui avaient pour lui tellement rapetissé.

Julie craignait secrètement la rencontre des deux beaux-frères sans bien savoir pourquoi. Qu'allait-il penser de Gustave ? Elle regardait son frère, si fin, superbe en uniforme. Près de lui, Gustave lui semblait brusquement commun, épais. Ses manières, sa voix, son débit, tout de lui reculait auprès de cet être éclatant qu'était son frère.

La rencontre eut lieu le dimanche suivant. Mme G. avait insisté pour qu'on déjeune chez elle, mais Jacques avait argué de la présence du petit Henri pour que cela soit chez lui, ne voulant pas laisser la présentation au pouvoir de Mme G.

Le salon était petit et semblait trop plein : François en uniforme, Gustave cravaté, fort élégant et Mme G. toujours violette à pois noirs, plus énorme que jamais. Dans les yeux de Julie passaient des ombres d'angoisse. Bien à tort : les deux hommes se souriaient fort aimablement et ne cessèrent de causer ensemble pendant tout le repas, parfois à fleuret moucheté, mais ils se séparèrent fort gaiement.

Julie, curieusement mal à l'aise, n'osa pas demander à son frère ce qu'il pensait de Gustave. Et celui-ci n'en dit rien. On se coucha de bonne heure, après avoir dressé la liste des invitations. Vers quatre heures du matin, Julie se réveilla en sueur, alors qu'il faisait si froid ; elle émergeait fort mal d'un cauchemar affreux : Gustave sortait d'une sorte de caverne avec son bon visage trop épanoui et voilà qu'il s'épaississait, grossissait, grossissait, et devenait mou comme une éponge dans un costume constellé de trous. Elle eut du mal à se rendormir et se réveilla le cœur chiffonné.

Dieu merci, Gustave n'avait pas grossi quand il arriva flanqué de sa mère, le lendemain, pour faire face aux invitations. Mais Julie dut détourner les yeux du spectacle de la poignée de main entre son frère et son « futur ».

Le soir, Julie et Éléonore étaient montées coucher le bébé, le père et le fils fumaient au coin du feu avec de longs silences, savourant l'un le retour d'un fils dont il était fier, l'autre la douceur des souvenirs :

— Alors, qu'est-ce que c'est que ce Gustave ? Où l'avez-vous trouvé ? dit enfin François. Il me semble que je ne l'ai jamais vu nulle part. Il ne doit guère avoir pourtant que cinq ou six ans de plus que moi ?

Jacques de La Gravière se tassa, mal à l'aise, dans son fauteuil :

— C'est lui qui est venu, mon cher ! Je ne lui avais rien demandé. Il était à un grand bal à Tours. Ayant vu ta sœur pomponnée par ta tante, il en a perdu le sommeil, et surtout le sens de son intérêt. Car pour nous, c'est un très bon mariage. Ils ne sont pas nés d'hier, encore que madame mère sente un peu le fagot. Mais les G. ont cette magnanerie depuis plusieurs générations, moins sans doute qu'ils ne le prétendent, mais c'est dans le monde de la soierie une des dernières affaires qui marchent.

— Il me semble que la soierie ne va pas fort à Tours. Et puis pour Julie, si fine, si vivante, ça sent un peu la mort ou la poussière.

Jacques de La Gravière s'était encore un peu tassé, son cigare lui brûlait presque les doigts sans qu'il y prenne garde. Il avait vieilli tout d'un coup. Il soupira, la voix et les yeux lointains :

— Mais que veux-tu, mon cher, l'essentiel est de caser Julie au mieux, malgré son absence de dot et de fortune. Je me sens fatigué, las, perclus, je suis seul...

François haussait les épaules, la comédie de la pitié ne convenait ni à son père ni à lui-même :

— Il me semble que vous auriez pu trouver mieux, fût-ce avec moins d'argent. J'ai parlé avec ce Gustave, il est sûrement très gentil, brave type, pas méchant, mais je le trouve mou et pour tout dire un peu bêta. Telle que je connais Julie, je ne lui donne pas deux ans pour avoir envie de le jeter par la fenêtre, sans parler de la vieille mère...

Jacques se sentait mal, sans défense. Les plaisanteries de son fils lui mordaient le cœur. Il adorait sa fille et savait bien qu'il serait responsable de son sort. Il se leva brutalement :

— Que veux-tu, c'est fait ! Quand le vin est tiré, il faut le boire ! Et après tout, le leur est excellent.

* *
*

— Qui sera votre témoin ? demanda Mme G. en s'asseyant dans la bergère dont elle avait pris possession depuis sa première arrivée.

L'affaire était d'importance. Gustave avait demandé à Casimir Rose, le fils de ses principaux clients, ce qui l'établissait très haut dans la société tourangelle.

— Octave évidemment, avait décrété Jacques.

François s'était tu, le visage fermé. Il s'attendait évidemment à être choisi et un long silence s'alourdissait.

— J'avais pensé à Roland, glissa enfin Julie timidement. Il est officiellement à la cour. C'est tout autre chose que la finance.

Et elle rougit : ce grand cousin qui la faisait sauter sur ses genoux à quatre ans, en l'appelant « petite chérie », avec ses grands airs de liberté, son assurance, auréolé maintenant des faveurs de l'impératrice, ce grand voyageur était sa secrète fierté.

— Un peintre ? Tu sais, ma chère, ce n'est pas tout à fait la société, coupa son père. Non ! C'est Octave qui s'impose, mes enfants. D'ailleurs Hortense ne me pardonnerait pas de choisir quiconque à sa place.

— Jusqu'où invite-t-on ? lança gaiement Éléonore qui était de nature paisible et sentait s'alourdir l'atmosphère.

On passa en revue toute la parenté jusqu'au cousinage au troisième degré. On fouillait le carnet d'adresses plein de ratures et de surcharges :

— Les Vignon ! Ils ont combien d'enfants déjà ? Les

innombrables des Bordes... Gaston, mais non, il est mort, voyons ! Et Blanche... elle n'a pas eu des jumeaux ? Les Thireaux sont en grand deuil, ils ne viendront évidemment pas, mais les enfants de Noémie...

On arrivait à une bonne centaine d'invités. On avait choisi les plus présentables, sinon les plus prestigieux. Pas question de se laisser distancer par le ban et l'arrière-ban des G. Jacques devinait que celle que François et Éléonore appelaient en riant « Raminagrobis » n'oserait pas produire tous les siens. Les siens qui allaient devenir, au fait, ceux de Julie !

Bien que Mme G. ne fermât pas l'œil de la nuit qui précéda le mariage, tout se déroula comme sur un tapis rouge du matin jusqu'au soir. Gustave avait envoyé la veille la corbeille contenant un manteau de loutre, des bandes de colophores, une aumônière, deux éventails et un livre d'heures en ivoire. Une très belle broche en diamants, bijou de famille, trônait au milieu de la fourrure, dans la doublure de satin blanc qui ornait la vannerie, près d'un bouquet de roses.

Il ne pleuvait pas, il faisait à peine froid, Julie était prête à l'heure et, de l'avis de tous, la plus jolie mariée de Chinon ! Un seul accroc : Gustave, dans son émotion, avait oublié les alliances sur la table de son bureau. Sa mère en eut la brutale intuition et s'en aperçut, Dieu merci, un peu avant d'entrer dans l'église, alors que le cortège se formait à la sortie des voitures :

— Gustave, tu as bien les alliances ?

— Ah, mon Dieu ! Les alliances... Je cours !

— Tu rêves ! Le cortège est déjà formé, j'entends l'orgue qui attaque, on entre...

Tout le monde s'affaira, un cousin partit en courant jusqu'au fameux bureau, et Mme G., pâle de fureur, se tourna vers Jacques, déjà au bras de sa fille, en s'écriant :

— Ah ! monsieur, il ne faut jamais faire confiance à Gustave !

— Il est un peu tard pour me le dire, madame, ricana Jacques, glacial.

Et prenant le bras de Julie, il entra dans l'église d'un pas martial, luttant tous deux contre un mémorable fou rire.

Chapitre 6

La « chose »

De son mariage, Julie ne garde aucun souvenir, sauf celui d'une foule d'inconnus qu'il fallait embrasser, de bottines très serrées dont les trop hauts talons lui brisaient les chevilles. Il y eut des discours aux desserts. François tira deux larmes entre trois sourires avec beaucoup d'esprit, en offrant aux G. ce trésor qu'était sa sœur ! Le témoin de Gustave fut ennuyeux à force d'éloges, un peu long, et on but énormément. Il était cinq heures quand on se leva de table. À six heures, après avoir ouvert le bal, les mariés disparurent discrètement. Une voiture fermée les attendait pour les conduire à Tours après que Julie se fut changée et recoiffée. C'est Éléonore qu'elle avait choisie pour les accompagner et venir la dégrafer et l'aider.

Eulalie, qui avait quitté la table des domestiques et des employés, attendait derrière la porte, plantée près des sacs et valises dans l'entrée, non pas bourrue comme de coutume, mais la larme à l'œil :

— Qu'est-ce que je vais devenir sans toi ? Garde-moi ! Emmène-moi chez toi quand tu reviendras.

Julie en fut bouleversée et ne savait plus où elle en était quand elle échoua sur la banquette de la voiture et que claqua la portière. Des mouchoirs agités, des cris « vive la mariée », on sortait à peine de Chinon, grand train, que

Gustave était déjà sur elle : les mains, la bouche, partout, bousculant son chapeau, ses boucles, son collet, avec des mots incompréhensibles de « bonheur... enfin... seuls », et des bras puissants qui l'écrasaient. C'était donc l'heure des « devoirs conjugaux » et de « l'initiation matrimoniale », pensait Julie. Très touchant ! Mais malheureusement, elle pouvait à peine respirer, elle tenta de rire :

— Au secours, Gustave ! Vous m'étouffez. De l'air, de l'air !

Mais Gustave semblait un autre homme et ne l'entendait pas. Elle tentait de se défendre, toujours riant et plaisantant, enfin la voiture atteignait un village qui à cette heure, Dieu merci, était plein de monde. Et Gustave se rencogna, un peu confus, tandis que Julie remettait l'ordre dans sa toilette. Bercé par le trot vigoureux des deux chevaux, et épuisé par le vin et les chères, il s'endormit et sa tête roula sur l'épaule de Julie qui méditait, un peu inquiète, sur cette étrange métamorphose.

La nuit était déjà tombée quand il s'éveilla, de fort bonne humeur. On abordait l'avenue de Gramont et bientôt la voiture s'arrêtait devant l'hôtel de l'Univers, livrant au groom galonné un couple impeccable :

— Monsieur et Madame G... J'ai retenu une suite sur le boulevard.

— Bien sûr, monsieur, on va vous monter les bagages. Isidore ! Conduisez madame et monsieur au cinq. Faut-il faire monter des rafraîchissements ou un souper ?

— Oh non ! De l'eau, seulement de l'eau, soufflait Julie.

C'était néanmoins assez grisant : ce respect, ces lumières, les salles immenses aux plafonds peints, les tapis rouges de l'escalier. Gustave se rengorgeait : il était fier de lui, de sa femme, et des merveilles qu'il lui offrait. Il y avait là pas mal de messieurs élégants qui buvaient du porto et dont les regards s'attardaient sur Julie.

* *
*

Jusqu'à l'arrivée des bagages et de l'eau, Gustave et Julie commentèrent les lieux pour meubler leur gêne.

— Très belle chambre ! Très belle vue sur cette double allée, ces grands arbres du boulevard...

Dernière valise, dernier pourboire, Gustave ferma solennellement la porte et tourna la clé :

— Ma chérie, quel bonheur ! Vite, défaisons-nous ! Voulez-vous que je vous dégrafe ?

— Derrière, oui, je veux bien. Mais je me débrouillerai pour le reste.

Un baiser au passage sur l'épaule dénudée, Gustave avait tourné de l'autre côté du lit et enlevé rapidement ses vêtements, tandis que Julie s'activait de son côté contre les agrafes de son corset et les attaches de ses jupons. Elle se retournait pour poser sa jupe sur le lit quand elle eut un recul : Gustave, qui enfilait sa chemise par le haut, était en dessous nu comme un ver. Et ce que vit Julie : arme dressée, chair blanche et pelage roux, la suffoqua : quoi, un homme est fait comme ça ? Mais c'est horrible, dégoûtant !

Elle s'attardait à déboutonner la belle chemise de nuit brodée et volantée : il va donc falloir dormir à côté de ça ? Ah ! Maudit soit le chanoine Brun, ce lâche qui n'a pas osé nous prévenir !

Tandis qu'elle se glissait dans le lit où Gustave l'attendait, ravi, elle se raidissait de toutes ses forces pour n'avoir pas l'air d'avoir peur ou horreur, et se retrouva comme une bûche sous un grand corps très lourd qui remontait sa chemise, l'étouffait de baisers et la perçait sans préavis. Elle eut très mal et des larmes jaillirent.

Elle poussa un petit cri, mais de suite se reprit. C'était tout simplement ça, les obligations du mariage et les fameux « devoirs inconnus ». Toutes les femmes y sont passées, aucune ne s'est plainte, elle ne serait pas au-dessous de sa tâche et le laissa, sans protester, s'activer, puis gémir, alors qu'il la déchirait.

Gustave était heureux, il le disait avec des mots d'enfant un peu niais, il semblait croire qu'elle l'était aussi. Il fallait donc l'être. En avant pour le mariage !

La nuit était tombée depuis longtemps. Les réverbères hagards s'éteignaient sur le boulevard. Gustave dormait. L'esprit de Julie bouillonnait : c'était donc ça, « la chose ». Et c'est ainsi que les hommes sont faits. Et ils le sont forcément tous... Mais est-il possible que les humains soient si différents ? Habillés, impossible de se douter de ça... Ils n'ont rien de commun avec nous... Et cette « chose » qu'on nous cache si soigneusement, quelle drôle d'invention de la nature ! Bien sûr, ce doit être indispensable pour se reproduire, cela tombe sous le sens, mais pourquoi les hommes le savent-ils et pas nous ? Gustave savait visiblement comment faire.

Gustave se retournait, se collait contre elle et l'entourait de ses bras toujours en dormant. Ça aussi, c'était normal, et ce serait ainsi désormais. Pour toutes les femmes (sauf pour celles qui ne se marient pas), et elles acceptaient gentiment, n'en parlant jamais. D'ailleurs, personne n'en parlait... Si ! Des souvenirs revenaient : chez Hortense, elle avait quatorze ou quinze ans, un groupe de messieurs chuchotaient à l'arrivée d'une très belle femme qu'on aurait dite fardée, en ricanant d'une drôle de façon. On ne l'avait jamais revue, mais on en avait parlé en cachette en regardant Octave qui semblait ne rien entendre.

Julie savait maintenant et n'avait plus rien à apprendre. C'était à la fois intéressant et honorable, car elle était devenue une femme, et cet honneur-là se gagne. Elle savait déjà qu'elle serait à la hauteur, parce que telle est la loi du monde et de la vie.

C'était dur ? Visiblement pas pour les hommes. Gustave n'avait pas souffert, au contraire. Mais peut-être n'était-ce dur que les premières fois, car la nature est trop pleine de bon sens pour inventer des situations invivables. Mais c'était cette « chose » qui expliquait chez les hommes leurs airs supérieurs, leur autorité, leur assurance, leur courage dans les guerres, dans leurs affaires et leurs réussites. Une telle découverte était sans doute de plus d'importance et de conséquences que la « chose » elle-même.

Le temps passait, l'aube approchait, l'esprit de Julie courait toujours plus vite et plus libre, de découverte en découverte. Elle s'endormit aux premières heures du jour, mais non sans s'être doucement retournée, le dos contre Gustave, qui ne s'aperçut pas que la sombre chevelure de sa femme glissait sur son épaule.

* *
*

Les deux jours passés à Tours laissèrent après tout un bon souvenir : on s'en fut en voiture, sur la demande de Julie, visiter Amboise, dont le château était en parfait état, contrairement à celui de Chinon qui achevait de perdre ses toitures et dont les poutres menaçaient de s'écrouler. La forêt, avec sa pagode chinoise et son immense bassin, enchanta Julie. On dîna dans une vieille auberge et soupa gaiement dans la chambre, « pour l'intimité ».

Le pas était franchi et, sans la surprise, les assauts du matin et du soir étaient plus tolérables, bien que fort douloureux.

Le train de Paris partait le troisième jour à onze heures. La gare toute neuve, avec sa noble colonnade et sa foule agitée, sembla à Julie l'avant-garde des merveilles de la capitale. Elle avait encore le nez levé en entrant, quand une mâle exclamation la ramena sur terre :

— Mais c'est ma charmante cavalière, mademoiselle Julie ! Quelle joie de vous revoir...

Blaise ! Blaise de T. en uniforme, le sabre lui battant les mollets et le képi à la main, se dirigeait vers elle.

— Mon mari, coupa-t-elle sèchement en désignant Gustave qui suivait avec le porteur.

Mais Blaise, toujours souriant et fort à l'aise, s'empara de sa main et la baisa cérémonieusement :

— Madame, tous mes vœux... et mes compliments au propriétaire de cette délicieuse personne.

Julie se sentait mal. Non pas parce que c'était la première fois qu'un homme lui baisait la main, mais parce que c'était bien la dernière personne de qui elle l'eût souhaité.

— Voyage de noces, mon cher, clamait fièrement Gustave. Nous allons à Paris !

— Bravo ! Moi, j'en arrive, et j'espère que vous aurez le temps de tout voir et de tout entendre : la saison est exceptionnelle.

Politesses, salutations, Blaise disparut dans la foule.

— Qui est-ce ?

— Oh ! Personne. Un de mes danseurs de ce bal, mon chéri, je l'avais tout à fait oublié.

Gustave avait un bon sourire tranquille :

— Tu as donc fait encore plus de ravages que tu ne le savais.

Paris déçut un peu Julie malgré l'arrivée glorieuse à l'hôtel Meurice, à deux pas des Tuileries, hôtel que Roland avait vivement recommandé et qui se révéla un des plus beaux, mais des plus chers de Paris. Un tel luxe paraissait secrètement à Julie au-dessus de leurs moyens. Les repas étaient à 12,50 francs !

Mais la ville semblait avoir subi un vrai tremblement de

terre : on perçait les boulevards, on traçait partout de nouvelles rues, on abattait le pourtour du Louvre, celui de Notre-Dame, laquelle, hérissée d'échafaudages, semblait encore en construction. On marchait entre des tas de pierres, enjambant des tranchées. Les voitures s'aggloméraient devant des tombereaux, les cochers s'injuriaient, les gens couraient frénétiquement comme s'ils avaient le diable à leurs trousses.

En revanche, les élégantes des Tuileries et des théâtres bouleversèrent Julie : dans les voitures, sur les allées des immenses jardins, devant le somptueux palais impérial, les femmes paradaient dans des tenues insensées. Tout ce que Julie avait apporté de Touraine lui sembla démodé. Les enfants qui jouaient au cerceau autour des bassins, et qui attendrissaient Gustave, semblaient déguisés. Les équipages, les livrées, les maisons de la rue de Rivoli, mais surtout les magasins et les vitrines, tout lui semblait à cent coudées au-dessus de ce dont elle était si fière en Touraine.

Dès le lendemain de son arrivée, elle demanda à Gustave d'aller visiter ces fameux grands magasins : le Louvre et le Bon Marché. Elle en avait évidemment entendu parler, comme tout le monde, mais eut peine à croire à la réalité de ces cavernes d'Ali Baba. Tout ce qu'on pouvait acheter au monde était là réuni, le prix marqué sur chaque marchandise. On pouvait les toucher, les demander et passer, par un ascenseur capitonné de velours rouge, du rayon des fanfreluches et de la lingerie à celui des tapis d'Orient, des ustensiles ménagers, des parfums, des bijoux, et des articles de Paris, ou des cristaux et porcelaines. Un éblouissement ! De l'air, de la lumière, des vendeuses complaisantes et follement élégantes vous vantaient des pelisses à la sultane et des fantaisies si distinguées que Gustave dut s'exécuter et lui offrir une « écharpe balancelle » couleur de « biche fuyant au coucher du soleil ». À six heures, des gerbes de gaz éclairèrent les façades en faisant chatoyer toutes ces splendeurs.

Le Palais Royal, qu'ils visitèrent le second jour, regorgeait de jeunes femmes superbes, outrageusement décolletées, au bras de vieux messieurs qui les traitaient sans le respect habituel et qui parlaient en riant très fort comme des poissonnières :

— Des cocottes, ou des courtisanes, expliquait tout bas Gustave, des femmes de mauvaise vie qui ne sont pas de la société. Il paraît que certaines, très célèbres et follement riches, vont jusqu'à copier les toilettes de l'impératrice. Mais dès que celle-ci le sait, elle fait jeter ou détruire ses robes. En particulier une fameuse tenue de velours à traîne d'argent, avec un devant de satin blanc et un chapeau de paille de riz à grande plume blanche qu'arbora une certaine Alice Ozy au charmant salon de thé des Champs-Élysées que fréquentait l'impératrice. On en parlait dans le journal de la semaine dernière.

Gustave proposait d'ailleurs d'aller voir *La Dame aux camélias* qui se jouait sans relâche depuis cinq ans, et qui contait les malheurs d'une de ces femmes. Julie pleura. Si bien que Gustave l'emmena souper chez Tortoni où le bruit et le sans-gêne des hommes qui se retournaient sur elle la choquèrent : cette femme aux camélias, digne des romans défendus, ramenait dangereusement dans son esprit les orages, les larmes et les déchirements des romans auxquels il ne fallait plus penser.

Comme on ne donnait plus *Jenny l'ouvrière*, ils allèrent voir un opéra auquel ni l'un ni l'autre ne comprit le moindre mot. En revanche, tous deux furent ravis du *Voyage de monsieur Perrichon*. Enfin, la veille du départ, Gustave décida gravement d'immortaliser leur union en allant l'un et l'autre se faire tirer un daguerréotype, nouvelle et géniale invention qui reproduisait un visage avec une exactitude qu'aucun peintre n'avait jamais pu atteindre.

Éblouie, épuisée, troublée, Julie avait retrouvé Chinon rapetissé, de la taille d'un jouet. La voiture les déposa rue Haute-Saint-Maurice, devant la maison des Chevaliers, maison qui n'était pas la sienne, dont elle ne connaissait même pas les étages, où Mme G. les accueillit avec des transports de satisfaction.

Chapitre 7

Madame Gustave

Mme G. avait sacrifié sa chambre, celle qu'elle avait occupée avec feu son mari, et qui avait été aménagée pour eux, trente ans plus tôt : deux grands lits, « des lits à un et demi », disait Julie, en bois clair, séparés par deux tables de nuit et une carpette. Une armoire à glace, un beau guéridon découpé de volutes et deux fauteuils assortis. Les rideaux et les dessus-de-lit d'un rose fané qui fut beau étaient passés, le tapis fatigué. C'était ici qu'on avait conçu Gustave, enfant du miracle. Sa mère avait alors plus de quarante ans.

Julie posa son sac sur la table : une lumière cruelle, celle des premiers soleils de printemps toujours près des larmes, baignait la pièce étrangement froide : la chambre d'une autre, dans la maison d'une autre ! Le soleil se couchait et le ciel, du moins le peu qu'on en découvrait au-dessus de la maison d'en face, était couleur de sang. Mme G. avait transporté ses affaires dans l'une des deux chambres donnant sur le jardin, dont la pente verte montait jusqu'au château : la plus belle vue de Chinon, celle qu'on avait depuis la place Saint-Jacques !

— Je suis au nord, comme il convient à une vieille dame qui n'a plus rien à attendre, soupirait Mme G. avec un sourire contraint.

Son œil triste, sa voix faible et langoureuse affirmaient le prix d'un tel sacrifice. Julie, silencieuse, regardait cette vue somptueuse et romantique : le jardin en pente douce, buttait contre la falaise blanche couronnée de murailles, tours, logis et donjon. Devait-elle, comme Gustave, se confondre en remerciements ? Aurait-on, sur la rue, le droit de changer les rideaux, les papiers ? L'armoire sentait encore la puissante odeur des vêtements anciens qui se mêlait à celles de la naphtaline et de la lavande.

Il y avait des penderies tout le long du couloir dont Mme G. avait colonisé la première. La seconde, transformée en placard, avait été vidée. La troisième et la quatrième étaient également vides. Julie décida de défaire ses malles, et de ne garder pour elle que l'armoire de la chambre.

— Mais si, mais si ! Je t'assure que c'est très bien comme ça. Il est normal que tu aies la suite de ta mère.

Gustave ne discutait rien et brûlait de présenter ses trésors à sa femme : il lui fallait tout visiter !

Le second étage, celui des domestiques, mansardé par l'énorme et superbe toit d'ardoises, recelait sur le palier quatre immenses coffres à linge sale et d'antiques armoires. Guidée par Gustave, prolixe sur ses souvenirs, Julie parcourait donc toute la maison, de la cave au grenier. Ce très ancien hôtel du XVe siècle était finalement assez petit, comme la plupart des logis de l'époque. Les murs étaient bien conservés, les sculptures intactes, les poutres très belles. Et le Moyen Âge était, paraît-il, la dernière mode à la cour. Deux bâtiments à angle droit ainsi que la maison voisine fermaient une cour séparée de la rue par un grand portail. À l'angle intérieur, une tour abritait un bel escalier de pierre en colimaçon qui desservait les deux corps de logis, si bien qu'on pouvait entrer, soit directement par la rue dans un vestibule conduisant au salon, soit par la lourde porte sculptée de l'escalier qui ouvrait sur deux pièces : salon vers la rue et salle à manger vers le jardin. La cuisine avait été rajoutée par les G. en débord vers l'arrière, ce qui avait permis de doter la maison d'un cabinet de toilette au premier étage, spacieux, et commandé par la chambre... de Mme G. !

— Comment ferai-je pour aller faire ma toilette, si ta mère dort ?

— Mais sans aucune difficulté, ma chérie. Il est tout à fait normal de traverser sa chambre, d'ailleurs tu es si discrète ! Une petite souris ne peut pas la réveiller...

Le malaise de Julie grandissait :

— Mon père m'a donné les meubles de ma chambre, la commode de famille, mon secrétaire en bois de rose et les fauteuils... Où vais-je pouvoir les mettre ?

— Mais dans votre chambre, ma chère enfant, c'est tout à fait normal.

Mais où ? L'armoire et la table prenaient toute la place. On tournait autour ! Avait-on le droit de les éjecter ?

Julie regardait intensément son mari. Il avait cet air gêné des hommes qui ne se sentent pas à leur place et voudraient s'éclipser :

— Nous verrons cela, ma chérie, viens d'abord voir le jardin. On y va de la salle à manger.

Une bouffée de fraîcheur verte envahit la pièce quand Gustave ouvrit la porte : il faisait encore frais mais la nature explosait. Sur l'ancien dessin classique des pelouses et des massifs, des primevères sauvages, roses et crème, piquetaient l'herbe rare de l'hiver. Les arbres fruitiers d'un ancien potager ouvraient leurs premières fleurs : pruniers roses, cerisiers blancs, épines noires oubliées de-ci, de-là. Quelques tulipes obstinées défiaient le désespoir de leurs éclats de feu.

La roche blanche et tourmentée de la falaise de Loire, percée de caves mystérieuses, anoblies par d'immenses voûtes taillées par des milliers de coups de pioche apparents fermait le jardin. Au-dessus, à portée de main : le château, celui des rois, de Jeanne d'Arc et du gentil dauphin. Celui de tous les rêves de Julie !

— Tu vois, ce jardin a été un peu oublié. Il t'attendait !

Julie restait sans voix, émue, éblouie. Oui, tout serait possible avec ce jardin. Son amour de la terre, de sa terre tourangelle, la consolerait de tout.

Tout quoi ? Elle ne savait pas encore. Mais cette maison, elle le sentait, ne serait pas vraiment la sienne... avant bien longtemps.

— Si tu me le donnes, dit-elle gaiement, je le prends. C'est un jardin délicieux. Je sais déjà où nous nous tiendrons : là, je planterai un marronnier, dessous, je mets un banc et une grande table. Là-bas, un tas de sable pour les enfants (elle sourit), et un portique d'agrès et de balançoire en travers de la grande cave. Je planterai aussi des lauriers à tailler pour masquer les lavoirs et leur appentis.

La gêne de Gustave avait disparu, il serrait les épaules de Julie et murmurait : « Alors vite un garçon ! »

* *
*

Les mois passaient : visites, retour de noces, première réception, très gaie et fort réussie, installation, la vie était remplie. Sous l'œil indulgent de Mme G., qui savait se tenir en retrait, quoique gardant sa place de maîtresse de maison au centre de la table (Gustave présidait en face d'elle, ayant Julie à sa droite).

Tous les mardis, vers six heures, en rentrant de la verrerie ou du café, Gustave retrouvait sa mère et sa femme dans le salon, où la première tricotait sans relâche dans un grand fauteuil à oreilles de velours rose, pour l'ouvroir des religieuses. Mais sa cataracte ne lui permettait plus que le point à l'endroit et sans diminutions. Passant aux talons, elle devait remettre les chaussettes à Julie pour les terminer. Et maintenant, même pour la jambe, elle ne cessait de pousser un petit cri plaintif : « Julie, j'ai encore perdu un point ! » Julie se levait et ses mains expertes rattrapaient le ou le plus souvent les points qui avaient filé :

— Ce n'est rien, mère, tenez, c'est parfait.

Le fauteuil, placé devant la fenêtre, permettait à Mme G. de voir son fils arriver, comme de profiter des passages de la rue. Tous les mardis, à quatre heures, Gustave montait avec sa mère dans la chambre de cette dernière dont elle avait fait son bureau à l'arrivée de sa belle-fille. Mme G. commençait à avoir du mal à monter : elle mettait longtemps, appuyée sur une canne. Le corps vieillissait, s'alourdissait, mais la tête restait plus éveillée que jamais. Et comme disait aimablement Léon, grand amateur de proverbes (les G. avaient un couple de domestiques, Alphonsine et Léon) : « Mieux vaut voir ses bâtons que ses orteils », et « c'est dans les vieux pots qu'on fait la bonne soupe ». Ou apitoyé : « Enfin, la beauté ne se mange pas en salade », ce qui déplaisait visiblement à l'intéressée.

De quoi s'occupaient-ils là-haut ? De la verrerie, bien sûr, mais aussi de leur fortune. Mme G., veuve très tôt, en avait assuré seule la direction pendant de longues années. Les placements, les comptes, les courriers, les classements les occupaient pendant plusieurs heures, toutes choses que Julie ignorait volontiers et dont elle aurait été bien incapable de s'occuper.

Sa belle-mère lui avait, à son arrivée, tenu un long discours sur leur patrimoine :

— Comme vous le voyez, nous sommes à l'aise et vous le serez, ma chère enfant, mais à condition que nous restions raisonnables dans notre train de vie, que tout soit prévu et que les comptes soient tenus. Je vous laisse volontiers la direction de la maison pour le quotidien...

— Mais non, mère ! Je ne veux pas vous...

— Je vous en prie, mon enfant, je connais la vie et je veux que vous soyez chez vous. (Le ton était aimable mais sans réplique.) Je conserverai la direction de nos affaires, avec Gustave bien entendu, et vous aurez un ordre de grandeur pour dépenser à votre guise. Je vous en remets définitivement la responsabilité et serai très heureuse de m'en reposer sur vous. Bien entendu, pour tout besoin particulier, le chiffre est élastique. Je vous l'ai dit, nous sommes à l'aise.

L'ordre de grandeur parut énorme à Julie, elle se confondit en remerciements, un peu inquiète au début de savoir le dépenser comme il conviendrait. Mme G. lui proposa d'en parler ensemble les premiers temps et lui enseigna sa méthode de comptes :

— Vous aurez à payer toutes les servantes à la journée, pas plus d'un franc par jour, et payé au départ. C'est moi qui règle les domestiques : 25,15 francs le mois pour Alphonsine et 30 francs pour Léon qui est un homme et qui travaille à l'occasion pour la verrerie. Quand vous louez une voiture, prenez toujours Hector Lavigne, il est moins cher. Imaginez que, pour aller à Tours, Bonneau demandait 26 francs !

Julie feuilletait le carnet de comptes : — Journal de Gustave pour l'année : 42 francs — Coiffeur de Gustave à l'année : 24 francs — Une pièce de vouvray : 80 francs — Octroi : 16,70 francs, et transport 96,70 francs. — Assurances (pourquoi ?) annuelles : 77 francs — Un stère de gros bois : 16 francs, plus sciage : 5 francs, total 21 francs, etc.

Ce livre, que Mme G. remit solennellement à Julie, et que celle-ci put méditer, était un grand cahier relié de toile noire, avec des colonnes sur la droite pour inscrire les dépenses par catégorie, et une pour le total. L'écriture de Mme G., fine, pointue et ramassée, courait de page en page avec de grandes majuscules, pleins et déliés, pas une rature. Une perfection effrayante ! Julie apprit que le boulanger se payait au mois (38,50 francs), qu'Alphonsine, pour les achats de boucherie, touchait le sou du franc. Enfin que la pérennité d'une fortune reposait sur l'ordre et la méthode autant que sur son revenu.

Sa grande écriture élégante remplaça donc sur le cahier noir les pattes de mouche de Mme G., amenant de nouvelles dépenses inconnues qui signaient une révolution : fleurs, voitures, pourboires, cadeaux, commandes à Tours (chez la couturière, la modiste, la gantière et des magasins jusqu'ici inconnus de cette bible domestique). Enfin apparut la rubrique essentielle : réceptions !

Tout se passa gaiement. Julie ne prenait pas les dépenses très au sérieux et Mme G., se voulant une belle-mère parfaite, la proclamait une belle-fille parfaite. La passation de pouvoirs ne fut donc ressentie que par les domestiques dont la surveillance se relâcha, ce qui détendit l'atmosphère et les relations : « Mme Gustave était gentille, vous laissait souvent choisir le menu et ne se montrait ni tatillonne ni mesquine. » Comme répétait Léon au charbonnier ou aux laveuses en frottant les lames des couteaux avec un bouchon : « Ce n'est pas elle qui tuerait un pou pour avoir sa peau, comme d'autres que je connais ! »

Le mardi, vers quatre heures, quand Gustave revenait de la verrerie, il montait dans la chambre de sa mère pour parler affaires tandis que Julie brodait au salon. Quelquefois, leur conversation continuait quand ils redescendaient. Julie entendait parler de rente à 8 ou à 9 % et ces jours-là, Mme G. s'épanouissait, alors que la contribution foncière ou l'impôt des portes et fenêtres la mettait de fort mauvaise humeur. D'après elle, les propriétaires se voyaient spolier chaque année de 10 % de leurs revenus, plus de dix francs par hectare ! Et tout cela, ajoutait Gustave, parce que les terres avaient été évaluées à des époques lointaines et jamais reprises de zéro. Il y avait parfois, même au salon, des discussions assez sévères entre Gustave et sa mère, en particulier pour les prêts hypothécaires, dont Julie ignorait tout et qu'elle imaginait, elle ne savait pourquoi, comme des agents louches et sournois, allant de porte en porte proposer des papiers graisseux ! Gustave semblait « pour », Mme G. « contre », disant que le prêteur n'est jamais payé et que « c'est un nid à procès » :

— Quel que soit le taux, si vous devez payer les frais de justice, l'enregistrement, le timbre, sans parler des honoraires des hommes de loi et des certificats des conservateurs des hypothèques, un procès coûte au bas mot trois ou quatre cents francs et demande au moins trois mois !

Visiblement, là-haut, c'était toujours Mme G. qui l'emportait. Cette femme savait tout de ce que Julie ignorait et elle restait maître absolu du gouvernement intérieur. Elle rentrait dans le moindre détail de ce qu'elle réglait, ce qu'elle disait était un ordre, et Julie souffrait pour Gustave qui, à trente ans passés, restait pour sa mère un petit garçon.

Comme elle demandait un soir à son mari ce qu'était cette fameuse « rente », celui-ci entreprit, avec une sorte de passion, de lui exposer ce qu'étaient les vertus d'économie bourgeoise de cette « classe » qui avait fait la richesse de la France :

— Il faudrait que tu puisses lire le livre de Monteil : *La France dans tous ses états*, un ouvrage d'histoire essentiel. Non plus l'histoire-batailles des anciens temps, mais l'histoire qui s'attache à compter tous ceux qui ont vécu, servi et souffert bourgeoisement. Les « états », ce sont les diverses classes de citoyens, l'univers qui a travaillé avec résignation pour construire le monde moderne, de l'échoppe au marché et à la finance... Bien loin évidemment de la « fête et du luxe de la toute-puissance royale ».

Il y avait un peu d'amertume dans les derniers mots et Julie y sentit percer une secrète réprobation pour les siens, ce qui la blessa. De quoi se plaindraient-ils d'ailleurs, puisqu'ils avaient fait la Révolution, coupé les têtes jusque parmi les siens, et finalement pris leurs biens ? De ce jour, elle ferma décidément ses oreilles aux discussions de l'escalier et cacha le livre de M. Monteil au fond de la bibliothèque, derrière l'*Imitation de Jésus-Christ*, le *Manuel des vins de France* et le *Bréviaire de la ménagère.*

* *
*

La maison des Chevaliers revivait et la gaieté de Julie, ses audaces, ses inventions, son aisance, en faisaient déjà un centre. Les G. prenaient, grâce à elle, la place qui leur revenait dans la société chinonaise : on saluait déjà, dans toute la ville, un couple charmant et lancé, chez qui on s'amusait et où l'on respirait un air presque parisien.

Car Julie, dès son retour, avait détaillé à Gustave tous ses projets :

— Je t'assure, il faut que tu entres au conseil municipal, ce qui est facile. Mais pour être maire, il faut être un centre. Il n'y a d'ailleurs personne d'autre qui te vaille

Gustave était déjà couché et bâillait :

— Il faut que la maison des Chevaliers s'ouvre sur le plan mondain, un peu comme chez Hortense à Tours, que, sous couvert d'aimables réceptions, s'y trament toutes les affaires de Chinon et des environs : l'argent, la politique, les constructions, les créations, les placements...

Gustave écoutait avec des grognements de plaisir,

tandis que Julie, plantée devant son lit en longue chemise blanche brodée, brossait activement ses cheveux sombres :

— Le centre et le lieu de tout ce que mon cher père méprisait, à notre grand désavantage, et où les G. ont toujours été maîtres. Même les femmes, si j'en crois la façon admirable dont vous travaillez ensemble ta mère et toi pour vos affaires.

Gustave se défendait mollement, par fausse modestie, tandis que Julie le poussait chaque soir jusqu'à des heures indues, échafaudant des rêves de gloire qui le mèneraient jusqu'à Paris. Il faudrait le forcer, pensait Julie, à moi de m'en occuper !

Gustave bâillait, s'étirait, regardait l'heure, et... terminait invariablement par ces mots :

— Julie, tu as donc juré de ne pas te coucher... suivi d'un ronflement sonore.

Alors Julie sautait dans l'autre lit. Tranquille enfin, du moins pour ce soir.

Tout le printemps à Chinon (Mère, nous permettez-vous ?), puis l'été à Rivière chez son père, Julie attira dans de grands déjeuners suivis de parties de colin-maillard, de charades, de tous les jeux dont on parlait à la cour, non seulement les relations de Chinon, mais celles des environs et surtout de Tours. Elle avait entrepris d'apprendre à Léon le « service à la russe », qui faisait fureur à Paris, donc chez Hortense : les viandes déjà coupées et passées à gauche de chaque convive, au lieu du service ancien où l'on mettait tout sur la table et où le maître de maison découpait et servait. Mme G. avait observé avec inquiétude les leçons de Julie à Léon, celui-ci assis à la place de madame, cette dernière lui passant les plats et changeant son assiette :

— À gauche, Léon ! Vous prenez l'assiette à gauche et vous mettez l'autre assiette à droite. À votre tour !

Elle s'asseyait :

— Très bien, mais vous devez croiser les couverts, voilà ! Maintenant, le service des vins...

Julie allait toutes les semaines en diligence au jour d'Hortense, tantôt avec Gustave qui avait à Tours ses clients, tantôt seule. Étrange impression, un peu effrayante, d'être seule en diligence ! Elle renouait ses amitiés du couvent et apprenait très vite à jauger et juger. Car chez Hortense, on savait tout de la Touraine, mais aussi de Paris et de la cour impériale : les modes, les secrets, les scandales et les grandes affaires financières ou politiques.

C'est ainsi, et sans l'avoir cherché, que Julie apprit le mariage de Blaise de T., « ce coureur de dot », « ce mauvais garçon » disaient à l'envi les mères déçues :

— Il paraît qu'il a été refusé par les Barathon, mais d'après Mlle Cloque, il est accepté par les Riot et il épouserait l'aînée.

— Élise Riot ? dit étourdiment Julie, ce n'est pas possible. Je la connais, elle est laide et bien trop grosse. À Marmoutiers, on l'appelait la pomme !

— Il n'y a pas de fille laide chez un gros notaire, ma chère, glissa Hortense dans son oreille avec un clin d'œil, ajoutant vivement :

— Je suis d'ailleurs très au courant, chère mademoiselle, la petite est ravie et éclate de fierté. Elle sera trompée toute sa vie. Elle l'est déjà !

* *
*

La vie commune avec Mme G. s'était installée au mieux. Léon et Alphonsine habitaient une des chambres mansardées depuis toujours, semblait-il, et ne sortaient que le dimanche après-midi. Léon buvait un peu et Julie lui avait appris à grand-peine le service de table à la française, comme chez Hortense, et Alphonsine cuisinait bien. Il y avait aussi une couturière, des laveuses deux fois par an et une repasseuse à la journée. Julie se chargeait avec plaisir et sans heurts des achats et de la surveillance quotidienne, tandis que sa belle-mère gardait comme convenu la direction des finances.

Élise invita ses amies de pension et les T. prirent place dans ses listes. Au début de l'hiver, Julie eut l'idée de faire tourner les tables, comme Roland prétendait qu'on faisait aux Tuileries. Elle avait invité les deux filles Rossignol avec leurs maris (toujours la mairie !), les T., le charmant ménage de la cousine Alice et un autre couple de Chinon, conseiller municipal. Au total ils étaient douze. Après les liqueurs, on était revenu à la salle à manger où la table rapetissée, sans sa rallonge, était devenue presque ronde. Julie avait installé ses hôtes et fait éteindre les lampes. Seule Élise de T., enceinte, et Céline Rossignol, gênée par ses convictions religieuses, avaient refusé de participer. Elles étaient donc sorties et écoutaient depuis l'entrée avec un candélabre.

Tout le monde riait, les femmes très excitées et secrètement effrayées.

— Silence ! cria enfin Julie quand tout le monde fut assis. Toutes les mains se touchent bien ? Allons, recueillez-vous !

On n'entendait plus que le souffle angoissé des femmes et un petit ricanement nerveux qui était peut-être celui de Gustave :

— Esprit es-tu là ?

C'était la voix de Blaise, dont la main touchait celle de Julie.

Un temps passa qui sembla sans fin, et la table sursauta, tandis que la jambe de Blaise se collait à celle de Julie.

— Esprit qui es-tu ? cria Blaise.

Julie avait retiré sa jambe, mais celle de Blaise la rejoignait, tandis que sa botte se posait sur ses escarpins. Quel toupet !

Un long silence, puis la table se secoua vigoureusement à grand bruit et Julie sentait son voisin tressauter.

— Un esprit malheureux ? demanda une voix angoissée qui était peut-être celle de Gustave.

La table sembla bondir et Julie entendit près d'elle le petit gloussement d'un rire retenu, tandis que la main de Blaise emprisonnait la sienne. Que faire ?

C'est à ce moment-là que la porte s'ouvrit et qu'Élise entra, tenant son flambeau, glissant trois mots dans l'oreille de Gustave lequel se leva vivement, brisant la chaîne. Sa mère ! Elle se découpait à la porte, massive, en camisole, et chuchotait quelque chose de très violent à l'oreille de son fils. Julie entendit distinctement :

— ... Pas de diableries chez moi ! Tu diras à ta femme...

Puis elle disparut dans l'escalier. Il y eut un certain malaise, on repassa au salon, on rit un peu et Julie s'installa près d'Élise, très loin de Blaise. Elle savait déjà que ce garçon était impossible car, durant l'été, on avait joué des charades et il avait choisi le mot « garnement », pour y tenir le premier rôle du « tout » : Gars-nœud-ment. C'était risqué bien qu'on ne prononce pas le « r » de gars. Mais il y avait tenu mordicus pour que le garnement — c'était lui — puisse embrasser Julie qui jouait la dame convenable et poursuivie.

Les hommes décidément ne pensent qu'à ça ! Drôle d'engeance. Dans les diligences, dans les magasins, chez Hortense, partout, c'était visiblement à « ça » qu'ils pensaient !

Les mois passaient très agréablement, le jardin devenait délicieux. On y jouait au croquet, à colin-maillard, mais Julie n'était pas enceinte. Elle s'était pourtant accoutumée aux « obligations » maritales et ne souffrait pratiquement plus. Elle commençait à s'inquiéter sérieusement sous les regards insistants de sa belle-mère et les interrogations quasi quotidiennes de son mari. L'été avait été si chaud qu'on étouffait encore dans la Rue-Haute et tout le monde s'en fut à Rivière, à la grande joie de Jacques et d'Hercule.

Ce fut donc à la fin de septembre, dans cette lourdeur molle et doucereuse des chaleurs tourangelles, dans sa chambre et chez elle, que le matin du 2 octobre, une nausée imprévue et irrépressible la précipita vers sa cuvette. Enceinte ! Elle était enceinte, enfin !

Heureuse ? Oui. Un sentiment de normalité qui vous justifie, n'est-ce pas une forme essentielle du bonheur ? Et puis offrir tant de joie à tous autour de vous, est-ce que cela ne rejaillit pas sur vous ? Mme G. devenait douce, attentive et maternelle :

— Comment vous sentez-vous ce matin ? Ne vous fatiguez pas, mon enfant... Léon, amenez un fauteuil à Mme Gustave !

Et puis venaient les souvenirs ! On ne fit grâce à Julie d'aucun détail : les interdits, les risques, les accidents, sans parler des vomissements, des douleurs, points de côté, vergetures, déformations, et des accouchements tragiques, avec le cordon autour du cou, les forceps, les déchirements, les abcès au sein... Mme G. avait eu tout, tout !

Faudrait-il nourrir ? Une bonne nourrice est tellement plus sûre, et puis les garçons sont si fragiles ! Car bien sûr, ce serait un garçon, Mme G. en avait été certaine pour sa belle-fille comme pour elle, dès les premiers jours : pas à cause du masque, Julie avait encore avivé son « teint de pêche », mais la façon si fière de porter en avant, sans parler de la lune montante et de l'abondance des nausées. À coup sûr, ce ne pouvait être qu'un garçon ! Il s'appellerait Gustave comme feu son mari et comme son fils, c'était un nom de famille qui remontait jusqu'à la Révolution.

Julie riait, refusait les fauteuils et les siestes. Elle vivait au jardin par tous les temps. Sans bien savoir pourquoi, elle avait installé une des mansardes, ancienne chambre de domestique, dont la haute fenêtre à meneaux découvrait la vue somptueuse du château et des vignobles avoisinants. Sa commode, son secrétaire, ses fauteuils et tous ses souvenirs y avaient trouvé place.

— C'est mon bureau et mon atelier, mère, ainsi je ne vous dérangerai pas quand vous voudrez être seule ou recevoir vos amies au salon.

Mme G. avait protesté, bien entendu, que sa présence était toujours un bonheur, mais Julie avait perçu dans l'aigreur de la voix une secrète réprobation : Julie leur échappait ! « Mme Gustave » restait donc Mlle de La Gravière et les regardait un peu, elle et son fils, comme des étrangers ! Pour la première fois, Julie eut un mot de révolte qui jaillit malgré elle :

— Et puis, je suis très indépendante. J'ai toujours eu besoin d'être seule et chez moi.

Un profond silence s'éternisa. Mme G. avait, sous le choc, lâché son tricot dont le peloton roulait sans bruit sous son fauteuil. Elle restait figée, raidie, comme étouffée.

... Mon Dieu, qu'ai-je fait là ? (Il fallait vite dire quelque chose) :

— Mais je suis très heureuse près de vous, ma chère mère, ce n'est au fond qu'un caprice, et puis...

Elle cherchait vivement dans sa tête, guettant le visage fermé de sa belle-mère. Elle ramassait le peloton et le rembobinait :

— Et puis cette maison est si belle que c'était un crime d'en abandonner la moindre parcelle. Si vous saviez comme j'aime la vue ! C'est vraiment unique dans Chinon. J'y ai déjà installé mon chevalet.

Le visage de Mme G. s'était détendu, elle reprenait son tricot.

Gagné ! Julie avait gagné un soupçon de liberté et ce bonheur que promet le mariage aux femmes habiles à composer.

Julie n'avait jamais apporté beaucoup d'attention ni à la politique ni au mystère des finances publiques. L'objectif du conseil municipal n'était que d'un intérêt local. En revanche, elle l'avait bien compris, les conversations de Mme G. et de son fils ne roulaient pas seulement sur leurs affaires de soieries, mais sur les placements d'une fortune dont elle ignorait tout. Depuis plusieurs années, on parlait beaucoup du Mexique, et la question était de plus en plus centrale dans le salon d'Hortense. Julie ne s'y était intéressée qu'en 64 quand son frère, promu capitaine, était parti avec le général Bazaine faire cette campagne lointaine et glorieuse. Elle s'était intéressée au destin si romanesque du jeune empereur Maximilien, et surtout de son épouse, l'impératrice Charlotte, dont on vantait le courage et l'audace avec lesquels elle avait rejoint son mari dans ce pays lointain.

Gustave, en revanche, ne parlait que de richesses considérables et d'un gisement d'avenir pour les capitaux français. Tout y était à faire : routes, chemins de fer, et même un canal fou, une idée de l'empereur, qui relierait les deux océans Pacifique et Atlantique. Tout cela était protégé par notre gouvernement, celui des Anglais et des Espagnols. C'était l'avenir !

On en parlait aussi beaucoup, mais bien différemment, chez Hortense. Pour Octave, le Mexique était « un véritable guêpier ». Il fulminait contre le duc de Morny et son machiavélisme « à la limite de l'honnêteté ». Il recommandait les placements dans le canal de Suez, en Algérie, ou même au Sénégal, mais surtout pas au Mexique. Et il n'y avait pas mis un sou !

Julie, qui s'inquiétait pour son frère dont les nouvelles étaient si rares, avait interrogé souvent Gustave sur la situation de ce pays lointain qu'il semblait connaître. Ils revenaient d'un grand déjeuner chez sa tante où on avait surtout glosé sur le général Bazaine, « qui avait à son âge épousé une Mexicaine de quinze ans »... C'était à l'automne 65. Gustave s'était tu pendant tout le repas, avec de grands airs, comme quelqu'un qui sait et ne veut rien dire :

— Ton oncle est un vieux monsieur dépassé. Cet empire sera un sujet d'admiration pour la postérité, la grande pensée, le coup de génie de l'empereur : la mainmise de l'Europe sur le continent américain et ses richesses fabuleuses.

Julie s'était réjouie de savoir son frère engagé dans cette belle aventure et n'en avait plus parlé. Il lui avait semblé que Mme G. ne partageait pas toutes les idées de son fils et elle avait parfois entendu le ton monter entre eux. Mais elle sentait avec plaisir Gustave ruer dans les brancards de l'autorité maternelle. Il s'était entiché à juste titre de toutes les nouveautés : l'électricité, la fonte au coke, les constructions métalliques, la machine à imprimer les étoffes et, surtout, la fameuse machine à coudre de Thimonnier que la France avait refusée, et qui faisait maintenant la fortune des Suisses. Octave et Mme G. étaient le passé, et le monde tournait de plus en plus vite.

Chapitre 8

La ferme des Hautiers

CE FUT une fille : Marie. Les G. n'avaient de nom que pour un garçon. La mère de Julie s'appelait Marie, celle de Gustave s'appelait Berthe, donc ce fut Marie-Berthe, plus Hortense, sa marraine, et Louise à cause de son parrain, le très vieux frère de Mme G., l'oncle Louis.

Marie était un gros bébé qui mit vingt-quatre heures à passer, dans des douleurs épouvantables, et pour laquelle il fallut entailler. Julie refusa la nourrice et exigea de nourrir elle-même. Pour une fille, c'était en somme de peu d'importance, on verrait plus tard pour le suivant... « Ma chère belle-fille est si indépendante ! »

Julie scrutait le frais petit visage, un peu rond, un peu joufflu. À qui ressemblerait Marie ? Aurait-elle les yeux bleus des La Gravière et leur finesse de traits ? Non, il fallait se rendre à l'évidence, Marie ressemblerait aux G. : le menton un peu fuyant, la bouche généreuse et une boulimie dangereuse. Les petites mains ramassées étaient déjà trop rondes. Elle poussait comme un champignon, très en avance, très éveillée, et manifestait par ses cris une autorité supérieure.

Le dernier mois de sa grossesse, Julie avait pensé engager une jeune fille pour s'occuper du fils tant attendu. Avec un bébé, la maison serait trop lourde pour Alphonsine, pourtant solide et courageuse. Et on ne pouvait vraiment rien attendre de Léon pour laver des couches ou garder un bébé. Mais curieusement, dès les premiers mots, Mme G. qui somnolait sur son tricot, avait sursauté, réveillée sur le coup, comme si une mouche l'avait piquée :

— Une jeune fille ? Ah non ! Pas question...

Et elle s'était levée, dans l'émotion, devenue rouge et presque violacée. Julie en resta sans voix et se tourna vers son mari. Mais celui-ci baissait la tête, visiblement occupé ailleurs, et il lui sembla qu'il rougissait aussi.

— Mais, mère, comment voulez-vous qu'Alphonsine suffise à tout ? Vous aviez quelqu'un pour Gustave, je suppose ?

Il y eut un léger silence, puis Mme G. se reprit, tout miel :

— Bien sûr, mon enfant, mais il faut une femme d'expérience à qui on puisse faire confiance. Je ne veux pas être responsable de ces jeunesses qui ne pensent qu'à courir.

Gustave ne disait toujours rien et semblait gêné. Peut-être cet excès de vertu lui semblait-il, comme à Julie, ridicule ? Mais celle-ci rencontra le soir la même gêne quand elle tenta d'en rire avec lui.

Deux jours plus tard, une veuve d'une cinquantaine d'années se présenta, recommandée par les religieuses de tante Marthe, et fut engagée sur-le-champ. Elle posa un fort léger balluchon dans la troisième chambre mansardée, contre l'atelier de Julie. On l'occupa, en attendant la naissance, à garnir l'ancien berceau de Gustave d'une broderie anglaise neuve dont il avait bien besoin. Ernestine, c'était son nom, était une brave femme qui avait eu des malheurs et qui s'épanchait chaque jour auprès d'Alphonsine en berçant Marie dans la douce chaleur des fourneaux.

Julie était à peine remise que son père mourut. On le trouva écroulé sur son bureau où il fignolait son arbre généalogique. Dans sa chute, il avait répandu autour de lui les minutes notariales, parchemins, actes et lettres qui occupaient ses loisirs depuis le départ de Julie.

Depuis qu'il avait dû vendre son cheval, âgé de vingt-quatre ans, il ne montait plus et ne marchait guère. Il disait vieillir, sans qu'on sache bien d'où ni de quoi, car il était resté aussi droit que jamais. Julie, appelée en hâte, le trouva déjà étendu sur son lit, les yeux clos, paisible et beau, tel qu'en lui-même, seules ses mains jointes sur un chapelet surprenaient.

Le chagrin de Julie fut tel que sa belle-mère craignit pour son lait. François qui était récemment rentré en France, muté à Paris, pouvait seul calmer sa sœur de ses accès de sanglots qui la laissaient prostrée et sans voix.

Le lendemain, Julie était assise depuis le matin avec une religieuse pour veiller son père quand François l'appela. Il était très pâle et tenait en main une liasse de papiers :

— Son testament... Lis !

Julie éclata en sanglots et s'assit : c'était bien l'écriture de son père, haute, droite, ferme, autoritaire, avec de grandes majuscules élégantes :

Mes chers enfants, ma vie fut sans gloire mais non sans maîtrise de ce que j'ai reçu et transmis. Je vous quitte avec tristesse, vous laissant seuls dans le grand combat de la vie, toi François debout, toi Julie sans armes.

Laissez-moi vous transmettre les leçons que la vie m'a données : il ne faut d'abord lui demander que ce qu'elle peut donner. Nous nous devons tous à la société et devons faire notre possible pour qu'elle continue dans le progrès universel qui se perpétuera fatalement à travers les âges.

Il n'y a pas de fatalité : l'un comme l'autre, tâchez d'être vous-mêmes et des êtres complets. Ne jugez que selon votre conscience. Certes, nous ne sommes qu'un peu de matière organisée au sein de l'immense tout, mais quelle puissance n'avons-nous pas par notre intelligence ? Croyez, mes chers enfants, qu'il n'y a pas de douceur comparable à cette hautaine amertume des nobles cœurs qui sont restés inconnus et qui ont gardé leur fierté.

Le problème de notre origine, posé par le premier homme qui a pensé, n'est pas encore résolu et ne le sera probablement jamais. Quelle que soit votre opinion, nous devons trouver en nous une règle de conduite. Toute la morale est contenue dans ces deux mots : droits et devoirs. Quant à la réussite, elle l'est dans ces deux autres : dignité et maîtrise de soi. Le seul malheur véritable pour celui en qui brûle cette flamme incomparable qui s'appelle la vie, serait de ne pas apporter sa pierre dans la marche en avant de l'humanité. Si l'histoire vous écrase, si on croit ne devoir rien espérer pour soi, il faut faire son devoir, s'en tenir à la réalité et chercher des consolations dans l'étude et la connaissance.

Il serait doux de vous donner rendez-vous, de vous dire que je pars dans l'ordre naturel et que je vais vous attendre. Je n'en sais rien, n'étant pas plus fixé que nul autre. Je crains de vous dire un éternel adieu, car la vie est une étrange mystification qui aboutit à une lampe éteinte au fond d'un tombeau. Pour vous, soyez heureux, et approchez pour un ultime baiser.

Encore une fois : adieu !

Votre père

Jacques-Hyppolite-Marie-Ambroise Guiet de La Gravière.

Deux additifs :

Quand je serai parti, vous aurez à partager l'héritage, plutôt moral que matériel. Vous transmettrez l'esprit de la famille et ses souvenirs, me donnant un peu d'éternité. Ma vie a été bonne, du moins l'ai-je trouvée ainsi.

Je laisse Rivière à Julie, la maison de Chinon à François. Le reste se compose de livres, de dessins et de lettres que vous

vous partagerez. Tout ce qui est à nos armes sera attribué à François et, à sa suite, à mon cher petit Henri.

Hercule, qui avait terriblement baissé et dont Jacques plaisantait les bévues, reçut un choc fatal au peu de raison qui lui restait. Il fallut le placer chez des religieuses, d'autant plus que François vendait la maison. On partagea les meubles dont la part de Julie fut envoyée à Rivière. Toute la famille prit le deuil, Julie pour dix-huit mois. Les six premiers mois, le grand deuil : robe de laine unie noire et voile tombant sur le visage, châle en pointe, bas noirs, cheveux couverts et aucun bijou. Les six mois suivants : jaquette ou mantelet noir et bijoux de jais. Les six derniers mois admettaient la dentelle, la soie, même le gris, le lilas et le blanc.

Un an plus tard, Mme des Bordes décédait, donc six mois de deuil supplémentaire. Pendant les trois premiers mois, pas de sorties, aucune distraction. La maison des Chevaliers semblait endormie. Julie peignait seule dans son atelier, faisait des portraits de Marie, des vues du château, des fleurs au printemps.

Mais à peine eut-elle sevré sa fille, qu'elle se retrouva enceinte. Et ce fut encore une fille : Eugénie, en l'honneur de l'impératrice, dont le nom seul était une promesse de beauté. Et de fait, la petite Eugénie, si menue qu'elle passa comme une lettre à la poste, était ravissante. Rien des G., un visage fin avec de grands yeux qui se révélèrent bleus comme ceux d'Hortense. Ernestine, qui faisait merveille, ne cessait de comparer les deux enfants dans un langage imagé qui ravissait Julie :

— Marie aura du caractère et de la malice. Elle est déjà plus forte que moi. Elle sera « Mademoiselle J'ordonne ». Mais Eugénie, ce sera la crème des femmes. Elle est contente de tout, elle rit tout le temps, j'ai jamais vu une enfant si facile.

* *
*

Julie était de nouveau enceinte et Mme G., qui vieillissait doucement, ne parlait plus que de son petit-fils, demandant chaque matin :

— Comment va notre petit Gustave ?

Mais il n'y eut pas de petit Gustave. Au troisième mois, Julie, qui se sentait si bien et qui passait l'après-midi chez son amie Caroline, se sentit brusquement très mal. De légères coliques, devenues d'affreuses tranchées, la pliaient en deux. Ces douleurs lui rappelaient ses accouchements ! Elle eut du mal à rentrer chez elle, monta rapidement dans sa chambre et s'aperçut qu'elle était couverte de sang. Elle se défit, se lava, mais le sang coulait toujours abondant. Elle n'osait pas appeler, bouchonna une grosse serviette et s'étendit. Quelques minutes plus tard, la serviette était si trempée qu'elle allait salir le lit. Alors Julie appela. Honorine, qui gardait les enfants sur le palier où elles jouaient à la marelle, épouvantée appela Alphonsine :

— Mais madame, c'est une fausse couche ! J'en ai fait une après mon mariage. C'est sans doute comme ça que je n'ai pas eu d'enfant... et comment j'aurais fait sans ça ? Il faut appeler le docteur Lebled. Je vais y envoyer Léon ! Je fais descendre les enfants.

Julie, restée seule, se sentait mourir. Son pouls s'arrêtait, reprenait en saccades, elle était si faible qu'elle ne pouvait plus appeler, et elle s'évanouit.

Quand elle reprit connaissance, le sang s'était arrêté de couler. Elle n'avait plus mal et se sentait seulement incroyablement faible. Le docteur Lebled confirma le « diagnostic » d'Alphonsine : c'était bien une mauvaise fausse couche. Il fallait rester couchée pendant quelques jours, jusqu'à ce que les forces reviennent.

Le troisième jour, prévenue par une lettre de Gustave, Hortense, affolée, arriva de Tours. Julie était encore alitée, très faible et très pâle. Il faisait une tempête affreuse, une pluie à ne pas sortir un chien dehors. Julie devina l'arrivée de sa tante au simple bruit de sa voiture à deux chevaux sur le pavé, dans la vieille rue. Tous les voisins mettaient le nez à la fenêtre pour voir sortir l'énorme crinoline sous un chapeau de velours mordoré dont le vent violent qui s'enfilait entre les maisons faisait voler les longues plumes de faisan.

Saluant à peine Mme G., Hortense montait dans un tourbillon jusqu'à l'étage :

— Mon Dieu, ma chérie, qu'est-ce que c'est que cette horreur ? On a failli te perdre. Qu'est-il arrivé, raconte-moi tout !

— Tout, c'est-à-dire pas grand-chose, j'étais enceinte !

— Encore !

Julie se réveillait dans cet afflux de vitalité qui accompagnait toujours les entrées d'Hortense.

— Oui, enceinte, de trois mois environ, mais j'allais très bien quand j'ai eu de violentes douleurs et que je me suis trouvée inondée de sang. J'étais en ville, j'ai eu du mal à revenir, sans savoir comment arrêter la chose et ne sachant que faire. J'ai demandé un médecin, je me suis étendue, mais ça continuait et je m'affaiblissais, puis j'ai perdu connaissance. Quand je me suis réveillée, c'était fini.

— Et ton mari, ta belle-mère, les domestiques ? Mais enfin, c'est incroyable, on ne peut vraiment rien leur confier.

Julie riait, reprenait vie :

— Ils n'y sont pour rien ! Mais je suis là, vous voyez bien. Et ce n'est plus qu'une question de temps.

Hortense se taisait maintenant, ce qui dénotait chez

elle une rare hésitation. Elle jeta un coup d'œil à la porte et rapprocha son fauteuil, puis souffla :

— Tu ne dois plus être enceinte, ma petite ! C'est fini. Il y va de ta vie, sans compter de ta beauté.

— Vous en parlez à votre aise ! C'est à Gustave qu'il faudrait dire ça, pas à moi.

— Bien sûr que si, à toi ! Tu sembles ignorer que les hommes font ce que nous voulons si nous sommes assez fortes. Et forte, je crains que tu ne l'aies guère été avec lui jusqu'ici.

— Mais Hortense, il n'acceptera jamais, voyons ! Aucun homme...

— Pauvre innocente ! Si tu crois qu'Octave... J'y ai mis d'abord des conditions, puis des exigences, puis des limites, enfin un jour où j'en avais assez, j'ai coupé net et fait chambre à part.

Julie restait bouche bée : Octave, cet homme arrivé, riche, considéré, considérable et si sûr de lui... Alors, cette actrice fardée qu'Hortense avait bannie de son salon, c'était donc ça ?

Elle écoutait à peine Hortense conter les malheurs de Justine de La Ferté, morte en couches en laissant deux jumeaux. De la petite R. qu'on avait retrouvée dans la Loire, et pas par hasard ! On avait tout découvert dans son journal intime, que sa sœur avait caché et qu'elle avait livré en pleurant : la petite s'était follement éprise d'un jeune officier, elle lui avait cédé et il avait été muté sans laisser d'autre adresse que son régiment. Enceinte, elle s'était jetée, par ce froid glacial, du haut du pont de Fil. Sa sœur entrait au couvent. On avait pu étouffer l'affaire, mais pas pour tout le monde.

Hortense, partie dans un grand tourbillon de jupons mordorés, Julie était restée longtemps troublée et songeuse : « Les hommes font ce que nous voulons, si nous sommes assez fortes... »

Au printemps, on partit pour Rivière, afin de reprendre des couleurs. Le mois de juin éclatait dans les hautes herbes odorantes, les champs tachés de coquelicots et le parfum des troènes. Julie revivait et promenait Marie qui avait maintenant cinq ans et dont la vivacité et l'intelligence étonnaient chez une enfant si jeune. Elle était en avance pour tout, savait déjà lire et marchait pendant des heures, infatigable. Elle ressemblait de plus en plus à son père, mais plus blonde, et très embellie par une chevelure exceptionnelle de boucles d'or qui auréolaient son frais visage. Ce mercredi 19 juin, Julie ne l'oublierait jamais : elles étaient allées plus loin que jamais le long de la Vienne, cueillant des pâquerettes et des coquelicots, et il commençait à faire très chaud. Marie avait soif. Il y avait là une ferme, où sans doute on leur donnerait de l'eau à boire

Julie, traînant Marie à la main dans sa petite robe fleurie, avec son gros nœud rose dans les cheveux et son joli chapeau de paille, entra dans une cour assez négligée où caquetaient des poulets dans une odeur de fumier. Elle hésitait quand elle avisa un gamin d'une douzaine d'années, en sabots et en blouse, à peine propre, qui jouait à la marelle.

Il se retourna et Julie resta saisie, sans voix. Il ressemblait tellement à Marie que c'en était stupéfiant : mêmes yeux un peu globuleux, même visage mou au menton un peu fuyant, même blondeur... Gustave, Marie, incroyable !

Une femme en cheveux, assez belle mais mal soignée, parut à l'une des portes de la ferme. Ses yeux glissaient de Julie à Marie, puis de Marie à l'enfant :

— Qu'est-ce que vous voulez ? demanda-t-elle d'une voix hostile.

— Je suis de Rivière, vous savez, la maison La Gravière, je passais et je...

L'autre l'interrompit d'un grand éclat de rire :

— Ah ! Vous êtes la femme au beau Gustave ? Eh bien vous n'avez rien à faire ici, allez-vous-en !

Et se retournant vers le gamin :

— Rentre toi, Firmin ! Rien à faire avec ces gens-là.

Un homme apparaissait derrière la femme, très brun, en blouse et casquette, les poings sur les hanches et ricanant. La femme poussa vivement le gamin qui se faufilait entre eux et claqua la porte.

Julie restait médusée. Cette femme était folle ! Pourquoi cette grossièreté ? Et comment connaissait-elle Gustave ? Qu'est-ce que c'était que ces gens ? Elle rentra fort troublée, Marie qui n'en pouvait plus se faisait traîner et gémissait. Il fallut lui donner un bain de pieds et un chocolat chaud pour qu'elle retrouve son entrain.

Gustave rentra de la verrerie comme on se mettait à table et que sa mère descendait péniblement de l'ancienne chambre de Julie que celle-ci lui avait attribuée. À peine assise, Julie attaqua :

— Figurez-vous que je me suis fait mettre dehors assez brutalement, dans une ferme près d'ici, les Hautiers je crois, sur la route d'Azay. Une femme haineuse, qui a l'air de vous connaître, à qui j'allais poliment demander un peu d'eau pour Marie. Et elle a un fils, figurez-vous...

Elle s'arrêta : Mme G., l'œil fixe, le visage convulsé, la fourchette arrêtée net à la hauteur de la bouche, la fusillait des yeux :

— Un garçon qui ressemble tellement à Marie que...

Mme G. jetait sa fourchette et se levait d'un bond à peine croyable pour une femme de son âge et de sa corpulence. Ses yeux lançaient des éclairs, aucun son ne sortait de sa bouche, pourtant ouverte... enfin dans un cri :

— Taisez-vous, misérable ! Comment osez-vous ?

Elle étouffait. Gustave se levait et soutenait sa mère, prête à tomber.

— Maman, je vous en prie...

Mme G. s'était reprise :

— Que je ne vous entende jamais parler de cette fille, cette traînée, cette catin, cette garce, que j'ai jetée à la rue… et que j'ai eu la faiblesse de soutenir alors que je ne lui devais rien.

— Mon Dieu, mais calmez-vous, mère, vous allez avoir une attaque. Qu'ai-je donc dit pour vous mettre dans un tel état ?

La voix de Julie était glaciale. Elle aussi s'était raidie, épouvantée de ce qu'elle devinait enfin. Cette femme, cet enfant, c'était donc de Gustave, du « beau Gustave » ! Et on les avait chassés. Julie sentait monter une nausée impérieuse, jeta sa serviette et sortit. Mais Gustave soutenait toujours sa mère de plus en plus violacée, étouffée, qui tomba lourdement dans ses bras : une attaque !

Alphonsine qui était là depuis un moment, silencieuse, une pile d'assiettes dans les mains, se précipita et appela. Léon et Ernestine sortaient de la cuisine. Julie rentra avec eux pour trouver Mme G. étendue et convulsée, Gustave et Alphonsine à genoux tentaient de la calmer.

Alphonsine leva alors les yeux vers Julie, et ses yeux recelaient une telle pitié que Julie comprit : elle savait, tout le monde savait, le bruit avait couru toutes les cuisines de Chinon. Tout le monde savait, sauf elle.

— C'est une attaque, dit Ernestine, dont le mari et la belle-mère avaient succombé au même mal.

Elle parla saignée, courut chercher un couteau de cuisine et entailla le poignet. On appela le docteur Lebled qui la félicita, mais ne fut guère rassurant : il n'y avait rien à faire, c'était le cerveau gauche qui était touché, donc tout le côté droit paralysé, mais surtout la parole ! Dommage que ce ne soit pas l'autre côté, elle aurait au moins pu parler. Mais vu son poids et de menus signes, elle était sûrement diabétique, ce qui laissait peu d'espoir.

La malade était consciente et se manifestait par des sons rauques et des borborygmes dont on ne pouvait deviner le sens. Tout le côté droit, y compris la moitié du visage déformé, était immobile.

On la monta à grand-peine dans son lit et Julie décida de rester passer la nuit dans un fauteuil pour veiller sa belle-mère, envoyant d'autorité Gustave et les domestiques se coucher :

— De toute façon, vous ne pouvez servir à rien. Je saurai lui donner à boire et comprendre ce qu'elle demande. Elle va d'ailleurs sûrement dormir ; Dieu merci, les enfants n'ont rien entendu et Ernestine s'occupera d'elles demain matin.

* *
*

Restée seule avec Mme G., Julie sentait s'agiter en elle tant de sentiments et d'émotions contradictoires qu'elle bénissait leur départ. Elle s'installa dans le fauteuil contre le lit, tout près de ce visage convulsé, défiguré, dont seul l'œil droit la fixait avec une expression d'angoisse si intense que sa colère fondait.

Mais oui, c'était bien de son fils qu'il s'agissait, le seul être aimé, tout pour elle, son enfant, son œuvre, son honneur, son bonheur. C'était cela qu'elle avait défendu. Et tout s'écroulait. Et plus rien ne comptait ! Ce monstre n'était qu'une femme, une mère, une malheureuse.

Mme G. bougeait, gémissait, et son œil vivant fixait Julie, son bras valide se tendait vers elle, elle voulait parler, mais des sons inarticulés sortaient de ce corps supplicié.

Julie se pencha et dit tout bas :

— Rassurez-vous, mère, je ne parlerai pas. Personne d'autre ne saura. Vous pouvez avoir confiance en moi, dormez !

La malade la regardait toujours, cessant de s'agiter, et

de son œil unique, de grosses larmes coulaient, bouleversantes. Julie posa sa main sur celle valide de Mme G. :

— Oui, mère, je suis là, je m'occuperai de lui, dormez, dormez en paix.

Le silence alors tomba sur la maison des Chevaliers, si puissant que Julie n'en avait jamais connu de tel. Tout le monde dormait, la malade s'assoupissait, seul l'esprit de Julie brûlait dans une cacophonie inconnue : Gustave, la femme, l'enfant, la féroce reine mère, le terrible secret... et elle, Julie, et deux tendres innocentes dans leur belle maison et leurs petites robes brodées... La vie était ignoble. Et fallait-il vraiment l'accepter ?

Le ciel blanchissait entre les frondaisons du parc quand elle s'endormit. Elle fut éveillée par une main sur son épaule, il ne faisait pas encore vraiment clair. C'était Alphonsine, tout habillée, et coiffée de sa coiffe de tous les jours :

— Madame Gustave, il faut aller vous reposer, je suis réveillée, je vais prendre votre place. Allez dormir, vous en avez bien besoin !

— Merci, Alphonsine, vous êtes bonne.

Les larmes, pour la première fois depuis les événements, montaient aux yeux de la jeune femme. Alphonsine la regardait presque tendrement avec ses yeux tristes qui en avaient beaucoup vu, et qui savaient !

— Oui, merci, merci Alphonsine.

Et elle l'embrassa, se glissa sans bruit, ses chaussures à la main, dans le grand lit jumeau près duquel Gustave dormait en respirant très fort d'un sommeil agité, mais qui ne s'éveilla pas.

Chapitre 9

L'or du Mexique

La journée du lendemain fut si pleine de problèmes d'organisation, que Julie, comme Gustave, avaient fait taire jusqu'au souvenir de « l'affaire ». Il fallait prévenir les enfants sans leur faire peur, répondre aux questions pressantes de Marie, parfois déconcertantes :

— Pourquoi grand-mère ne peut pas parler ? Si elle voulait dire qu'elle a mal ou qu'elle a faim, qu'est-ce qu'on ferait ? Pourquoi elle est tombée, puisqu'elle mangeait le soufflé, c'est ce qu'elle préfère ? Pourquoi papa ne parle plus ?

— Parce qu'il est triste. C'est sa mère, ma chérie. Toi, si c'était moi ?

Marie se jetait dans les bras de sa mère en hurlant.

Eugénie, la tendre, voulait aller cueillir des bouquets pour sa grand-mère : « Avec des fleurs, on n'est plus triste, elle sera contente. »

Il fallait trouver de l'aide pour la nuit. Le jour, les femmes de la maison, à plusieurs, pourraient bouger la malade, la changer, la nourrir, mais la nuit, il leur faudrait tout de même dormir.

— Mme Gustave n'est pas encore assez remise pour passer ses nuits sur un fauteuil, décrétaient en chœur Alphonsine et Ernestine.

On allait mettre un lit de camp dans la chambre et demander une religieuse. Léon se relèverait pour l'assister si besoin était.

Gustave était très triste et absent. Même physiquement, son désarroi était visible ; il allait et venait, se trompant d'heure ou de chemin, revenait sur ses pas, avait oublié ses clés, n'écoutait ou n'entendait pas. Ni lui ni Julie n'avaient échangé un mot de la journée, sauf pour l'indispensable.

Le soir venu, après une dernière inspection de la malade qui semblait n'attendre que Julie et tentait en vain de lui parler, celle-ci monta dans sa chambre où Gustave la rejoignit. Elle entendait son pas derrière elle dans l'escalier mais ne se retourna pas et fut s'asseoir sur son lit, le visage sévère, tourné vers la porte. Gustave entrait :

— Je crois, Gustave, qu'il est temps de parler. Je suis désolée, tu as pu le voir, de ce qui arrive à ta mère, et nous ferons tout ce qui est possible pour elle. Maintenant, tu me dois la vérité : cette femme ? Cet enfant ?

Le ton était ferme, le visage glacé. Gustave restait debout, gêné, les bras ballants. Il les écarta dans un geste d'impuissance et de découragement :

— Eh bien oui, tu l'as compris d'ailleurs. Elle servait à la maison et elle habitait contre ma chambre. J'étais jeune... Après tout, je suis un homme et elle ne demandait pas mieux.

— Mais cet enfant...

— C'est ma mère qui s'en est aperçue. Jeanne ne m'avait rien dit mais les femmes ont l'œil. Elle l'a renvoyée avant que ça ne se voie, si vite que je ne l'ai su que la chose faite. Elle venait de temps en temps demander de l'argent et puis, un jour, il paraît qu'elle s'est mariée. C'était une belle fille, et je crois qu'elle a d'autres enfants.

Il s'assit sur son lit, en face de Julie, soulagé, et commençait à défaire ses chaussures. Julie bondit .

— Mais enfin, Gustave, cet enfant, « ton enfant », il est là dans une cour de ferme, jouant près d'un fumier, sale, taché, mal tenu, en blouse et en sabots, il a peut-être la gale, des poux, et il ne sait même pas lire !

Les larmes jaillissaient. Gustave secoua la tête, dépassé.

— Mais moi, je ne le connais pas, cet enfant ! jeta-t-il enfin.

Il avait presque crié.

— Chut !

Il fallait parler à mi-voix pour ne pas être entendu des chambres voisines.

Julie bouillait, ses yeux noirs lançaient des flammes. Elle souffla :

— C'est ton fils, et tu ne le connais pas ? Tu oses dire ça !

— Mon fils... c'est ce qu'ils disent. C'est possible, mais qu'est-ce que j'en sais ? Et puis voyons, réfléchis, qu'est-ce que j'irais faire dans cette famille ? Du drame, des dégâts. Je n'ai rien à y voir.

Il disait comme la femme : « Vous n'avez rien à faire ici. » C'était vrai. Mais l'enfant ? Ce petit garçon qui ressemblait à Marie, c'était affreux !

— Julie, il y a si longtemps ! Pourquoi me torturer ce soir ? Je suis tellement malheureux.

Il se levait et s'avançait, les bras tendus, avec son bon visage un peu mou, inondé de tendresse. Elle se leva d'un bond et recula derrière le lit :

— Ah non, pas ça ! Ça, c'est fini, tu entends, plus jamais !

Elle parlait toujours à mi-voix, étouffant la violence et la colère dans un chuchotement féroce :

— Mais tu es folle ! Voyons, tu es ma femme, et je suis ton mari !

— Vous ne me toucherez plus. Je ne veux plus d'enfant, c'est fini.

Et comme il se redressait, furieux, et se dirigeait vers elle :

— Si vous me touchez, je me jette par la fenêtre.

Elle y était déjà, l'ouvrait, ses yeux dévoraient son visage convulsé. Il était évident qu'elle l'aurait fait. Il y eut un très long silence et Gustave se reprit, très droit, très calme :

— Bon, je ne te touche pas. Mais enfin, je suis un homme qui entend le rester, et un homme ne peut pas se passer de ça. Une femme n'a pas le droit de le castrer... Et dire que nous n'avons pas encore de fils, soupira-t-il naïvement.

Pas de fils, les hommes sont vraiment incroyables ! Julie referma lentement la fenêtre, elle réfléchissait. Elle observait enfin calmement ce grand enfant, bientôt orphelin, inconscient, un peu perdu, pitoyable au fond. Et c'est d'un ton paisible, presque amical, qu'elle conclut :

— Vous ferez ce que vous voudrez, ça ne me regarde pas, et je ne veux pas le savoir. Mais désormais, pour moi, c'est terminé.

« Un homme fait ce que nous voulons, si nous sommes assez fortes ! » Comme Octave, Gustave allait faire ce qu'elle voulait. Était-ce possible et si simple ? Un mot de son père lui revint : « C'est toujours celui qui est demandeur qui a perdu. » Quand elle revint du cabinet de toilette en longue chemise blanche, Gustave était au lit, immobile et tourné vers le mur, sans un mouvement. Elle se glissa sans bruit sous sa courtepointe. Elle non plus ne bougeait pas. Elle avait pensé en se déshabillant qu'elle ne pourrait pas dormir et, curieusement, le sommeil s'approchait, paisible, avec ses serviteurs habituels : les images qui apparaissent sur le fond gris des paupières closes et s'évanouissent comme un éclair... des arbres précis avec tout leur branchage, des visages rarement connus. La dernière image qui passa, l'entraînant dans le néant, fut un petit personnage qui donnait un formidable coup de pied devant lui et disparut. Qui, pourquoi, à qui ? Allez savoir, puisque Julie dormait déjà !

* *
*

Le calvaire de Mme G. dura plus d'un mois. La malheureuse était consciente et ne parvenait pas à faire entendre un traître mot. On se penchait, on proposait : « Vous voulez boire ? Vous avez mal ? Vous voulez que je vous redresse ? Vous voulez le bassin ? » La main valide faisait oui ou non, mais ce visage défiguré, qu'il fallait scruter jour et nuit, faisait mal à voir.

Elle était en effet diabétique et ne s'en était guère souciée, aussi fit-elle des escarres épouvantables et si douloureuses que Julie dut aller jusqu'à Tours pour se procurer des rondelles creuses, en paille tressée, qui soulevaient les parties à vif. La malheureuse s'affaiblissait de plus en plus. Elle avait du muguet dans la bouche. Gustave la veilla plusieurs heures par jour. Julie avait supplié le docteur Lebled d'atténuer les souffrances de ce pauvre être qui maintenant ne s'alimentait plus et gémissait. Il avait levé les bras au ciel :

— Hélas ! ma pauvre dame, à part l'opium, nous ne pouvons pas grand-chose. Mais l'opium... s'il fallait apaiser toutes les souffrances du monde, la nature entière n'y suffirait jamais !

La Toussaint approchait. Elle ne tiendrait jamais jusque-là. On appela le curé de Saint-Jacques pour une extrême-onction. On prépara dans la chambre une table recouverte d'une nappe blanche, des flambeaux, de l'eau bénite et la branche de buis des Rameaux. On fit venir les enfants quand retentit dans la Grand-Rue la clochette du viatique. La malade n'était plus vraiment consciente mais il semblait que la cérémonie l'apaisait.

Le lendemain soir, Julie sentit que sa belle-mère s'en allait et décida de rester jusqu'à minuit. La lune s'était levée, la nuit était claire. Seules toutes deux, sous la douce lueur de la lampe, dans le silence de la nature endormie, quelque chose d'essentiel se jouait et les deux femmes le sentaient. Julie avait pris un livre pour se calmer, mais elle ne lisait pas ; l'œil unique de Mme G. la fixait intensément. Et chaque fois qu'elle levait les yeux, elle rencontrait ce regard pointé vers elle comme une arme. Elle jeta son livre et se leva :

— Mère, je sais ce que vous voulez me dire. Vous voulez être sûre que je pardonne, que je n'abandonnerai jamais votre fils, que je le soignerai et le veillerai fidèlement comme je le fais pour vous, jusqu'au bout. Tout cela, et bien d'autres choses, je le ferai. Vous pouvez partir en paix. Je suis là, et je serai toujours là.

L'œil unique s'était adouci, la paupière battait doucement, la main gauche emprisonnait celle de Julie, le temps passait et le souffle de Mme G. devenait de plus en plus faible. L'œil se ferma ; Julie prit le pouls et ne put le trouver.

Fallait-il aller chercher Gustave ? Mais la main encore chaude enserrait la sienne, alors, elle ne la laisserait pas seule. Et c'est ainsi que Mme G. passa, la main dans la main de sa belle-fille.

* *
*

Ce fut un bel enterrement. On se leva de très bon matin pour s'acheminer vers Chinon en calèche, derrière le corbillard à quatre chevaux empanachés de noir. Julie et Gustave avaient déjà leurs vêtements de deuil, ils les avaient à peine quittés, mais les petites avaient grandi et Marie grossi. Il fallut passer la nuit pour allonger et élargir, hélas, en attendant de faire refaire toute sa garde-robe.

Mme G. avait son banc à Saint-Maurice. Un banc d'œuvre en bois foncé à cinq places, son nom gravé sur cuivre, face à la chaire. On y allait tous les dimanches à la grand-messe, les enfants en bas et gants blancs, Julie toujours très regardée avec ses dernières tenues de visite et des chapeaux dont on parlait. Ce jour-là, la place de Mme G., en bout, côté autel, resta vide. Gustave la prendrait désormais, mais tandis que tonnait le *Dies irae, dies illa,* la place restait encore chaude de l'ombre de Mme G qui l'occupait encore. L'église était pleine. Les condoléances durèrent si longtemps qu'Eugénie, qui était allée s'asseoir, fut retrouvée endormie.

Julie n'avait jamais été pieuse. Elle suivait les offices avec distraction, et ce jour-là au point d'en oublier le sens. Elle songeait dans le ronronnement des prières : qui avait été cette femme dont elle avait pris la place ? Elle revoyait la silhouette massive, le geste autoritaire et surtout cette façon de se tenir trop droite qui fatiguait rien qu'à la regarder. Elle entendait surtout la voix un peu grasseyante, sûre d'elle et sans douceur, ni pour elle ni pour les autres.

Cette femme, là, dans ce cercueil couvert de fleurs, avait été une puissance, un maître. Quel vide elle laissait, et qui le remplirait ? Elle, Julie, ne le pourrait mais surtout ne le voudrait jamais. Elle eut un regard vers Gustave dont les mains tremblaient, vers son teint brouillé, ses yeux gonflés de larmes. Un bon fils... Mais la place de Mme G. était unique, portant impitoyablement sa famille, son nom, sa fortune et sa réputation. Avec elle, s'en allait quelque chose d'atroce et de mystérieux : une vie de femme tapie dans sa toile d'araignée. « Raminagrobis », disaient François et Éléonore, Raminagrobis qui les avait « croqués tous les deux » ?

Mais non ! Tout est toujours plus compliqué. Elle revoyait cette femme autoritaire et digne, prenant sur elle, les jours de réception, pour monter dans sa chambre et quitter son salon, dans sa propre maison, afin de laisser place à sa belle-fille, une étrangère. Elle entendait encore ce « Place aux jeunes ! », faussement gai, mais si courageux, dont sa belle-mère cachait ses luttes intérieures. Des luttes que Gustave était le seul à ne pas voir.

Et ses plaintes, retenues les derniers temps, ses « Julie, j'ai encore perdu un point ! ». Un être de fer qui mourait chaque jour à soi-même, héroïquement, pour maintenir la seule passion de sa vie, une passion qui lui avait suffi à s'accomplir : son fils.

Elle était morte victorieuse. Julie revoyait sa joie lorsque Gustave avait été élu au conseil municipal l'an dernier. « Et pour sept ans », avait-elle dit, comme religieusement. Cette joie presque silencieuse avait eu quelque chose de monstrueux qui l'illuminait mais semblait l'étouffer. Elle revoyait son seul geste fou, le soir de ce grand jour : la belle broche en diamants et roses qu'elle portait chaque jour et qu'elle avait solennellement détachée de son corsage pour l'accrocher sur celui de Julie, sans un mot, mais les larmes aux yeux.

Le retour leur glaça le cœur à tous les deux. La maison des Chevaliers était comme vidée de son âme et brusquement, Julie la découvrit très vieille et pire : vieillotte. Pas fraîche, triste, solennelle, étrangère et vide, vide...

Gustave était très atteint Il passait son temps à faire des comptes, allait beaucoup à Tours chez son homme d'affaires (les G. avaient préféré ne pas laisser leurs placements chez le notaire de Chinon). Julie, avec ce grand deuil, voyait s'allonger une solitude complète et, après avoir vidé la chambre de Mme G. et classé tous ses souvenirs, en changea les rideaux et toutes les tentures pour y installer Marie.

L'hiver s'infiltrait lentement dans la maison avec des frissons, des menaces d'engelures, des jours gris qui se levaient à peine avant de se coucher, des après-midi sans fin, silencieux, des heures vides où Julie découvrait un étrange malaise, des frissons de l'âme inconnus, une sorte d'absence essentielle, mais de quoi ou de qui ? Elle avait entrepris l'inventaire de l'immense armoire à linge du second étage, près des grands coffres. C'était le domaine réservé de sa belle-mère. L'ordonnance impeccable de toute cette blancheur sautait aux yeux et l'odeur de lavande prenait à la gorge. À droite, les draps de maîtres, numérotés par paire, avec des petites étiquettes en carton. Les serviettes de toilette en nid-d'abeilles, attachées par demi-douzaine et numérotées. Les taies d'oreiller, les revers de draps, les torchons, les essuie-verres, les tabliers, les napperons... Tout ça marqué GG.

Le linge de table, celui de Julie à ses armes, était précieusement mis à part dans les deux énormes tiroirs centraux. Cinquante ans d'entretien, des milliers d'heures à broder, ourler, raccommoder... Rien n'avait jauni, on avait donc eu soin, depuis des générations, de ranger en dessous ce qui sortait des deux lessives annuelles. C'était le trousseau de sa belle-mère et de la mère de celle-ci, commencé dès leur première communion. Cinq pour cent de leur dot comme on exigeait jadis ! Mais pour quoi faire ? Pour que les femmes les tiennent enfermés, cadenassés, comme les prêtresses d'un lambeau éclatant de la fortune ? Blanc, tout blanc. La rédemption des femmes peut-être, mais de quoi étaient-elles coupables ?

Par terre, dans un sac, auprès des draps de domes tiques en gros métis, le sac à charpie pour les pansements

Tout était parfait, tout était rangé, tout était immuable. Julie allait fermer les immenses portes quand un coin d'enveloppe débordant sous les tabliers de femmes de chambre l'alerta. Elle la retira, elle était cachetée et portait ces mots : « boucles de Gustave ». Alors Julie, frénétiquement, fouilla : des lettres ? Des souvenirs, des papiers de famille, un testament comme celui de son père ? Non, il n'y avait rien d'autre que ce seul trésor : « boucles de Gustave ». Était-ce vraiment cela, la vie des femmes ?

* *
*

Elle se sentait étrange. Elle n'était plus « Mme Gustave », mais Mme G. elle-même, reine et maîtresse de la maison et du jardin. Une fièvre de changement l'habitait et, à mille détails, rendait la vieille maison moins raide, plus chaleureuse et sans cesse fleurie. Mais il lui fallait lutter contre une angoisse cachée qui l'éveillait parfois la nuit : cet enfant sale et dépenaillé, cette ferme étaient là, blottis au fond de sa conscience. Non qu'elle se sentît coupable, car elle n'avait jamais réfléchi vraiment à ce que les prêtres lui avaient inculqué. Son père considérait la religion comme une nécessité sociale mais ne s'en approchait jamais. Coupable ? Non, pas elle, mais eux tous, à coup sûr.

Le poids de cet enfant pesait si lourd sur ses rêveries et son repos qu'un après-midi de solitude, elle se surprit à monter dans son refuge, son « atelier », et à saisir un papier au hasard. Et sa plume se mit à courir : c'était une petite fille, pas un garçon, dans la ferme d'un château. Une petite fille, en loques, pieds nus. Et la dame, une marquise douairière dont le fils unique était un mauvais sujet, arrivait un jour en calèche et entrait dans la ferme (car elle y était reçue, elle), souriait a la mère et à l'enfant, et proposait d'apprendre à lire à cette petite qui avait l'air si intelligente.

Marie et Eugénie, rentrant de l'école avec Ernestine, interrompirent l'histoire. Julie restait la plume en l'air, laissant au château la petite, lavée et ravissante, qui se découvrait exceptionnellement douée.

Gustave rentra le soir tard et trouva sa femme paisible, souriante, mais qui avait du mal à redescendre sur terre pour répondre sans contresens aux pépiements de Marie et d'Eugénie.

Il remarqua enfin que, depuis la scène de la chambre, Julie le vouvoyait gentiment, mais comme naturellement. Et comme il le lui faisait remarquer, elle sourit et rétorqua en riant que si l'empereur tutoyait l'impératrice, celle-ci le vouvoyait.

— C'est le pluriel de majesté, mon cher !

Impossible de se fâcher d'un côté ni de l'autre : Gustave ne s'approchait plus du lit de sa femme et celle-ci était charmante, attentive à ses aises et ses habitudes. On ne parlait plus jamais de rien.

Avec Noël et les visites du jour de l'An, Gustave semblait s'éveiller, se remettre, oublier. Il parlait de placements mirifiques : sa mère avait trop laissé dormir son capital ! Il n'était question pour lui que de ce fabuleux Mexique, où l'empereur, pressé par l'impératrice, maintenait une armée pour défendre un royaume ami, dont l'or et les ressources dépassaient l'imagination. Selon lui, tous les hommes modernes plaçaient leur fortune dans le développement à venir du royaume de Maximilien.

Le grand deuil prit fin. Julie put accompagner Gustave à Tours aux jours d'Hortense. Celle-ci vieillissait brutalement : elle atteignait la cinquantaine et sa beauté passait. Le parfait visage se creusait, l'ovale s'affaissait, les beaux yeux bleus s'entouraient de fines rides, elle avait beaucoup grossi et devait souvent s'étendre, prise de vertiges ou de bouffées de chaleur. Mais « la belle madame Pillet », toujours fière, devenait l'égérie de la vie sociale et politique, et son assurance semblait encore s'accroître. Dans son salon, on ne se penchait plus sur les potins, mais sur les nouvelles de Paris. On parlait politique, finances, avenir. Elle avait lancé à Tours « L'œuvre de l'impératrice pour la mère et l'enfant ». Le vendredi, on tricotait chez elle entre femmes, le mercredi était le jour d'Octave et des hommes.

Octave ne croyait pas au Mexique. Il disait pis que pendre du duc de Morny, des traficotages autour de lui et de son fameux banquier suisse : « Ces gens qui s'en tirent toujours, mais pas tout le monde ! » Julie, inquiète, avait rapporté ces propos à son mari, mais Gustave avait haussé les épaules, très sûr de lui et très au courant :

— Ton oncle, ma chère amie, vieillit, comme Hortense d'ailleurs. Tu as remarqué, on ne la reconnaît plus. On la dirait enchâssée ! (Il riait.) Ce sont les hommes, et les aventureux qui comprennent le monde moderne et se tournent vers l'avenir. Mon notaire disait en effet que Pillet et ses hommes étaient devenus ramplanplan. Sa banque ne croît plus, elle stagne, et aujourd'hui, stagner, c'est se condamner. Tout va trop vite !

La voiture cahotait entre Tours et Chinon, et Julie s'attristait de la fuite du temps : elle avait déjà vingt-huit ans. Elle n'écoutait que d'une oreille, son esprit vagabondait vers le destin magique d'une petite bâtarde nommée Élise, à laquelle une marquise douairière apprenait le piano et découvrait une voix ravissante. La marquise ressemblait étrangement à Hortense, n'écoutait qu'elle, était généreuse, et gourmandait son fils... La petite Élise n'avait plus de robe déchirée, sa mère étant morte, elle habitait le château, parée de satin rose sous une forêt de cheveux blonds et bouclés... ceux de la marquise jadis ! Mais on ne disait rien à Élise et nul ne se doutait de sa naissance, pas même le marquis. C'était Hortense (enfin la douairière) qui, du haut de sa froide dignité, refaisait le monde et justifiait les siens.

Bien sûr, le gamin, là-bas à Rivière, restait en sabots. Mais Julie se sentait moins mal et s'intéressait plus aisément aux menus événements qui émaillaient la vie de ses filles : Marie était réellement plus intelligente et plus avancée qu'il n'était normal. Pas facile, autoritaire, assurée, mais non sans raison. Ses questions et ses réflexions embarrassaient souvent son père pour lequel elle avait une évidente passion. Toujours première en classe, elle avait demandé à peindre comme sa mère et semblait fort douée, attentive et appliquée.

Eugénie était un amour, une tendre, un petit oiseau toujours gai qui chantait avec une voix très pure, et jouait déjà sans faute les sonates de Czerny. Elle serait évidemment beaucoup plus belle que sa sœur, fine et délicate de toutes ses attaches, avec de beaux yeux bleus, des pieds menus et de longs doigts.

Marie gardait sa fameuse chevelure blonde qu'il fallait des heures pour brosser chaque soir, mais gourmande, elle mangeait trop et ne cessait de grossir. Autant il était facile d'habiller Eugénie avec des riens et d'en faire une petite merveille, autant Marie désespérait les couturières et leurs charmants tissus. Elle avait un goût déplorable et aurait toujours voulu choisir les pieds-de-poule géants ou les écossais multicolores.

— Mademoiselle Marie, il faut être mince pour ça ! Et, si vous voulez être belle, il vous faudra une taille de cinquante-cinq centimètres, comme votre maman.

— Mais moi, je serai célèbre, et pour cela, la taille n'a

rien à voir, répondait sèchement Marie qui ne doutait de rien.

Mme Leroy, qui était une élève de Mme Palmyre, couturière de l'impératrice, avait beaucoup ri et racontait l'histoire à toutes ses clientes en concluant : « Célèbre ou pas, il faut bien convenir qu'une femme laide n'est rien. »

Chapitre 10

Ce gredin d'Estandery

LE DEUIL s'achevait, en blanc ou en lilas, la vie reprenait. Le printemps s'annonçait et l'hiver était si doux qu'on se sentait revivre. Julie lançait de nouvelles invitations mais elle terminait surtout son histoire : la marquise mourait, bouche cousue. Élise, qui avait seize ans, parlait maintenant l'italien et l'anglais et entrait comme secrétaire chez le neveu le plus cher de sa bienfaitrice, lequel en tombait amoureux et l'épousait. Elle avait hésité à lui faire découvrir ses origines grâce à quelque artifice comme « la croix de ma mère » de *Jenny l'ouvrière.* Mais une obscure gêne l'en avait dissuadée. Elle avait sauvé Élise, mais gardé le secret de la marquise.

Une sorte de paix s'était installée entre les deux époux jusque dans la chambre conjugale. Après la mort de sa mère, Gustave s'était senti trop seul pour surveiller la verrerie et avait engagé une veuve de plus de quarante ans, belle et grasse, une certaine Mme Bidault, qui le retenait fort avant dans la soirée (pour les comptes ?) et il était souvent en retard pour le dîner. La vie reprenait donc son cours. Mais Julie avait à peine posé le point final de son roman que le ciel tombait sur sa tête !

En ce beau jour clair de mars 66, Gustave revenait de Tours, pâle comme la mort, égaré, muet, et s'affaissait dans la bergère de sa mère. Il était soucieux depuis plusieurs mois, en allées et venues incessantes vers Tours pour rencontrer Estandery, son homme d'affaires. Julie, prévenue par Ernestine, descendit en hâte et se précipita vers son mari :

— Julie ! C'en est fini du royaume du Mexique. L'empereur a rappelé ses troupes. L'armée française va rembarquer... Tout est perdu, je suis ruiné !

Il s'arrachait les cheveux, s'écroulait dans son fauteuil.

— Mais pourquoi, mon ami ?

— Parce que tous mes placements étaient au Mexique. Il paraît que l'impératrice Charlotte est arrivée de Mexico, s'est jetée aux pieds de l'empereur, mais celui-ci a refusé de continuer l'opération.

Julie, à la lumière frisante du soleil couchant, découvrait chez son mari le visage d'un vieillard, le teint terreux, le crâne à moitié dégarni. Était-ce possible ? Elle avait pensé d'abord que l'armée allait revenir, que François ne repartirait pas et elle avait retenu sa joie indécente. Mais elle prit peur, appela Léon et commanda « du cognac pour monsieur » sans autre commentaire, puis se pencha vers son mari :

— Mon pauvre ami ! Mais n'avez-vous pas pu vendre plus tôt ? Il y a des mois qu'Octave annonçait cet abandon.

— Estandery le savait fort bien, mais il était sûr que l'empereur ne céderait jamais et que ceux qui auraient le courage de garder leurs actions les verraient remonter un jour avec un gain insensé. Et puis aujourd'hui, c'est la faillite assurée.

Que dire, que penser...

— Je ne sais rien de vos affaires, mais cette perte va-t-elle changer notre vie ? Est-ce si important ?

— Bien sûr ! Il va falloir diminuer fortement notre

train de vie, ma pauvre amie ! Je ne sais même pas si nous pourrons garder Rivière...

Julie bondit :

— Vendre Rivière, mais c'est impossible. D'ailleurs, c'est à moi.

Gustave avait avalé son cognac et reprenait vie. Il se redressa :

— C'est à toi, oui. Mais c'est à moi de l'administrer. Même si tu voulais le vendre, tu n'en aurais pas le droit. Tes biens sont entrés dans la communauté, et le mari seul peut les gérer et en disposer. La femme, selon la loi, est une éternelle mineure.

Julie restait debout, le flacon de cognac à la main :

— Mais ta mère, elle, décidait de beaucoup de choses dans vos affaires ?

— Ma mère était veuve, et avec un enfant mineur. Elle pouvait et devait gérer le bien de son héritier. Mais mariée, au temps de mon père que j'ai peu connu, elle ne s'occupait de rien. Elle m'a beaucoup dit comment, à sa mort, elle avait dû faire face à une tâche écrasante et surtout inconnue pour une femme. C'était un être d'exception, soupira-t-il.

— Mais la verrerie... et la vigne ?

— La verrerie me rapporte moins que mes placements, et la vigne, avec ses cinq ou six barriques, est quantité négligeable. Mon père avait laissé l'essentiel de notre fortune en 3 % et, grâce à ma mère, elle nous donnait du 9 %. Nous étions plus qu'à l'aise. Et maintenant...

— Mais pourquoi vendre Rivière ?

— Parce que avec les réparations de l'an dernier, la propriété a coûté beaucoup plus cher qu'elle n'a rapporté, et qu'elle ne rapporte pratiquement rien : elle a peu de terres et ton père, pour l'élégance, ne voulait voir que des prairies, ce qui ne rapporte guère. La toiture, aujourd'hui, est toute à refaire. Vendre, c'est replacer.

— Ne pourrait-on pas planter des vignes ? émit timidement Julie.

Gustave haussa les épaules :

— Si tu les plantais cette année, elles donneraient dans cinq ans.

L'ignorance de sa femme lui rendait un peu de sa supériorité. Il se redressa et sa voix prenait un peu d'assurance. Il but un second verre et des larmes lui vinrent aux yeux en voyant les petites qui se poursuivaient en riant :

— Comment les doterons-nous ? soupira-t-il.

La nuit était tombée. Léon brisa le silence qui s'était installé, lourd, angoissant, en annonçant le souper. Mais Gustave ne put avaler que son potage et s'en fut se coucher, laissant Julie seule avec les enfants qui babillaient, inconscientes.

Julie n'écoutait pas, elle pensait très vite : non, elle ne laisserait pas vendre Rivière, sa famille, son père, tous les souvenirs des siens : « Un homme fait ce que nous voulons si... » Il faudrait sûrement renvoyer Ernestine. On n'en avait d'ailleurs plus vraiment besoin, Eugénie allait déjà en classe. Mais on ne pourrait plus recevoir, et plus question d'être un jour maire ! Il faudrait prendre, comme tout le monde, la diligence pour aller à Tours. Adieu les robes et les chapeaux !

Tout était possible, acceptable... sauf vendre Rivière ! Ça, jamais ! Les larmes lui montaient aux yeux à cette pensée. Il faudrait trouver quelque chose et elle trouverait. D'ailleurs, ce n'était pas la misère, il y aurait tout de même de beaux restes, Gustave n'avait sûrement pas tout perdu, et puis il y avait la verrerie. Tout se bousculait dans sa tête : elle saurait faire ce qu'il faut pour faire figure, mais en effet... comment un jour pourrait-on marier deux filles ?

Et puis qu'allait dire Octave, et surtout Hortense ? Car ils sauraient évidemment, et Hortense depuis longtemps battait le froid à Gustave qui n'avait rien placé à la banque Pillet. Elle avait fait plusieurs fois allusion à cet homme d'affaires, dont Gustave s'était entiché, mais d'une façon clairement hostile.

* *
*

Octave Pillet tirait lentement sur son cigare, appuyé à la cheminée du grand salon aux boiseries dorées. Julie était arrivée à l'improviste, à midi, par la diligence, pâle et défaite, le lendemain de la nouvelle :

— Cet Estandery est une crapule, mais nous le savions tous, ma chère ! Il avait débuté, venant on ne sait d'où en Europe centrale, dans l'entourage du duc de Morny. Pourquoi est-il venu s'installer à Tours ? On dit que c'est le duc qui s'en sépara pour une affaire peu claire, et pourtant...!

— Mais, mon oncle, comment n'avez-vous pas pu empêcher Gustave de faire confiance à cet escroc ?

— Ton mari, coupa Hortense assez sèchement, a toujours gardé de grands airs devant ton oncle et il eût été bien difficile de lui faire entendre raison... Tu as bien compris, ma pauvre petite, qu'il n'a jamais été vraiment des nôtres.

Elle tournait sans fin sa cuillère dans sa tasse à café aux armes des La Gravière.

— Et il s'en est bien aperçu, hélas ! souffla amèrement Julie. J'ai fait ce que j'ai pu.

— Nous aussi, ma chère, j'ai plusieurs fois parlé devant ton mari de cette navrante affaire du Mexique et des risques financiers, sans le moindre ménagement. D'autres aussi devant lui, ici même. Combien a-t-il mis chez Estandery ?

— Pas tout bien sûr ! Mais suffisamment pour me demander de changer notre train de vie.

— C'était d'autant plus imprudent que cet homme n'avait même pas apparence de sérieux. Il était à Paris la moitié du temps sous prétexte de Bourse, mais on savait qu'il fréquentait le demi-monde et toute cette racaille des petits crevés, des crevettes des boulevards et de toute cette pourriture sociale parisienne. Il avait cette arrogance, cet orgueil, cette suffisance et cette vanité des agioteurs qui parient sur la comète. Ta belle-mère était plus raisonnable, il me semble. C'est une grande perte pour une maison qu'une femme de ce poids-là.

— Tu aurais peut-être dû t'y intéresser toi aussi, ma chérie ! (c'était Hortense). Je sais bien que ton père ne t'y a guère préparée, mais il ne suffit pas de faire un conseiller municipal pour être à l'abri de tout risque.

Julie se souvenait des conversations de l'escalier, des mines sévères de sa belle-mère, de cette sorte de mépris affectueux à son égard quand elle tentait maladroitement de comprendre.

La porte s'ouvrit alors et Joseph, le maître d'hôtel, annonça M. le bâtonnier et Mme de Vaux. Ceux-ci s'arrêtèrent devant la porte du salon et le bâtonnier, un grand et superbe gaillard très brun, leva les bras au ciel et s'écria solennellement depuis la porte :

— Estandery est en fuite en Belgique ! Le préfet vient de recevoir un télégramme de Paris.

Hortense qui se levait pour les accueillir leur fit un signe discret sur ses lèvres en jetant un coup d'œil rapide vers Julie.

L'avocat fit un geste désolé auquel ne manquait que les grandes ailes noires du tribunal pour figurer un vol de corbeaux :

— Un désastre pour trop d'honnêtes gens. Il a filé en Belgique hier soir. On ne l'avait pas vu depuis deux jours.

Puis, l'habitude reprenant le dessus, il déclara d'une voix forte les griefs que la cour lui aurait imputés, sur quoi il concluait en tonnant :

— S'il vous arrive des malheurs dignes des fautes que vous avez commises, ne soyez pas assez injuste pour en accuser les dieux !

Julie, sans voix, avait tourné le dos et feuilletait par contenance le *Journal des Modes* qui traînait sur un guéridon, tournant les pages sans les voir : « Robes de visite : nouvelles berthes plates ou triangulaires... tissu à l'orientale... pouf à rubans... les tournures détrônent la crinoline... » À quoi bon maintenant ? En dernière page, le feuilleton l'arrêta : *L'Enfant du forçat*, par Mme de Sainte-Adresse. *L'Enfant du forçat*... Firmin en sabots, Élise en robe rose... Comment cette Mme de Sainte-Adresse avait-elle trouvé le moyen de faire publier une histoire ? Son *Enfant du forçat* était une jeune fille atrocement battue qui s'enfuyait dans la forêt par un temps à ne pas mettre un chien dehors et qu'on laissait (à suivre) trempée comme une soupe et en butte aux plus affreux dangers.

Oui, comment et pourquoi voyait-on ses écrits publiés dans le journal ? Cette histoire était stupide, le style ampoulé et plein de clichés, néanmoins, une très belle gravure l'illustrait, montrant une ravissante échevelée, les bras croisés sur sa poitrine (sans doute pour se réchauffer), environnée d'un vol de feuilles mortes et de troncs dénudés.

— C'est un krach unique dans notre région, disait Octave. Mais nous n'avons jamais douté que cela se terminerait mal.

— Vous ne connaissez pas ma nièce, disait Hortense à Mme de Vaux qui s'approchait, une grande et belle femme en velours roux à la dernière mode. Très aimable (elle au moins n'avait rien compris). Mais Julie coupa court à toute conversation :

— Je suis navrée, madame, ma chère tante, mais je dois vous quitter. Mon mari m'attend à Chinon par la diligence de quinze heures.

Mme de Sainte-Adresse, la fille du forçat, le krach, tout se tenait dans sa tête et Julie avait hâte de partir. Comme son oncle l'accompagnait affectueusement jusqu'à l'escalier, elle entendit la grande voix de M. de Vaux soupirer parmi les chuchotements des femmes :

— Vraiment ? Mais quel dommage, une si charmante petite femme !

Sur le quai, en attendant la diligence, Julie eut brusquement très chaud et sentit le sang lui monter au visage : mais oui, elle aussi avait écrit un feuilleton. Il suffisait de découper en tranches égales, mais surtout de recopier proprement tout le texte, sans ratures ni rajouts, avec une écriture soignée, lisible et un papier plus convenable. Qu'avait-elle de plus qu'elle, cette Mme de Sainte-Adresse qui s'appelait peut-être Durand ou Dupont ? Les trois heures de route passèrent comme une lettre à la poste, au point qu'elle en oublia l'odeur d'oignon du panier de sa voisine et les œillades indécentes d'un gros homme en veston qui, en face d'elle, devait représenter quelque produit agricole. C'est toute rose qu'elle retrouva, dans la maison des Chevaliers, un Gustave enrhumé, toussant, mouchant et larmoyant, qu'elle coucha gentiment avec grog et cataplasme à la moutarde.

* *
*

Le krach était total. De ce que Gustave avait confié, qui Dieu merci ne représentait guère que la moitié de son portefeuille, il ne restait rien. On en parla à Tours pendant des semaines dans les salons et les cafés. On sut qui était touché. Les victimes restaient chez elles, car un krach vaut un deuil, sans les visites !

À Chinon, les premiers temps, Gustave n'osait plus aller aux séances du conseil municipal pour ne pas affronter les questions ou les condoléances. Rhume, grippe, bronchite, tout était bon pour lui sauver la face. C'est ainsi qu'il manqua la séance où on discuta l'état des toitures du château, celles du corps de logis où le dauphin reçut la Pucelle. Il y pleuvait, les poutres pourrissaient et plus d'une d'entre elles s'étaient écroulées. À une voix de majorité, le conseil refusa la réparation. Julie l'apprit chez Caroline le jeudi suivant. Le mari de Caroline, Jules Diloy, conseiller lui aussi, était officier des Eaux et Forêts et administrateur des biens de justice, offices qui devaient valoir des milliers de livres. Sa maison était spacieuse et claire sur le quai de la Vienne, entourée d'un beau jardin. Tous les jeudis après-midi, les deux jeunes femmes réunissaient leurs enfants autour d'un chocolat et de brioches, tantôt chez l'une, tantôt chez l'autre. Tandis que les enfants s'amusaient, Caroline et Julie jouaient à quatre mains les sonates de Beethoven ou les ballets de Coppélia. Caroline, excellente musicienne, jouait la main droite, Julie, qui déchiffrait mal, l'accompagnait. Caroline était consternée :

— À une voix ! Imagine... Si Gustave avait été là, lui qui sait le prix de ces souvenirs et de ce Moyen Âge devenu tellement à la mode !

Julie aussi était consternée, elle prétexta une nouvelle bronchite mais elle savait bien que Gustave aurait été mal placé pour réclamer au conseil un effort financier et décréter la ville trop riche !

Son mari, après des nuits passées dans ses comptes, avait dressé le bilan de la catastrophe. Julie apprit — ce qu'elle ne savait pas — qu'on vivait sur 15 000 livres de rentes annuelles et qu'il ne faudrait plus compter que sur 10 ou 12 000. Il fallait en effet cesser toute dépense somptuaire, réduire le train ordinaire d'environ un quart, peut-être même plus si la verrerie avait un mauvais rendement et si les concurrents lyonnais continuaient à baisser leurs prix.

Julie avait eu, chez son père, l'habitude des économies et de la simplicité. Aussi fit-elle à son mari un discours ferme et tranquille qui l'étonna elle-même :

— Gustave, les maux d'argent ne sont pas mortels ! Nous avons encore de quoi vivre, deux enfants charmantes, une belle maison, une bonne santé, nous n'allons pas empoisonner une vie, somme toute heureuse, par de misérables questions d'argent. Je suis parfaitement capable de vivre avec beaucoup moins. Les enfants n'en souffriront pas car je peux les former moi-même à la musique et à la peinture, les religieuses feront le reste. Je suis même capable de rester élégante au prix d'un peu d'ingéniosité...

Gustave avait été touché aux larmes.

Là-haut, dans l'atelier de Julie, la copie sur papier blanc se terminait. Elle avait relevé l'adresse du *Journal des Modes* et s'en fut porter une très grosse enveloppe à la poste :

« *Monsieur le Directeur,* disait la lettre d'accompagnement, *j'ai beaucoup apprécié les feuilletons de votre journal et suis depuis longtemps une fidèle de vos pages remarquables. Le roman que j'ose vous soumettre, sans témoigner du talent de Mme de Sainte-Adresse, s'inspire au plus près de la vie quotidienne dans notre région. (Hum !) Peut-être aura-t-il le bonheur de vous plaire.* »

Signé Mme G., née Julie Guiet de La Gravière, avec adresse.

Julie s'efforçait de ne plus y penser et l'été s'annonçait. Il faisait déjà bon. Elle avait dû ce matin ressortir les chapeaux de paille et les robes d'été. Mais les siennes, datant d'avant les deuils, avaient vieilli et se démodaient : on ne portait plus de crinolines, on avait abandonné les volants, la mode se dépouillait. Hélas, les robes des enfants semblaient avoir rapetissé.

Julie avait tout étendu sur les deux lits de sa chambre et cherchait en vain les accommodements, quand le facteur sonna, chargé d'une lettre à belle enveloppe presque cartonnée. Elle bondit jusqu'à l'entrée, le cœur battant : ça venait de Paris !

Ma chère Julie

Comme tu le sais peut-être, j'ai hérité de mon oncle Hippolyte sa superbe propriété l'Alouette, qui domine Tours au bout de l'avenue de Gramont. Mon succès à l'Exposition me permet d'envisager une installation d'été dans notre chère province. Je donne une fête d'inauguration le 7 juillet : dîner, bal et souper champêtre avec feux d'artifice si le temps se maintient. Tout ce qui compte en Touraine y est convié et y sera je l'espère.

Je compte sur toi et les tiens. Il y aura un coin de jeux et une table spéciale pour les enfants.

Ton cousin affectionné, (signé Roland.)

— Une fête, dans un mois seulement ! Julie qui était remontée contemplait les robes étalées : une fête champêtre, un grand bal, l'Alouette, la fameuse folie du dernier gouverneur de Touraine avant la Révolution, juchée sur la colline qui domine le Cher, avec Tours à ses pieds, la Loire et ses sables, les falaises blanches de Saint-Cyr et de Sainte-Radegonde, le tout au milieu de ces grands arbres légers des forêts de Touraine !

Et puis Roland, le grand cousin de son enfance, avec sa gouaille et sa superbe, son faible pour la toute petite cousine qu'il appelait « sa ravissante » ! Le peintre favori de l'impératrice, l'homme qui dominait l'Exposition, la vraie, celle des chefs-d'œuvre. Et puis toute la ville, tout ce qui compte, tous ses amis...

Elle regardait ses robes défraîchies, robes de visite ou de maison, boutonnées jusqu'au menton, ses mantelets pour trotter... Rien ! Elle n'avait vraiment rien à se mettre et l'héroïsme dont elle avait fait preuve jusqu'ici, fort sincère d'ailleurs, s'écroula. Que faire, mon Dieu !

Impossible de demander un sou à Gustave. Il se battait pour vendre la production de la verrerie et, la veille, semblait découragé par les prix que proposaient les Rose.

Les larmes lui montèrent aux yeux. Non ! Elle allait trouver. Ce n'était pas possible de refuser. Il fallait...

Pour les enfants, pas de problème : elle ferait les robes elle-même, elle avait d'avance pour elles une pièce de cotonnade fleurie. Pas de problème non plus pour Gustave : la mode des hommes change à peine et il avait fait faire, deux ans plus tôt, une superbe redingote en cheviotte anglaise, une folie, qu'il n'avait pratiquement pas pu porter et dont la coupe l'avantageait. Mais pour elle ?

« Il n'y a pas de problèmes insolubles », disait son père, « il suffit de les ignorer. » Pour le moment, ignorons ! Je trouverai !

Chapitre 11

Un bal comme à Compiègne

DANS LE GRAND couloir du premier étage pendaient toutes les tenues de la famille G. : celles de feue madame mère, il n'en était évidemment pas question. Mais avec ces souvenirs (que Gustave n'aurait pas supporté de voir jeter), Julie avait rangé une ou deux de ses anciennes robes de jeune fille, celles qu'elle n'avait pas eu le cœur de donner. Elle était là, devant l'immense penderie dont la haute porte, en s'ouvrant, lui avait envoyé un effluve de naphtaline, et ses yeux tombèrent, tout au fond, sur... sa robe de mariée !

Une robe blanche pour une fête à la campagne, pourquoi pas ? Elle était si jolie, cette robe : les volants ne se font plus guère, on pourrait les enlever. On pourrait juponner moins, sans la cage, puisque la crinoline est détrônée. Julie hésitait : toutes les robes seraient décolletées et cette robe fermée jusqu'au menton lui donnerait l'air d'une nonne.

L'ouvrir ? Bien sûr... les broderies de l'encolure d'ailleurs seraient ridicules à la campagne. Donc, un grand décolleté que les emmanchures montées très bas permettraient de tenir sur la pointe des épaules. Au besoin, on baleinerait. Maintenant, allait-elle rentrer dedans, il y avait si longtemps ? Elle faisait l'inventaire de sa personne : d'avoir nourri ses filles avait gonflé ses avantages, ce qui d'ailleurs n'était pas déplaisant, mais sa fausse couche l'avait beaucoup amaigrie. Elle monta prestement l'objet dans son atelier : elle l'essaierait discrètement demain avec l'aide d'Alphonsine qui descendait très tôt le matin, car le boutonnage était hélas dans le dos. Elle lui demanderait le secret et savait que cette dernière saurait le tenir.

Le lendemain matin, la robe ferma, moulée, exquise. Julie n'avait pas changé. À peine Alphonsine l'eut-elle déboutonnée et était-elle descendue sans poser de questions, que Julie attrapa ses ciseaux de coupe, serra les dents, posa la robe à plat, en double sur le milieu et coupa.

Coupa généreusement, en ovale, avec la décision d'un assassin et l'impression de commettre un crime. Fallait-il garder ces manches longues à double ballon ? Non, un seul au coude. Le cœur battant, elle coupa de nouveau. Puis elle enfila seule et rattacha le bouton d'en haut, par-derrière, devant la jolie glace de son ancienne chambre au-dessus de sa commode.

C'était terrifiant : accroché tout au bout des épaules, le décolleté descendait jusqu'à la naissance des seins. On voyait s'enfoncer le doux sillon entre les rondeurs gonflées à droite et à gauche. Elle remua un peu, tenant, de sa main droite, la taille fermée par-derrière : rien ne bougea ! Avec un faux ourlet et un galon maintenant le biais, comme chez Mme Palmyre, ça tiendrait fermement et elle ne serait sûrement pas la seule à oser.

Mais le sillon central l'inquiétait et puis tout ce blanc, ça faisait bête. Alors des fleurs peut-être ? Mais oui, une grosse rose, piquée là, au milieu, masquant le scandale, une rose rouge éclatante. Avec sa capeline blanche et l'ombrelle blanche de Caroline, toute rebrodée (qu'elle lui prêterait sûrement), enfin un grand châle de cachemire pour le voyage, c'était décidé.

Restait seulement à terminer solidement le décolleté avec de minuscules points arrière et un galon solide, ça prendrait du temps, mais le bas des manches irait tout seul. D'ailleurs Julie avait un mois pour le faire en cachette. Dans la journée, elle taillerait les robes des petites et porterait à piquer chez la couturière de Chinon qui avait acheté une machine à coudre. Elle ferait les finissages, cela coûterait peu. Elle finirait sa robe dans son atelier, le soir. Gustave dormait comme un sonneur et les jours rallongeaient. Elle se souvint de son père qui déclamait : « Une fête, une soirée, un dîner d'amis, une belle voix qui chante, une réunion de beaux esprits, des femmes ajustées à ravir, des causeries, l'ironie, la bonne chère et les vins choisis, voici ces heures légères pendant lesquelles il est impossible de vieillir. » Et c'est en chantonnant tout bas que Julie termina la robe blanche de son destin.

* *
*

La lune changea le 15 juin, et le printemps pourri aigre et pluvieux qui effrayait Julie fit place, dès le 20 juin à une explosion de bonheur : ciel bleu, trop chaud déjà, mais comment se plaindre après ce qu'on avait subi ?

Toute la nature revivait. On s'apercevait enfin que les roses étaient partout, que les jeunes femmes étaient belles, que la Loire était bleue comme des yeux, ses collines enveloppées de voiles diaprés et que les coquelicots insolents grignotaient tous les talus.

Le 7, donc, à l'aube, Julie hérissée de bigoudis brossait les cheveux de ses filles, tressait, frisait, nouait, laçait et boutonnait. Tout avait été repassé et étendu la veille sur des cintres, sa robe bien sûr dans son atelier. À huit heures, les petites étaient prêtes et charmantes. Gustave se battait avec sa chemise amidonnée et sa cravate, tandis que Julie descendait, bouclée, coiffée, et drapée du col aux pieds dans son grand châle de cachemire.

Très tôt le matin, elle avait inspecté les rosiers du jardin et choisi deux (on ne sait jamais), deux roses rouges énormes, à peine écloses, dont elle avait savamment enveloppé la tige dans du linge humide, le tout fourré dans son cabas. Le fameux « sillon » du décolleté serait masqué au dernier moment.

On partit très tôt en calèche à deux chevaux. Au diable l'avarice ! On ne peut pas aller au bal du siècle en diligence. On partit un peu en retard parce que Gustave ne retrouvait plus où il avait mis ses clés la veille et il voulait ouvrir le coffre pour que Julie ferme son châle avec la broche de diamants de sa mère.

Il n'était guère plus de onze heures quand le cocher en haut-de-forme de cuir bouilli, le « père Ronchon », le fameux loueur de Chinon, arrêta les chevaux devant la grille de l'Alouette. Il avait trotté bon train sur tout le trajet. Les petites n'avaient cessé de jacasser et poser mille questions sur les bals, les buffets, les soupers et les merveilles qui les attendaient.

Du premier coup d'œil, Julie comprit que toute la Touraine était là et en grand falbalas, elle connaissait presque tout le monde. Tandis que Gustave faisait descendre les petites : « Hop, mademoiselle ! » Julie dégrafait son châle, sortait prestement une des roses qu'elle piqua si rapidement entre ses seins qu'une goutte de sang, vite épongée, faillit tacher son décolleté. Au diable la broche de Mme G. ! Rien ne devait rompre l'harmonie de cette robe si simple, elle glissa la broche dans son sac, ouvrit l'ombrelle de Caroline et descendit, telle une apparition :

— Tiens, tu es toute en blanc, dit Gustave, mais c'est très joli.

Roland, sur la cinquième marche du perron, accueillait ses hôtes qui déjà occupaient toute la terrasse et le salon. Il avait vieilli : du ventre, peu de cheveux, quelle déception ! Un grand sourire lui rendit sa jeunesse, il leva les bras au ciel et s'adressant à un groupe d'inconnus qui l'entouraient s'écria :

— Ah ! Mais voilà enfin ma belle cousine Julie et sa charmante famille ! Julie, ma chère, tu es plus jolie que jamais et ce blanc, et cette rose, c'est Velléda ! Quel goût ! Bravo Gustave ! vous êtes tous les quatre les plus élégants de cette journée.

— Jolie surtout pour un peintre, glissait à mi-voix un des hommes qui entouraient Roland et qui couvait Julie des yeux.

Car c'étaient sûrement des peintres. Leur tenue tranchait : cheveux plus longs, certains même avec crinière bouclée, gilets à carreaux, grosses cravates nouées de couleurs vives, larges pantalons et plastrons bouffants (« Vive l'empereur, vive l'ampleur »). Ils étaient là une demi-douzaine dont certains fumaient sans façon en admirant le paysage.

Car, de la terrasse de l'Alouette, la vue était somptueuse : Tours s'étalait paresseusement entre le Cher et la Loire, ville toute bleue, dominée par les tours de François Ier qui faisaient de la cathédrale un bijou, la tour Charlemagne et la tour de l'Horloge (souvenirs de saint Martin), la masse carrée de Saint-Julien, et les collines bleutées du fleuve royal qui fermaient au loin l'horizon.

On s'embrassait, on présentait Marie et Eugénie, cette dernière très intimidée et Roland, se tournant avec un geste large, présentait :

— Mes amis, les princes du Salon et le roi des recalés

qui n'en est pas le moindre. Venus tous de Paris pour me fêter !

Les hommes riaient et saluaient. L'un d'eux, celui qui avait parlé de peintres, regardait toujours Julie en clignant des yeux, doux et lointains, avec une insistance presque gênante. Il fait mon portrait, pensa-t-elle, elle lui sourit aussi d'un air moqueur.

Toutes les amies de Julie étaient déjà là au salon pour s'abriter du soleil qui commençait à chauffer. C'était un chatoiement de couleurs : vert, violet, rose, rouge, imprimés de tons plus violents (l'Orient venait à la mode), des robes de campagne, simples, sans trop de garnitures, de brochures, franges ou ruchés, mais encore très juponnées. Il y avait pas mal de décolletés. Élise de T., que ses maternités avaient encore enrobée, arborait non pas « vallée et collines », mais un véritable précipice ! Elle félicita gentiment Julie de sa tenue :

— Tu as de la chance d'être brune pour pouvoir porter du blanc, c'est si joli l'été. Moi qui suis blonde...

Julie imaginait Élise en blanc et se retint de sourire.

Hortense était dans un coin sombre qui masquait ses ravages. Mais on la remarquait par une robe d'un extraordinaire bleu lumière, ce devait être cela le « lapiz lazzuli », dont parlait le *Journal des Modes.* Dès le premier regard, Julie comprit qu'elle avait son accord :

— Tu as très bien fait de venir, ma chérie, souffla-t-elle en l'embrassant. Tout s'oublie très vite, rassure-toi. Et tu es très belle, ajouta-t-elle comme Julie s'éloignait.

Le dîner était préparé sous les grands platanes du petit bois qui bordaient la propriété sur l'arrière, avec un coin charmant et des domestiques en bonnet tourangeau pour les enfants. Marie et Eugénie avaient déjà retrouvé les enfants de Caroline, et Julie les abandonna, ravies, aux prises avec des ailes de poulet et une purée de champignons.

On se plaçait sans façon, mais la table de Roland était déjà entièrement occupée par les autorités. La préfète était à sa droite, la générale à sa gauche. Le maire et Mme Gouïn, puis maître de Vaux avec sa voix de tonnerre et sa charmante femme. Bien entendu, Hortense en face de Roland. Gustave poussait galamment la chaise de la générale sous sa jupe avant de prendre place. La table d'Octave réunissait toute la finance tourangelle, passablement âgée, Julie se dirigea donc vers celle de François, revenu du Mexique à sa grande joie, quand on la tira par la jupe :

— Julie ! ma belle, avec nous ! C'est Paris qui t'accueille.

Blaise de T., incontournable ! Il restait en effet deux ou trois places à sa table. Julie s'assit et d'un seul coup d'œil s'aperçut que les peintres avaient colonisé le bout le mieux abrité, à sa gauche, et que deux jeunes financiers s'y trouvaient piégés, un peu raides comme en pays étranger. On riait beaucoup, et on buvait déjà.

— Vous croyez donc à l'avenir du bien-être universel, heureux Tourangeaux ? (C'était le peintre barbu à la casquette. Il avait une voix de tonnerre, des épaules de déménageur et une bonne humeur à toute épreuve.) Celui à qui il s'adressait, un jeune homme maigre et pâle que Julie avait rencontré une ou deux fois chez Octave, l'interrompait d'un geste :

— Je peux vous dire, monsieur, en économiste que je suis, que le labourage mécanique à grande échelle sur les terres de France permettrait aux paysans de ne plus arracher leur nourriture à la terre par des efforts cruels et quotidiens. Et que c'est inévitablement l'avenir.

Les peintres, sauf un, poussaient de grands cris en s'esclaffant, moqueurs :

— Mais la terre, c'est la patrie ! De braves gens y ont fait leurs enfants et enterré leurs parents, et vous voulez en faire une monstrueuse manufacture ? C'est un viol ! La terre est sacrée.

— Non, messieurs, ces travaux que l'on dit vils élèvent ceux qui les accomplissent et si un jour les machines les nourrissent, ce sont elles qui les aviliront.

L'homme aux yeux bleus dont le regard avait tant gêné Julie intervint d'une voix douce :

— Notre économiste, pourtant, est dans le vrai puisqu'il l'est dans l'avenir. Mais monsieur, laissez-nous, contre vous, défendre cette nature vierge qui ne cesse d'enchanter les hommes et sans laquelle eux-mêmes deviendraient des machines.

Les yeux de Julie croisèrent un instant les siens et il lui sembla qu'une douceur inconnue glissait sur elle. Visiblement, il parlait pour elle. Il avait raison, et tous avaient raison, mais il y avait dans les yeux pâles de cet homme et dans son visage aigu, une lumière frémissante qui impressionnait. On l'écoutait, car il continuait dans un silence étrange :

— La peine des hommes, la maladie, la pauvreté, la mort et les maux de l'âme sont éternels. Ni vos machines ni vos régimes politiques n'y feront rien. Le vrai bonheur humain est dans le contentement de soi-même, c'est celui que chacun trouve en lui et que ni la facilité ni même les passions ne peuvent apporter.

— Bravo, Édouard ! Je propose un toast à notre vieux sage !

On rit beaucoup et, sans coup férir, la conversation bascula de la nature vers la peinture. Les quatre peintres étaient d'avant-garde, bien entendu, mais surtout l'homme aux yeux bleus qui semblait discuté :

— Édouard n'aime pas la peinture raisonnable ! Il n'est d'ailleurs pas raisonnable et il a eu des ennuis avec le Salon de l'an dernier. C'est l'élève de Delacroix, c'est tout dire...

Julie se lança. Après tout, elle peignait et pas si mal. Delacroix lui disait quelque chose et on lui avait appris qu'il ne faut jamais parler de soi, mais mettre les autres en valeur :

— Où trouvez-vous vos sujets, messieurs les modernes, pour ne pas copier ou refaire indéfiniment ce que les siècles de peinture ont déjà fait ?

Ce fut un beau tohu-bohu :

— Hors du goût bourgeois, et de tout son lustre, madame, assurément !

— Mais tout est toujours neuf ! La nouveauté, belle dame, est dans l'esprit et non dans la nature à peindre.

C'était le grand brun à la casquette et à la voix tonitruante que le dénommé Édouard arrêta :

— Pour avoir un sujet, il n'est surtout pas nécessaire de recourir aux Anciens et de choisir dans le nombre. On se laisse guider par l'humeur et ce qu'on porte en soi. Si on cultive son âme, elle trouve bien un jour pour se montrer, on peint alors son âme au milieu des choses.

Cet homme aux yeux bleus intriguait Julie. Il n'avait rien d'un « vieux sage » et son discours tranchait sur son aspect : une crinière blonde bouclée auréolait un visage très jeune, mince et long, aux joues creuses, comme porté tout entier en avant. Sous d'épais sourcils plus foncés, les yeux très clairs semblaient transparents. Il était mince et sa veste flottait sous une grosse cravate à pois.

Il continuait sur le thème des paysages dans la peinture, rappelant qu'au siècle dernier, chez Watteau et Boucher, ce sont toujours les mêmes, alors que chez Poussin ou le Titien, ils sont en harmonie avec leurs figures : « Et cela en dit long sur eux-mêmes. »

Roland, qui faisait le tour des tables, posait à l'instant ses mains sur les épaules de Julie et coupa court :

— Alors, tout va bien ici, il me semble ?

— Parfait, cousin Roland, nous parlions de nos âmes.

(Julie éclata de rire.) Si tu savais comme il est difficile de parler de son âme au milieu de ces admirables pâtés et de ces salades arrosées de ton excellent saint-nicolas !

Tous se confondaient en remerciements et compliments. Les desserts arrivaient, des servantes en coiffes brodées et jupes multicolores apportaient des assiettes, des tartes, des crèmes et de grands ramequins où nageaient de blancs îlots de neige. C'était vraiment une belle réception et il était près de quatre heures quand on termina le café, à table d'ailleurs, « pour faire curé », comme on disait en Touraine où les cures avaient une bonne réputation culinaire.

Julie étouffait dans son corset et la chaleur montait. Les femmes s'éventaient et, refusant les liqueurs, se réfugiaient dans la fraîcheur des salons. Julie, qui n'avait guère envie de parler chiffons, s'en fut respirer à l'ombre devant le si beau panorama de cette ville bleue et de son fleuve royal. Il y avait sur un banc de pierre une légère brise délicieuse.

Depuis combien de temps était-elle là, cinq, dix minutes ? Une branche craqua, elle se retourna, celui qu'on appelait Édouard était là, juste derrière elle, les yeux perdus vers l'horizon, mais avec un léger sourire moqueur qui l'alerta :

— Alors, belle cousine, on aime la peinture ? Et si j'ai bien compris, on peint ? Des éventails, des miniatures... ?

Elle se leva, piquée, et répliqua sèchement :

— Non, j'écris !

Pourquoi, grands dieux, avait-elle dit une pareille chose ? Lui riait franchement, toujours moqueur :

— De beaux romans d'amour, j'espère !

– Non ! Des histoires d'enfants malheureux.

Le ton était dur, presque amer. Le sourire disparut des yeux pâles. Il la regardait intensément, surpris, amical :

— J'espère, dit-il enfin, qu'un jour vous saurez écrire

un beau roman d'amour... Mais je pense que c'est trop tôt.

Des larmes montèrent aux yeux de Julie, déconcertée, sans qu'elle sache bien pourquoi. Il lui prit la main et s'assit avec elle :

— Ne pleurez pas surtout ! Vous êtes si jeune et si belle. Je ne sais rien de vous, sinon que vous êtes à peindre dans tout ce blanc avec cette tache de sang d'une rose rouge. Un chef-d'œuvre au milieu de toutes ces perruches enrubannées. Plaise à Dieu que le Salon me permette de revenir, peut-être longuement, dans ce pays délicieux et de vous y rencontrer.

— Pourquoi le Salon ?

— Parce que je n'y expose hélas qu'un tableau cette année, le plus pompier évidemment, et que nous autres, pauvres peintres, n'avons pas d'autre moyen d'avoir des commandes. On vous l'a dit, je suis l'un des habituels refusés, trop audacieux comme le fut mon maître Delacroix.

Julie s'essuyait les yeux, saisie par cette obscure tristesse qui rejoignait la sienne. Mais il se levait déjà d'un bond :

— Ah ! Non, venez danser, belle cousine ! J'entends l'orchestre, c'est une valse. Vous valsez ?

Il l'entraînait, courait et l'enlaçait pour attaquer la première danse. Un peintre ! Et devant toute la Touraine ! Un peintre n'est pas un homme de la société ! Qu'allait-on dire ?

Il dansait bien, mais étrangement, la main plaquée sur sa taille, l'enserrant avec vigueur pour la faire tournoyer sur un seul temps et non pas sur trois comme il se doit. Il était sûr, vigoureux et il chantait. Heureusement tout le monde s'y était mis, Julie aperçut Gustave, la mine réjouie, qui entraînait Caroline. Bien entendu, Roland ouvrait le bal avec Hortense et le regard de cette dernière glissant sur sa nièce, sembla simplement amusé.

La valse terminée, le dénommé Édouard lui baisa la main et disparut. Ouf ! Il était temps de rentrer dans le rang. L'orchestre attaquait une autre valse et Julie héla son mari :

— Gustave, notre valse, celle du bal de la Préfecture ! (Ce qui n'était sans doute pas vrai mais sauvait l'honneur.)

Et la société attendrie put contempler le charmant couple d'amoureux qui fêtait sûrement son anniversaire...

Chapitre 12

L'orage

GUSTAVE était heureux. La « ruine » semblait oubliée. Il avait brillé tout le jour, évitant les conversations financières et campant, avec beaucoup d'assurance et de brio, le personnage du « soyeux », héritier de la plus ancienne industrie de luxe, dont la gloire datait de François Ier, bien avant celle de Lyon.

Les Parisiens, les artistes, le préfet, les officiers l'avaient écouté avec intérêt, faisant rapidement cercle autour de lui. Il décrivit la cour, les châteaux, remontant jusqu'à Louis XI « dont vous apercevez là, à gauche, le château du Plessis. C'est lui qui, au XVe siècle, a créé la première de ces manufactures qui ont assuré pendant des siècles le rayonnement de notre province ».

— Et savez-vous d'où vint ce goût du luxe, messieurs, chez un roi ladre et vêtu de futaines ? ajouta-t-il en riant. Mais tout simplement de son économie ! Pour éviter l'importation, ruineuse pour le royaume, des soies italiennes. C'est là aussi, le miracle tourangeau.

On lui avait posé mille questions sur ces miraculeux vers à soie, sur leur arrivée à Byzance au VIe siècle et sur leur lente implantation en Europe, avec la culture des mûriers.

— La route de la soie passe par Tours, avait-il conclu noblement parmi les applaudissements.

La nuit tombait, Julie n'avait pas revu l'homme aux

yeux pâles, qu'on apercevait, ici et là, un carnet de croquis à la main. Il n'avait pas redansé et n'avait parlé à personne sauf à Roland tout à l'heure, en particulier, sous les arbres du petit bois, avec de grands gestes. Il semblait à Julie que Roland l'avait regardée en se grattant la tête.

Du côté des enfants, c'était maintenant le silence : Eugénie et quelques autres s'étaient tout bonnement endormis sur l'herbe. Marie, infatigable, pérorait seule parmi quelques grands qui bâillaient, assis autour d'elle. Il allait falloir partir, hélas !

Elle se proposait de réveiller Eugénie quand Roland l'arrêta :

— Dis donc, ma chère, tu as fait une victime, et de taille ! Édouard veut absolument faire ton portrait. Tu es, paraît-il, son Esther pour la commande d'État qu'il vient enfin de recevoir. Une révélation : tes yeux, ta robe blanche, tout ! Tu es son Esther tout craché. Qu'est-ce que je lui réponds ?

— C'est à Gustave qu'il faut demander ça.

La réplique avait fusé bien avant que Julie ait vraiment réalisé cette étonnante question.

— Il irait à Chinon, il ne te demanderait que quelques poses. C'est un très grand peintre, tu sais. Hors du sérail, un indépendant, de ceux qui veulent sortir des règles et des « ornières » classiques, réinventer en somme la peinture. Ils sont quelques-uns à la suite de Delacroix ou de Courbet : Paul Baudry, Carolus-Duran, Fantin-Latour et des jeunes comme un certain Manet que vous ignorez tous ici mais qui font beaucoup de bruit à Paris. Édouard est un être singulier, un des plus doués. Il a raté jadis le prix de Rome par ses audaces. À mon avis d'ailleurs, il aurait dû l'avoir.

Julie écoutait, fascinée. Oui, oui ! Qu'il fasse son portrait, avec cette robe, avec cette rose. Qu'il vienne à Chinon. Pourquoi avait-elle jeté Gustave sur son chemin ?

Qu'allait-il dire avec son souci des convenances ? Il fallait faire vite...

— Écoute, Roland, voici justement Gustave là-bas, allons lui raconter, c'est si amusant, c'est charmant.

Gustave, qui cuvait ses succès mondains, sembla comblé par un tel triomphe : on avait distingué l'épouse du premier soyeux (enfin plutôt de l'un des derniers) et un portrait par un peintre de Paris serait évidemment à sa place dans la maison des Chevaliers.

— Je lui donne ce soir votre réponse, conclut Roland, mais bien entendu, on se revoit demain : je vous attends pour déjeuner avec les reliefs du festin. Nous ne serons qu'une vingtaine et nous en reparlerons à loisir.

* *
*

On était rentré très tard chez les Pillet. Eugénie dormait dans les bras de son père et Marie faisait des efforts visibles pour rester les yeux ouverts comme les grandes personnes. Oui, ç'avait été une belle fête, même Hortense n'y trouvait rien à redire. D'ailleurs, le ménage du préfet et celui du général étaient restés jusqu'à la nuit tombée et la préfète avait dit à Roland, en partant, que la Touraine, en matière de savoir-vivre et d'élégance, surpassait à ses yeux toutes les autres provinces.

Gustave était tombé sur son lit, épuisé par la chaleur. Julie ne pouvait dormir. La lune se levait, pleine, ronde, énorme. La fenêtre était grande ouverte sur la Loire et la colline de Saint-Cyr, noyées de brume bleue. Julie goûtait cette heure délicieuse dans la pénétrante senteur de l'été que l'orage avivait. Une étrange langueur qui venait de l'âme la clouait là. Son âme... Pourquoi avait-il parlé d'âme aujourd'hui, l'homme aux yeux pâles, dans le brouhaha de la fête, parmi les cris d'enfants et les banalités des conversations inutiles ?

Une sorte de misère poignante lui mordait le cœur et l'esprit. Sa vie lui sautait au visage, défigurée : qu'avait-il dit ? « Jouir de soi, avant tout, c'est une volupté que les passions ne peuvent donner. Après de nombreuses expériences, je suis convaincu que le bonheur n'est que dans le contentement de soi-même. »

Bien joli, ça ! Mais elle, Julie, qui n'avait rien à se reprocher, pourquoi se découvrait-elle ce soir végétant parmi des habitudes mesquines, comme un champignon sur un tronc mort, dans une sorte de vide que rien ne pourrait combler ? Et pourquoi cet inconnu la laissait-elle comme abandonnée ?

Son âme... Il lui semblait qu'elle lui échappait et s'envolait. Vers qui, vers quoi ? Oui, cet homme était étrange, bien différent de tous ceux qui l'entouraient, sous les platanes de Roland. Différent même de Roland et de ses amis peintres. Les autres, durant tout le repas, n'avaient en tête que de briller, se pousser et passer sur le corps de son voisin. Lui suivait son rêve, le sien, et cela seul l'intéressait... sauf elle peut-être ! Et tous les mots de cet homme se bousculaient dans sa tête : « Un jour, vous écrirez un beau roman d'amour, aujourd'hui, c'est trop tôt ! »

Gustave dormait hors des draps, dans la touffeur persistante d'un orage qui n'éclaterait donc jamais ! Si, on entendait au loin, vers Langeais, des grondements incessants. La lune s'était voilée. Un éclair sur la Loire révélait un ciel d'encre, une première goutte, un souffle frais. Ridicule... ce n'était rien d'autre que des vapeurs dues à l'orage, un bel orage qui déjà croulait de partout, avec des goulées d'air pur

Elle se coucha. Gustave bougeait contre elle et elle n'en avait pas l'habitude. Un éclair perçait la nuit, la pluie éclatait, crépitant sur le fleuve et sur les toits. Les orages sont terribles sur la Loire dont la vallée les attire. Les éclairs se succédaient, le tonnerre se rapprochait, éclatait au-dessus de sa tête. Gustave dormait toujours, paisible et détendu. Il se couvrait sans se réveiller, montant le drap puis la couverture. Un cri dans la chambre à côté :

— Maman, maman, j'ai peur.

Et puis un branle-bas de petits petons sur le tapis, c'était Eugénie. Julie courait déjà vers elle dans la dentelle du beau déshabillé de son trousseau :

— Mais ce n'est rien, ma chérie, c'est l'orage. Il ne faut pas avoir peur, viens, mais sans bruit, papa dort, on va regarder ensemble, tu verras : c'est très beau, un orage.

L'air frais s'engouffrait par la fenêtre entrouverte. Eugénie, blottie dans les bras de sa mère, l'entendait expliquer le fracas précipité du ciel, et la pluie bienfaisante. L'enfant calmée, Julie la recoucha et s'entendit chuchoter à son oreille, sans bien savoir pourquoi :

— Tu sais, moi, j'aime les orages !

* *
*

Le ciel était gris le lendemain matin et tout était trempé : adieu la fête et ses folies ! l'Alouette serait humide et fraîche. Julie avait emporté leurs tenues de ville : les robes sages des enfants et, pour elle, son tailleur de visite, le meilleur, rose et noir, à parements de velours, avec un petit chapeau noir serti de gaze rose, gros nœud sur l'arrière dont les pans tombaient jusqu'au milieu du dos. Un de ces chapeaux dont une femme n'est pas fâchée.

Parapluies, voiture fermée, on s'engouffra à six dans la victoria des Pillet vers dix heures. Hortense voulait montrer aux enfants la cathédrale et le somptueux jardin de l'archevêché, celui de la Préfecture et, surtout, la gare. Il était onze heures quand on atteignit l'Alouette.

Plus de jardin, plus de buffet, de jeux de lumière entre les frondaisons. Tours à leurs pieds était gris. On recevait des gouttes sous tous les arbres et Hortense expliquait aux enfants que la nature, comme les femmes, ne brille et ne séduit que parée de fleurs et de lumière. Et Julie ne savait plus si elle était encore belle.

Il était là. Ses cheveux bouclaient, son regard la guettait, la couvait, il souriait paisible au fond du salon que les intimes emplissaient déjà. Les G. furent salués par des cris de joie : c'étaient les peintres.

— Ah ! Voilà Esther ! Mais où est la robe blanche ?

— Quoi, Esther en tenue de visite ? Et avec un chapeau coquin ! Pauvre Assuérus, viens un peu nous dire si tu la reconnais !

Bref, tout le monde savait. Et curieusement, Julie n'en était ni gênée ni fâchée. Troublée seulement et comme intimidée par le lourd silence de cet homme qui ne bougeait pas, là-bas, au fond du salon. Son malaise montait, il ne venait toujours pas la saluer, alors elle fonça vers lui, l'air dégagé :

— Alors, monsieur mon peintre, vous ne me reconnaissez plus ? Je suis pourtant très heureuse de vous présenter Chinon. C'est une ville ravissante, et notre maison, fort ancienne, devrait vous plaire. N'est-ce pas Gustave ?

La glace était rompue, les politesses d'usage reprenaient leur place. Oui, Édouard était très heureux que Mme G. ait accepté de prêter son visage à une grande composition parisienne, et surtout que M. G. le lui permette. On lui recommandait l'hôtel du Cheval blanc sur le quai de la Vienne, il passerait encore quelques jours à l'Alouette et se permettrait de sonner à leur porte quand Roland et ses amis regagneraient Paris. On mangea et but beaucoup, mais on ne put sortir car il crachinait et les arbres du parc pleuraient encore le déluge nocturne. Il y eut des jeux pour les enfants : cache-couteaux, rondes, pigeon-vole. Pour les adultes, Julie lança les proverbes, les petits papiers. Elle brillait, riait, et parlait trop.

On parla aussi beaucoup de peinture et il fut convenu avec Édouard qu'on retiendrait une chambre pour lui dans trois jours et qu'on l'attendrait pour dîner à la maison des Chevaliers. Après quoi, il pourrait se reconnaître dans la ville si belle, avec son château, ses souvenirs, ses paysages d'eau et sa forêt, tandis que les G. partiraient s'installer à Rivière dont le salon lumineux se prêterait beaucoup mieux à son travail.

De retour à Chinon, Julie reçut un choc : le courrier s'entassait sur la commode de l'entrée et, couronnant le tout, une belle enveloppe blanche à l'entête du *Journal des modes* ! Elle la subtilisa rapidement et monta se changer dans son atelier : le directeur lui-même, M. Chapier, avait lu avec intérêt « *La petite Marquise* » et se proposait de la publier à la fin de l'année.

Julie tremblait, sa joie, sa surprise furent telles qu'elle l'étonnèrent. Elle dut s'asseoir et attendre quelques minutes pour répondre : elle remerciait M. Chapier de son appréciation si aimable, elle acceptait leur prix, dix centimes la ligne après parution et ne voulait signer ni de son nom ni de celui de son mari. Elle choisissait donc le pseudonyme de « Mme Juliane ». Puisqu'elle avait le bonheur de répondre aux attentes de monsieur le directeur, elle se permettrait d'ici à quelques mois, s'il le souhaitait, de lui soumettre un autre roman déjà en chantier. Formule de politesse, paraphe avec adresse.

Restait l'essentiel : quand et comment prévenir Gustave. Il avait accepté le portrait avec beaucoup de grâce, mais devant toute la Touraine assemblée et dans la surprise, et il ne pouvait guère refuser sans paraître vieux jeu et province. Une femme lancée, c'est honorable, mais une femme de lettres ? Pourquoi pas une actrice ou une chanteuse ? Après mûre réflexion, Julie décida que rien ne pressait : *La Fille du forçat* de Mme de Sainte-Adresse tiendrait la place jusqu'à l'automne. Sa *Marquise* avait le temps, mieux valait ne pas tout mélanger.

Chapitre 13

Monsieur mon peintre

COMME il avait l'air sérieux, ce peintre, armé de sa palette et de ses pinceaux. Sérieux, solennel même, comme religieux. Il était là depuis la veille, sous ses boucles châtain, debout, lent, réfléchi, hésitant. Seuls ses yeux vivaient, fixés sur Julie, mais comme sans la voir vraiment, plutôt ne voyant que son enveloppe et scrutant on ne sait quoi derrière ou dedans. Il mélangeait rapidement sa palette, et lançait d'un geste vif sa main vers la toile, clignant des yeux, s'arrêtant. Julie ne voyait que le chevalet et le haut de sa personne. Il en était visiblement à l'esquisse. Et la veille, il n'avait fait que des croquis en bavardant aimablement.

Ses yeux fixés sur elle, ce silence, cette attention devenaient intolérables :

— Si vous cherchez mon âme, à moi aussi, cher monsieur, il faudrait peut-être que nous parlions un peu... Et elle rit !

— Pas encore ! Aujourd'hui c'est le tâcheron, pas le peintre. Je bâtis, je réfléchis, car je sais que je ne vous ferai pas un de ces fonds noirs à la mode qui figent et tuent le modèle. La plupart des maîtres ont pris l'habitude d'exagérer l'obscurité du fond alors que la lumière qui arrive sur la personne doit en bonne logique éclairer le mur ou la tapisserie. Leurs figures détachées me semblent toujours des fantômes. Ils méprisent le paysage comme accompagnement alors que chez Rembrandt, il ne fait qu'un avec les figures et que chez Poussin ou le Titien, il crée l'harmonie du tableau. Je sais que pour vous, il me faudra évoquer ce tendre pays, ses eaux calmes, cette paix, ces voiles bleus de la Touraine pour que votre vie éclate et que vos yeux les trahissent.

Il disait ça paisiblement et brossait maintenant d'une main rapide au centre de la toile.

— Je pourrai voir ?

— Pas encore, mais quand vous n'en pourrez plus, nous pourrons faire une pose et nous nous promènerons un peu ? Je pense à votre rivière et à vos arbres légers pour le fond.

— Eh bien, j'appelle les enfants, elles seront ravies de se promener, nous prendrons le bateau et je vous montrerai le gué où nous pêchions avec mon frère.

C'est ainsi que s'organisa le lent travail de l'artiste. Édouard arrivait vers onze heures pour déjeuner, racontait des histoires aux enfants, discutait politique avec Gustave, apportant dans la paix de ce bel été, l'écho de la vie parisienne qu'on n'avait ici que rêvée : « l'air de Paris », moins celui des salons que celui de la politique. Il fréquentait un monde très ouvert : des journalistes, des étudiants, des écrivains et des penseurs de tous bords. Il avait rencontré ces fameux meneurs du mouvement ouvrier que l'on appelle les Rouges. Il semblait très intéressé par ces hommes qui rêvaient de mutuelles ouvrières, par ces socialistes à l'anglaise pour qui l'initiative devait venir d'en bas et qui réclamaient la liberté de s'unir à travers les frontières.

— Ce sont des gens dangereux, mon cher ! Comment le gouvernement ne le sent-il pas ?

— Dangereux ? Aux yeux du gouvernement, oui. Mais

l'empereur a pour eux une certaine faiblesse. Souvenez-vous qu'il a autorisé les grèves et ne cesse d'annoncer des mesures libérales. Mais Rouher le tient, c'est un véritable vice-empereur. Pourtant ces gens-là ne demandent pas l'aumône mais la justice. Pas la révolution mais des députés élus, l'instruction gratuite et obligatoire vers laquelle nous nous dirigeons précisément. Et je crois que l'empereur a été frappé par une de leurs formules.

— Laquelle ?

— « Nous refusons de croire que la misère soit d'institution divine ! » Avouez qu'elle est plaisante.

— Tout à fait, mais les souvenirs de la Révolution sont encore bien proches. Mon grand-père l'a vécue, et Chinon y a connu des heures affreuses. Que les ouvriers en rêvent, je le conçois, mais qui sont donc ces bourgeois qui en font la théorie ? Vous en connaissez ?

— Des étudiants, oui, et beaucoup à l'école de droit, à celle de médecine. Ils vont visiter Blanqui à Sainte-Pélagie ou se réunissent au café de la Renaissance.

Julie qui écoutait passionnément s'enquit de ce couvent ouvert à la Révolution. Gustave rit beaucoup de cette innocence : Sainte-Pélagie était la prison où étaient détenus les prisonniers politiques, d'ailleurs autorisés à se voir et converser.

— Des déclassés, tous ces penseurs et avocats. Est-ce que vous connaissez le fameux Gambetta ?

— Mon Dieu, oui. À Paris, la société est plus ouverte qu'en province. Nous autres artistes fréquentons sans gêne toutes les classes de la société. Nous en savons plus long sur la vie réelle que bien des ministres. Et nous parlons librement, aussi bien des misères du peuple que des désastres militaires, toutes choses que les journaux n'ont pas le droit d'écrire. Avez-vous même entendu parler du Congrès de l'Internationale en Suisse, en septembre dernier ? Et de la création d'une « Ligue de la paix et de la liberté » pour s'occuper des classes laborieuses ?

Pas plus que Julie, Gustave n'en avait entendu parler, mais il était partagé entre l'humiliation de ne rien savoir et l'intérêt de s'instruire. Aussi protesta-t-il vigoureusement :

— Mais mon cher, mon journal m'a tenu au courant des débats de la loi qui vient de libérer la presse en mars dernier. Plus rien n'est interdit !

Mais de tout cela il n'avait parlé à Julie, qui buvait les paroles de cet être romanesque et secret, dont chaque mot ouvrait en elle des portes interdites et lui trottait dans la tête jusque tard dans la nuit.

* *
*

Le tableau prenait forme lentement. Julie posait deux heures l'après-midi et leur double silence, autant que leurs regards, créait entre eux un lien magique, presque angoissant. Quelque chose comme un appel, un espace dont le vide n'était pas supportable. Julie avait par moments envie de fuir et par d'autres envie de se jeter vers cet homme en criant : « Que voulez-vous de moi ? »

Alors elle parlait, parlait de tout et de rien, lui posant mille questions. Il avait beaucoup lu, connaissait bien la musique, était intarissable sur Mozart qu'il préférait à Beethoven dont la lourdeur et la solennité se mêlaient mal à son rêve. Il avait fréquenté un monde inconnu d'artistes de tous bords et de grands de ce monde, dont le duc de Morny qui venait de mourir et lui avait fait commander la fameuse Esther.

Non, lui ne fréquentait pas la cour comme Roland, il était un indépendant, hors du système officiel et des académies. Mais il avait été plusieurs fois reçu dans le somptueux hôtel des Champs-Élysées de la comtesse Le Hon, la maîtresse du duc, ou même chez ce dernier, dans sa maison contiguë, qu'on appelait « La niche à Fidèle ». Ce qui choqua beaucoup Caroline, venue passer la journée avec ses enfants :

— Est-ce possible, monsieur Édouard ? Tout le monde savait ce qu'il en était, et tout le monde l'acceptait ?

Édouard avait souri, philosophe :

— On en accepte bien d'autres, chère madame, et pas seulement des Grands. Mais je n'aime pas trop me répandre, même auprès de mes amis. Il me semble que mon âme s'égare et j'ai besoin de silence pour créer.

— J'en sais quelque chose, plaisanta gaiement Julie pour détendre l'atmosphère. Tu n'imagines pas, Caroline, cette retraite forcée de carmélite qu'il me fait vivre.

Caroline ne riait pas et considérait la scène d'un œil un peu hautain. Cette affaire de portrait par un homme, et un Parisien, lui semblait peu convenable. Elle hésitait visiblement à s'y mêler.

— Mais ce monde des peintres dont on parle, avec des modèles qui paraît-il posent sans vêtements, n'est-ce pas surtout l'antre des vices ?

— Qui est capable de nos jours d'être vraiment vertueux, madame ? Je vous assure que les coulisses du grand monde à Paris n'ont rien à envier à ces pauvres filles qui gagnent dix sous pour vivre, et souvent pour nourrir leur famille.

Julie souriait et approuvait. Un comble !

— Je t'avoue que je trouve cet homme un peu déplacé ici, souffla Caroline en repartant après le goûter des enfants. Je m'étonne d'ailleurs que Gustave s'en accommode. Cet homme est là tous les jours, seul... je sais que Jules ne le supporterait pas. Enfin tu es, je le sais, la personne la plus indépendante que je connaisse, et mettons que je n'aie rien dit.

Le lendemain, pour la pose, Julie se sentit gênée pour la première fois et Édouard s'en aperçut :

— Je vous semble outré dans cette société si ordonnée de... Touraine. (Il avait hésité, il allait dire « province ».) Mais un artiste ne saurait vivre enfermé. L'inspiration ne répond qu'à la liberté, elle marche au hasard, jaillit n'importe où, et celui qui lui obéit n'a de cesse que de la traquer. Si je ne craignais de vous fatiguer, je travaillerais sur ce portrait du lever du jour au coucher. Quand vous n'en pouvez plus, vous levez les yeux et vous brûlez de tous leurs feux, vous êtes alors la Madeleine des peintres italiens, vous êtes l'inspiration elle-même. On ne la traque, cette inspiration, que par un travail acharné, sans pitié, sans faiblesses, et je plains ceux qui n'ont pas connu cette exaltation, ce temps où l'âme n'a pas un instant de répit.

— Mais vous travaillez sans arrêt, monsieur Édouard ! Il paraît qu'on vous voit dans Chinon et à travers la campagne en train de griffonner sans cesse sur de petits carnets.

— Je prends des notes, en effet. J'emmagasine. Et puis j'y fixe des idées, des pensées...

— En somme, vous tenez un journal ?

Édouard sourit. Il donnait à gauche de grands coups de pinceau.

— Si vous voulez. C'est un journal en images ! Je suis, vous le savez, un peintre discuté pour ses audaces et sa constance dans une voie nouvelle. Mais un vrai peintre n'est pas une machine à copier et à barbouiller, il crée, et crée seul. Il ne supporte aucune contrainte. Cette indépendance vous isole, et il est bon parfois de se parler à soi-même. À Paris, on peut disparaître, reparaître, vivre à sa guise, inconnu.

Julie buvait ces paroles étranges qui résonnaient en elle pour la première fois, renversant ces féroces barrières derrière lesquelles s'agitait une part d'elle-même. Ses yeux lançaient des lueurs sombres, presque pathétiques. Et il s'activait, continuant :

— Vous, chers amis, vous vivez dans ces habitudes mondaines qu'on appelle « société », réunissant des gens qui vous ressemblent et qui par là même vous emprisonnent. Ils ont réponse à tout et, s'ils ne savent pas, ils répètent ce que les autres disent. C'est un cercle vicieux dont vous n'osez sortir. Ainsi Julie, vous devez vous cacher pour écrire, m'avez-vous dit, comme s'il y avait honte pour une femme à fréquenter sa pensée... Comme si, pour sortir des convenances et des règles, il fallait être coupable et puni. Mais je le sais, l'art n'est pas convenable, la liberté non plus !

— C'est pour cela que vous n'êtes pas marié... lança-t-elle après un long silence.

— Comme Roland ! Un artiste doit choisir entre être seul toute sa vie ou harcelé par les liens et les soucis d'une famille.

— Mais alors, vous n'aurez pas d'enfants... dit-elle en apercevant sur la balançoire l'exquise Eugénie que poussait sa sœur, en robe rose.

Édouard hocha la tête :

— Les enfants, oui, c'est charmant. Et c'est surtout si beau ! Mais après vous avoir causé mille soucis, ils vous quittent un jour. Vous n'éviterez donc jamais l'isolement. La vraie compagnie est celle de soi-même. Celle-là ne vous manque que si vous n'en êtes pas digne.

— Et les maisons, avec leurs jardins, leurs arbres et leurs fleurs, celles des familles que font et refont les femmes, ça aussi vous le sacrifiez à votre art ?

— J'aime dans les maisons ce qui est antique et me parle de ce qui a été, de ceux qui les ont faites, y ont aimé, vieilli et y sont morts, laissant une part de leur âme. Votre maison à Chinon, celle-ci plus récente, toutes deux racontent, ont un parfum, des ombres et des souvenirs. Oui, j'aime. Mais je n'aime pas ce qui se fait aujourd'hui en copiant tous les styles avec ce faste prétentieux. Un jour, je voudrais vieillir dans des pierres blanches avec une petite tour octogonale, comme il y en a partout ici, dans la charmante musique des oiseaux du printemps que l'amour épanouit.

Il parlait d'une voix lente, comme fatiguée, s'arrêtait de peindre au gré de ses pensées :

— Les grands architectes sont aussi rares que les grands peintres, les meilleurs ont peut-être été vos paysans et vos vignerons. Ils ne copiaient personne et c'est toujours la perfection. La vérité est ce qu'il y a de plus beau, mais hélas de plus rare aujourd'hui.

Julie découvrait avec surprise que rien de tout cela ne la révoltait comme il aurait fallu, sûrement ! Après le départ d'Édouard, rentrant au salon, elle s'aperçut dans la grande glace du salon, avec sa robe blanche qu'il avait demandée, et la rose qu'il était allé cueillir et avait piquée lui-même sans un mot entre ses seins. Dans la pénombre qui tombait, elle se reconnaissait à peine. Les enfants étaient couchés, Gustave tardait à rentrer. Elle se mit au piano et choisit une partition qu'Hortense lui avait offerte, de Chopin, un compositeur mort de consomption qu'Édouard avait bien connu, et dont il disait qu'il était « une belle âme et qu'il ressemblait plus à Mozart qu'à qui que ce soit ». Il y avait des pièces assez faciles, tristes et douces, qui ne ressemblaient nullement à Mozart mais qui berçaient en elle elle ne savait trop quoi et lui causaient des palpitations. Les yeux pâles d'Édouard la poursuivaient et elle ne savait pas ce qui lui arrivait.

Gustave rentra d'humeur charmante et passa d'abord voir le portrait :

— Dis donc, il n'avance pas vite, ton peintre. L'esquisse est assez ressemblante, à ceci près qu'il te fait des yeux plus grands que nature. Tout le blanc de la robe va lui poser des problèmes, c'est bête le blanc, surtout que la robe est vraiment un peu simple. Tiens, il a prévu la rose !

Chapitre 14

Un silence assourdissant
Journal d'Édouard

12 juillet : *Que suis-je venu faire ici ? Et qu'est-ce qui m'a pris de parler d'Esther ? Cette femme chez Roland, sa coiffure, sa robe, cette rose au rouge de velours profond, cette vie intérieure si inattendue dans le cortège des mannequins de vitrine qui encombraient ce lieu charmant... Je l'ai tout de suite jugée ravissante par sa beauté et surtout par sa grâce, mais ce sont ses yeux qui m'ont brûlé. Quel feu ! Le feuillage murmurait, les fleurs embaumaient, le fleuve réfléchissait mille diamants, un voile bleu recouvrait les collines, et elle pleurait... et me voilà enchaîné !*

Mais ce pays est très beau, je m'y lave de Paris où il faut bien vivre, et je trouve ici de quoi animer mes grandes compositions. Va donc pour Chinon et de nouvelles amitiés !

15 juillet. *Chinon. J'ai acheté des cigares et fait une promenade à travers la ville qui est étrange et superbe. Chaque maison raconte une histoire. Ce château qui domine la mer bleue de ses toits est incroyable. La rivière est la paix même, et je suis sorti en forêt après le déjeuner chez les G. Charmante maison ! Dans cette forêt, le soleil m'a ravi, ses rayons étaient tièdes entre les feuillages, les mousses, les herbes des clairières qui exhalaient une odeur exquise. Je me suis enfoncé dans des*

enceintes où je me suis un peu perdu. J'ai dû livrer bataille aux ronces et aux arbrisseaux qui se croisaient devant mes pas, je suis rentré dans l'enchantement. Demain, je commence à Rivière. Je vais louer un cheval pour m'y rendre.

L'hôtel donne sur le fleuve et, de ma fenêtre, je vois le plus beau paysage qui soit. Qu'est-ce que ce fameux « beau » que les modernes ne voient que dans les lignes et les proportions ? L'idée d'une ligne ou d'une proportion ne me vient nullement à l'esprit.

Je ne pense à rien, ou presque. Je suis vide, serais-je amoureux ?

18 juillet. *Rompre sur la palette des tons très clairs. Cadmium, vermillon et blanc avec un peu de terre de Cassel pour les ombres. Opposition du vert émeraude et de la laque jaune pour les fonds. Des tons orange pour le visage. Dans les retouches, il faudra y apporter des demi-teintes et préparer avec des valeurs chaudes, puis mettre les tons gris ensuite. Elle est belle et émouvante, surtout émouvante. Dans ce corps charmant, on sent une âme de fabrique trop fine pour se contenter de ce qui l'entoure. Une âme qui a besoin d'idéal et d'amour... D'où les larmes à l'Alouette.*

J'en ai pour longtemps, mais je ne crains pas l'ennui, ni cette vague tristesse que procure le lent et paisible spectacle de la nature. D'abord, on ne sent rien quand on travaille.

20 juillet. *Elle m'a bouleversé. Des silences si lourds, une écoute si passionnée. Je suis sans doute fou de lui parler comme je le fais, à cœur perdu, d'elle, de moi, de tout. Je me lie sans le vouloir, je ne résiste plus. Elle ne ressemble pas à ceux avec qui elle vit ! Elle existe ! Je crois que je l'aime vraiment, pauvre de moi ! Une telle femme n'est pour personne. Et puis il y a un mari, une éducation, des principes, toute une société. Une femme qui ne pense qu'à sa maison, qu'à ses enfants, qui*

aime tout le monde et par-dessus le marché, sans doute, son mari...

Lui parler de Racine. Je ne veux pas qu'elle écrive n'importe quoi, ni n'importe comment. Cesser de lui parler de moi, mais c'est sa faute à elle : ses yeux me brûlent et m'invoquent. Les grandes idées simples qui guident les artistes ou les écrivains n'ont pas besoin pour s'énoncer d'emprunter le style d'Hugo. Qu'elle n'écrive pas Les Misérables, *qu'elle écrive simple, simple et vrai comme elle. Le défaut de Racine est sa perfection même, et je hais la perfection.*

22 juillet. *Lettre de madame de L. à qui j'ai fait la cour tout ce printemps dernier. Je la délaisse, dit-elle, elle écrit mille folies qui m'auraient ravi il y a un mois et qui me désolent aujourd'hui. Et aujourd'hui, j'en prends pitié. Mais la pitié entre les êtres tue le sentiment. Puis-je encore faire la cour à cette charmante femme quand je me mets à aimer vraiment et pour la première fois ? Car il n'y a plus de doute, j'aime comme je n'ai jamais aimé. Et j'aime sans espoir une femme qui ne cédera jamais. J'ai été fou de tenter de le lui dire avec ce poème. Je goûtais avec elle des heures délicieuses : poses, puis promenades avec les enfants, goûters sur l'herbe, avec son air de bonheur étonné. Tout est cassé.*

Socrate dit qu'il faut combattre l'amour par la fuite. Je n'ai nulle envie de le combattre, et je ne peux fuir avant d'avoir terminé le portrait. Une œuvre qui comptera dans ma recherche,· car elle crie la passion, et surtout devant l'amie Caroline qui est infiniment intelligente. Ce que j'ai fait là, avec ce fond que renie le visage et l'expression, avec ces yeux qui transpercent la toile, ce n'est pas achevé, mais on voudrait presque le laisser tel quel et ne plus y toucher. C'est fou. Mais je n'aime pas la peinture raisonnable, ni la vie raisonnable. Je ne veux pas être raisonnable.

Je la voyais dimanche à l'église avec les siens, dans ses habits de fête, en gris et rose avec un grand châle blanc, ses filles en robes fleuries, son mari à la belle prestance, la musique d'Église solennelle malgré la pauvreté de l'harmonium... tout ce monde, un autre monde ! Et elle, comme une libellule fixée au sol par ses fines attaches, engluées par on ne sait quel miel amer.

Ah ! Je souffre. Maudite poésie, de quoi me suis-je mêlé ? Je n'ai pourtant rien de commun avec la race écrivassière, cette peste moderne qui chaque jour salit le peuple de ses cerveaux malades ! Je m'enfonce dans mon travail, seule occupation qui puisse me donner quelque bien-être. Je travaille furieusement et sans parler. Je suis bien malheureux.

Journal de Julie

Je te retrouve, cher journal de Julie, une Julie oubliée que Mme G. n'était plus. Je te retrouve dans le tiroir secret de mon bureau de jeune fille. C'est qu'il m'arrive un grand bouleversement et que je ne sais plus ni qui je suis ni où j'en suis, et qu'il me faut parler à quelqu'un, ne serait-ce qu'à moi-même.

Reprenons dans l'ordre. Oui, je me suis attachée profondément à cet homme, quelle imprudence ! Seuls tous les deux, découvrant que nous sommes semblables. Lui éveillant en moi une vie inconnue avec des désirs, des rêves et des appels que j'ignorais. Je suis folle, je l'aime. Je l'attends chaque jour comme le Messie, je passe des heures à me coiffer, à m'habiller, changeant trois fois de toilette avant de me décider. Je me surveille dans la glace avec une sévérité redoutable et, dès qu'il me quitte, je me sens seule et abandonnée.

Quand il me regarde si intensément, apparemment indifférent, je me retiens à grand-peine de me jeter contre lui. Une étincelle ferait jaillir le feu qui me dévore et qui est bien sûr l'amour, cet amour qui m'intriguait tant jadis dans les romans interdits.

Et puis hier, il m'a quittée durant notre promenade pour capter je ne sais quel crépuscule sur la Vienne et m'a fait glisser dans la main un quatrain que j'ai déchiré bien sûr, mais que je sais par cœur et qui m'a hantée toute la nuit :

Je ne sais pas si je vous aime,
Madame, mais devant mes yeux,
Il n'est couronne ni diadème
Qui vaille l'ombre de vos cheveux.

Je ne sais pas si je vous aime,
Mais je sais que mon cœur brûlant
Goûte une volupté suprême
Et secrète en vous admirant.

Je ne sais pas si je vous aime,
Mais je sais que pour vous servir,
J'oublierais jusqu'à moi-même
Et serais heureux de mourir.

Il ne sait pas, mais moi je sais ! Épouvantée, éperdue, au point que ce matin, quand il est revenu, l'air de rien, je n'ai pas pu lui dire un mot, incapable d'un sourire et même d'un vrai regard. Mes yeux fuyaient les siens, je me sentais gauche, il me semblait que tous mes nerfs me faisaient mal jusqu'au bout des doigts. Nous avons dû interrompre la pose brutalement : Eugénie, balancée trop haut par sa sœur, était tombée et hurlait. Nous nous sommes précipités tous deux pour la relever, ce n'était rien, une simple écorchure, mais penchés tous deux sur elle, je me suis trouvée contre cette épaule, dans cet effluve d'un corps d'homme inconnu, son visage tout près du mien et j'ai cru défaillir. Un courant mystérieux parcourait tout mon corps, brouillant mon esprit et me laissant bouleversée jusqu'au plus profond de mon être.

Quand nous nous sommes remis à l'œuvre, il a parlé, tout seul. Il m'aime, n'a jamais eu que des amourettes qui, dit-il, ne l'atteignaient pas, des « mimiques d'amour » qui n'ont aucun sens et qui ne laissent pas de trace parce qu'elles n'atteignent pas l'âme. Je suis la femme avec laquelle il aurait voulu passer toute sa vie. Je ne disais rien, j'aurais dû le faire taire, fuir, et j'écoutais, avec quelles délices !

Oh, quelle folie ! Voilà donc ce qu'est l'amour : un bonheur qui vous envahit et vous transporte. Ou son refus et une misère poignante qui toute la vie vous tordra le cœur et l'esprit.

Il a fini par rire de mon émoi et du visage que je devais avoir, il m'a dit calmement : « Calmez-vous, Julie (il m'appelait par mon nom et j'en ai frémi) je vais faire en silence profession d'amour jusqu'à ce que vous soyez remise. » Et je n'ai pas pu rire, je crois que j'ai même un peu pleuré. Il est alors venu s'agenouiller à mes pieds et me baiser les mains que je n'ai pas eu le courage de lui refuser. Tout m'attirait, tout me retenait. Doux et cruels moments ! Il m'a demandé pardon de déranger ma vie, d'attenter à ma paix. Et moi j'étais épouvantée de ce qui se passait en moi. Sa passion m'éclatait au visage, j'ai fini par le repousser en le suppliant de ne plus m'aimer. Je ne pouvais répondre à cet amour, j'étais mariée, je devais fidélité totale à un maître auquel j'appartenais. Sa passion devait se contenter des sentiments si doux que je lui portais et lui porterais durant ma vie entière... Mais je savais bien que l'amour, déjà, me ravageait et que ce sentiment inconnu aspirait à me perdre et ferait de son absence une torture. Je voyais bien qu'il le savait aussi.

Que vais-je devenir ? Ma vie ne sera qu'errance pour fuir la faute et repousser un fantôme qui ne me quittera plus. « Vous écrirez un jour un beau roman d'amour, mais c'est trop tôt... » Non, mon roman d'amour est bien là, et il me tue. Je ne sais comment j'ai eu le courage de lui dire encore, dans les larmes, que je serais toujours une femme qui ne pensera qu'à son travail et à ses enfants. Que l'amitié pour mon mari, je l'espérais, me préserverait de la chute.

Il était si triste, si défait, qu'il m'a fendu le cœur et je suis tombée dans ses bras. Il n'y a pas de mots pour dire ce que j'ai vécu là : son visage, sa bouche, ses mains. Un bruit dans le jardin nous a séparés. Nous sommes restés interdits, les yeux dans les yeux, puis il a rangé ses pinceaux en silence, m'a baisé la main, et je l'ai regardé partir, clouée au sol jusqu'à ce que sa silhouette disparaisse au bout du chemin.

Comment ai-je pu faire figure le soir quand Gustave est rentré, reprendre ma tapisserie en l'écoutant raconter sa journée, lui répondre, et puis dîner sagement avant de veiller le coucher des enfants ? À table, Eugénie babillait, mais Marie me regardait drôlement. Quand on a parlé du portrait qui se termine, elle a dit sèchement, en me regardant avec effronterie : « Tant mieux ! Moi, je n'aime pas ce peintre. » Et j'ai frémi.

L'amour n'est pas un petit ruisseau tranquille sous les ombrages du printemps, mais une cascade de montagne, une cataracte capable de vous écraser tous. Je ne sais pas comment, désormais, je pourrai vivre.

Chapitre 15

« Je ne sais pas si je vous aime »

Le soir de ce que Julie appelait en elle « l'aveu », après avoir écrit dans son atelier jusque vers trois heures du matin, elle ne put s'endormir qu'aux premières heures de l'aube et s'éveilla dans une sorte de bonheur, comme ces matins de printemps où toute la nature chante. « Je suis aimée », pensa-t-elle brusquement, et le monde en était changé.

Les G. attendaient pour déjeuner les Diloy avec leurs enfants et Édouard pour une des dernières poses. Il arriva parmi les cris de joie des enfants qui jouaient à cache-cache dans le jardin, tout le monde était là. Il faisait beau et chaud, on avait mis la table dehors et Julie, active depuis le réveil, crut un instant avoir tout oublié : il était là et c'était naturel. Elle ne ressentait aucune gêne. Édouard, en revanche, était très pâle. Julie remarqua que ses yeux évitaient les siens et s'aperçut que sa main tremblait quand elle lui offrit un verre de vouvray. Mais la conversation allait déjà bon train car Jules Diloy, le mari de Caroline, revenait de Paris. Au ministère, dont dépendait son Office des forêts, on était inquiet. L'empereur était paraît-il très malade mais on ne savait au juste de quoi. Il ne pouvait plus marcher ni dormir, à peine manger Il avait fallu, la semaine dernière, lui allumer du feu alors qu'on étouffait. Il était, de surcroît, rentré très sombre de Salzbourg où il était allé porter ses condoléances à l'empereur d'Autriche pour l'exécution de son neveu Maximilien du Mexique. Il avait surtout déclaré, et tout Paris en parlait : « Des points noirs sont venus obscurcir notre horizon. »

— Bien entendu, ces nuages viennent de Prusse et de ce terrible comte de Bismarck qui tient son roi en lisière. C'est un homme de fer dont les ambitions sont évidentes : il veut absorber tous les États allemands du Sud et nous aurions contre le Rhin un voisin puissant, redoutable, dont les ambitions sont illimitées. (C'était Jules Diloy.)

— Et si j'ai bien lu *Le Moniteur*, l'empereur a ajouté que la France s'y opposerait, même par les armes. (C'était Édouard dont les yeux fuyaient toujours ceux de Julie.)

— Ce serait donc la guerre ? s'écria Gustave alarmé.

— Mon Dieu oui, et il est bien évident que dans la situation intérieure actuelle, un tel duel serait redoutable.

Les deux femmes se regardaient avec épouvante : « La guerre, chez nous, mais c'est affreux ! »

— Rassurez-vous, mes bons amis, les Prussiens n'iraient pas loin. Nous avons nos fameux fusils chassepots qui portent beaucoup plus loin que les leurs et qui font merveille. Nous avons surtout une armée à laquelle il paraît qu'il ne manque pas un bouton de guêtre ! (C'était Gustave.)

— Eux aussi ont une armée que l'on dit exercée. Au ministère, on prétend que leurs canons sont très supérieurs aux nôtres, chargés par la culasse, donc plus rapides. Quant à la Prusse, elle est férocement disciplinée. Heureusement nous avons deux grands alliés. (C'était Jules.)

— Est-ce qu'on n'a pas aussi une arme nouvelle qui tire en rafale, à ce que mon beau-frère m'a dit chez

Roland ? Et puis, j'ai lu ça dans la *Revue des Deux Mondes :* ça s'appellerait « la mitraillette ».

Ce nom fit rire et détendit l'atmosphère. Ni Julie ni Caroline n'avaient envie de penser à de telles extrémités et, après le café, elles laissèrent les hommes discuter politique et savourer la fine de Gustave. Elles s'en furent donc promener les enfants au bord de la Vienne, sous les peupliers. Caroline semblait gênée, hésitante, elle jetait vers Julie des regards dérobés et comme elles s'arrêtaient au bout du chemin, elle mit la main sur celle de son amie :

— Julie, cet homme, ce peintre (elle hésitait puis se lança), il t'aime, n'est-ce pas ?

Julie eut la force d'éclater de rire :

— Tu rêves ! Mais quelle idée ! Il fait mon portrait pour s'en servir dans une commande, c'est tout et c'est très amusant.

— Non, Julie, voilà plusieurs semaines que je le devine et ce n'est pas bon, ni sain.

Le regard de Caroline était fermé et sévère. Julie avalait avec peine sa salive, une main invisible serrait sa gorge, elle avait trop chaud... Donc, ça se voyait, il fallait agir, vite. Elle haussa les épaules :

— Rassure-toi, il s'en va à la fin de la semaine, le portrait est fini et, s'il était amoureux comme tu le crois, il serait bien trop loin pour être dangereux !

Mais Caroline ne riait pas, plus Minerve que jamais, elle hochait la tête en silence. Elle savait.

— Sois prudente, Julie, je n'ai jamais aimé cette histoire de portrait et je ne suis pas la seule ici. Notre réputation à nous femmes est trop précieuse pour en jouer, même en toute innocence. Enfin, il s'en va, j'en suis soulagée.

La dernière pose eut lieu en public. Il ne restait que le fond à terminer, ce qu'Édouard ferait à Paris d'après ses croquis et ses esquisses faits sur place depuis un mois. *La*

Dame à la rose serait exposé au prochain Salon, en octobre, si le jury en acceptait l'audace. C'était vraiment un superbe portrait, largement brossé, avec des valeurs audacieuses, et de grands coups de pinceaux pour les cheveux et la robe blanche, qui faisaient penser à des coups de soleil ou des coups de vent. *La Dame à la rose* vivait, d'une vie presque insolente qui n'avait rien d'académique et dont la violence s'imposait.

— Après l'exposition, ce tableau sera pour vous, mes chers amis. Ce sera le témoin de ma gratitude pour votre généreux accueil et celui d'une très chère amitié.

Tout le monde se récria : « Quel cadeau ! Et quel souvenir ! »

— Mais vous reviendrez nous voir, mon cher ! Ce sera toujours une joie.

Seule Julie ne disait rien, elle avait la gorge serrée, et ces paroles creusaient devant elle un fossé sans fond. Un vertige l'assaillait. Elle dut s'appuyer contre la commode et fermer les yeux quelques instants. Quand elle les rouvrit, le regard bleu la fixait enfin avec une grande douceur. Tout le monde se dirigeait vers la porte, il la frôla et de sa main glissa un papier griffonné à la hâte que Julie déchiffra après le départ de tous :

« *Ce soir à vingt-trois heures. J'attendrai sous le gros platane le long de la rivière. Toute la nuit s'il le faut.* »

* *
*

L'émotion est une chose étrange : entre les gestes, les mots habituels, le train-train quotidien et ce tumulte intérieur qui dans les grands moments vous habite, le mur est si épais, si sourd, si opaque que rien ne passe ni ne se voit. Tout le soir, l'enveloppe charnelle de Julie fit son office sans la moindre faute ni défaillance. Attentive à tous, couchant les enfants, dînant, enjouée, paisible, faisant sa toilette, éteignant les lampes et soufflant les chandelles. Et dans cette enveloppe qui agissait comme un automate, un être brûlait, haletait dans un tout autre espace, avec un autre être infiniment plus vrai et plus proche.

À vingt-trois heures, Gustave dormait tranquillement et Julie, tout oreilles, à demi soulevée, scrutait le moindre bruit vers le portail : le pas d'un cheval sur la route, un crissement sur le gravier, le craquement d'une branche, l'envol d'un oiseau...

Rien ! Vers minuit, elle se leva sans bruit et enfila son peignoir blanc, puis glissa un œil entre les persiennes. La lune s'était levée. Au-delà du portail, là-bas vers la rivière, sous le platane, une ombre. Il était là ! Elle glissait sans bruit dans la grande allée. Il l'aperçut de loin mais ne bougea pas. Elle entrouvrit sans bruit le portail qui grinçait à peine, puis se mit à courir. Il ouvrit les bras, elle n'avait plus de corset, et il eut l'impression de la tenir enfin tout entière, vraie, délivrée, donnée. Combien de temps dura leur étreinte et leur silence ? Une grenouille coassait sur la rive, au loin une chouette appelait. La brise qui venait de la rivière faisait voler autour d'elle les dentelles de son peignoir.

Il la tirait vers le sol :

— Viens, mon amour, viens !

Mais Julie résistait, cramponnée, collée contre lui :

— Non, non ! C'est impossible. Pas ça ! Nous n'avons pas le droit. Oui je vous aime, Édouard, mais c'est impossible, interdit.

Elle ne se débattait pas, sinon en paroles, contre des mots : la foi jurée, le mariage, la famille. Mais elle restait là dans ses bras, sous ses baisers, son corps répondait, son âme refusait.

Édouard reprit le vouvoiement, puisqu'il ne s'agissait que de mots, de convenances et de règles.

— Julie, je vous aime comme un fou. Vous êtes celle que je n'attendais ni n'espérais. Vous m'êtes tombée du ciel et je ne peux pas vous abandonner.

— Moi aussi, Édouard, je vous aime, hélas ! Avec une tendresse qui me tue, et je sais que je n'ai jamais aimé et n'aimerai plus jamais que vous. Mais non, pas ça ! Je ne dois pas, je ne peux pas.

Et elle se mit à pleurer, la tête sur son épaule, cramponnée à son cou, collée à lui de la tête aux pieds. Son parfum d'homme l'envahissait, et elle se disait que ce parfum-là, elle ne l'oublierait jamais. Ils restèrent longtemps enlacés en silence, brûlant tous deux du même feu, incapables de se séparer. Enfin il parla :

— Comment vais-je pouvoir vivre sans toi ? Quand, comment te revoir ?

— Et moi sans vous ?

Elle sanglota de plus belle, ses larmes coulaient sur sa chemise entrouverte et sur celle d'Édouard.

— Pourrai-je t'écrire au moins ?

Elle secoua la tête désespérément.

— Julie, trouve le moyen, je t'en prie, une amie... la poste pourquoi pas ? Écris-moi dès que tu le peux en tout état de cause. Et il faut que tu viennes à Paris, il faut que je te revoie, pour moi, mais pour toi aussi.

Julie pensait très vite : aucune amie ne se prêterait à un tel scandale. Tout Chinon saurait qu'on lui écrit. À Tours peut-être, la grande poste ? Mme Juliane, ses romans... Elle se redressa et le regarda enfin en chuchotant :

— Je trouverai. Et je viendrai.

Le ton était ferme. Oui, « les hommes font ce que nous voulons quand nous sommes assez fortes », mais peut-être les femmes peuvent-elles aussi faire ce qu'elles veulent ?

— Je t'écrirai et te posterai de Tours dès ton arrivée. Il faut que tu partes, je ne peux pas rester plus longtemps. Pars, je t'en prie, si tu m'aimes comme je t'aime, pars, je t'en supplie !

Elle se détacha, et recula, ombre blanche où brûlaient des yeux noirs. Il reculait à pas lents, incapable de quitter du regard les braises qui dans ce visage embrumé lançaient des flammes de passion. Il pensa brusquement qu'il n'avait rien rendu de tout cela dans son portrait et que cela resterait son bien secret : un feu dévorant qui ne brûlait que pour lui dans cette ombre blanche enchaînée, ficelée, garrottée par un monde auquel il ne pourrait jamais l'arracher.

Elle avait lentement, silencieusement ouvert le portail et l'avait refermé. Elle était là sans bouger, derrière la grille. Elle le regarda disparaître dans la pénombre du sous-bois. Elle entendit le pas d'un cheval qui s'éloignait lentement et resta plantée là jusqu'à ce qu'on n'entende plus que le bruissement léger du vent dans les roseaux de la Vienne.

Chapitre 16

« Madame Juliane », femme de lettres

IL FALLAIT prévenir Gustave de l'existence de Mme Juliane. L'affaire était devenue essentielle car seule Mme Juliane pourrait se rendre à Paris. Elle le devait d'ailleurs pour prendre contact, signer un contrat et toucher de l'argent. Bien sûr, elle avait le temps, mais quelque chose en elle ne pouvait plus attendre. Cet aveu qui lui avait semblé jusqu'ici délicat devenait insurmontable, mystérieusement attaché à une trahison. Mme Juliane, en quelque sorte, était devenue une criminelle. De la réaction de Gustave dépendait maintenant sa vie. L'angoisse était si intolérable que le lendemain du départ d'Édouard, quand un voiturier vint chercher le portrait pour le mettre en caisse et l'enregistrer au train, le grand bruit de marteau qui clouait la caisse lui sembla une mise en bière. Elle s'enfuit au fond du jardin en se bouchant les oreilles et comprit qu'elle allait devenir folle si tous ces secrets restaient enfouis en elle, enterrés, cadenassés. Le roman n'était rien auprès de cet amour interdit : dès le retour de Chinon, après le 15 août, elle parlerait.

Le lendemain de leur arrivée dans la maison des Chevaliers, de lit à lit, après avoir soufflé les bougies, elle se mit à parler calmement et ce fut tellement facile qu'elle n'en revint pas :

— Gustave, j'ai un aveu à vous faire. Rien de déshonorant, rassurez-vous ! Une folie... Vous savez que je ne suis pas très raisonnable.

Le ton était badin, amusé, et Gustave, qui se préparait à dormir, se souleva intrigué et se tourna vers Julie :

— Que vas-tu encore avoir inventé ?

— Eh bien ! Tu as, mon pauvre ami, une femme savante. J'ai écrit un roman en cachette, une histoire très convenable et qui finit bien.

— Ça par exemple ! Mais quelle idée ?

— À force de lire ces romans faciles dans le *Journal de Chinon* le dimanche ou dans celui des *Modes*, je me suis dit que je ferais sûrement aussi bien et que peut-être je pourrais, en secret bien sûr, gagner un peu d'argent pour nous offrir quelques douceurs.

Gustave éclata de rire :

— Ma pauvre amie ! Gagner de l'argent avec des romans-feuilletons, ici à Chinon ou même à Tours, et d'une bourgeoise bien convenable ! C'est charmant, surtout si ça t'amuse, mais tu rêves !

— Je rêve si peu, mon cher, qu'ayant envoyé mon manuscrit au *Journal des Modes*, je viens de recevoir la réponse : il est accepté et il va paraître.

— Paraître ! Sous mon nom ?

Gustave s'était assis brusquement et Julie, malgré l'obscurité, le sentait lever les bras au ciel et secouer la tête.

— Non, bien sûr, pas sous votre nom ni sous le mien. Personne au monde n'en saura rien, sauf vous. Ils seront signés Madame Juliane.

— Parce qu'il y en aura d'autres ?

Le rire glorieux de Julie éclata :

— Payés 10 centimes la ligne, et les plus longs possible ! Avouez qu'avec moi, on ne s'ennuie pas.

Gustave était retombé sur son oreiller, saisi, stupéfait et marmonnait :

— Ça alors ! Incroyable. Tu m'auras toujours étonné, mais cette fois-ci, tu m'as eu.

Il rit :

— J'ai épousé une femme savante, un bas-bleu ! Et je ne le savais pas ! Je préférerais tout de même que tu ne le cries pas sur les toits. Rien aux Pillet en tout cas !

— Ni à d'autres, je te le jure, je n'en parlerai à personne. Et s'il faut que j'aille à Paris pour les contrats, il y a mille prétextes, ne serait-ce que la nouvelle grossesse d'Éléonore qui n'a pas de famille sur place et qui doit rester beaucoup étendue.

Cette nuit-là, Julie dormit tout de suite et sans rêves, comme délivrée. Pourtant, elle n'avait pas écrit à Édouard, et aucune nouvelle, aucune lettre n'était venue de Paris. Pourtant elle était heureuse.

Aimer est une occupation prenante qui envahit chaque instant de jour et de nuit. Julie aimait et, en elle, chaque jour, résonnait ce mot bouleversant : « Je suis aimée. » Les gestes les plus simples, de couture, de rangement, de courses, de comptes, de visites, de leçons de piano ou de dessin, tout en était envahi, transfiguré. Se coiffer, s'habiller, faire une tarte, cueillir des fleurs, tout cela prenait un sens et ne s'adressait plus seulement à soi-même. Les cloches de l'angélus scandaient le nom d'Édouard, les dernières roses du jardin étaient celles du portrait.

Début septembre, arriva de Paris une lettre à l'adresse de M. et Mme G. dont l'écriture fit battre le cœur de Julie. C'était cette inoubliable écriture penchée, haute et désordonnée du poème (« Je ne sais pas si je vous aime, etc. »). Ils ouvrirent la lettre ensemble et Gustave lut tout haut :

Mes bons et chers amis,

Pardonnez-moi ce long silence et ce retard impardonnable à venir vous remercier de votre délicieuse hospitalité et de ces

généreux partages de votre vie familiale, si douce et si heureuse.
Je n'ai pas d'excuse, mais une explication : je me suis trouvé assez mal en point à mon retour à Paris. Sans courage, sans inspiration, et j'ai traîné tout le mois pour finir le cher paysage de votre chère vallée.

Gustave tournait la page... Mon Dieu, il est malade ! Non, il me fait savoir habilement qu'il est très triste et qu'il m'aime.

> ... *Le portrait est enfin terminé. De l'avis général, il est digne du Salon, et on m'assure qu'il sera pris. Il doit tout à son modèle. D'ailleurs, il est pour vous, chère Julie et cher Gustave. Sa place n'est pas dans ce capharnaüm qu'est l'atelier d'un peintre, mais bien chez celle qui l'a inspiré. Et s'il a, comme on me le promet, l'honneur d'obtenir une médaille, je serai éternellement son débiteur.*

Suivait un long et sévère commentaire sur les derniers événements politiques. Il avait su par Roland que l'impératrice poussait à la guerre, disant qu'elle aurait lieu fatalement et qu'il ne fallait pas attendre que la Prusse se renforce. Mais que l'empereur, méconnaissable et urinant le sang, résistait, voulant d'abord renforcer ses alliances.

> ..: *Paris est triste, inquiet, les belles années de fête sont derrière nous. Seuls le travail et l'espoir me font vivre et me soutiennent. Mais nos bonheurs sont en nous.*

— Charmant garçon, dit Gustave en repliant cette lettre. Il a mis son adresse, il faudra que tu lui répondes.

* *
*

Les enfants étaient rentrées en classe. Marie allait faire au printemps prochain sa première communion et tous les vendredis recevait une préparation, grâce à des cours de catéchisme faits par la supérieure elle-même. Toujours studieuse, elle en revenait les yeux exorbités et ne parlait que de ciel et d'enfer. Il fallait faire des sacrifices et des mortifications, les comptabiliser sur un petit carnet. Elle expliquait à sa sœur comment les bons gagnaient le paradis et les méchants tombaient dans le feu éternel parmi les diables cornus. Elle lui apprenait les commandements de Dieu et de l'Église, qu'il fallait réciter par cœur, et pérorait fièrement à table comme un père de l'Église sur les vérités révélées :

— Mère Saint-Ambroise nous a expliqué que tous les commandements, surtout ceux de l'Église, ne sont pas encore pour les enfants. Mais que nous aurions toutes un jour à choisir entre Dieu et le monde. Futures épouses ou futures vierges, ça veut dire que Dieu nous appellera peut-être au couvent.

Gustave écoutait, vaguement agacé, et haussait les épaules. Il n'était pas franc-maçon comme Octave, mais seulement faute d'en avoir eu l'occasion. Il n'allait à l'église le dimanche que pour occuper le banc d'œuvres et assurer sa position de modéré au conseil municipal.

Cette semaine, Marie avait appris les vertus :

— Aujourd'hui, c'était la pureté et les mauvaises pensées. Dieu voit tout, entend tout. D'ailleurs, l'ange gardien le lui dirait. Tout, même ce qu'on pense et même la nuit. Et ça peut être un péché mortel ! Mais moi, ajouta-t-elle fièrement, je suis tranquille, je ne pense jamais rien de mal.

— Évidemment ma pauvre fille et personne n'en doute ! Ces malheureuses bonnes sœurs ont l'esprit si tourneboulé par leur fameuse chasteté qu'elles sèmeraient le trouble jusque chez les anges gardiens !

Il rit. Mais Julie ne riait pas. Elle était fourrée de cette mauvaise chose, chose exquise et criminelle : l'amour ! Un amour interdit, coupable, de ceux que cette innocente jetait si légèrement en enfer. Péché véniel, péché mortel... « en pensée, c'est aussi grave », avait dit mère Saint-Ambroise. Toute l'éducation de Julie à Marmoutiers lui remontait au cœur et elle eut brusquement le visage en feu, au point qu'elle dut se lever et fermer la porte de l'office sous prétexte d'un courant d'air.

— Moi, je ne veux pas aller au paradis, disait Eugénie, je veux rester ici.

— Pas maintenant, voyons ! C'est quand tu seras morte comme grand-mère.

— Allons, assez mes enfants, coupa Gustave irrité. Vous ne comprenez rien à ces choses qui ne sont pas de votre âge. Tu feras ta première communion, Marie, dans six mois. En attendant, tu ferais mieux d'apprendre ta grammaire et l'orthographe pour parler et écrire convenablement.

On finissait le dîner par le lait caillé que les enfants détestaient et que Marie mangea gravement sans protester, avec un visage de sainte qui proclamait le règne du sacrifice, de la pureté et du jugement dernier.

Julie coucha ses filles sans parler et se déshabilla fort troublée : le bonheur d'aimer et d'être aimée lui avait donc tourné la tête au point qu'elle en avait oublié sa religion ? Était-elle vraiment « infidèle » ? Où commence l'adultère ? Les sentiments, la passion, elle ne les avait pas refusés. Le contact, les baisers, la douceur de ses mains, et surtout cet émoi de l'être tout entier, corps et âme, et ses pensées, ses rêves, ses souvenirs ressassés, savourés, ce trouble du corps qui revenait chaque jour et illuminait sa vie... elle ne projetait que de revoir Édouard, et bien sûr, c'était ce que le chanoine Brun condamnait jusque dans le mariage. Alors en dehors, avec un autre... Depuis le départ d'Édouard, elle se parlait à elle-même nuit et jour, vivait en imagination leur rencontre, leurs baisers, leurs confidences. Réfugiée dans les bras invisibles d'un autre... elle était « damnée » aurait dit Marie !

Pourrait-elle même communier auprès de sa fille en robe blanche et couronnée de roses ? De ce jour, un malaise inconnu s'empara d'elle. Elle s'était crue innocente puisqu'elle avait résisté, n'avait pas commis de faute (à moins, bien sûr, que ces baisers, ces caresses...) Et puis non ! Elle ne s'était pas crue innocente, elle n'y avait simplement pas songé. Et cette première communion venait éclabousser de fange et d'abjection ce qui était si pur et si noble.

Le dimanche suivant, au sermon, le curé de Saint-Jacques commentait justement l'Évangile des Pharisiens que le Christ traitait de sépulcres blanchis, et tonnait sur tant de fautes cachées derrière l'écran de la bienséance et des vertus bourgeoises.

Tout cela était bien joli, mais à qui s'accuser de ce que nul ne doit savoir ? À un prêtre de Chinon qui vous connaît et vous reverra le dimanche suivant sous le même chapeau ? Jamais ! Peut-être à Tours, mais pas à la cathédrale, dont Hortense recevait l'archevêque. Julie se sentait si mal à l'aise qu'elle décida de retourner au jour d'Hortense et prit la diligence du matin, prétextant des courses.

À l'arrêt du pont de pierre, elle aperçut sur la gauche la petite église blanche de Saint-Cyr qui regardait de biais la Loire, en haut de son escalier. Modeste, à demi cachée et si jolie avec son portail gothique. Elle avait tout le temps et le cœur lourd. Elle traversa lentement le fleuve et se dirigea vers la levée comme une femme qui se promène. L'église était vide, toute blanche. Elle sentait l'encens, le salpêtre et les fleurs fanées. Il y faisait si frais que Julie frissonna et faillit sortir. Mais un jeune prêtre en prière devant un des confessionnaux se retourna et se leva, chuchotant :

— C'est pour vous confesser, madame ?

— Oui mon père, merci.

Le sort en était jeté. Elle entra dans l'ombre des planches, s'agenouilla et tira soigneusement le rideau. La trappe s'ouvrait en face d'elle et derrière la grille de bois, elle apercevait un visage jeune et assez doux et une main qui faisait le signe de croix.

— Mon père, bénissez-moi parce que j'ai péché... Je confesse à Dieu...

Les formules se suivaient, faciles, jusqu'au « Je m'accuse ».

— Je ne sais pas trop, mon père, comment dire ce qui m'amène. Non, je n'ai pas commis l'adultère, mais j'aime un homme.

— Mais sans adultère, avez-vous eu des rapports physiques ?

— Oui mon père, mais chastes.

— Combien de fois mon enfant ?

— Deux fois. Et puis il est parti.

— Il ne faudra pas recommencer, promettre à Dieu de ne plus le revoir et surtout le chasser de votre cœur.

— Ah, non ! De mon cœur, jamais ! Je l'aime et ne peux cesser de l'aimer.

Elle avait chuchoté si fort qu'elle se tut, inquiète.

— Vous ne devez l'aimer qu'en Dieu, un amour des âmes où le corps n'a pas de part, comme saint François et sainte Claire. Avez-vous, mon enfant, lu la vie de saint François d'Assise ?

— Non mon père. Mais je peux chercher

Le silence était tombé. Il semblait à Julie que le jeune

prêtre s'agitait ou plutôt respirait fort. Il cherchait visiblement à continuer l'accusation :

— Dieu a institué le mariage indissoluble pour constituer une famille et élever des enfants dans un mutuel amour.

Julie ne disait rien. Elle aurait pu comme Marie s'écrier : là-dessus, moi, je ne crains rien !

— Aimez-vous votre mari, ma fille ?

Devant la question brutale, Julie hésitait. Oui, elle l'aimait bien, et ne voulait que son bonheur, mais pas comme l'autre.

— Oui mon père, mais ce n'est pas le même amour. Est-ce si grave d'aimer autrement quand on ne fait rien de mal ?

— C'est insulter la sainteté du mariage qui veut que l'épouse soit totalement à l'époux, et vice versa d'ailleurs.

Vice versa ! Il en avait de bonnes ! Et Mme Bidault qui retenait Gustave si tard à la verrerie ?

— Enfin, si vous promettez de ne plus revoir cet homme et de repousser sa pensée...

Julie éclata en sanglots :

— Ah, mon père, qui m'aimera si je ne l'aime plus ?

— Dieu mon enfant !

C'était un cri ! Le prêtre se reprit et sa voix se fit douce, insinuante :

— Oui, Dieu vous aime, sachez-le, et vous n'avez nul besoin d'un autre amour. Celui-là est éternel. Récitez votre acte de contrition, je vais vous donner l'absolution.

Julie sortit en larmes. L'église était vide et le prêtre, discrètement, restait enfermé dans le silence et l'obscurité : « Dieu vous aime... Mon mari aussi sans doute, mais moi j'aime un homme et il n'y a plus de place dans mon âme. »

Chapitre 17

« Il faut d'abord vivre, mon ange »

LA PETITE *Marquise* débuta dans le *Journal des Modes* le 10 septembre. Julie avait reçu une lettre fort aimable qui lui annonçait l'envoi, dans quelques semaines, de la première parution, précisant le nom de l'illustrateur, un certain Lanoue que l'on disait plein de talent. On lui demandait si elle avait l'occasion de venir signer son contrat à Paris et sous quelle forme elle souhaitait toucher ses honoraires. On serait heureux de la connaître et très désireux de recevoir le prochain manuscrit.

Le Salon, comme chaque année, ouvrait fin octobre. Julie répondit qu'elle se ferait un plaisir de faire la connaissance de monsieur le directeur lors de son prochain séjour, vers le 20 octobre. Elle signait avec Gustave cette lettre officielle de remerciement et déposait à la poste de Tours, au jour d'Hortense, une lettre enflammée à Édouard, et une autre à Roland le suppliant de l'inviter officiellement au Salon si, comme on le prévoyait, *La Dame à la rose*, était acceptée. Ce qu'il fit, ainsi qu'Édouard.

Dans la lettre de ce dernier, chaque mot était à double sens : « *Bien sûr, les applaudissements des foules étaient sans valeur aucune aux yeux de personnes de qualité et n'avaient de charme que pour les âmes basses, mais la présence de la Dame serait un immense honneur pour le peintre et ferait de ce tableau un petit événement. Ce serait en quelque sorte un cadeau de plus parmi tant de bontés.* » Mais il travaillait d'arrache-pied à son *Esther*, qui y serait également exposée et, pour tenir cette vie qui demandait un cœur d'acier, il se couchait de bonne heure, « *se privait de tout plaisir étranger à son propos, soutenu dans sa résolution par l'espoir d'achever et de retrouver ceux qu'il aimait* ».

La lettre se terminait par : « *Mes pensées gravitent chez vous, chers, bons et fidèles amis, je n'ai plus de place pour vous dire que je vous aimerai toujours* ».

C'était un peu cousu de fil blanc, Julie tremblait mais Gustave qui lisait tout haut tomba en arrêt devant la beauté de la signature :

— Je crois que nous avons un grand homme dans nos relations, ma chère, conclut-il fièrement.

Une lettre de Roland arrivait trois jours plus tard, invitant sa cousine à descendre chez lui à Paris, « puisqu'elle venait sûrement pour l'ouverture du Salon ». Il n'était donc vraiment plus possible de refuser.

— Je rangerai tout pour m'échapper chez Roland en ne vous laissant que deux ou trois jours. Et puis il faut que j'aille voir ma pauvre tante Marthe. Voilà maintenant quatre ans qu'elle a quitté Chinon pour suivre la supérieure, à la maison mère de Passy. Ses lettres sont si tristes ! Et j'en profiterai pour signer mon contrat et recevoir mes honoraires. Il y aura des cadeaux pour tout le monde !

Elle parlait très vite pour ne pas laisser à Gustave la moindre hésitation :

— Marie sera la maîtresse de maison en mon absence et me remplacera auprès d'Alphonsine. N'est-ce pas ma chérie ? Tu as maintenant dix ans, et je te fais tout à fait confiance.

Marie était flattée et poussait des cris de joie :

— Je peux tenir les comptes parce que j'ai été première en arithmétique ! Papa m'apprendra.

— Tu me promets seulement de ne pas commander tous les jours de la crème au chocolat !

Tout le monde rit, et Gustave promit de conduire lui-même sa femme à la gare de Tours, tout en s'inquiétant de la voir voyager seule dans le train.

Début octobre, après quatre parutions de *La Petite Marquise,* une grosse enveloppe à l'en-tête du *Journal des Modes* arrivait à la maison des Chevaliers. Elle contenait deux lettres de lectrices, absolument bouleversantes : « C'est mon histoire, chère madame », disait l'une, qui contait en quatre pages d'une petite écriture pointue les traverses incroyables de sa vie, laquelle d'ailleurs n'avait rien de commun avec celle d'Élise, ou même avec celle de la marquise. L'autre, intitulée « Histoire de ma vie », était très émouvante. Cette femme n'avait jamais su qui était son père, et remerciait Mme Juliane de l'histoire admirable qui lui avait tiré déjà des larmes brûlantes. Julie n'osa pas les faire lire à Gustave, la première parce qu'elle était ridicule, la seconde parce qu'elle contenait pour lui une terrible accusation.

Julie était doucement entrée dans le monde du mensonge. Un monde clos et très doux, où tout se tient. Elle écrivait à Édouard d'adresser directement une lettre à Mme Juliane (faire suivre), aux bons soins du *Journal des Modes.* Elle était intarissable sur son prochain roman : l'amour impossible d'une pure jeune fille sans dot, nommée Héloïse, menacée par son père d'un mariage avec un riche vieillard, qui allait se jeter dans la Loire quand une merveilleuse vieille comtesse, devinant tout, la sauvait doublement en lui offrant de parler à son père et de devenir sa lectrice, etc., etc.

Julie ne savait pas encore à qui elle la marierait. Ce serait probablement un grand peintre aux yeux clairs (qui dans le roman serait un musicien), venu jouer à l'Alouette (qui serait un château en Anjou), et qui se situerait dans une profonde forêt.

Chez Hortense, Julie jouait la dame patronnesse qui fait une bonne action pour aider un pauvre peintre. Elle trichait sur ses comptes pour acheter un nouveau chapeau, un amour de toque de petit-gris décorée d'une aigrette, assorti à la grande étole de sa belle-mère.

Elle faisait les gestes habituels, comme les machines, l'esprit si loin de sa vie et des siens qu'elle n'entendait plus et s'excusait auprès de Gustave : les malheurs d'Héloïse, disait-elle, la rendaient fort distraite. Mais l'écriture, en fait, n'avançait plus.

Elle n'aimait plus que les roses rouges, les cramoisies qui avaient « la richesse, la splendeur et le faste de la nature » (c'était d'Édouard). Elle recousait des boutons dans des taies d'oreiller, deux fois trop gros pour les boutonnières. Aux thés de Caroline, elle s'indignait avec Jeanne Rossignol qui chuchotait avec horreur les faiblesses de sa cousine de Paris, veuve depuis seulement quatre ans, qu'on soupçonnait d'avoir « un ami, ma chère ! Mais oui, et un homme marié qui écrit dans les journaux ! ». Elle jurait à Gustave qu'elle ne ferait qu'un aller et retour et s'informait au sujet du télégramme ; lequel lui permettrait, le jour venu, de prévenir d'un retard.

Elle guettait le facteur, escamotait les lettres du *Journal des Modes*, et brandissait aux repas la lettre d'une nouvelle admiratrice, parfois couverte de fautes d'orthographe.

Certains, comme la cousine de Loches, si fine, remarquaient qu'elle était plus jolie que jamais, qu'elle avait un éclat nouveau. Julie riait. Dans un grand cri silencieux, elle se disait « C'est l'amour », et tout haut s'exclamait :

— Ce doit être la trentaine qui approche ! Il paraît que M. de Balzac a écrit un roman pour réhabiliter cet âge.

Le soir, dans la chambre à deux lits qu'elle n'avait pas osé transformer et où Gustave se sentait si bien, elle lui souhaitait gentiment bonne nuit et entamait des heures de dialogue délicieux avec l'absent.

Le mensonge est un ami complaisant et sans risque pour ceux que porte une passion : c'est un autre monde où tout se tient avec sa propre logique. Julie s'y mouvait à l'aise, comme dans un vêtement à sa taille, une sorte de robe d'intérieur sans baleines ni corset, sans gêne et surtout sans honte. Elle s'y était glissée, comme la brise dans ces maisons d'été où tous se sentent détendus, soulagés, heureux. Le mensonge était sa vérité, son amour s'y épanouissait, s'ancrait, s'enracinait jour après jour dans son cœur vide et assoiffé, dont elle découvrait enfin l'existence.

* *
*

Le 15 octobre, Gustave conduisait Julie à la gare de Tours. Hortense lui avait offert, pour le voyage, un en-cas de tissu écossais et cuir noir, fort élégant, assorti à son tailleur de voyage. Gustave s'inquiétait, faisait mille recommandations, inspectait le compartiment et agitait la main, puis rapetissait, rapetissait et disparaissait là-bas, dans la fumée noire de la locomotive.

Julie avait pris la seconde classe. Descendre jusqu'à la troisième était impossible pour une personne de qualité, mais les premières lui avaient semblé trop luxueuses. Il y avait dans le compartiment une famille très convenable : père, mère et trois enfants qui avaient faim et soif toutes les deux heures. Elle avait remonté la vitre et regardait avec délice défiler puis disparaître la noble vallée de la Loire, ses douces collines sagement plantées de vigne, ses villages de pierre blanche aux toits bleus, puis les premières frondai sons rousses des grandes forêts de Touraine.

Qui serait à la gare ? Roland, bien sûr, peut-être son frère François. mais pas Éléonore qui ne quittait plus son lit jusqu'à l'accouchement. Édouard... Édouard serait-il là ? Oserait-il ?

Il était là, près de Roland, Julie avait la moitié du corps hors de la fenêtre et l'apercevait, grand, mince, pâle, bien réel, avec un chapeau de rapin à grands bords. Ce fut un tel choc qu'elle se rejeta en arrière, pâle et bouleversée, au point que ses compagnons de voyage lui demandèrent si elle se trouvait mal.

Déjà Roland s'empressait, descendait ses sacs et Édouard était là, seul devant elle.

— Ma Dame à la rose ! dit-il simplement en lui baisant la main. Roland est attendu tout à l'heure chez sa belle amie. C'est moi qui vous conduis chez lui, il nous rejoindra pour dîner. J'ai pris un fiacre et nous le déposerons en route.

Ses mots étaient banals, ses gestes nonchalants, mais ses yeux disaient le reste. Sa main emprisonnait celle de Julie pour la guider dans une foule énorme et bruyante, avec des porteurs, des chariots et une agitation affolante. C'était Paris, ses quais, ses palais de l'autre côté du fleuve, ses péniches, ses chevaux, ses voitures, ses passants pressés, ses badauds, ses marchands. La tête de Julie lui tournait et elle se tenait très droite, croyant entendre son père qui bien sûr, ne parlait que pour les hommes : « *Il faut une grande hardiesse pour oser être soi, car il faut entrer dans la vie comme un boulet de canon. Tout plie devant l'audace et le pouvoir.* »

Roland qui habitait dans une rue élégante du faubourg Saint-Germain faisait les honneurs de Paris, tandis qu'on remontait la rue du Bac jusqu'au Bon Marché dont Julie se souvenait fort bien. On continuait jusqu'à la rue du Four et on le déposait là. Mais à peine était-il descendu qu'Édouard lançait au cocher :

— Rue Falguière, au 6, au fond de la cour.

Il se tourna vers Julie qui lui tomba dans les bras.

L'atelier d'Édouard était très grand avec une galerie

habitable où il vivait seul. Désordre, toiles immenses accotées au mur, odeurs d'huile et de térébenthine, des chevalets partout, au mur, des croquis épinglés où Julie se reconnut, prise de face, de trois quarts et de profil. Eugénie aussi, au milieu d'un groupe d'enfants ! Des études de mains, de pieds, et des nus de femmes. Un gros poêle, un ou deux meubles anciens et dans un coin, de quoi faire chauffer du café.

Ils se regardaient, hésitants, buvant chaque minute de bonheur. Oserait-il ? Accepterait-elle ? Le désir montait, envahissait le corps et l'âme. Julie s'assit, sans forces.

— Je ne sais plus, je ne sais pas si je dois. Je vous aime tant que je peux sûrement en mourir.

Édouard rit et l'enleva dans ses bras vers l'escalier de la galerie :

— Il faut d'abord en vivre, mon ange !

Et elle se laissait faire, comme dans un état second. Il était fort et musclé, la déposa gentiment sur le lit qui était ouvert et en grand désordre. Elle hésitait à se défaire et dut prendre sur elle pour dégrafer sa jupe par-derrière, puis son corset par-devant, sans rien enlever.

« Il faut entrer dans la vie comme un boulet de canon ! » Pourtant, ce fut Édouard qui acheva le désastre de ses dessous, mais avec douceur, comme pour un bébé, et qui s'étendit contre elle tendrement, chuchotant des choses inattendues qu'accompagnaient ses mains. Des choses comme : « Une femme ne se plie pas en un jour aux délices de la volupté. Il va falloir apprendre, n'est-ce pas ? » Comme il avait dit : « Un jour, vous écrirez un beau roman d'amour, mais c'est trop tôt. »

Ce n'était pas trop tôt. Ce fut Julie qui l'attira :

— Viens, viens !

Et il vint, pour faire d'elle enfin une femme.

Chapitre 18

Paris

PARIS est un puits immense où s'agitent sans se connaître ni même se voir des foules disparates vivant dans des mondes incommunicables : celui des peintres, à Montparnasse —, celui de Roland dans l'élégant faubourg, en coquetterie avec la cour —, celui des militaires (François était muté au Ministère) —, celui des écrivains, journalistes et éditeurs (où Julie avait rendez-vous le lendemain) —, celui de la politique, celui des banques, des marchands, des artisans qui sillonnaient les rues, etc. Parfois certains de ces mondes se croisaient dans un café, un salon, un théâtre ou une fête. Mais chacun rentrait chez soi et ignorait tout de l'autre. Julie comprit qu'il y avait en somme, à Paris, une foule de petits Chinon, dans lesquels on savait tout les uns des autres, mais rien du Chinon voisin.

Il y aurait foule le 20, au Salon qui se tenait au Palais de l'Industrie. C'était, disait Édouard de sa voix grave, un des grands événements parisiens où tout ce qui compte à Paris défilerait : « Les écrivains et journalistes qui faisaient la mode et l'opinion — les élégants qui les répandaient — et les bourgeois qui gobaient tout. » Pour réussir vraiment et pour toucher le système officiel, il fallait avoir un article d'Astruc, de Zola ou d'Edmond Maire, qu'elle verrait sûrement au Salon. Courbet, qui avait tant de talent, était accusé par eux de peindre laid. Carolus-Duran, de poser trop largement sa peinture, de ne pas faire assez fondu et bien lissé, comme Gérôme ou Bouguereau. James Tissier néanmoins avait été loué en 65 pour sa *Jeune femme en veste rouge*, un tableau courageux et violent dont Édouard avouait avoir été un peu inspiré pour sa *Dame à la rose*.

Ah, le pouvoir de la critique ! Le nommé Zola avait lancé Manet envers et contre tous il y a deux ans : « Une nouvelle manière de peindre : Édouard Manet. » Ce qui lui avait permis cette année de faire accepter son *Fifre* que Julie verrait, une peinture incroyablement forte, à la fois violente et tendre. « C'est probablement notre maître à tous, disait Édouard, tu verras aussi *Le Balcon*, où pose sa belle-sœur Berthe Morisot, qui est également peintre, et de talent. »

— Quoi, une femme ?

— Oui, et de très bonne famille.

Il y aurait aussi les collectionneurs : Durand-Ruel, Caillebotte, Moreau-Nélaton...

Le jour baissait. Julie se leva brusquement : elle voulait voir toutes les peintures entassées dans l'atelier avant que la nuit ne tombe. Édouard les sortit, commentant :

— Tu vois, là, il s'agit de rendre l'instantané de l'impression et suivre les variations des motifs dans la lumière. C'est ça que je cherche... Tiens, voici une pochade sur la Vienne que j'ai faite avant de venir à Rivière : le plein air, la nature vraie, c'est ce que je préfère... Ça, c'est une esquisse, on y préserve plus facilement la fusion des objets avec l'espace, la vérité de la lumière et de l'ombre.

Il parlait lentement, comme délivré de ses secrets, qu'il offrait à Julie avec une voix grave et basse qui la bouleversait. Où était-elle ? Mais tout simplement là où elle devait être de toute éternité. Aucune culpabilité, aucune gêne, aucune honte. Une sorte d'innocence, de pureté même. Elle était vraie, comme elle ne l'avait pas été depuis des siècles... depuis ce bal, oui « avant » ! Elle sentait qu'elle venait de vivre la « première fois » une vérité profonde, ancestrale, que son corps ne connaissait pas encore, mais que son esprit reconnaissait. Quelque chose d'essentiel, un monde qu'on lui avait jusqu'ici volé.

Une part d'elle-même écoutait, admirait, parlait. Une autre, calme et fière, remettait son âme à l'heure véritable de la vie, comme une pendule arrêtée. Elle venait de vivre quelque chose d'irrémédiable, et une étrange fierté l'envahissait : elle avait perdu une sorte de virginité qu'elle avait offerte et qu'on avait glorifiée.

Ils entrèrent rue de l'Université à pied. Il crachinait et l'air piquait. Sous le grand parapluie d'Édouard (elle avait oublié d'apporter le sien), il la tenait serrée par le bras et jamais grisaille ne lui avait parue si douce.

Cette buée dans les rues humides, ce pavé luisant, cette nuit qui descendait, ces premiers réverbères à gaz qu'on allumait avec des perches, tout cela, elle le buvait, le savourait, sachant qu'elle ne l'oublierait jamais.

Roland ne devait rentrer que pour dîner, Dieu merci, et il n'était pas encore là. Son appartement (il avait aussi un atelier) était un assez bel entresol dans un hôtel du siècle dernier : plafonds bas, mais grandes pièces qu'il avait meublées, à la mode gothique, de cathèdres, coffres et tables tourmentées, mises à la mode par la duchesse de Berry et plus récemment par Viollet-le-Duc. C'était sombre, solennel, et un peu triste. La chambre, que donna une certaine Marion au regard effronté, était entièrement tendue de damas rouge sombre, et le lit avait un baldaquin et des colonnes torses.

Édouard prit un livre en attendant Roland, tandis qu'elle tentait de remettre un peu d'ordre dans sa toilette. Elle se changea pour dîner : robe noire à berthe brodée d'un blanc éclatant, s'observa longuement devant la glace : non, on ne voyait rien. Le teint un peu avivé, quelques mèches indociles à redresser et dans les yeux, ce feu plus vif que jamais, celui qu'avait deviné un peintre inconnu sous les ombrages de l'Alouette. Loin, si loin, et à un siècle au moins.

— Tiens, te voilà, mon cher ! Eh bien je vous emmène dîner au café Riche, clama Roland qui rentrait en s'ébrouant, quel temps de chien !

— Mais non, c'est moi ! Je venais justement vous chercher et vous inviter chez Very...

— Pas question ! Tu nous inviteras demain. J'ai d'ailleurs donné rendez-vous à Bonnier qui passait tout à l'heure chez Amélie. C'est un grand journaliste, Julie, très intéressant. Il y sera avec Marguerite.

— C'est sa femme, demanda Julie ?

Édouard souriait, mais Roland s'esclaffa :

— Tout comme, ma chère ! Mais ce n'est pas une cocotte, c'est une femme du monde qui a eu des malheurs et avec qui on peut dîner sans gêne ni problème. D'ailleurs, ton honorable époux n'étant pas là, profites-en pour envoyer un peu ton bonnet de bourgeoise par-dessus les moulins !

Julie rougit et détesta Roland avec une violence qui la surprit, mais elle sourit :

— Dois-je m'habiller ? Garde-t-on son chapeau pour ces dîners-là ?

— Tu es très bien comme ça et je trouve que tu es très en beauté, n'est-ce pas Édouard ?

— J'achèterai une rose au passage, si tu permets, Roland, une rose rouge pour ma « Dame à la rose ». Et vous serez parfaite, Julie !

Escalier de marbre, rampes de bronze, jardinières persanes, le café Riche était plein, bruyant, enfumé, mais ça sentait très bon. Un orchestre jouait des valses, des garçons couraient entre les tables très serrées avec des plateaux, Roland fendait la foule, serrant des mains, hélant une table où des femmes fort élégantes lui envoyaient des baisers. Des cocottes sûrement, celles-là ! On regardait beaucoup Julie avec sa rose éclatante sur sa robe noire et sa jolie taille moulée. On les installa presque au centre. Il entrait encore beaucoup de monde, certains salués par des chuchotements ou un brouhaha, Bonnier en particulier. C'était un homme corpulent, très brun de barbe et de cheveux, trop assuré pour être sympathique. Il était en revanche accompagné d'une femme discrète et charmante, pas très jeune, vêtue de gris et de rose, mais qui en imposait par une sorte de grâce tranquille, un peu hautaine. C'était donc cette Marguerite, femme entretenue et vivant avec un homme en vue sans être mariée ? Julie se retenait de l'observer ouvertement. Elle n'avait rien de particulier ni de choquant : calme, aimable, attentive, au fait de tout ce Paris que Julie ignorait, mais sans pour autant l'écraser. Le linge était royal, l'argenterie superbe et la douceur des bougies embellissait les femmes.

Julie était assise entre Roland et Bonnier. Édouard en face d'elle, près de cette inconnue. On avait commandé de l'absinthe et, à la grande surprise de Julie, Marguerite en avait demandé « un petit pour dame ». Bonnier rit :

— Et vous, belle madame ? En boit-on en Touraine ?

— Mais monsieur, les Tourangeaux ne craignent pas l'alcool ! Ils boivent leurs vins et leurs fines qui sont d'ailleurs excellents. Mais je n'ai jamais bu d'absinthe, je l'avoue.

— Il faut tout connaître, ne serait-ce que pour étayer la vertu ! Pas de mérite à s'abstenir de ce qu'on ignore.

C'était Marguerite, souriante, et il semblait à Julie qu'elle la regardait avec malice. C'est ainsi qu'elle but sa première absinthe et n'en conçut que plus de respect pour la fine de sa belle-mère, que celle-ci appelait, pendant ses derniers temps, le « lait des vieillards ». L'absinthe était trop forte, tant par son goût amer que par son degré d'alcool.

Dès l'entrée, Édouard attaqua sur la politique :

— Alors, cette guerre, Bonnier, c'est pour quand ? Que dit-on au journal ?

— Que cette affaire Hohenzollern ne peut en aucun cas se terminer autrement ; nous avons joué notre honneur et la Prusse ne cédera pas. Autant la faire sans attendre, le climat politique n'est guère fameux, les ouvriers s'agitent, vous avez lu *La Lanterne* de samedi dernier ?

La voix calme et profonde d'Édouard l'interrompit :

— Tous ces Bonaparte sont fous. Une guerre ici ? L'empereur se croit encore à l'heure du Petit Caporal. Vous avez raison, le climat dans Paris, et même à la Chambre, m'inquiète. Vous voyez une levée en masse, en ce moment ?

Tous les autres s'esclaffaient :

— Et pourquoi pas la Patrie en danger ? Une levée en masse, voyons ! Nous avons 350 000 hommes, ils n'en ont que 400 000. Non, ce n'est pas l'issue militaire qui m'inquiète, mais les répercussions économiques.

— Mon frère, qui est actuellement au ministère de la Guerre, et que nous verrons demain, nous écrivait le mois dernier le contraire. Il est inquiet, lui aussi.

— Et pourquoi, belle madame ?

C'était la première fois que Bonnier s'intéressait à Julie. Il la regardait enfin avec attention.

— Parce que nous ne sommes pas prêts, dit-il. Et il n'a surtout aucune confiance dans nos chefs. Il paraît que leurs théories sont frileuses, prudentes, vieillies. Il nous parlait d'un livre d'un Prussien qu'il vient de lire, qui reprend toutes les victoires de Napoléon pour en tirer les lois, et qui n'est même pas encore traduit en France.

Les hommes regardaient Julie avec un vif intérêt :

— Il dit aussi que, malgré Sadowa, les Prussiens considèrent que M. de Bismarck n'en a pas fait assez en conquérant le sud de l'Allemagne et en centralisant le nord. Il paraît qu'ils veulent l'unité et que c'est le mot d'ordre des libéraux.

— Allons, allons ! (Roland détestait le tragique.) Il leur faut d'abord mater les petits États confédérés. Et puis la Prusse est isolée, où trouverait-elle des alliés ? La Russie tient trop à la Baltique... Non, non, le roi Guillaume est un sage, il n'irait pas compromettre ses conquêtes au hasard d'une aventure. D'ailleurs, la guerre, on nous l'annonce de mois en mois depuis trois ans !

Il rit, mais ni Bonnier ni Édouard ne riaient.

— Comment s'appelle votre frère, madame ?

— Le chef d'escadron François de La Gravière.

— J'aimerais le rencontrer.

Roland s'empressa, il proposait d'organiser un déjeuner chez lui mais Marguerite intervint :

— Ce sera chez moi si vous le voulez bien, je vous propose un des jours de la semaine prochaine au gré de monsieur votre frère.

On en était bientôt au dessert, mais la conversation était toujours sévère : pour Édouard, plus que la guerre, c'étaient les agitations ouvrières qui méritaient d'inquiéter.

— Nous autres artistes les côtoyons. Les doctrines socialistes qui ont menacé l'ordre public en 68 refont surface, agitant le cauchemar d'une autre révolution. Des brochures, des réunions publiques, des cessations de travail..., on se demande parfois où nous allons.

Bonnier était sérieux :

— Vous avez raison, mon cher, et on aurait tort de

rire de leurs divagations, car ce mouvement est sérieux, organisé, tentaculaire. L'empereur a peut-être eu tort de les tolérer. Mieux, de les autoriser !

Une bombe glacée, délicieuse, détendit l'atmosphère : cigare, café, cognac, liqueur pour les dames, on put enfin parler du Salon.

— Bien entendu, nous vous attendons, cher Bonnier, et vous nous envoyez vos hommes ! Je suis très bien placé, à l'entrée, et pas relégué dans une galerie, comme d'ordinaire.

La tête de Julie tournait un peu, moins à cause des alcools que de tout ce qu'elle apprenait. C'était donc ça Paris, ce jeu brillant de la conversation, ces grandes théories qu'on se renvoie comme une balle, ces noms que tout le monde semble connaître, cette passion pour des idées, des grands mots, des théories politiques et des élucubrations de l'esprit, si loin, oui si loin de la vie réelle. Il faudrait qu'elle demande à Édouard ce qu'ils appellent « les socialistes ».

* *
*

Édouard vint la chercher le lendemain matin pour la conduire chez son éditeur. Elle avait soigné sa tenue : le mantelet et le toquet de petit-gris, plus le manchon, faisaient chanter une robe noire. La rue Jacob était tout près et parut à Julie l'image même du parisianisme : partout des antiquaires, d'élégants et discrets magasins pleins de merveilles pour la maison, des tissus, des porcelaines, des barbotines, des lustres de Venise, de l'argenterie... Ils flânaient un peu pour ne pas être en avance, et Édouard la laissa devant le 27, munie d'un plan dûment expliqué pour le rejoindre à son atelier.

L'immeuble du *Journal des Modes* ne payait pas de

mine : très vieux, sale, sombre et un peu lépreux. Julie sonna, rien ne venant, elle poussa la porte cochère et entra. Il faisait si sombre qu'elle y voyait à peine : à droite et à gauche, le même escalier et personne. Où aller ?

Elle avisa, dans le fond, une petite porte vitrée, masquée d'épais rideaux verts, frappa discrètement à la vitre une fois, deux fois. Brusquement, le rideau se déplaça, elle aperçut une figure sinistre, énorme et rougeaude :

— Qu'est-ce que vous voulez ?

— Je cherche le *Journal des Modes.* C'est bien ici ?

Le monstre féminin disparut et une voix de crécelle cria :

— Deuxième gauche, au fond de la cour.

La cour... Il y avait donc une cour ? Oui, plus loin, au fond, si l'on peut du moins appeler cour le puits qu'entouraient des façades vertigineuses. À gauche, une entrée, un escalier, ce devait être ça.

C'était bien ça : un grand écriteau l'annonçait : *Le Journal des Modes,* et la porte n'était pas fermée. Deux hommes fumaient en discutant et en riant très fort. À la vue de Julie, l'un d'eux émit un petit sifflement qui pouvait être admiratif ou moqueur. Elle s'avança bravement :

— J'ai rendez-vous avec le directeur, M. Chapier. Peut-on m'annoncer ?

— Le directeur ? C'est au fond à droite, belle dame, la dernière porte. Sa secrétaire est avec lui, entrez donc ! Ici, on n'annonce pas.

Un photographe avec son appareil sortait d'un couloir sombre avec une jeune fille assez élégante qui portait un paquet de revues. On entendait du bruit partout. Julie commençait à être inquiète.

— Vous êtes sûr que je peux entrer ainsi dans son bureau ?

— Sûr et certain ! Mais puisque vous êtes si charmante, je vous y accompagne.

C'était l'homme à la pipe, un gros, assez vulgaire, à l'œil moqueur.

— Venez, mais si vous voulez que je vous annonce, qui êtes-vous ?

— Mme Juliane dont le roman passe en ce moment.

— Mme Juliane ! Ah par exemple ! Il éclata d'un gros rire. Et moi, je suis Mme de Sainte-Adresse à qui vous avez volé la place. C'est d'ailleurs justice, car votre petite *Marquise* vaut dix fois ma *Fille du forçat.*

Ce disant, il frappa, et une voix enfin aimable pria d'entrer. Le bureau était grand et clair. Il donnait sur un jardin inattendu de l'autre côté de la cour. Un homme à cheveux blancs, élégant et distingué, dictait derrière son bureau à une jeune femme en noir au visage chafouin.

— Mme Juliane, patron, annonça l'homme à la pipe. Un peu perdue dans notre capharnaüm, je la remets entre vos mains.

— Merci Lucas ! Chère madame, heureux de vous connaître enfin.

Il lui baisait la main et renvoyait la secrétaire, petite chose entre deux âges, vêtue de noir et trottinant.

— Alors, que nous apportez-vous de votre belle Touraine ? Mais vous êtes charmante !... Et vous avez du talent... Oui, votre *Petite Marquise* a reçu un incroyable courrier qu'on vous a d'ailleurs fait suivre. C'est le meilleur thermomètre du succès.

Il parlait fort, avec gestes, sourires et mimiques. Se dépensait en éloges de son journal et de son public, de la montée des ventes. Il expliquait à Julie sa politique, ses projets. Celle-ci était un peu débordée, mais ça se passait très bien. Elle put enfin placer trois mots sur les malheurs de sa nouvelle héroïne et proposa le titre.

— Mais c'est très bien ça. Quand me le donnez-vous ? Au fait, quand se termine la *Petite Marquise* ? (Il sonna.)

— Jeanne ! Combien de livraisons encore pour Mme Juliane ?

— Il y en a eu cinq déjà, nous sommes à la sixième, ça fait encore plus de six mois.

— Je vous donne donc mon manuscrit avant Noël si vous le souhaitez.

— Parfait ! Bien entendu, le même style et un nouvel événement à chaque livraison, n'est-ce pas ? Reste à vous régler le précédent. Jeanne, vous avez préparé le chèque ? Bon. À quel nom dois-je le mettre ?

— Mon mari, M. G. Sa banque est le Crédit Mobilier à Tours.

On frappait à la porte, quand Julie se leva. Passa une tête blonde à la moustache frisée sur une cravate luxueuse dont l'épingle envoyait des feux :

— Je peux ?

L'homme entrait tandis que le directeur baisait la main de Julie qui passa devant l'inconnu, d'un air faussement assuré.

Le directeur ouvrait la porte et s'effaçait courtoisement. Celle-ci n'était pas encore fermée quand Julie entendit l'inconnu chuchoter : « Qui est-ce ? »

— Un de nos écrivains, une femme de lettres, répondit le directeur à voix basse.

L'autre poussa un cri, surpris :

— Ah ! Quel dommage ! Une si charmante petite femme.

Eh bien non ! Paris n'était pas si loin de Chinon. Là non plus, Julie ne pourrait avouer qu'elle écrivait, était publiée et admirée, sans perdre la face et pire, son état si précieux de « jolie femme ».

Le choc était rude. Julie méditait si bien qu'elle se

trompa de chemin, prit trop tôt une petite rue à droite qui la conduisit dans un dédale de vieilles impasses et venelles pour aboutir enfin au boulevard Saint-Germain à demi vide, mais où ?

Elle s'arrêta, inquiète, hésitant. Fallait-il aller à droite ou à gauche ? Derrière elle, un groupe de jeunes gens s'étaient tus à sa vue et elle entendit tout bas mais distinctement :

— Elle est belle, cette femme.

Il n'y avait qu'elle, et elle avait trente ans... Était-ce possible ? Bouleversée, elle s'enfuit, prit la première rue, puis une autre et se perdit franchement. Que faire ? Arrêter un fiacre au chauffeur malappris qui lui demanderait deux francs ? Et où en trouver ? Et puis prendre seule une voiture fermée ? Impossible !

Les gens passaient, pressés, indifférents, les uns en blouse et casquette, des femmes en cheveux, aux robes rapiécées, des couples élégants, tous indifférents, rapides, assurés. Julie n'osait interroger personne et scrutait les pancartes : rue Princesse, rue des Canettes... elle filait toujours dans une rue du Four, plus large et plus rassurante, quand elle tomba sur la rue de Rennes et tout au bout, la gare, sa gare ! Elle reprit le plan, Édouard habitait au-delà, elle était sauvée. Édouard, inquiet, l'attendait dans la rue et reçut dans ses bras une Julie tremblante, épuisée et folle de joie.

Inutile de dire que Julie n'alla pas rendre la visite officiellement annoncée à tante Marthe, au couvent de la Médaille miraculeuse, à Passy,... au diable ! Elle apprit cette chose incroyable, qu'un homme et une femme peuvent passer une journée entière dans un lit, sans rien d'autre qu'eux-mêmes et une bouteille de champagne, et que les femmes qui ne le sauront pas ignoreront à jamais le bonheur.

On retrouva Roland sur les boulevards pour dîner. Le Salon ouvrait le lendemain à 14 heures, et on s'y retrouverait tous les trois un quart d'heure plus tôt, après un léger en-cas, devant *La Dame à la rose*, placé tout à fait à droite de l'entrée, sur le panneau du fond.

Chapitre 19

La Dame à la rose

JULIE se souviendra toute sa vie de son entrée au Salon. Coiffée en boucles, comme dans le portrait, brune éclatante dans ses fourrures de petit-gris, accrochée solidement au bras de Roland au milieu d'une foule incroyable, car on était en retard, elle savait vivre une heure sans pareille.

Il y avait déjà une queue fort élégante à la porte du Salon. Roland connaissait tout le monde, s'arrêtait, serrait des mains, présentait à Julie des inconnus. Enfin on put entrer, mais on avançait avec peine. Une foule de hauts-de-forme et de chapeaux empanachés masquait le bas des tableaux. Julie ne voyait rien. Si elle perdait Roland, jamais elle ne trouverait Édouard et sa *Dame à la rose.*

Roland, qui exposait un groupe de dames de l'impératrice, fort beau d'ailleurs, entendait commencer par lui. Il était franchement au centre et fut immédiatement entouré.

Là-bas, quelques mètres plus loin sur le mur, c'était elle. Le tableau éclatait de blancheur, comme troué par la rose rouge. Julie poussait les gens sans façon, se glissait sans rien voir d'autre que son visage sur un extraordinaire fouillis de verdure. Édouard était là, avec son air nonchalant, son visage de marbre, ses yeux pâles et cette chevelure taillée comme celle des rois. Il portait un paletot d'automne couleur de biche à col de moire, un pantalon noir et des bottes brillantes. L'habit boutonné laissait voir sous la grosse cravate rouge une chemise éblouissante. Il tenait à la main son chapeau noir à grands bords. Il était beau et noble.

Il l'avait vue de loin et la regardait avec des yeux les plus doux du monde. Une petite cour l'entourait : des rapins, des barbus, des gros, une faune montmartroise étrangement vêtue, qui était visiblement venue le défendre.

Ce fut un cri : « La voilà, la Dame à la rose, avec ses yeux de feu ! Bravo madame, vous êtes la reine du Salon. »

Édouard présentait : Manet, Carolus-Duran, Claude Monet, Fantin-Latour, notre illustre maître Courbet, « Merci maître ! » Gustave Moreau, « C'est gentil à toi de venir ! » Paul Baudry... Des gens passaient et s'arrêtaient, saisis. Certains regardaient Julie, hésitants, puis chuchotaient. Dans la bousculade, apparut Marguerite dont les yeux clairvoyants allaient d'Édouard à Julie avec un sourire presque tendre. Elle finit par embrasser Julie et serrer longuement la main d'Édouard .

— Je vous amènerai Zola, il le faut, et vous le méritez. Comptez sur moi !

Un personnage incroyable la suivait de près, une femme, mais habillée en homme : pantalon, veste ajustée, col et cravate, bottes. Tête nue, d'épais cheveux sombres en chignon bas, un visage un peu lourd et des yeux superbes, brillants d'intelligence. Elle était entourée de jeunes hommes qui buvaient ses paroles :

— Très beau, très neuf, dit-elle en passant. Enfin de la peinture !

Et elle passa, suivie de sa cour. Julie restait sans voix :

— Qu'est-ce que c'est que ça ?

— C'est George Sand, un très grand écrivain.

— George Sand, mais je sais très bien, je l'ai lu. Ce n'est donc pas un homme ?

Les peintres riaient :

— Pas tout à fait, belle dame, un peu seulement. Mais tenez là-bas, voilà une femme qui devrait être un homme. D'ailleurs, nul ne sait trop ce qu'elle est.

— Salut Rosa ! Viens vite, viens nous voir ! Où sont tes prés et tes vaches ?

— Un peu plus loin, dit une grosse voix, qui sortait d'un corps énorme, vêtu en homme et accroché au bras d'une jeune fille maigre et pâlotte.

— Très bien, Édouard, et bravo, on t'a enfin accepté, il était temps !

Elle (ou il) passa, laissant Julie égarée. Qu'est-ce que c'était donc que tout ça ? Il y eut des princes, des cocottes, des modèles endimanchés, des mondaines, des gommeux, des petits crevés, des critiques qui prenaient des notes. On discutait, détaillait, admiratif ou surpris. On félicitait Julie, on voulait la connaître. Trois heures plus tard, elle ne savait plus si elle planait dans un monde de rêve ou si elle avait vraiment trop mal aux pieds.

Le Salon fermait à cinq heures et le jour baissait. La soirée se termina chez Marguerite, bel hôtel particulier rue de l'Université, où elle avait convié collectionneurs et critiques avec les peintres d'avant-garde. On n'était pas encore sûr de la Médaille, mais on l'apprit le lendemain.

François n'était pas venu, et Julie sut en se réveillant, par un billet griffonné à la hâte, qu'Éléonore venait enfin d'accoucher.

Événement providentiel (un troisième garçon, Alfred), il offrait à Julie quelques jours de plus à Paris. Elle s'empressa dans l'heure de courir à la poste et d'envoyer un télégramme ainsi conçu : « Heureuse naissance Alfred me retient. Stop. Rentrerai mercredi 17 heures Tours. Stop. Tendresse. »

Éléonore allait comme un charme, elle était parfaitement servie, elle n'avait nul besoin de Julie. Jacques était aux anges et acceptait pour mardi un déjeuner avec Bonnier chez Marguerite.

Toutes les journées de Julie se passèrent donc avec Édouard dans l'indifférence (sinon le soulagement) de Roland qui menait une vie de patachon et n'avait nulle envie de s'encombrer d'une cousine de province. Il suffisait, pour la décence, que Julie revienne dormir rue du Four, où elle ne rentrait qu'à minuit passé.

Le bonheur aveugle. Il tend autour de nous un écran transparent qui ne laisse filtrer que nos désirs, nos joies, nos rêves et cache les réalités présentes, passées ou à venir. Julie découvrait l'entente, l'échange, la confiance, le don et le plaisir. Il lui semblait être vraiment la femme d'Édouard, sa moitié. Elle tenait à apporter des fleurs pour égayer son atelier et recousait avec délice les boutons de ses chemises. Édouard aimait Paris et le connaissait à fond. Il emmena Julie déjeuner au bois de Boulogne, aux Buttes-Chaumont, ancien gibet de Montfaucon, et la jeune femme se serrait dans ses bras sur les petits ponts, en livrant tout et rien de ce qui traversait son âme, en l'écoutant surtout lui parler, comme il se parlait à lui-même. Son corps était chaud, parcouru de désir et de bien-être, son cœur était sans une ride, comme un lac par un matin de printemps. Elle savait que, dans ses bras de chair, il prenait son âme avec son corps et que tout cela ne faisait qu'un.

On alla danser au bal Mabille, où régnait la fameuse Rigolboche. On descendit la Seine dans un bateau à vapeur au milieu des bateaux-lavoirs et des établissements de bains. On dîna à 35 sous au cabaret Pinochau, rue Navarin, de soupe et de bouilli, près du fameux Ponson du Terrail qui, tout en mangeant, terminait sa livraison du lendemain, cigare au bec, près de deux mouchards de la police, déguisés en quidams, qui surveillaient la faune littéraire de l'établissement.

Julie s'aperçut le mardi qu'elle n'avait pas encore pensé aux cadeaux. Après le déjeuner chez Marguerite, elle se précipita, suivie d'Édouard, vers 16 heures, acheter un gilet à fleurs pour Gustave, une poupée pour Eugénie et une boîte de peintures pour Marie, plus un tablier pour Alphonsine. Il lui restait une heure pour passer dans le fameux magasin de « prêt-à-porter » pour dames qui venait d'ouvrir, et qui permettait, à ce qu'on disait, d'essayer sur place des tenues à votre taille, avec des prix très réduits et un choix considérable. C'était bien vrai, et Édouard, ravi et souriant, tint à lui offrir un merveilleux ensemble couleur prune qui lui allait comme un gant.

Ce déjeuner de Marguerite, le dernier avant le départ, devait troubler Julie longtemps. Il y avait là, outre François et Bonnier, un directeur du ministère de la Guerre, très raide et péremptoire, plus deux députés, dont le fameux Émile Ollivier dont on parlait tant. Il y avait aussi une autre Marguerite, une femme seule, étrange, très belle et très assurée, qui dirigeait (lui glissa-t-on) un journal de femmes, rien que pour les femmes, réclamant et préparant leur droit de vote et leur liberté !

Bien entendu, on ne parlait que politique et, dès le début, le sous-entendu d'une guerre planait au-dessus du brochet beurre blanc. François, interrogé, était resté très froid et très discret, mais il avait osé affirmer que le comte de Bismarck n'en avait pas fait assez pour la Prusse avec Sadowa, et que tôt ou tard, il lui faudrait encore agrandir son pays. Il citait Voltaire, selon qui, « pour faire la guerre, il faut qu'il y ait prodigieusement à gagner, sans quoi, on la fait en dupe », et M. de Bismarck, il fallait le reconnaître, avait prodigieusement à gagner. Pas nous.

Un frisson inconnu passait chez les femmes : quoi, une

guerre, chez nous peut-être ? Jusqu'ici, le mot ne faisait peur à personne, les guerres se déroulaient au loin : en Crimée sur la mer Noire pour le compte de l'Europe, au Mexique pour le nôtre, en Italie pour une idée. Loin, très loin...

Heureusement, M. Émile Ollivier haussait les épaules, et proclamait avec assurance :

— Non, capitaine, votre mission vous aveugle. J'affirme qu'à aucune époque, le maintien de la paix n'a été plus assuré. La France vit aujourd'hui une entreprise infiniment plus importante et plus urgente qu'une guerre : la restauration de toutes les libertés. L'empereur nous soutient, j'en ai eu l'assurance formelle en septembre à Compiègne, les assemblées s'associent enfin aux réformes, et un souffle nouveau s'élève dans tout le pays.

Il y eut un silence religieux fait de lâcheté, de soulagement, et des délicieux effluves d'un soufflé au chocolat. Quand l'autre Marguerite, à côté de Julie, souffla en souriant :

— Les libertés, cher monsieur, bravo ! Mais pour qui ? Depuis 48, les femmes aussi les attendent, et ce souffle-là n'est pas si nouveau pour nous.

La maîtresse de maison prit le parti d'en rire et, pour éviter que l'on ne parle de la grève au Creusot, lança la conversation sur la prochaine inauguration du canal de Suez.

Julie retrouva ses esprits le jour du départ. François avait tenu à la conduire à la gare et Édouard était passé lui dire adieu le matin. Il l'avait trouvée égarée, pâle, vacillante et muette. Elle le dévorait des yeux comme si elle ne devait le revoir de sa vie. « Un assassinat », pensa-t-il ! « Qu'ai-je fait là ? » Ils purent rester un moment seuls chez Roland, au milieu des sacs et des bagages. Elle pleurait. Il la serra dans ses bras en lui jurant qu'il viendrait la voir en Touraine, qu'elle reviendrait, qu'elle était son amour unique, immortel. Elle soufflait qu'elle ne savait plus comment elle pourrait vivre sans lui alors que tel était son sort.

Ce visage, ce regard pâle, ce corps dur et tendre dont elle savait tout... cet être-là était devenu elle-même et l'avait dépouillée de son ancienne vie, d'une ancienne Julie qui était maintenant une étrangère. Il voyait, il savait, il comprenait et leur silence les assourdissait.

François sonna. Édouard brisa les mains de Julie dans un adieu muet et la réalité toute bête fit irruption :

— Je porte les sacs.

— Mais non, c'est moi, je vous en prie.

— Montez la première, voici une voiture de louage.

— Mais non, nous ne sommes pas en retard.

Et le fil quotidien reprenait mécaniquement : prendre des nouvelles de l'accouchée, du bébé, du baptême, de l'été chez les Rose et à Rivière. Politesses et félicitations pour le peintre : « Revenez cet été peindre en Touraine, ce pays vous convient si bien ! » François avouait qu'il était un philistin en matière de tableaux mais qu'il aimait les regarder.

On installa Julie dans son compartiment qui était à demi plein de gens fort convenables. On lui baisa la main, on l'embrassa, et elle resta contre la vitre, à regarder partir les trois hommes... puis se serrer la main... puis Édouard revenir sur ses pas dans la foule... puis son amour planté là, immobile, le regard fixé sur l'ombre de son visage jusqu'à ce qu'il ne soit plus qu'un point, et puis plus rien '

Chapitre 20

Il a tiré le mauvais numéro

JULIE rentrait égarée. À la gare de Tours : Gustave, les enfants, des cris de joie. Il faisait beau et froid. Elle endossait d'un seul geste son ancienne vie, bavarde, heureuse, intarissable. Ce n'est que le lendemain soir, après une soirée chaleureuse que Julie, enfin calme, fut transpercée par un éclair intérieur. Fulgurant, terrifiant ! Comment n'y avait-elle pas pensé un seul instant, et qu'avait-elle fait ? Elle avait pourtant été voir Éléonore, heureuse accouchée, et le bébé Albert... Et si elle était enceinte ? Six jours dans les bras d'un homme. Folie ! Enceinte... une infamie bien plus grave, plus mortelle que le déshonneur ! Mais oui, c'était possible, probable même. Et elle avait oublié ça !

Alors mourir ? Se jeter dans la Loire comme la petite S. ? Mais Marie et Eugénie... Alors prier, supplier le ciel qu'elle avait si bien offensé ? (Pourquoi serait-elle entendue ?) Son cœur battait la chamade et son esprit la campagne. Elle passa une nuit d'horreur et s'éveilla défaite, malade. Se traîna huit jours, écoutant à peine le babil des petites qui avaient tant à dire, cachant son angoisse sous le prétexte de migraines atroces.

— C'est le voyage, disait Léon. Monsieur n'aurait jamais dû laisser une femme toute seule dans un train.

Et Gustave n'était pas loin de le croire, car Julie avait toujours eu une santé de fer. Le huitième soir, en se couchant, le miracle ! C'était bien ça, et même en avance, elle était sauvée, intacte, guérie. Le monde s'ouvrait de nouveau, reprenait son visage habituel, calme et sûr : chaque chose, chaque être à sa place, avec Édouard en plus dans son cœur. Elle contait Paris à ses amies, arborait l'ensemble prune, admirait Gustave dans son nouveau gilet, les dernières peintures de fleurs de Marie, qui était vraiment très douée. Le soulagement pansait la plaie de l'absence. La vie reprenait sans heurts. Tout au plus Julie semblait-elle parfois un peu absente. Mais elle reprenait ses longues stations dans l'atelier où elle pouvait répondre à Édouard, glissant ses lettres parmi les pages de son roman.

Son héroïne avait enfin rencontré celui qui l'épouserait et, sous une plume rapide, l'amour prenait des accents inconnus dans les romans du *Journal des Modes*. Fin novembre, vers quatre heures, Julie en était à l'ultime rencontre, un musicien de génie, encore inconnu, quand on sonna à la porte. On n'attendait personne, et il faisait un temps à ne pas mettre un chien dehors : pluie, vent, froid, un vrai temps de Toussaint. Les enfants étaient là, c'était un jeudi, elles jouaient dans leur chambre. Julie descendit intriguée. Alphonsine avait déjà ouvert et Marie curieuse se glissait dans l'entrée.

Une femme était là. Julie la reconnut tout de suite : grande et forte, un beau visage buriné par les travaux des champs, encapuchonnée de noir. Elle, la femme des Hautiers ! Elle ruisselait. Alphonsine interdite lui barrait le chemin.

— Je veux voir Gustave, disait-elle.

— Il n'est pas là, intervint Julie fermement.

Elle repoussa Alphonsine, prit la femme par le bras et l'entraîna vers le salon.

— Marie, monte immédiatement dans ta chambre. Venez madame !

Mais celle-ci résistait.

— C'est Gustave que je veux voir. Il faut absolument que je le voie.

— Non, c'est à moi qu'il faut dire pourquoi vous voulez le voir. Je ne vous veux pas de mal, ajouta-t-elle plus doucement. Enlevez cette capuche qui ruisselle. Qu'est-ce qui vous amène ?

Elle avait tiré la porte et on entendait les sabots d'Alphonsine se diriger vers la cuisine. La femme la regardait en silence, hésitante, puis se lança :

— Puisque vous voulez le savoir, c'est pour Firmin ! Il a ses dix-huit ans, il a tiré au sort et il est pris. On ne peut pas lui racheter un remplaçant.

Julie restait interdite, silencieuse. L'autre s'était lancée et continuait toute seule.

— Les récoltes sont mauvaises depuis deux ans, mon mari a eu un mauvais accident, il ne peut plus faire les gros travaux. C'est Firmin qui fait tout avec moi. Toute seule, je ne pourrai jamais... Et puis c'est un bon petit, il est grand, fort, courageux, le voir partir pour sept ans, avec des moins que rien, des vauriens, de la canaille des villes... C'est son fils, tout de même !

Ses yeux noirs lançaient des flammes, sa voix violente se cassait, son visage se figeait, elle luttait visiblement pour ne pas crier ou ne pas pleurer.

C'était donc ça ! Cet enfant qui ressemblait à Marie était maintenant un homme, et il fallait lui « payer un homme », et à quel prix ? Le fils d'Alice lui aussi avait tiré un mauvais numéro l'an passé. Combien avait-elle dit que ça lui coûtait ? 1 600 ou 1 800 francs ? On sait bien que les pauvres n'ont pas les moyens d'acheter les remplaçants. Ça devait faire trois ou quatre fois le revenu de leur ferme.

Julie pensait vite : non, Gustave ne paierait pas, elle le savait. Le frère de Marie et d'Eugénie irait rejoindre les vauriens, voleurs et ivrognes du contingent. Pour sept ans ! Cette femme-là, devant elle, avait été enceinte... Elle avait aussi crevé de peur, elle n'était pas morte, mais grand Dieu, qu'avait-elle vécu !

— Je veux voir Gustave, répétait la femme d'une voix ferme.

— Non, c'est moi qu'il fallait voir, et vous avez eu raison de venir.

D'un geste brusque, elle décrocha sa broche de platine et de roses, celle du conseil municipal, la broche de sa belle-mère qui ne la quittait presque jamais. Après tout, Mme G. lui devait bien ça : ce Firmin, c'était son petit-fils !

— Tenez, vendez-la, elle doit valoir un peu plus que le prix d'un remplaçant.

La femme eut un recul, stupéfaite, avec un geste de défense imprévu :

— Et puis quoi ? Si je la montre, on me mettra en prison. Une broche comme ça, je ne peux que l'avoir volée !

Julie rougit jusqu'à son décolleté et vite, vite :

— Vous avez raison, c'est moi qui vais la vendre à Tours. J'y vais demain, je vous rapporterai l'argent. Si on vous interroge, vous direz qu'on vous a prêté ici. Et qu'on peut venir me voir...

La femme la regardait, inquiète, et visiblement elle ne comprenait pas :

— Pourquoi vous faites ça ? finit-elle par dire.

— Parce que je suis une mère moi aussi, et parce que c'est justice. Comment est-ce que je peux vous donner l'argent ? Venez-vous le samedi au marché ?

— Je viendrai samedi prochain avec Firmin. Vous me trouverez sur la place, j'ai des poulets et des œufs à vendre. Du côté de la Vienne.

Elle remettait sa capuche et se dirigeait vers la porte. Marie était redescendue, curieuse, au bas de l'escalier. Julie n'eut pas le temps de la cacher, et la femme eut un bref coup d'œil vers l'enfant. Elle marmonna quelque chose que Julie n'entendit pas et s'engouffra dans la nuit qui tombait.

Pour la seule fois de sa vie, Julie se dirigea vers Marie et la gifla sur les deux joues, sans un mot, puis remonta vers sa chambre.

* *
*

Gustave, rentrant le soir, trouva sa femme silencieuse, Marie les yeux rouges, butée, hostile, Alphonsine et Léon évanescents, chuchotant dans l'office avec des visages de bois. Il était de bonne humeur et sa gaieté sonnait faux dans on ne sait quel drame mystérieux :

— Qu'est-ce que tu as, Marie, avec cette figure d'enterrement ?

— Je n'ai rien !

Le ton était sec, brutal, un ton d'adulte.

— N'empêche que tu as les yeux rouges. Un cil dans les yeux peut-être, un orgelet ? Viens me montrer ça !

Marie tourna le dos et sortit sans un mot.

— Laissez-la, mon ami, une bientôt jeune fille a droit à ses secrets. Rassurez-vous, ce n'est rien.

— Et toi, Eugénie, tu ne m'as même pas dit bonsoir. Tu sais ce qu'elle a, ta sœur ?

— Elle n'a pas voulu jouer, elle a pleuré et elle a pas voulu me dire pourquoi.

Au dîner, Gustave taquina Alphonsine qui avait oublié de saler le ragoût de mouton. Mais celle-ci ne riait pas. Elle évitait ses yeux et se réfugiait dans une sorte de hauteur un peu raide qu'on ne lui connaissait pas. Le soir venu, du fond de son lit, Gustave tenta de questionner sa femme, lointaine et d'un calme anormal :

— Il a fait un temps de chien toute la journée, Gustave, c'est tout ! D'ailleurs je vais à Tours demain par la diligence de huit heures et je dois me lever tôt.

— Mais jeudi n'est pas le jour d'Hortense.

— Non, mais je dois l'accompagner chez la nouvelle préfète dont c'est le jour. Je mettrai mon costume prune et mes petits-gris.

C'est ainsi qu'à onze heures et demie, bien avant d'aller chez sa tante, Julie se présentait chez le bijoutier de la rue de la Sellerie, pas celui des Pillet qui avait monté sa bague de fiançailles, un autre moins lancé dont le vendeur, surpris, s'empressa en vain auprès de cette jeune femme élégante :

— Puis-je vous aider, madame ?

— Non, merci, il s'agit d'une affaire. Je voudrais parler à M. Brémond lui-même. J'attendrai.

Julie s'assit. Le client, un jeune homme très brun, semblait avoir choisi et se leva pour aller payer, accompagné de M. Brémond lui-même, grand, maigre, très distingué, et vêtu de noir avec un soin extrême. Le jeune homme se retourna et, avec un coup d'œil rapide, très appuyé sur Julie, la salua et sortit.

M. Brémond souriait :

— Que puis-je pour vous, madame ?

Julie sourit et, repoussant l'étole de petit-gris, dégrafa lentement sa broche :

— Voici : pour des raisons personnelles, je voudrais vendre cette broche. C'est celle de ma belle-mère qui n'est plus et que, par superstition, je ne veux pas porter. À combien peut-on l'estimer ?

M. Brémond sourit. Le prétexte était cousu de fil blanc et avait déjà servi dix fois. Mais la broche était belle : un bouquet en éventail, tiges de platine et fleurs de roses de bonne taille, nouées d'un ruban en poussière de diamant. Un travail remarquable. L'homme de l'art l'observait, son œil droit ayant chaussé une petite loupe, il admirait visiblement :

— Mon Dieu, 1 500, 1 600 peut-être...

— J'en voudrais 1 800, coupa fermement Julie. Je sais qu'elle a coûté beaucoup plus à mon beau-père, car elle vient de Paris, rue de la Paix. Vous reconnaissez sûrement le style de Cartier.

Pure invention ! Mais qui ne souleva aucune protestation. M. Brémond parut réfléchir, remit sa loupe et tourna la broche dans tous les sens, hésitant à discuter. L'attitude de Julie ne le permettait guère et il céda très vite. La broche valait de toute évidence beaucoup plus.

— Si vous n'avez pas cette somme en liquide, monsieur, je peux revenir cet après-midi. Je n'habite pas Tours même, je n'y passe que la journée.

Rendez-vous fut pris à 16 h 30, juste avant l'heure de la diligence, Julie raccrocha sa broche et sortit avec une assurance qui laissa perplexe le jeune vendeur :

— Sacrée petite bonne femme ! Je voudrais bien savoir pour quel coquin elle tient boutique !

— Non, Justin, c'est une femme du monde. Et bien malin qui saura ce qu'elle racontera ce soir à son mari.

Tout à son soulagement, Julie ne vit pas tout de suite que le jeune homme très brun, qui faisait les cent pas devant le magasin, était déjà près d'elle. Il souriait :

— Veuillez m'excuser, madame, mais je suis saint Bernard ou son chien, et ne puis voir une si jolie femme en difficulté sans me précipiter à son secours. Quoi ! Vendre un bijou...

Julie ne bronchait pas, aveugle et sourde, se souvenant des leçons de son père : « Si tu croises un homme, ivre ou non, que tu crains, il suffit que tes yeux ne rencontrent jamais les siens. Il ne te poursuivra plus. » Néanmoins, le sang lui montait au visage : quelle honte, quelle horreur ! Une pauvresse, une fille des rues qu'on achète... Elle se retenait de courir et, brusquement, sur une inspiration, entra dans le premier magasin venu : une lingerie. Elle demanda à voir les camisoles, et resta longtemps, palpant, dépliant, n'osant plus regarder dans la rue. Finalement, acheta un mouchoir brodé. Quand elle sortit, l'homme avait disparu, mais elle en avait les larmes aux yeux.

Le soir, Julie rentra, intarissable sur la préfète, la préfecture, les nouvelles de l'empereur, le dernier discours d'Émile Ollivier et les pronostics quant à la liberté de la presse. Intarissable mais glacée, lointaine et vaguement hostile sans vouloir savoir pourquoi.

Ni ce soir-là ni les autres, Gustave ne remarqua l'absence de la broche maternelle. Pas plus que les mois suivants. Julie s'habillait à son idée, et forcément bien. Pour lui, ses tenues n'avaient d'autre importance que l'effet produit en société qui était toujours excellent.

* *
*

Le samedi matin, vers neuf heures, Julie se dirigeait vers la place du marché. Le marché de Chinon, que tout le monde appelait « la foire », était sans nul doute le plus beau de la région et méritait bien ce nom. Il se tenait au bout de la rue Haute-Saint-Maurice, sur la grande place des halles, face au pont de la Vienne, tous les samedis. La mairie louait les places par catégorie : les beurre-œufs-volailles étaient cantonnés le long du quai. De sa rue, Julie devait traverser toute la longue place : le quartier des grainetiers, des marchands forains et de la rouennerie, puis longer la foire aux bestiaux et aux chevaux qui s'étendait jusqu'au fond de la place. Ensuite l'allée de la friperie, saboterie, tonnellerie, celle des colporteurs en laine, coton, indienne, le tout agrémenté de charlatans, saltimbanques, faiseurs de tours et escamoteurs, dans un brouhaha de cris d'hommes et d'animaux. De ses deux mains, Julie serrait son petit sac contre sa taille : il était gonflé à bloc des billets de banque ! Elle eut du mal à se débarrasser d'un « marchand de Jésus » qui la poursuivait d'images pieuses, sans parler des hommes en blouse qui la regardaient avec sa robe trop élégante. Enfin, le caquetage des volailles annonçait les rangées des bancs de femmes, au bas de la place. Jeanne était là, assise entre quatre ou cinq gros paniers à anses. Elle regardait à l'entour, elle avait l'air inquiet. Son visage se détendit brusquement quand elle aperçut Julie, seule, et ne portant qu'un sac élégant. Celle-ci souriait et s'arrêta :

— Bonjour madame. Vous avez des œufs frais ? dit-elle à voix haute

Elle fouillait dans son sac, en sortait un paquet de la taille d'un livre, enveloppé dans un linge :

— Il y en a 1 800, souffla-t-elle. Vous en aurez plus qu'il ne faut, gardez le reste.

— Merci madame !

Jeanne prit le linge, ses yeux s'embuaient, son visage rougissait, elle brûlait Julie d'un regard bouleversant. Puis elle le fourra rapidement dans une poche de son jupon de dessous, se retourna et appela :

— Firmin !

Julie suivit son regard et le reconnut lui aussi : on aurait dit Gustave jeune homme, tel que Julie ne l'avait pas connu, plus mince, plus musclé, le teint hâlé : un beau garçon à l'expression un peu molle dont la blouse volait autour de hanches minces. Il parlait avec une jeune fille sans coiffe, un peu ronde, avec un visage aimable et ils riaient :

— Viens donc avec Berthe voir pour madame ! Il va falloir lui porter deux poulets et deux douzaines d'œufs.

C'est qu'il fréquente, madame, ajouta-t-elle fièrement, il va pouvoir se marier et Berthe va m'aider à la ferme.

Elle s'affairait lentement, sortait du beurre, maintenait deux poulets attachés par les pattes qui criaient, vidait un panier, comptait les œufs. On sentait qu'elle aurait voulu parler, mais elle s'agitait, vaincue.

— Berthe, tu accompagnes madame chez elle... C'est une bonne fille, allez, madame ! Elle est forte et courageuse.

Julie faisait mine de sortir son portefeuille.

Jeanne se redressait, indignée :

— Ah non, tout de même ! Et merci encore madame, et la girounée pour les petites !

Un ange passa. Pendant quelques secondes, les deux femmes se regardaient. Leurs yeux disaient ce qu'aucun langage n'a jamais su traduire, ce quelque chose de puissant et d'informe qui les fait toutes de la même pâte humaine, quelque chose de commun, invisible aux yeux du corps. Cet indicible qui fait que les femmes ne sentent, ne souffrent et n'aiment pas comme les hommes, et qu'elles le savent. Avec Jeanne, comme avec Mme G. sur son lit de mort, passait un souffle que toutes les femmes connaissent depuis l'aube des temps.

Julie brisa net : « Au revoir madame », et repartit sans se retourner, escortée de Berthe qui ne cessait de jacasser tout au long de la rue Haute-Saint-Maurice. Elle avait les yeux bleus, des joues rondes et fraîches, une lourde poitrine qui se balançait au rythme des sabots : « Madame savait-elle qu'elle allait épouser Firmin pour ses dix-huit ans, s'il ne partait pas au service ? Mme Jeanne le lui avait fait espérer hier au soir, et elle avait fait un vœu à sainte Lucie d'appeler son premier enfant de son nom, parce que... Elle était au service chez ses parents, au Bon Laboureur. Les Hautiers était une bonne ferme, madame connaissait peut-être ? »

— C'est ici, mademoiselle, je vous remercie, j'appelle Alphonsine, vous lui remettrez les provisions. Au revoir et bonne chance ! Tous mes vœux !

Julie monta directement dans son atelier sans même enlever son chapeau et empoignant le premier papier venu, se mit à griffonner. Titre : « S'il plaît à Dieu ». Premier chapitre : « La petite Berthe »... Et la plume se mit à courir, rapide. Berthe, fille de pauvres mais dignes hôteliers, assurait seule le service des repas pour ses parents infirmes. Elle était terrifiée par un homme chauve à barbe noire qui se donnait « pour saint Bernard, ou peut-être son chien », etc., etc.

Ce fut Caroline qui, lors d'un dîner, s'étonna de l'absence de la broche :

— Pourquoi ne portes-tu plus cette jolie broche de roses ? C'est très sévère ce noir et blanc.

— Hélas, je ne l'ai plus, ma chère. Sans doute me l'a-t-on volée, car je ne sais vraiment pas où ni exactement quand, ne le dis surtout pas à Gustave !

* *
*

L'hiver 69-70 fut très froid et passa encroûté dans les occupations du ménage dont Julie découvrait l'ennui. La « petite abeille » de son père avait volé trop loin de la ruche. Elle était sans cesse distraite, et voyait s'évanouir l'importance et la nécessité de ces mille riens qui avaient si plaisamment occupé sa vie. Pour tout dire, elle était ailleurs, et les seuls éléments importants se réduisaient à ses lettres et à celles d'Édouard.

Celui-ci racontait à Julie ses jours et ses travaux, comme il faisait jadis dans son carnet. Il l'agrémentait de quelques croquis ici et là. Julie était « sa muse, son inspiratrice, la femme de son âme et de son cœur ». Et il était si sauvage, si peu liant, si sérieux, qu'aucune femme ne se glisserait jamais entre elle et lui, dans ce fleuve intérieur qui les unissait. Julie répondait qu'il était le seul être au monde et que, sans lui, sa vie et la Terre seraient vides, ce qui était la pure vérité. Elle disait aussi que leur amour était sacré, d'un autre ordre que celui des faiblesses inévitables dont elle savait bien qu'aucun homme ne peut se passer. Mais surtout, qu'elle n'en voulait rien savoir. « Je sais, disait-elle, ce qui se passe entre toi et moi. Et c'est cela seul qui compte. »

Avec l'approche du printemps, les lettres d'Édouard devenaient tristes... « *Quand nous reverrons-nous, ma belle ? Je dessine pour une fresque à l'hôtel Meurice. Le travail communique à tout être un sentiment passager de bonheur, mais ces bonheurs fugitifs laissent des ruines : ruines d'une vie privée, ruines de cette paix vivante qu'est un grand amour partagé. Oui, c'est trop dur, c'est trop long. Quand, où, comment ?* »

Il projetait un long voyage vers les doux paysages de l'Ouest et pourrait passer par la Touraine, mais comment se retrouver seuls ? Julie tournait et retournait dans sa tête un problème insoluble : à Tours, impossible ! Se glisser en cachette dans un hôtel, femme voilée rasant les murs, non, ce n'était pas digne d'eux... et puis trop dangereux ! À Chinon, n'en parlons pas ! À Rivière, à Pâques, peut-être, discrètement ? Gustave en est absent toute la journée, mais les enfants, Alphonsine, Léon... Quel danger ! Enfin, on verrait. Ce qui était sûr, c'est qu'on trouverait avant l'été. Julie brûlait déjà.

* *
*

Chinon vivait paisiblement loin des orages politiques qui secouaient l'empire, dont Gustave, grâce au conseil municipal, se faisait l'écho, ce qui animait rencontres et réceptions. Julie qui, d'ordinaire, prêtait peu d'attention à la politique, s'inquiétait : les fractions de la société qui, dans les grandes villes, vivaient du travail manuel, se disaient, paraît-il, exploitées et annonçaient à grand bruit l'intention de transformer les institutions, les mœurs, les idées et la civilisation entière. Se tenaient des réunions publiques, avec des suspensions de travail et des crises de manufactures. On disait ce matin que certains parlaient de réclamer « la propriété des instruments de production » ! Un dénommé Babeuf, ou plutôt Proudhon, aurait même renié la propriété privée et réclamerait la gratuité du crédit. Julie souriait en pensant à ce que diraient les Gouïn, Pillet et autres banquiers tourangeaux !

À tous les dîners ou les déjeuners, d'ailleurs, à Chinon comme à Tours, on apprenait des choses incroyables : des groupes dits « communistes » prônaient la confiscation de la propriété particulière au profit de l'État, « seul entrepreneur ». Ils proposaient de confier toutes les terres à tour de rôle aux paysans ! Dans une lettre de Paris, Roland prétendait avoir lu un de leurs tracts réclamant « la création illimitée de capitaux en papier reposant sur la solidarité universelle »... « La solidarité universelle, autant dire la foire d'empoigne », concluait la lettre.

La politique elle-même semblait la proie d'un raz de marée : on avait voté en mai dernier pour le corps législatif, devenu quasi républicain. Les socialistes avaient remporté plus du tiers des voix. La majorité, c'était clair, réclamait des réformes libérales. Les vrais bonapartistes se comptaient facilement et tous les jeunes, en tout cas, étaient républicains.

On discutait ferme au cercle du quai Charles-VII où Gustave et plusieurs conseillers municipaux allaient prendre un verre trois ou quatre fois par semaine : « L'empereur ressemble à un cocher embourbé. Il lui faudrait des chevaux, mais il n'a que des ânes et ne résistera pas à la marée républicaine », aurait dit Jules Diloy, revenu récemment de Paris. « Il va nous falloir voter de nouveau pour un sénatus-consulte dans ce sens. »

Gustave lisait force journaux et se rendait maintenant tous les jours à ce cercle, accolé au théâtre, qui recelait un salon de lecture et un salon de jeux. Gustave jouait peu, surtout depuis sa ruine, mais s'était inscrit au salon littéraire que fréquentaient des érudits, professeurs, médecins et grands propriétaires. Julie aurait bien aimé s'y glisser... Après tout, un cercle « littéraire », c'était la place d'un écrivain ! Sauf qu'aucune femme, évidemment, ne pouvait y être admise !

Gustave en revenait toujours intarissable : il n'était question que de liberté, que de République. Une « autre révolution » s'annonçait. Ce soir-là, Julie, qui écoutait d'ordinaire d'une oreille distraite fut bouleversée par ce mot « Révolution ». Pour elle, c'était les récits terrifiants de sa grand-mère qui l'avait vécue jeune fille, cachée à Chinon et sans cesse menacée. C'étaient ces familles dénoncées, arrêtées, ces prisonniers vendéens qu'on avait entassés devant chez elle, et que la foule avait massacrés sous ses yeux, à coups de couteaux dans des ruisseaux de sang. C'étaient les « banquets républicains » où il fallait aller obligatoirement, sur la place, certains décadis, sous peine de subir le même sort. C'était le prêtre réfractaire qu'elle avait caché dans un coffre à linge sale, et qui avait été découvert, emmené sous les huées et les coups. C'étaient... Elle n'écoutait plus et ne voyait même pas que Marie, les yeux exorbités, buvait les paroles de son père. Elle avait très froid.

* *
*

Le mois de décembre 1869 amena une surprise et de taille : une lettre de M. Chapier lui-même, directeur du *Journal des Modes :* un éditeur souhaitait publier les feuilletons de Mme Juliane, si celle-ci voulait bien continuer après *La Petite Marquise* et *Blanche ou le courage récompensé,* pour constituer une collection d'une dizaine de livres ou plus.

La surprise, la joie furent telles que Julie pâlit et, d'une main tremblante, tendit la lettre à Gustave sans pouvoir articuler un mot. Gustave sifflota, mi-admiratif, mi-moqueur :

— Je suis en effet le mari d'un vrai bas-bleu. Eh bien, ma chère, je ne sais pas où vous trouvez tout cela, mais il faut accepter.

— Je vous remercie, mon ami. Je ne sais pas non plus où je trouve tout ça, comme vous dites, mais je trouve, et je suis sûre que je trouverai encore. Je vais donc sans attendre voir cet éditeur avant qu'il ne se ravise.

— Excellente idée ! Cette fois-ci, je vous accompagne. Il va falloir discuter contrat et ne pas se laisser manger.

Le sourire de Julie resta figé sur son visage : ça, elle n'y avait pas pensé !

Alphonsine, apparaissant miraculeusement à la porte du salon, dispensa Julie de répondre : c'étaient les laveuses qui demandaient quand on commençait la lessive bisannuelle, laquelle pendant trois jours vidait les coffres du second étage dans les deux lavoirs du jardin, sous leur auvent. Ce serait la semaine prochaine : le mardi suivant, en effet, les douzaines de draps, nappes, serviettes, torchons, culottes, chemises et autres sous-vêtements passaient au savonnage, rinçage, bouillage, bleuissement, séchage, repassage et raccommodage. Les deux laveuses brouettaient, savonnaient, tapaient, secouaient, brossaient. Léon entretenait les feux et les lessiveuses fumaient dans la fade odeur de cendres et de lierre. Et puis on étendait sur tout le jardin d'immenses fils où Alphonsine, Julie et les enfants ravies étendaient, détendaient, repliaient :

— Han ! Tirez, Alphonsine ! Eugénie, ne passe pas sous les draps ! Secouez bien. Un linge bien tiré est à demi repassé !

Ça durait trois ou quatre jours. Les petites apportaient du café aux laveuses, Alphonsine faisait de solides déjeuners à base de féculents. Tout semblait calme, le monde immuable, construit à chaux et à sable pour l'éternité. Julie oubliait la Révolution, chantait en repassant les chemises, jupons et camisoles. Elle savait qu'elle irait seule à Paris et qu'elle reverrait Édouard.

Chapitre 21

Les rêveries de Marguerite Durand

LES LAVEUSES étaient reparties. On avait beaucoup travaillé, couru, surveillé, tout était blanc, propre et gai. Gustave fêtait cette paix retrouvée en sirotant sa fine et en commentant son journal :

— Alors, Julie, quand partons-nous ?

Julie était déjà parée à toute attaque. Elle y avait passé des nuits entières :

— Pardonnez-moi mon ami, mais je crois qu'il faut renoncer à partir maintenant. C'était un beau rêve de refaire une sorte de voyage de noces, mais ce n'est pas raisonnable. Bien sûr, il faut que j'y aille, mais je ne veux pas laisser la maison et les enfants à Alphonsine. Vous avez vu, lors des lessives, combien elle était fatiguée avec sa jambe. Elle boite et elle souffre de plus en plus. Et puis je suis inquiète d'Eugénie, qui tousse sans arrêt depuis un mois et qui a bien mauvaise mine. Mais surtout vous avez trop à faire avec la mairie, je pense que vous ne pouvez pas lui manquer en ce moment.

Gustave, flatté, hésitait :

— Mais cet éditeur, c'est important. Je ne sais pas ce que ça peut rapporter, mais tout de même, c'est à ne pas manquer.

— C'est vrai, je crois en effet qu'il ne faut pas laisser

traîner. J'aurais envie au fond de sauter à Paris entre deux trains, en vous demandant, mon ami, de veiller sur la maison et les enfants. Avec Marie, bien entendu, ajouta-t-elle en remarquant que cette dernière, censée travailler, avait sursauté et laissé tomber son livre. Je serai tellement plus tranquille...

Eugénie toussa, une longue quinte, et se réfugia contre la jupe de sa mère :

— Pas longtemps, maman !

— Non, ma chérie, deux à trois jours, juste le nécessaire.

Gustave mâchonnait son cigare :

— Que dire autour de nous de ce départ ? Et surtout seule ? Éléonore, cette fois-ci, n'est pas en passe d'accoucher.

— Non, mais j'ai bien le droit d'aller voir mon frère, et surtout ma pauvre tante Marthe dont la supérieure de la Médaille miraculeuse vient de m'écrire qu'elle baisse beaucoup et ne reconnaît plus personne.

Gustave mâchonnait :

— Peut-on dire qu'elle est à la mort ?

— Hélas, mon ami ! Voici la lettre de la supérieure : « Votre tante refuse la nourriture et nous n'arrivons plus à l'alimenter. M. l'aumônier a renoncé à lui apporter la communion. Je crois donc de mon devoir de vous... etc. »

Le soir, Julie écrivait au directeur du *Journal des Modes* en le remerciant, et lui demandait de prendre un rendez-vous pour elle chez l'éditeur la semaine suivante. Autre lettre, délirante de joie, à Édouard. Lettre officielle à Roland, demandant de nouveau sa charmante hospitalité et lui racontant tout : le feuilleton, le journal et l'éditeur. Lettre à Jacques et Éléonore annonçant sa visite et s'excusant de descendre chez Roland par discrétion. Elle ne voulait pas encombrer leur cinq pièces près de l'École militaire, où s'agitaient déjà leurs quatre enfants et leurs bonnes.

Le lendemain, elle partait au jour d'Hortense, déposait ses lettres et ramenait son billet pour le lundi suivant. Pas tranquille car, sauf auprès d'Édouard, elle ne s'était annoncée que le mercredi et n'avait pas eu le temps de recevoir de réponses. Et si Édouard n'avait pas encore reçu sa lettre ? Où aller ? Et à quel prix ?

Mais Édouard était à la gare, et il était seul. Il y avait dans son atelier une énorme gerbe de fleurs rouges : des roses ! Et dans le lit, des draps propres.

Ces instants, ces jours-là ne se racontent pas. L'action se passe dans les âmes et dans les corps. Ni l'esprit ni le temps, ni l'heure ni la saison ne les accompagnent : oubliés, absents, relégués au rang de misérables accessoires inutiles ! C'étaient, disait Julie, leurs « noces de cristal », un an d'âme commune, de liens invisibles, les faisant plus proches que des milliers d'heures et de jours. Autres heures, autres jours !

Julie, dans ses bras, parlait, parlait, racontait, se livrait, lui jetant au visage toute sa passion. Édouard écoutait, souriait, caressait et, d'un mot, parfois, les remettait tous deux dans la réalité :

— Aujourd'hui, mon amour, aujourd'hui est un havre, une pause, un trésor à savourer et à garder farouchement à l'abri du temps au fond de nos cœurs.

Ils oubliaient de manger, sortaient à la nuit dans les bistrots de Montparnasse, buvaient, se gavaient d'huîtres et de coquillages, dormaient à moitié nus dans les bras l'un de l'autre. Julie avait tout oublié. C'était une autre vie, un autre monde. Elle-même était une autre femme sans passé, sans avenir, tous deux dévorés par le présent. Elle disait mille folies qui le faisaient sourire :

— Dessine-moi, transparente, comme je le suis d'ailleurs... Tu vois tout en moi, tout à travers ma petite personne. Dessine ! Tu vois, il y a toi, un grand maigre avec des yeux si clairs qu'on croit voir ses pensées derrière, des mains qui sont si savantes, si longues et si tendres, un visage et un profil aigus qui font si mal quand ils sont loin. On voit aussi ton cœur à travers, il bat depuis plus d'un an auprès du mien, au même rythme...

Mille bêtises qu'il écoutait en la dévorant des yeux, fixant dans sa mémoire chaque sourire, chaque mèche folle, chaque tendre courbe d'un corps enfin dénudé.

Le mercredi, il fallut s'arracher et se trouver à la gare, l'air innocent, avec son bagage. Roland était déjà sur le quai quand elle arriva... en retard.

— Enfin ! Mais où étais-tu... Je commençais à m'inquiéter, j'allais sortir, voir si tu étais arrivée en avance. Sinon, j'envoyais un télégramme à Gustave.

Julie riait aux larmes. Tout était simple, facile, drôle :

— J'étais dans le premier wagon, tu devais attendre un peu plus loin, je suis sortie très vite.

— Dans le premier wagon, malheureuse ! Tu sais bien pourtant qu'il ne faut jamais monter en tête ni en queue, avec les déraillements. Ah ! Et puis figure-toi que tu es attendue par Marguerite. Elle me demande souvent de tes nouvelles et je lui ai dit que tu écris et publies. Je crois qu'elle t'aime beaucoup. C'est une femme très influente, surtout dans le monde des lettres. Elle m'a demandé quel éditeur tu viens voir...

Il s'arrêta devant l'air stupéfait et la mine de sa cousine :

— Oh, pardon ! Édouard n'était pas au courant. Enfin, c'est un ami qui sait se taire, n'est-ce pas, Édouard ?

— Surtout, Roland, ne dis rien à François, et si tu viens en Touraine, n'en parle à personne. Tu as bien oublié Chinon, et même Tours. Je serais déshonorée, je pense même que je nuirais à la carrière de Gustave.

Roland ricana :

— « La carrière de Gustave... » et haussa les épaules : « Ah ! La province ! Quand donc accepterez-vous d'ouvrir les yeux et de savoir ce qui se passe... »

C'était reparti : la politique, les libertés, un ministère Émile Ollivier, la montée des républicains. Tous trois cahotaient vers le boulevard Saint-Germain, Roland, intarissable et aveugle au bonheur qui éclatait en silence entre Julie et Édouard, entre leurs regards complices, leurs mains frôlées et l'invisible désir qui les brûlait.

Édouard, le lendemain matin, attendait Julie devant chez l'éditeur, au coin du boulevard Saint-Germain et du boulevard Saint-Michel. Il faisait beau et chaud. Les marronniers avaient déjà quelques feuilles. Julie avait arboré un chapeau de paille blanche à ruban rose, avec une robe légère en percale rose.

Au coin des deux boulevards, un grand portail noble, haute voûte, concierge sévère, escalier à double révolution tendu d'un tapis rouge. On était loin du *Journal des Modes*.

— J'ai rendez-vous avec M. H.

— Premier étage droite.

Au premier, un huissier à boutons dorés les arrêta :

— J'ai rendez-vous avec M. H. à 10 heures, et je suis Mme Juliane.

— Et ce monsieur ?

— Il m'a conduite et m'attendra.

— M. H. n'est jamais là le matin. Il n'arrive qu'à midi. M. Bernard, le sous-directeur des publications, vous attend si vous voulez bien me suivre...

Couloir, tapis rouges, grandes portes anciennes à poignées de cuivre astiquées. M. Bernard, tout sous-directeur qu'il fût, eût écrasé comme une mouche le propriétaire du *Journal des Modes*.

— Bonjour madame. Veuillez entrer. Vous avez donc écrit deux feuilletons.

Le ton de la voix aussi était tout autre : sec, presque administratif. Les yeux de M. Bernard glissaient indifférents sur la percale et le nœud rose.

— Ah, oui, c'est vous qui êtes parue dans le *Journal des Modes.* Évidemment, vous êtes débutante, et votre public féminin est limité. M. H. a donc pensé, puisque les *Modes* se portent garantes de plusieurs mille, à une collection pour dames que nous appelons provisoirement « Au gré des cœurs », et dont vos feuilletons seront les premiers numéros. Nous tirerons à un ou deux mille, il sera toujours temps de retirer si nous vendons. Compte tenu de votre accord de principe, nous avons préparé un contrat : cinq pour cent jusqu'au premier mille, six au-dessus.

Le ton était monocorde, les yeux de M. Bernard glissaient sur les pages de deux contrats qu'il avait sortis d'un grand sous-main de cuir vert :

— Je vous demanderai de signer chaque page dans la marge, puis au bas à la dernière, avec la date. Votre adresse est bien rue Haute-Saint-Maurice, à Chinon ?

Julie n'avait pas eu un mot à placer. Comme elle hésitait et se préparait à poser quelques questions. M. Bernard eut un grand geste :

— C'est le contrat type, et les conditions sont à prendre ou à laisser.

Il lui tendait une plume. Il sentait le patchouli, avait les cheveux trop longs, un visage imberbe efféminé, et on aurait dit qu'il était poudré.

— Tenez-vous vraiment à votre pseudonyme ? Les signatures masculines font plus sérieux...

— Oui monsieur, je tiens à Mme Juliane.

— Enfin, c'est votre affaire. Voilà qui est fait, je vous reconduis. Cette copie est pour votre mari, il doit signer puisque c'est lui qui a le compte. N'est-il pas venu avec vous ? Ce monsieur, dans l'antichambre...

— Mon mari est très occupé et nous habitons Chinon.

Cet ami a bien voulu me conduire, et je ne suis venue à Paris que pour ce rendez-vous, avec les instructions de mon mari.

— Vous lui demanderez donc de bien vouloir me renvoyer le contrat signé à chaque page... Pour toute correspondance, vous vous adresserez donc à moi : Isidore Bernard, à cette adresse. Il me reste à souhaiter bonne chance à cette collection et à vous remercier.

Baisemain, le regard glissant indifférent s'arrêta sur Édouard :

— Mais, monsieur, vous êtes bien l'auteur de *La Dame à la rose*, le clou du dernier Salon ? Nous avons été présentés par Rosa Bonheur. Vous vous souvenez ? Ah ! Je suis un inconditionnel des « impressionnistes ». C'est bien ainsi, n'est-ce pas, qu'on vous appelle ? Ce mystère, ce chatoiement, cette vie...

Il se dépensait, souriant, enfin aimable et vif, avec force gestes et courbettes :

— Ce tableau, cette lumière, cette audace dans la simplicité... Nous avons adoré, oui adoré (on aurait dit qu'il mâchait quelque sucrerie).

Édouard, qui le dépassait d'une tête, souriait paisible, un peu ironique :

— Cette *Dame à la rose*, monsieur, est votre auteur, Mme Juliane. Ne l'avez-vous pas reconnue ?

— Allons donc ! (Il eut enfin un coup d'œil stupéfait sur la robe de percale.) Mais oui, en effet... Tiens, c'est vrai ! Ravi, madame. Vous avez accompagné une grande révolution, de celle que nous attendons en vain dans l'écriture.

C'était une paire de claques. Julie ne se prenait certes pas pour Victor Hugo ou Eugène Sue, mais elle tourna le dos, blessée. Et prenant le bras d'Édouard fort amusé, s'en fut la tête haute vers le grand escalier à tapis rouge et double révolution, laissant pantois M. Bernard dans ses effluves parfumés.

* *
*

Le voyage de Julie dura une semaine. Édouard ne la quitta guère. Roland avait cessé les frais dès le lendemain de son arrivée, sauf pour l'accompagner chez Marguerite, dont le salon était assez fermé. Marguerite leur offrit le thé et pria Roland de lui laisser sa cousine jusqu'au soir :

— Je suis seule, ma chère, et nous dînerons entre femmes pour enfin pouvoir causer. Vous m'avez touchée cet hiver, avec vos yeux de passion, votre trop bonne éducation et ce charmant peintre qui vous dévorait des yeux. Vous m'avez rappelé une autre jeune femme que je fus, et que je ne suis plus hélas. Me serais-je trompée ?

Cette rencontre était de celles qui sont rares et qui appellent une amitié vraie, la porte ouverte aux confidences, une bouffée de bonheur. Julie en fut émue aux larmes, car des deux femmes, nul ne savait laquelle avait le plus besoin de se confier, de s'épancher. Ce fut Marguerite qui parla : à trente ans, elle avait tout perdu en un seul jour : son mari et sa fortune.

— De ce jour, ma belle, mon histoire est de celles qu'on ne raconte pas. Ruinée, déshonorée par ce suicide, abandonnée de toute notre société, j'ai dû quitter Metz et suis venue me cacher à Paris.

Il lui restait ses bijoux, assez beaux, qu'elle avait vendus, un frère lancé dans l'édition qui l'avait aidée à chercher un travail honorable. Il connaissait Bonnier. Elle était instruite, cultivée. Bonnier connaissait son mari, il l'avait engagée...

Elle était entrée ainsi au journal pour y suivre la mode,

l'air du temps et les réceptions mondaines sous le pseudonyme de Gilles de Teraman... La suite, Julie la devinait :

— L'amour, bien sûr, mais l'amour, ma chère — vous êtes trop jeune pour le savoir —, l'amour n'a qu'un temps et durerait-il toute la vie, il ne peut en remplir qu'une partie.

Julie n'en croyait pas un mot. Pauvre Marguerite ! Ce Bonnier était une brute sans cœur, c'était évident ! Oui, la fête est passagère, mais l'amour, le vrai, est éternel, elle le sentait bien.

Au bout de quelques années, Bonnier l'avait installée, elle tenait salon pour lui, mais un salon où aucune femme du monde ne fréquentait. Elle n'avait pour amie que cette Marguerite Durand, cette belle brune indépendante et frondeuse qui avait son propre journal de femmes et avec qui Julie avait déjeuné. Marguerite tisonnait, le regard lointain, comme absente et, devant Julie éperdue, disait des choses incroyables :

— Je ne sais comment elle finance ce journal qui fait scandale chez tous les bien-pensants, royalistes et bonapartistes. Qui la soutient ? Elle est belle et forte, très entourée, elle a de l'argent... Ne cherchons pas trop du côté de la vertu ! Mais elle est lue par tous, hommes et femmes nostalgiques de la Révolution et de la République.

— Et que veut-elle ? Je ne vois pas ce que les femmes peuvent demander. La loi ne leur permettrait rien lorsqu'elles sont mariées. Tout à l'heure, mon éditeur a exigé la signature de mon mari. Et les *Modes* me payent à son nom.

Marguerite riait :

— Mais c'est précisément cette chose-là qu'elle récuse et dont elle tente de démontrer l'absurdité. Elle prétend que les femmes soient libres, comme les hommes ! Égales même. Elle veut tous les droits... Elle écrit ça noir sur blanc. Oui, un jour, dit-elle, les femmes seront reconnues par les lois.

Il y eut un long et lourd silence. Marguerite réfléchissait et Julie sentait le sol se dérober sous ses pieds. Jamais, au grand jamais, ni elle ni ses amies n'avaient rêvé pareille chose.

Marguerite reprit :

— Julie, je crois qu'elle a raison : un jour, il n'y aura plus d'interdits, plus de soumission, pas même aux hommes... Évidemment, je ne le verrai pas, vous non plus ! Mais ce jour viendra, je le sens. En province, vous ne le savez pas, mais tout bouge ici, dans les faubourgs, chez les artistes, les écrivains. Vous-même Julie, en secret, au fond de votre lointaine Touraine, est-ce que quelque chose ne vous a pas dressée, la plume à la main, même si c'était impensable ? Nous aurons été, l'une comme l'autre, comme des mouches prises dans les rubans et les dentelles dont on nous orne. Et nous aurons lutté en vain, battant des ailes et ficelées sans espoir. Mais nous ne mourrons pas sans laisser de traces.

— Mes filles, peut-être ? murmurait Julie.

— Non ! Le monde ne change que pas à pas, et il faudra longtemps... Il faudra l'argent d'abord, un argent à soi. Tout vient de l'argent... Il n'y a pas de progrès ni de liberté sans lui, regardez les hommes !

Julie écoutait passionnément et, dans sa tête, revenait Rivière (« Il faudra peut-être le vendre »), les chèques du *Journal des Modes,* (« au nom de votre mari ! »)

— Je vous ai devinée, lors de ce dîner, ma chère, à votre qualité d'écoute, à cette passion contenue que lançaient malgré vous ces yeux noirs qui dévorent votre visage. Au milieu de toutes ces mortes et ces endormies, sur qui reposent en paix nos hommes et notre monde, j'ai cru voir couver un feu. C'est si rare ! Je vous ai intriguée, étonnée, je l'ai bien senti. Mais les autres femmes se détournent, choquées, pas vous !

Julie souriait. C'était vrai. Elle n'était toujours pas à l'aise, d'ailleurs, tout cela allait trop vite et trop loin. Mais émue, bouleversée, elle se cramponnait à une bien légère barrière, devant un précipice superbe et fascinant :

— Écrivez-moi parfois, chère Julie, vous m'avez fait du bien ce soir. Je ne vous oublierai pas et j'ai tant, tant, besoin d'amitié !

Marguerite la fit reconduire par sa voiture et son cocher. Roland n'était pas rentré. Elle se coucha égarée sous le baldaquin à tenture lie-de-vin et fit de drôles de rêves : son cheval Atlas était couché dans l'écurie de Rivière, malade, mourant, et un personnage inconnu faisait claquer un fouet. Il y avait un grand étang et elle avait très peur qu'Atlas ne se jette dans l'eau. Quelqu'un disait : « Il ne sait pas encore nager. » L'angoisse était telle qu'elle se réveilla en sueur et dut aller boire un verre d'eau pour sortir du rêve qui lui serrait encore la gorge. Une fois de plus, elle envoya un télégramme pour repousser son retour. François et Éléonore, qu'elle avait à peine vus, l'invitaient dimanche dans leur nouvelle maison des champs, sur la Marne. Elle ne rentrerait que lundi.

— Que fais-tu donc, ma chère, toute la journée dans Paris, sans même me demander de t'accompagner ? disait Éléonore un peu pincée, entre deux cahots de la voiture découverte. J'aurais pu t'aider pour les courses. Tu n'es même pas venue dîner avec ton frère. Je me demande bien qui tu connais, à part Roland, qui n'est pas du bois dont on fait les cornacs.

— J'ai dîné hier soir chez Bonnier avec Marguerite que Jacques connaît, dit étourdiment Julie.

Un silence tomba, lourd et menaçant.

— Cette Marguerite, la maîtresse de Bonnier ! Et tu as

accepté ? Mais tu es folle. François, tu entends, ta sœur chez cette femme, et seule ? C'est inconcevable.

— Mais François était venu déjeuner chez elle avec moi. C'est à cause de lui que j'y étais.

François, gêné, regardait sévèrement sa sœur :

– Un déjeuner d'affaires n'est pas une invitation privée. D'ailleurs à ce déjeuner, tu as pu remarquer que je n'avais pas amené Éléonore. Tu n'aurais pas dû accepter, en effet. J'espère que vous étiez seules et que personne ne l'a su.

— Aucune femme convenable ne la voit ni ne la reçoit, renchérit Éléonore. Je sais bien que tu viens de province, mais on n'est pas à ce point naïve !

Julie ne répondait pas. On sortait de Paris et la route montait. Le cocher faisait claquer son fouet comme dans son rêve. Elle en fut mal à l'aise toute la journée et n'osa pas, le soir en parler à Édouard.

* *
*

Le retour de Julie fut très bousculé : la première communion avait été fixée à Pâques qui tombait début avril. On sortait des boîtes un voile, une couronne, des jupons et la robe, fort belle, avec entre-deux de Valenciennes, qui se passait de mère en fille depuis deux générations. Les mères commandaient des chapeaux de paille. On invitait à déjeuner très largement, la famille des deux côtés. Et Julie, dès son retour, s'aperçut que Marie, très grande pour son âge et trop ronde, n'entrait plus dans la robe. Il lui fallut déployer des trésors d'imagination et des mètres d'entre-deux pour lui permettre de fermer.

Ce ne fut que la veille du grand jour, lorsqu'elle se mit au lit, que la conscience de Julie s'éveilla brusquement : toutes les mères, et même certains pères, allaient communier auprès de leur enfant. Sûrement Caroline, dont le fils avait six mois de plus que Marie, laquelle répétait du matin au soir, en sautant à cloche-pied : « Je renonce à Satan, à ses pompes et à ses œuvres, et je m'attache à Dieu pour toujours. » Julie était en état de péché mortel dont aucun prêtre d'ailleurs ne pourrait l'absoudre, puisqu'elle s'apprêtait à recommencer dans un mois. Renoncer ? Impossible. Communier aussi ! Que faire ? Passe encore pour un péché mortel, mais un sacrilège, car c'en serait un... Tout Chinon allait donc la voir rester à son banc, Marie serait seule au milieu des autres parents, abandonnée, montrée du doigt ? Comment expliquer, justifier ?

Le lendemain, le branle-bas de combat commença très tôt. Il fallait habiller tout le monde, coiffer, retrouver les clés de Gustave, changer les chaussures d'Eugénie qui lui faisaient mal. Julie, qui courait avec Marguerite dans les étages, eut une inspiration et, s'appuyant à la rampe, souffla :

— Alphonsine, je ne me sens pas bien. Je crois que je vais m'évanouir.

Elle s'assit sur une marche, s'appuyant au mur, glissa doucement et ferma les yeux. Alphonsine la soutenait fermement.

— Léon ! L'eau de mélisse des carmes ! Va vite la chercher avec un sucre dans le premier placard de la cuisine.

C'était gagné. Un sucre... Elle aurait mangé, donc pas possible de communier. Toute la famille s'empressait, Eugénie apportant un verre d'eau, Gustave lui tapotant le dos. Ayant bu, elle reprit vie et se releva, puis se secoua...

— Mais non, mais non, ce n'est rien ! Un peu de fatigue. Merci à tous, je vous assure que je suis bien maintenant... Et puis il faut partir. Vite mon chapeau, j'entends les cloches, nous allons être en retard.

Il faisait un temps superbe, déjà trop chaud pour la

saison. Tout Chinon était dans les rues en grande tenue, qui avec sa communiante couronnée de roses et voilée, qui avec son communiant en pantalon long et brassard blanc. Un léger friselis faisait voler les voiles, mais le soleil tapait déjà. On formait la procession, on faisait les rangs à la porte de l'église : par taille, Marie était la plus grande, donc la dernière. On allumait les cierges. Julie, comme les autres mères, replaçait les plis de la robe, redressait la couronne puis, simulant un grand émoi, s'arrêta brusquement :

— Ah mon Dieu ! J'ai bu et pris un sucre ! Gustave, quelle horreur ! Ma pauvre chérie, je ne vais pas pouvoir communier... Mais comment ai-je pu accepter ?

Marie la regardait éperdue :

— Oh, maman ! Mais toutes les autres... Alors je serai toute seule, qu'est-ce qu'on va dire ?

— Écoute, j'irai avec toi à la Sainte Table et je resterai debout derrière. J'expliquerai à tout le monde en sortant.

La procession s'ébranlait, l'harmonium entonnait : « Je suis chrétien, voilà ma gloire, mon espérance et mon soutien »... Chrétienne ? Le cœur de Julie se serra. Oui sûrement, mais son espérance et son soutien n'étaient plus là. Perdue, damnée, il lui semblait qu'elle chantait d'une voix chevrotante et que tout le monde la regardait. L'église était d'ailleurs pleine à craquer. Les G. gagnèrent dignement leur banc d'œuvres sous la chaire, et Gustave, l'œil embué, admirait sa fille qui montait pieusement la grande allée, dans sa robe de mousseline, les yeux baissés sous une forêt de cheveux d'or dont le voile ne pouvait éteindre l'éclat.

Julie, reprenant ses sens, balayait du regard l'assistance, quand ses yeux tombèrent sur un chapeau éclatant, un grand chapeau de paille blanche couvert de fleurs multicolores, écrasant de sa splendeur tout le bas-côté, en face de la chaire. Sous le chapeau, mais oui, sous le chapeau,

Mme Bidault, plantureuse, fièrement cambrée, qui souriait et regardait Gustave ! Le cœur de Julie cessa de battre quelques secondes : un chapeau de quarante à cinquante francs, un de ces chapeaux qu'elle ne pouvait plus s'offrir depuis la banqueroute d'Estandery. Un chapeau qu'une telle femme ne pouvait évidemment pas s'offrir ni porter d'ailleurs sans scandale, un chapeau qui n'était pas de sa condition. On ne voyait que lui, et cette femme osait la narguer là, le jour de la communion de sa fille !

Troisième couplet du *Je suis chrétien*. Eh bien, non, Julie n'était plus chrétienne ! Pécheresse, passe encore, mais trompée devant toute la ville, ça ne passait pas. Gustave lui avait refusé de commander un gâteau chez Dupuy pour le repas de communion, prétendant que ceux d'Alphonsine suffisaient parfaitement pour leurs moyens, et avait cédé pour ce ridicule et insolent emblème de sa liaison ancillaire !

Oui, elle aimait un autre homme que son mari, mais personne ne le savait et Gustave était « son mari ». Un lien sacré était indignement trahi ! Elle passa toute la messe et même le sermon sans en entendre un mot. L'humiliation la gagnait, elle en tremblait. Il lui semblait que tous les regards de l'assistance étaient fixés sur ce chapeau et sur son banc qui dominait un peu la nef, sur elle dont le sang était monté au visage, et sur Gustave qui semblait un peu gêné.

Raidie, absente, elle faillit laisser Marie monter seule à la Sainte Table. Le regard de l'assistance, la voyant debout derrière sa fille parmi les autres mères pieusement agenouillées, lui sembla lourd. Est-ce qu'on ne chuchotait pas ? Caroline, se relevant mains jointes et tête baissée, passa près d'elle dans la foule et eut un bref regard étonné. Julie la suivit et souffla :

— C'est affreux. Je me suis trouvée mal et j'ai bu ! Je n'ai pas pu communier.

— Ma pauvre chérie, chuchota Caroline, tu vas bien ?

— Oui, oui, c'est passé.

Mais ce qui n'était pas passé et qui ne passerait pas de sitôt, c'était cette trahison. Bien sûr, un mari est un maître et on vous apprend dès l'enfance que le bonheur sur terre est l'accomplissement du devoir et le dévouement pour la famille, que faute d'avoir ce qu'on aime, il faut aimer ce qu'on a. Mais Julie n'aimait plus, mais plus du tout ce Gustave-là. Non parce qu'il avait une maîtresse, ce qui était bien son droit, mais parce qu'il avait ouvertement bafoué les règles et les convenances sur lesquelles reposent les couples et les familles.

Les repas de fête, Dieu merci, font passer un voile gracieux sur les accrocs de la vie. Marie fut comblée de cadeaux, dont une montre, une folie d'Hortense. Selon une tradition, chez les G., on mesurait solennellement les enfants le jour de leur première communion jusqu'à leur mariage en les plaçant le long du mur du couloir du premier étage, et en marquant chaque année la progression de leur taille. Marie était, à onze ans, presque de la taille de son père au même âge. On mesura Eugénie, on remesura Gustave qui n'avait pas perdu un centimètre, puis Julie qui entrait ainsi dans l'éternité de la maison des Chevaliers.

À table, on avait évidemment beaucoup parlé politique et il aurait été bien difficile de l'éviter avec l'avalanche des événements qui tombaient quasiment chaque mois depuis l'an dernier. Ce n'étaient que réformes : on avait voté en mai dernier pour une nouvelle Assemblée. En juillet, l'empereur avait annoncé des réformes « libérales » et un sénatus-consulte, très vivement approuvés par Gustave. Puis un nouveau ministère avait ouvert la nouvelle année... Là, Julie avait brillé, car ce monsieur Émile Ollivier, chef du nouveau gouvernement, elle le connaissait ! Elle l'avait rencontré à Paris lors du Salon, à un grand déjeuner. Il avait des lunettes, il était jeune, avait l'air sérieux, et parlait déjà si bien que tout le monde se taisait quand il intervenait.

Elle n'était pas fâchée d'en remontrer un peu à Gustave, à qui son rôle au conseil municipal avait donné une nouvelle assurance. Il avait d'ailleurs pris de l'embonpoint, ce qui ne lui nuisait guère, car il était grand et sa prestance impressionnait. Comme sa gentillesse extrême n'avait pas changé, on l'appréciait partout : « C'est un homme facile, disait de lui Caroline, tu as de la chance, je ne l'ai jamais vu se fâcher. »

Il s'était fait un nom lors des inondations de 66 quand, au mois de novembre, des pluies incessantes avaient fait sortir de leur lit et la Vienne et la Loire. Toutes les terres avaient été recouvertes par les eaux et il n'était question alors que de fermes abandonnées. C'était lui qui avait organisé les secours et fait ouvrir une souscription pour aider les victimes et les plus nécessiteux. Julie se souvenait que, passant par Rivière, il dut accoster en bateau sur la plus haute marche du perron : l'eau était à fleur de plancher, mais Dieu merci n'entrait pas.

Solidement implanté maintenant au conseil, il était chargé des questions financières, dont il ramenait à la maison d'énormes dossiers poussiéreux : emprunts — biens communs — charges locales — recettes — dépenses — associations — hospice des enfants assistés, etc. Le nouveau maire, M. Joubert, assez austère, acceptait régulièrement de venir déjeuner avec son épouse (qui ne l'était pas moins) mais jamais à dîner ! Hélas, on n'avait pas réussi à les avoir aujourd'hui.

Hortense avait beaucoup brillé sur l'Exposition universelle où elle était allée en novembre dernier. Elle avait décidé Octave à l'emmener en cure à l'automne à Baden Baden, dont tout Paris était enivré. Tout y était, paraît-il, charmant : « on y déjeune, on y dîne en musique, on chasse le lendemain, on se promène dans un décor de rêve... »

— Vous n'avez pas peur de cette affaire prussienne ? avait glissé Jules Diloy.

— Nous n'aurons pas la guerre, cher monsieur ! Le roi de Prusse n'a nulle envie de ruiner un pays en plein essor.

Le soir, heureux de cette fête si réussie, Gustave voulut embrasser Julie, mais celle-ci eut un recul :

— Ah, non, Gustave ! Vous oubliez que les épouses aussi ont droit à des chapeaux, et de meilleur goût.

Chapitre 22

La guerre

DEPUIS la fin d'avril, un poids invisible pesait sur ce printemps trop beau. Il n'avait pas plu depuis le Mardi gras ! La sécheresse avait envahi les champs et déjà, les récoltes étaient en péril. Le blé ne poussait pas et on avait fauché de pauvres herbages desséchés. Les troupeaux maigrissaient, le lait manquait. Un beau temps inexorable, anormal : on disait que certains cardinaux, en conclave à Rome, étaient morts de chaleur ! Édouard écrivait que Paris était une fournaise et qu'il n'aspirait qu'aux doux ombrages de l'Alouette.

À Chinon, au conseil municipal, on s'étonnait de cette indifférence parisienne aux problèmes quotidiens de la campagne. « Leurs libertés », c'était bien beau, mais l'essentiel était tout de même les fourrages, les blés perdus, et l'augmentation des prix en vue ! Le premier souci des politiques aurait dû être de s'occuper de l'homme et pas seulement des idées ; de le nourrir ou du moins de l'aider à gagner son pain de tous les jours.. Ce qui n'était pas le cas ! La province renâclait et regardait Paris d'un mauvais œil.

En mars, on avait fait toute une affaire avec ce procès de l'assassinat de Victor Noir par le prince Pierre Bonaparte. Tours avait été en révolution car, pour écarter l'affaire de Paris, on avait amené à Tours la Haute Cour de justice et fait le procès au tribunal. Quand le prince avait été acquitté, Octave avait été indigné et on s'écrasait au salon d'Hortense.

Mais Julie attendait Édouard pour la mi-juin, et tout cela coulait près d'elle comme un fleuve étranger. Chaque jour la rapprochait du bonheur et nul ne sentait que chaque jour le rapprochait d'une guerre et d'un désastre inimaginable.

Le 10 juin, à Tours, une lettre d'Édouard confirmait son périple en Touraine : il serait le 15 à la gare et prendrait un cabriolet pour se rendre à l'Alouette que Roland lui prêtait, n'arrivant lui-même que début juillet, à la fin de la saison parisienne.

Tout semblait facile : Julie, comme chaque semaine, serait à Tours et prétexterait une soirée au théâtre pour ne rentrer que le lendemain. Tout semblait facile et tout le fut : le 15, à onze heures, Édouard avait établi son chevalet depuis près d'une heure à l'arrêt de la diligence, dans l'entrée du chemin qui montait à l'Alouette. Julie descendit, passa devant lui sans un regard et s'enfonça dignement sous les ombrages qui conduisaient au sommet de la falaise du Cher. Les roses de l'Alouette étaient en fleur dans un concert d'oiseaux, le ciel imperturbable, les acacias embaumaient, et son cœur battait plus vite. Il y avait en elle une musique délicieuse que bientôt vint ponctuer le pas d'Édouard, puis sa course. Il la rejoignit devant la grille dont Roland lui avait confié la clé et la prit dans ses bras avec un emportement de collégien.

Le bonheur ! Cette aisance, cette facilité qu'avaient apportées deux ans d'échanges, de confidences, de confiance ! Ils s'étaient tout dit depuis ce banc de pierre, et ces larmes qu'ils évoquaient aujourd'hui devant le même immuable spectacle de la ville et de la vallée royale.

Leur silence était riche, leur corps habité, leur âme en paix.

— Nous sommes un couple, un drôle de couple qui se voit tous les six mois, mais qui vit l'un de l'autre.

Il riait mais Julie pleurait de bonheur. Elle n'avait plus peur depuis leur dernière rencontre : Édouard lui avait demandé pardon pour « leur première fois » :

— Je n'aurais jamais dû te faire courir ce risque. Tu as dû trembler. La passion, ma chérie, a été plus forte que moi, maintenant, je ferai attention. Tu n'auras plus rien à craindre.

Ainsi avait-il fait à Paris, lors de leur deuxième rencontre, et ainsi Julie, lentement, apprenait-elle la vie. Surprise, la première fois, elle s'était inquiétée de ce comportement :

— Mais tu m'aimes moins puisque...

— Je t'aime plus, au contraire, parce que je pense à toi et non à moi.

Elle n'avait pas osé poser de questions, mais ce comportement avait ouvert en elle un abîme d'interrogations sur les hommes : ils n'étaient donc pas tous comme Gustave ? D'autres savaient, dominaient cette machine mystérieuse. Elle se demandait qui autour d'elle... et qui à Chinon avait pu savoir. Elle se demandait aussi si Marguerite Durand, dans son scandaleux journal, avait osé aborder discrètement ces « choses-là ».

Nulle crainte donc, nul remords non plus, et au fond d'elle-même, Julie s'en étonnait presque. Quoi ? C'était ça, une « femme adultère » ? Elle revoyait l'image horrible de son livre d'enfant : la lapidation, les pierres, les crachats de cette foule à longues barbes et lévites blanches, et cette femme échevelée, en loques, écroulée face contre terre dans sa honte... Non, vraiment, ça n'avait rien à voir, elle avait presque envie d'en rire en se coiffant devant le miroir ancien de la chambre d'amis.

Tant d'autres femmes s'étaient regardées là : arrière et arrière grand-mères ou grand-tantes du siècle dernier, de celles dont l'oncle Hercule disait qu'elles étaient « frivoles, impertinentes, audacieuses et se moquant des hommes ». Cette Mme de Coislin, qui avait presque cent ans et qui se vantait à la cour de Charles X d'avoir été la maîtresse de Louis XV. Cette vieille duchesse de Richelieu, âgée de quatre-vingts ans, qui avait épousé à seize ans le vieux duc et qui disait à Hercule : « Jeune homme, feu mon mari, qui était page sous Louis XIV, et dont les succès, comme les miens, étaient célèbres... »

Non, ils ne faisaient de mal à personne. Moins que Gustave qui, en tant qu'homme, avait le droit d'offrir à d'autres des chapeaux de courtisane. Et elle n'avait jamais rien fait de si important dans sa vie que d'aimer. Elle aimait de la plus fine pelure de la peau au plus obscur de l'âme, inondée de lumière et de vérité, apaisée jusque dans les couches les plus profondes de son être. Et Édouard lui avait dit la même chose avec des mots d'homme qu'elle n'oublierait jamais : « Tu es ma paix, l'ombre douce de mes déserts, le baume de mes plaies, la clef de ma joie. » Elle en avait pleuré.

Ils se quittèrent le lendemain soir. Édouard écrivait de Tours une lettre officielle annonçant son passage et une proche visite à ses amis dès qu'il serait à Rivière. Il arpenterait les rives de la Loire et celles du Cher, dans l'éblouissement de cette incroyable saison, à l'affût de cette lumière qu'un peintre anglais venait de rendre célèbre.

Tout se passait comme si le bonheur était éternel et le monde aveugle. Rivière était en fête, un peu sec, car la Vienne avait beaucoup baissé. Édouard sillonnait la vallée et passait presque chaque jour. On déjeunait dehors à l'ombre et on se promenait au bord de l'eau sous les peupliers, futures dots de Marie et Eugénie, lesquelles grandissaient comme eux, puis on se perdait dans les bois. Ou bien on faisait en cabriolet des promenades pour reconnaître les beautés des environs. Les forêts surtout, dont Édouard rapportait de rapides pochades pleines d'éclairs de soleil dans la brume des sous-bois. La campagne était silencieuse, écrasée par la chaleur.

Un après-midi, tard, qu'ils se promenaient enlacés dans une grande allée, le corps comblé, une voiture avait passé sur la route à quelques pas. Ils n'avaient pas eu le temps de la voir vraiment, mais Julie avait eu très peur : si on les avait reconnus ? Édouard l'avait rassurée :

— Comment veux-tu que des gens aient eu le temps de te reconnaître ? Et pourquoi veux-tu surtout qu'ils te connaissent ?

Il lui en était resté néanmoins un souvenir désagréable, et elle avait mis quelque temps à l'oublier.

On était fin juin 1870. On ne voyait rien, on ne soupçonnait rien qui puisse troubler la paix du continent. « Le ciel politique, comme celui de la saison, est au beau fixe », disaient les lettres de Marguerite. Le cœur de Julie également.

Édouard repartit pour Paris le 30 juin. Le premier livre de Mme Juliane allait sortir à la rentrée, on se reverrait bientôt.

* *
*

Le 2 juillet au soir, Gustave revenait de Chinon, un conseil municipal spécial s'était réuni à propos de la sécheresse. Le 6, on se réveillait au seuil de la guerre. On s'était endormi la semaine précédente en pleine paix, vaguement conscient d'une sombre affaire de candidature au trône d'Espagne, pour laquelle la Prusse soutenait un prince allemand catholique.

La belle affaire ! Un trône dont apparemment personne ne voulait, disait une lettre de Marguerite : « Ni le roi du Portugal ni les princes italiens d'Aoste et de Gênes à qui on l'a proposé. » Et ce « rien », ou presque, apparaissait inacceptable à notre gouvernement. Il paraît qu'on prenait la France en tenaille entre la Prusse et une Espagne allemande et que c'était « le trône de Charlemagne reconstitué ! » Bonnier prétendait que cette affaire était un prétexte pour abaisser la France, la menacer et la mettre sur un qui-vive perpétuel.

Et voilà que le lendemain, stupéfaite, la France apprenait qu'elle était en péril : « Nous ne pouvons l'accepter », disait le gouvernement selon les journaux. Le 7, tout s'embrouillait sur les fils télégraphiques : Chinon découvrait l'existence d'un M. de Gramont, ministre de la Guerre qui tonnait, d'un M. de Benedetti, ambassadeur à Berlin qui allait solennellement voir le roi de Prusse et interdire cet affront.

Mais non ! Le roi était aux eaux. M. de Benedetti courait à Ems. Le lendemain, on respirait, le roi avait reçu l'ambassadeur et il avait molli. D'ailleurs, M. Gambetta avait crié à l'Assemblée « qu'il ne laisserait pas toucher à la prunelle de l'œil de la France ».

Mais voilà que ça repartait : on n'avait pas de « garanties », et il nous fallait des garanties. Tout cela sonnait bizarrement et n'avait pas tout à fait l'air vrai. Ça n'empêchait néanmoins personne de vivre et de travailler.

Et voilà que le surlendemain, la guerre avait éclaté ! Elle s'était abattue comme un typhon, en treize jours exactement. La guerre... Julie avait laissé tomber son ouvrage et rêvait : une guerre ici, à notre porte, ce n'est pas la même chose que ce qu'on connaît. D'ailleurs, qu'est-ce que c'est ? Au fond, c'était sa première guerre : le Mexique avait passé comme un conte dont la réalité n'avait éclaté que le jour de la ruine. L'Italie, la Crimée... elle était bien trop jeune pour s'en souvenir vraiment, quant aux colonies, c'était bien trop loin. De l'armée, elle n'avait connu que les revues, les chevaux piaffant, l'éclat des trompettes et des tambours et les beaux uniformes de François et de Blaise.

Cette folie, cette excitation dont débordaient les hommes et leurs journaux, elle ne les comprenait pas. Elle se sentait mal à l'aise. On était rentré à Chinon « parce que c'était la guerre » (pourquoi ?). Et de son jardin, elle contemplait les murailles du vieux château aux fenêtres mystérieuses : cette haute tour de l'horloge, étrange, plate comme une carte à jouer dont l'arrondi lui faisait face, les courtines, les mâchicoulis, les trois forteresses alignées sur l'abrupt de la falaise, la tour de Boissy, la tour du Moulin, le donjon, le fort Saint-Georges, le fort du Coudray, le logis royal où Jeanne reconnut le gentil dauphin, les tours de guet, les toitures ébréchées où roucoulaient les pigeons, et le pavillon fleurdelisé qui flottait au vent sur un ciel imperturbable. Blanche, pure, nette, défiant le ciel depuis des siècles, la forteresse du château de Chinon ne parlait que de guerre. Pourtant, les cosmos, les géraniums, les roses trémières avaient fleuri et, du vieux mur de la terrasse, dégringolaient, avec leurs couleurs éclatantes, leur parfum, une gaieté, une beauté si insolentes que Julie, sans savoir pourquoi, éclata en sanglots. Pourtant, les Prussiens n'allaient pas venir là, dans le plus pur, le plus royal de ce jardin de la France, pour saccager, blasphémer et tuer !

Et pourquoi « la guerre » ? Elle n'avait rien compris. Pourtant M. le maire avait fait un discours : « Jamais cause plus juste n'aura été défendue par une plus admirable armée. » Et Gustave, la veille, avait lu tout haut le journal dans le salon dont on avait tiré les volets, dans le vain espoir d'un peu de fraîcheur : il paraît que ce n'était pas vraiment nous qui l'avions déclarée, on nous avait forcé la main, on nous avait joués. Cette candidature Hohenzollern, c'était un complot, une chausse-trappe pour nous y forcer. C'est la Prusse qui était responsable. La dépêche insultante, publiée dans toute l'Europe, ne nous laissait pas le choix.

— Mais nous sommes les plus forts, n'est-ce pas ? avait-elle demandé à Gustave.

— Évidemment ! Et nous avons les meilleurs chefs. D'ailleurs l'empereur part lui-même à la tête des armées, avec le prince impérial qui a quatorze ans et fera ses premières armes. Nous avons la plus belle armée qui soit, victorieuse à chaque campagne... (Et le Mexique, soufflait une toute petite voix dans la tête de Julie...)

Mais Gustave avait oublié le Mexique. Il tirait paisiblement sur son cigare :

— Nous sommes défendus par 350 000 hommes aguerris, armés, fin prêts. En un mois, ils défonceront les lignes prussiennes. Tu sais très bien, par ton frère, que nous avons les meilleurs des états-majors : les maréchaux Bazaine et Mac-Mahon surtout.

Julie qui se souvenait du déjeuner chez Marguerite et des réticences de François, faillit répondre. Mais comme elle n'avait jamais parlé à Gustave de cette rencontre, elle s'était tue. Les hommes ont sûrement raison puisque les femmes ne savent rien de ces choses-là. D'ailleurs, Gustave était tendu, hautain, presque sévère :

— Une guerre, ma chère, c'est toujours un bouleversement et il faut être prudent. Je vais te demander tes bijoux pour les mettre au coffre avec mes papiers. Tu n'en auras plus besoin avec cette guerre.

Julie, saisie, laissa tomber son ouvrage. Ses bijoux ! La broche.. Elle s'en fut lentement chercher son coffret. Gustave avait déjà ouvert le sien et fouillait. On décida de garder sa montre en or et sa chaîne, ainsi que celles de Julie et sa bague. Il allait fermer le coffre quand Gustave s'arrêta, interdit :

— Mais je n'ai pas vu la broche de maman. Où est-elle ?

Julie, qui attendait tremblante depuis le début de l'opération, hésita, puis, sans bien savoir pourquoi, éclata :

— Je l'ai vendue !

Elle avait crié, et Gustave, stupéfait, la contemplait, incrédule :

— Qu'est-ce que tu racontes ? Vendue ? Comment ça, et pourquoi ?

— Pour racheter ton fils, qui avait tiré le mauvais numéro, il y a un an, et qui partait au milieu des voyous du contingent, au Sénégal, au Tonkin ou au diable ! Sa mère est venue me supplier...

Gustave semblait frappé par la foudre. Il avait pâli :

— La broche de ma mère ? Celle qui ne l'avait jamais quittée, jusqu'à ce qu'elle te la donne, tu as vendu la broche de ma mère ? Mais c'est abominable. (Il avait les larmes aux yeux.) Et de plus... (Il haussa les épaules)... Ça n'aura servi à rien puisqu'ils seront tous mobilisés.

Il ferma le coffre-fort dont le couvercle claqua et disparut sans mot dire. Julie le retrouva couché, tourné vers le mur. Il ne lui avait pas dit bonsoir.

* *
*

Julie ne voyait plus Gustave que pour dîner. Le conseil municipal était sur les dents : les appels, les armes, les munitions, les télégrammes de Tours, les transports...

Le surlendemain, le régiment de Richelieu remontait à Paris en traversant Chinon. Toutes les cloches s'étaient mises à sonner comme le matin de Pâques : Saint-Maurice, Saint-Mexmes, les chapelles des couvents et même l'antique Marie-Javelle avec sa grosse voix, la cloche du château, là-haut sur la falaise. La foule avait envahi les rues, on chantait, on criait comme les soldats : « À Berlin, à Berlin ! », sur l'air des lampions. On aurait dit une fête. Il passait dans la foule comme un vent violent qui l'emportait tout entière et vous roulait dans une sorte de délire. Julie revenait de promener les enfants, elle était là, sur le quai, à la sortie du pont. Les gens applaudissaient, criaient, un bataillon passait, drapeaux en tête, au milieu de la foule frémissante, les tambours éclataient... Mais les hommes étaient mal habillés, tous n'avaient pas de fusil. Les officiers à cheval saluaient la foule bien familièrement. Il y avait des chevaux, des chariots, la musique, deux canons impressionnants, et puis ce soleil insolent... tout cela sentait un peu la kermesse. Dans la foule, des gens qui s'ignoraient jusque-là se parlaient, partageaient un bout de chemin. Mais Julie voulait rentrer chez elle et rue Haute, elle pressa le pas. Alphonsine était dehors devant la porte :

— Alors, c'était beau ?

Léon la dispensa de répondre. Il avait fait son service jadis à la colonie et plastronnait devant les gamins du voisinage :

— Ah ! Nom de nom, la guerre, ça me connaît. L'Algérie, nom de nom, j'aurais voulu que vous voyiez ça !

Alphonsine avait sa tête des mauvais jours. Elle regardait Julie et haussait les épaules :

— Les gens sont comme fous, ma pauvre Alphonsine, et moi j'en ai la berlue.

Alphonsine, tout en noir, avec son grand tablier blanc, plantée de travers sur sa mauvaise jambe, laissa tomber, avant de rentrer :

— C'est jamais bon, les guerres, ça tombe toujours sur les pauvres gens !

Julie, mal remise de l'excitation de la foule et très troublée, laissa les enfants goûter à la maison et repartit chez Caroline qu'elle n'avait pas revue depuis son retour de

Rivière et tous les événements. Chinon était à l'envers, les rues très agitées. Elle pressa le pas, ne voulant pas être interpellée. Elle n'avait confiance que dans la « sage Minerve » qui sûrement lui remettrait la tête en place. Elle sonna et ce fut Caroline elle-même qui ouvrit la porte. Mais à sa grande surprise, Caroline restait en haut des marches, raide et glacée, le visage fermé. Julie éclata de rire :

— Mais c'est moi, Caroline ! La guerre te fait donc un tel effet ? Eh bien, j'ai bien fait de venir te réconforter. J'arrive de ce défilé sur le pont... Si tu savais ! Et quelle chaleur !

Mais Caroline tenait toujours sa porte, le visage dur et hésitant :

— Eh bien, puisque tu es là, entre !

La maison de Caroline, tous volets tirés, était presque fraîche et sentait la rose des grands bouquets qui ornaient le salon surchargé. Une maison parfaite, toujours impeccable, trop classique, un peu trop riche et trop bien rangée. Julie interdite entrait. Elle s'assit, inquiète :

— Mais qu'est-ce qui t'arrive, Caroline ? Quelque chose de grave ? Jules... les enfants ? Tu vas bien ?

Caroline la regardait tristement, presque avec colère, ou peut-être avec une nuance de pitié :

— Écoute Julie, puisque tu veux le savoir... Je ne pensais pas te revoir si vite.

— Mais on ne s'est pas vues depuis notre retour de Rivière, il y a huit jours... Qu'est-ce qu'il y a ?

— Puisque tu veux vraiment savoir, je vais te le dire, ce qu'il y a. Il y a que je t'ai vue, il y a quinze jours, dans les bois de Rivière, seule avec ce peintre dans une situation telle que je préfère ne pas préciser. Toi mon amie ! Oui, toi ! Nous revenions de Richelieu en tilbury, je t'ai bien reconnue, tu avais ta robe rose. J'ai eu un tel choc que

Jules m'a crue malade. Et je crois que je le suis vraiment, comme l'est désormais notre amitié.

Le ton était devenu sec, une porte se fermait et claquait devant Julie. Elle était muette, atterrée. La voiture rapide, c'était donc Caroline, quelle horreur ! Les deux femmes se regardaient, muettes, bouleversées. On entendait au loin passer les tambours, les trompettes et un vacarme fait du pas lourd des hommes et des chevaux, des charrettes trop chargées mêlé aux cris et aux chants de la foule. Ça passait loin, très loin de leur émoi :

— Toi, Julie ! Toi, dans cette saleté, toi descendue dans cette boue ! Toi mon amie... Mais comment as-tu pu ?

— Ah ! non, ce n'est ni de la boue ni de la saleté ! Tu ne sais pas ce que tu dis, tu ignores tout... de tout ! Je sais avoir mal fait, oui, mais il n'y a rien eu que de beau et de propre.

Caroline eut un ricanement triste :

— Beau ! Je ne sais jusqu'où tu es allée, folle comme tu es. Et j'espère qu'il est encore temps de t'arrêter. Mais comment une femme comme toi peut-elle se laisser détourner par de belles paroles, de grands mots, des poésies, des fleurs, des mensonges et les trémolos de la prétendue « passion » ? On sait pourtant bien, à nos âges, ce que veulent les hommes : une saleté, je dis bien, de la boue. On se demande comment ils ne pensent qu'à ça !

Elle haussait les épaules, consternée. Julie éclata en sanglots. Impossible vraiment de jamais être comprise. Ni de Caroline ni de personne. Le gouffre qui se creusait devant elle était sans fond et sans passerelle aucune. Impossible d'expliquer ! La pauvre Caroline ne savait et ne saurait jamais... Surtout se taire !

Les larmes et le silence de Julie adoucissaient son amie. Sans doute y vit-elle une forme de relative innocence et de contrition. Elle n'avait donc pas été jusqu'au bout, et son devoir à elle, amie de toujours, était de l'arrêter sur cette pente dangereuse, de l'éclairer, la ramener à la raison :

— As-tu pensé que ce jeu, même sans chute, était une insulte à ton foyer, à ton mari, à tes enfants ? Que tu les salissais tous ? Non, Julie, on n'a pas le droit de jouer avec ce qui est sacré : les liens du mariage, la religion et ses interdits, la pureté du rôle de mère, ce sacrifice nécessaire, le bonheur du devoir accompli...

Caroline eut un grand soupir :

— Être une femme, Julie, simplement le centre des familles, il n'y a pas de plus grand bonheur, et cela seul apporte en récompense la paix de l'âme et du cœur.

Les clairons ne passaient pas loin, jouant « Partant pour la Syrie », le chant de l'empereur et de sa mère, la reine Hortense, aux accents mélancoliques et solennels. Les larmes de Julie redoublaient. Non seulement elle perdait une amie, mais c'était la guerre, la pagaille, la fin d'une vie paisible et secrète, si bien organisée, si douce. C'était trop !

« Partant pour la Syrie, le jeune et beau Dunois »... Et qu'on ne le revoie jamais, ce Dunois, pensait Caroline, tandis que Julie hoquetait et s'épongeait. Elle était si lamentable que son amie s'adoucit :

— Eh bien, pleure ! Oui, pleure, tu as raison, ma chérie ! Je m'en veux de ne pas t'avoir découverte plus tôt, j'aurais su t'arrêter. Tu te souviens, lors du portrait, j'avais bien deviné ce que cherchait cet homme. Je t'avais dit de ne pas jouer avec ça. Pauvre innocente ! Enfin, avec cette guerre, tout cela est fini, c'est le passé. Calme-toi ! Je te rends mon amitié et je resterai près de toi pour te garder contre tout entraînement.

Elle réfléchit, toujours très sage, contemplant la ravissante petite chose éplorée, perdue dans les volants de sa robe de percale blanche :

— Tu as manqué d'une mère, ce n'est pas de ta faute, conclut-elle en l'embrassant.

Elle sentait l'essence de muguet, son parfum immuable, et l'excessive propreté de sa personne et de tout ce qui l'entourait.

Le soleil baissait, la troupe était passée. Pas un livre, pas un ouvrage ne traînait dans le salon de Caroline. Le silence maintenant y avait repris sa place immuable et on n'entendait plus que le tic-tac entêtant de l'énorme horloge de l'entrée : « tic-tac »...

Pourquoi l'image de l'enfer dans les livres d'enfants revint-elle brutalement frapper Julie ? « Tic-tac, toujours, jamais, toujours jamais. » Une immense horloge dont l'aiguille unique basculait pour l'éternité, de ce mot « toujours » à ce mot « jamais », dans un paysage de rocs pointus et vides ? Julie sécha ses larmes, remit en place son chapeau devant la glace et se secoua :

— Merci Caroline, il valait mieux tout se dire, tu as eu raison ! Merci de me garder ton amitié, je n'ai rien de plus précieux. C'est fini, n'est-ce pas ? On n'en parlera plus jamais.

Caroline eut un geste lent. Elle était grande, très droite, volontiers solennelle, elle eut un sourire singulier, presque menaçant :

— Ça ne dépend que de toi, ma chère !

En rentrant chez elle, Julie trouva Gustave dans le salon, expliquant la guerre aux petites.

— Eh bien, où étais-tu ?

— Chez Caroline, pour avoir quelques nouvelles.

— Ah bon ? Que dit Jules ?

— Je ne sais pas. Il n'était pas rentré. Et Caroline était assez émue. La troupe est passée tout près de chez elle, nous pouvions à peine causer.

Elle s'assit et prit un ouvrage. Gustave reprenait son discours :

— Vous avez donc vu avec votre maman passer cette armée superbe, et je n'en suis pas fâché : les Prussiens, enivrés par leur fortune, ont voulu nous déclarer la guerre. Nous avons réagi tout de suite à leur provocation. Entre l'éclair et le coup de tonnerre, il n'y a pas eu d'intervalle.

— C'est quoi, les Prussiens, papa ? interrompit Eugénie sous l'œil méprisant de sa sœur.

— Les gens d'un petit pays, bien moins important que la France, qui voudraient nous dominer et dévorer une partie de l'Europe.

— C'est quoi, l'Europe ?

— Eh bien, c'est la France, la Prusse et bien d'autres pays qui sont nos amis.

— Les Prussiens sont très méchants ? Ils ont reçu des fusils et des canons comme ceux qu'on a vus tout à l'heure ?

Gustave se rengorgeait et s'enfonçait dans son fauteuil :

— Bien sûr ! Mais pas plus que nous qui avons 350 000 soldats... Imaginez ! Aussi nombreux que les arbres d'une forêt. Mais nous sommes beaucoup plus forts et plus riches ! Ces gens que vous avez vus défiler vont aller leur donner une correction et leur botter le derrière jusqu'à Berlin. Ah ! Ah !

Il rit. Julie, un peu choquée, n'osait rien dire et Marie battait des mains. Eugénie ne pouvait manquer d'en faire autant, et la leçon se termina par une danse improvisée en sautant et en chantant : « À Berlin, à Berlin ! », comme elles l'avaient entendu toute la journée. C'était un jeu de puces qui se prolongea dans le corridor, dans l'escalier et jusque dans leur chambre.

Chapitre 23

Le désastre

Les deux semaines qui suivirent la déclaration de guerre furent très agitées. Non qu'il se passât quelque chose, et on s'en étonnait presque, mais il fallait bien que les armées se mettent en place et s'installent. Les journaux débordaient de cours martiaux, de proclamations décrivant l'enthousiasme de la nation et de l'union du gouvernement. L'Assemblée aurait été unanime, acclamant ce sursaut national et brandissant notre honneur comme un drapeau ! Le front de l'Est se constituait sur toute la frontière, de la Suisse à la Belgique. Une ligne de défense ininterrompue, imprenable, de forteresse à forteresse. Sept corps d'armée, commandés par l'empereur lui-même et des maréchaux couverts de gloire : Mac-Mahon, Bazaine, Canrobert...

Les lettres se mirent à sillonner la France, porteuses de nouvelles toutes simples que ne donnaient pas les journaux, éperdus de gloire et de cocoricos. On s'écrivait de partout : longues lettres, d'abord de Marguerite. Elle contait le départ de l'empereur depuis Saint-Cloud vers Metz, pour commander en chef nos armées. Le petit prince était parti avec lui pour recevoir, à quatorze ans, le baptême du feu. Ce petit prince dont on chantait :

« Lundi matin (mardi, mercredi, etc.)
L'empereur, sa femme et le petit prince
Sont venus me voir pour me serrer la pince. »

Ce petit prince était, paraît-il, charmant avec son uniforme de sous-lieutenant et son air martial. Mais elle contait aussi l'inquiétude de Bonnier, selon lequel on n'aurait pas dû faire cette guerre, qu'il appelait « la guerre de l'impératrice », prétendant savoir que tout se passait dans une dangereuse pagaille, que les munitions n'arrivaient pas, que les pièces d'artillerie manquaient ou se promenaient d'une garnison à l'autre, que le quartier général était débordé d'appels et que cette fameuse ligne imprenable n'était pas encore en place.

Lettre de François également : un mot rapide, très militaire, pour annoncer à sa sœur qu'il partait à la tête de son escadron de lanciers vers Wissembourg et souhaitait une guerre éclair. Il annonçait la venue d'Éléonore qui avait quitté leur maison de la Marne, pour rejoindre ses parents à Saint-Cyr, près de Tours. Lettre d'Hortense aussi, que Julie n'avait pas vue depuis deux semaines et qui se plaignait : « Ton mari aurait quand même intérêt à venir voir ton oncle : une guerre, c'est d'abord sur le plan financier que cela se passe. Octave voit venir, avec les emprunts et peut-être pire, pas mal de problèmes que personne ne semble guère prévoir. »

Il faisait une chaleur inconcevable. Pas un nuage, pas un souffle ! La campagne desséchée jaunissait, en ces derniers jours de juillet, comme d'ordinaire en septembre. Julie étouffait à Chinon, elle n'écrivait plus sous les combles et regrettait Rivière. La rue Haute-Saint-Maurice, resserrée sur ses vieilles maisons, emmagasinait la chaleur du jour et restait un four toute la nuit. Les enfants, écrasées par la canicule, s'ennuyaient, se disputaient. Marie était vraiment trop en avance pour son âge, raisonnable, réfléchie, curieuse, et supportait mal sa petite sœur, gaie, légère et étourdie. Entre elles, s'établissait une sorte de lien de maître à élève, sinon à esclave analphabète, ce que la petite supportait mal :

— Marie est toujours à me faire la leçon. Elle sait toujours tout. Je ne veux plus jouer avec elle.

— C'est pour son bien, tout de même, protestait l'aînée, péremptoire. Tu ne peux pas rester bébé toute ta vie. D'ailleurs, moi aussi, j'en ai assez de jouer avec une petite.

Et Julie sentait bien qu'elles s'adoraient pourtant, ne sachant se passer l'une de l'autre, formant une petite société fermée, vivant ensemble du matin au soir, tout en se supportant mal.

Gustave haussait les épaules devant tout ce que Julie lui disait, il avait trop à faire à la mairie, sans parler de la verrerie où les mûriers se desséchaient de façon bien inquiétante. Quant à la température des vers à soie, elle devenait tellement excessive, qu'il fallait surveiller de près l'humidité et l'aération.

Rien d'Édouard ! Sans doute avait-il écrit à Tours. Julie se rongeait et le temps se traînait. Cela faisait quinze jours qu'il y avait la guerre et on commençait à se demander ce que c'était que toute cette histoire, ces flonflons, ces proclamations, quand le 6 août tomba une nouvelle inconcevable, épouvantable : alors que nous lancions une première escarmouche vers Sarrebruck, dans laquelle le petit prince avait fait fort bravement ses premières armes, les Prussiens avaient défoncé nos lignes, arrivaient à deux, trois et même dix contre un. On avait lancé, vague sur vague, nos héroïques lanciers et cuirassiers dans des galops furieux toute une journée. Toute notre cavalerie avait été fauchée... Un massacre ! La retraite abandonnait des milliers de cadavres qui gisaient sur le champ de bataille, hommes et chevaux agonisants. Impossible de les secourir à travers les champs de houblon hérissés de piques dont les Prussiens étaient les maîtres. Une vision d'horreur !

François ! Julie hurla quand Gustave, pâle et sans voix, acheva de lui répéter la dépêche qui était tombée à la mairie.

— Où ? Dans quelle ville ? François est parti vers Wissenbourg. Où est-ce ?

Elle tremblait convulsivement, se jetait sur l'atlas de Marie :

— Tu as dit Froeshwiller ? Ah, voilà Wissembourg... Où est-ce, Froeshwiller ? Ah, mais c'est là ! Non, ce n'est pas possible. François, François ! Elle s'écroula sur la méridienne en sanglotant.

— Écoute, il n'est tout de même pas sûr qu'il ait été là, et puis, ils ne sont pas tous morts. S'il l'était, Éléonore serait prévenue.

Mais Julie sanglotait et ne se calmait que sur la promesse d'aller à Tours, aux nouvelles par la diligence, dès qu'on en saurait un peu plus.

* *
*

Le lendemain, le salon d'Hortense était plein. Le « tout-Tours » s'y retrouvait pour apprendre, savoir et commenter. Comment était-il possible que nos lignes soient percées, et que de formidables armées prussiennes entrent chez nous, les uhlans occupant nos villes, brûlant nos villages et nos récoltes ? On se bousculait autour des autorités : celles de la Préfecture, les conseillers, les anciens militaires dont un général en retraite que Gustave et Julie découvrirent aussi incrédule et stupéfait qu'eux-mêmes. On comparait des dépêches :

— Aux dernières nouvelles, Mac-Mahon est en retraite sur Nancy avec toute son armée.

— Et Frossard également vers Metz. Il a été battu presque en même temps, à Forbach.

— Les Prussiens seraient deux fois plus nombreux que nous. On se bat un contre cinq, comment a-t-on pu nous mentir ainsi ?

— Et comment avons-nous pu le croire surtout, soupirait Octave dans un silence. Des voix s'élevaient depuis longtemps, mais on les faisait taire. À la veille de la déclaration, il paraît que l'empereur lui-même résistait et qu'on a hué un des membres de l'Assemblée qui parlait d'une guerre de « dynastie », disant que les peuples n'avaient pas de raison de se haïr. Un autre député aurait été insulté pour avoir demandé un peu de temps de réflexion.

La colère montait. On chuchotait que l'empereur était incapable de commander, qu'il était très malade. Ses ministres et ses conseillers étaient tous à fusiller !

— « Une promenade une canne à la main ! », disait paraît-il un de nos chefs.

Le vieux général, assailli par trois ou quatre jeunes gens, se défendait :

— Mais enfin, nous avons battu la Russie, la Crimée, l'Autriche, l'Italie, nous avions la suprématie des armes partout.

— Alors, qu'est-il arrivé ?

— Tactique sûrement, répondit-il. Nous nous sommes dispersés, ils se sont concentrés sur un seul front. Mais enfin, messieurs, une défaite n'est qu'un épisode. Nous avons 350 000 hommes.

— Mais combien sont arrivés à leur poste, et avec quelles munitions ? Il paraît que le désordre est tel que des généraux cherchent à quelle armée ils appartiennent et que nos fameux fusils se promènent d'une gare à l'autre.

Vers trois heures, survint un jeune chef de bureau de la Préfecture, brandissant une proclamation signée de l'impératrice régente. Il était en sueur, ébouriffé, égaré. On se bousculait. Il repoussa tout le monde et lut. C'était une grande feuille solennelle : « *Français, le début de la guerre ne nous est pas favorable. Nos armes ont subi un échec, soyons fermement décidés à réparer ce revers. Qu'il n'y ait parmi nous qu'un seul parti, la France, et qu'un seul drapeau, celui de l'honneur national, etc., etc.* » On chuchota :

— Bien entendu, cela veut dire que Paris bouge, que les rouges et les anarchistes se réveillent ?

Mais le jeune homme continuait : « *J'adjure tous les bons citoyens de maintenir l'ordre. Le troubler serait conspirer avec nos ennemis.* »

Aucune nouvelle de François ni de ceux que l'on connaissait. Rien n'arrivait du front, que désastre et panique. Julie était éperdue et Hortense demanda à Gustave de la laisser passer la nuit et le lendemain avec elle, très atteinte aussi par cet incroyable désastre : l'empereur lui-même aurait demandé le repli général.

Gustave reprit donc seul la diligence et Julie fila à la poste ; une lettre d'Édouard attendait pour Mme Juliane. Elle était très grave :

Julie, mon cœur, je ne suis ni militaire ni politique ni stratège. Je ne suis qu'un artiste, mais dans ces grands moments de l'Histoire, le cœur et ses antennes en savent plus long que les gens informés. Ils entendent les mensonges, flairent les tempêtes avant l'heure comme les petits animaux, paraît-il, en Orient, prévoient les tremblements de terre. Je savais que cette folie guerrière qui a saisi Paris et la France, comme une démence, sonnait le glas de toute une époque.

Je suis triste, inquiet, tous nos amis apportent des banlieues d'inquiétantes nouvelles : on y conspue l'empire, on se voit assiégé, submergé par des hordes venues du fond de l'Asie. Cette douceur que nous avons vécue, cette tendre paix, dans le plus beau pays du monde, il me semble que c'est fini.

Je ne sais ce qui nous attend, je sais seulement que je t'aime et que ta pensée seule m'aide à vivre. Quant à peindre aujourd'hui, dans ce désespoir et cette humiliation, c'est plus qu'impossible, ce serait indigne.

Sur le coin de la tablette de la poste, Julie écrivait frénétiquement : qu'il essaie de savoir pour François, il était sans doute de cette charge mortelle à Reichshoffen. Édouard avait des amis partout, de grâce, un mot officiel s'il parvenait à savoir quoi que ce soit !

À son retour chez Hortense, le soleil se couchait lentement sur la Loire dans une touffeur intolérable. Toute la société s'était évanouie. Seule Éléonore ne se décidait pas à rentrer chez elle. Ses parents, atterrés, son père malade, ne l'avaient pas accompagnée. Elle était effondrée dans la bergère où Hortense l'avait installée, tripotant son mouchoir, pâle, défaite. Elle, si blonde, n'avait vraiment plus de couleur. Elle avait les yeux rouges et la voix cassée, répétant

— Il y était, j'en suis sûre, je sais qu'il est mort, je le sens. Je suis seule désormais avec mes enfants, je veux mourir ! Et repartait de plus belle dans les sanglots.

Julie agenouillée près d'elle, lui serrait la main, mais n'en valait guère mieux. Hortense, debout bien droite devant ses troupes, tira le cordon de la sonnette :

— Joseph, un cordial je vous prie. Fine champagne et sucre, trois verres.

Joseph, après un coup d'œil rapide et instructif, reparut avec plateau, napperon, verres gravés, sucrier d'argent et grosse bouteille à étiquette dorée.

— Si madame veut bien ?

Il se penchait vers Éléonore qui secouait la tête :

— Non, je ne veux pas boire, je ne veux rien. Hortense, comment osez-vous, aujourd'hui ?

— Moi je veux bien, dit timidement Julie, qui se leva brusquement : c'est vrai que j'en ai besoin.

Hortense dominait la scène de sa haute silhouette que l'embonpoint gagnait lentement :

— Mais tu boiras, ma chérie ! Tu boiras parce qu'il faut que les femmes tiennent debout, sans quoi, tout s'effondrera. Le monde, ma petite, tu vas hélas l'apprendre, le monde repose sur nous. Les hommes ne le savent pas, mais nous, nous le savons. Et si nous en doutions aujourd'hui, c'est la France entière qui serait perdue. Tiens, avec un sucre si tu veux...

Et portant à ses lèvres son petit verre plein, elle l'avala cul sec, à la hussarde.

Éléonore et Julie, médusées, contemplaient cette grande femme brune, tout de soie noire vêtue, sans un bijou, pas même ses perles, en signe de deuil. Derrière elle, le jour se mourait entre les lourds rideaux à pompons et les voilages brodés du salon surchargé.

Éléonore, subjuguée, avait bu, et Julie pensait qu'elle ne devrait jamais oublier ni ce spectacle ni ces mots :

— Joseph va te reconduire, Éléonore ! J'ai demandé la voiture. Et toi, Julie, tu peux aller te coucher. Demain, il fera jour n'est-ce pas ? Alors, bonne nuit ! Joseph, vous fermez la maison ainsi que les grilles du rez-de-chaussée. En temps de guerre, on n'est jamais assez prudent.

* *
*

Le jeudi suivant, tout était perdu : on criait partout les journaux, c'était la stupeur. Dans les rues, sur les places, on tentait d'échanger des nouvelles, on brandissait des lettres, des papiers : « Deux de nos corps décimés, hors du jeu — nos lignes percées — nos provinces ouvertes. L'Alsace inondée, Strasbourg assiégé. C'est l'invasion. »

Le lendemain, on rappelait la Chambre, on mettait la nation sous les armes. Un nouveau cabinet était formé : un « ministère de la Défense nationale » qui mettait toute la nation sous les armes et décrétait la levée en masse : tous les hommes de 25 à 35 ans et tous les réservistes militaires. Julie calculait : Gustave allait avoir 45 ans, Jules Diloy 43, mais Édouard ? Au fait, quel âge avait Édouard. Elle ne le savait pas.

À Tours, Octave aussi lisait à Hortense, toujours vêtue de noir : « Un milliard d'emprunt voté par le gouvernement... » (Un milliard dans l'état où sont les campagnes, avec cette menace de disette !) « La France retrouve cet élan patriotique de 1792. »

À ces mots, l'héritière des La Gravière frissonna malgré la chaleur. Octave tournait les pages : « Faut-il arrêter les quatre cent mille Allemands restés dans Paris et arraisonner les navires marchands de l'ennemi ? Les avis divergent, mais on signale des attroupements, des cris, des menaces dans Paris. »

Les jours passaient, de pire en pire, dans la stupeur générale : Bazaine livrait bataille sur bataille, ce qui enthousiasmait les foules. Jules Favre déclarait que la paix ne serait possible que lorsque « pas un fragment de notre territoire, pas une seule de nos forteresses ne seraient aux mains de l'ennemi ». Le général Trochu était nommé gouverneur de Paris et chargé de faire de la ville un camp cuirassé, retranché de partout. Paris était armé, approvisionné pour un siège. La Préfecture diffusait des plans de la capitale avec son enceinte garnie de quatre-vingt-quatorze bastions en fer de lance, à quatre cents mètres les uns des autres, gardés nuit et jour par cinq cents hommes en armes. Cent mille hommes de troupe, plus la garde mobile dans la capitale. Paris était imprenable et l'ennemi ne pouvait avoir d'espoir que dans des dissensions politiques. Ils se trompaient : c'était « l'union sacrée » : les très rares échauffourées avaient été étouffées dans l'œuf et même Henri Rochefort s'était dit « prêt à mourir pour la patrie ».

La presse tentait de rassurer la population : le Kronprinz et son armée n'osaient visiblement pas marcher sur Paris. La campagne restait donc au loin sur la Meuse et la Moselle et il y avait encore cent mille hommes dans Metz avec Bazaine. Bien sûr, c'est une effroyable effusion de sang, mais rien n'était perdu. On s'était longtemps demandé qui commandait : l'empereur ou Mac-Mahon ? Désormais, c'était Bazaine, un homme en qui on pouvait avoir confiance. Et puis on redécouvrait enfin l'armée perdue de Mac-Mahon qui regroupait les troupes.

On mobilisait partout, on incorporait les bataillons de gardes mobiles dans les régiments de ligne, et on aurait bientôt un million de combattants. Mais on n'avait toujours aucune nouvelle des disparus : du corps de François décimé, des défilés de prisonniers et de blessés, on ne savait rien.

À Chinon, le conseil municipal était sur les dents, la levée en masse s'organisait à merveille. Gustave, levé à l'aube, n'apparaissait que pour se nourrir. La France entière communiait dans une même indignation : les Prussiens nommaient paraît-il des gouverneurs en Alsace et en Lorraine, prétendant porter le drapeau de la liberté et de la civilisation... Ces sauvages qui, à Strasbourg, fusillaient nos paysans, coupaient la main des petits Alsaciens ! C'était du moins la nouvelle que Marie rapportait solennellement du jardin anglais où elle allait jouer tous les jours :

— Est-ce qu'ils vont venir ici ? demandait Eugénie.

— Bien sûr que non, ma chérie. Et ils ne vont pas vous couper la main, rassure-toi.

— C'est seulement pour les petits garçons, disait fermement Marie. Toi, tu n'as rien à craindre.

Fin août, il y eut un moment d'espoir : on disait que ce n'était plus l'empereur qui commandait, ni Mac-Mahon, mais Bazaine, un homme enfin digne de confiance. On disait que l'armée de Mac-Mahon regroupait ses troupes. Des élections municipales étaient décidées. Gustave et le maire étaient réélus. Tous les préfets étaient changés, ainsi que les sous-préfets.

Mais ça sentait la mort dans les jardins, où les fleurs se desséchaient. En Touraine, on voyait partout apparaître la craie blanche des falaises dont les herbes avaient disparu. Les vaches et les chèvres erraient le long des routes, décharnées, arrachant les dernières feuilles des haies. Une lettre officielle d'Édouard arriva le premier septembre : il s'était engagé dans la garde mobile de Paris. Son récit se voulait ironique, sarcastique même, mais il ne donna nulle envie de rire à Julie qui devinait à travers les mots la désespérance de la dernière lettre :

> *« Vous étiez un pauvre peintre qui ne maniait que le pinceau, vous étiez un citoyen paisible et vous voilà garde national, flottant dans un uniforme de milicien ! Biffin, troupier, vous rejoignez la caserne, vous qui n'avez jamais manié le moindre fusil, on vous emmène aux fortifications pour monter la garde 24 heures sur 24. L'héroïsme vous transporte, malheureusement, votre voisin a oublié son sac. Il court. On attend. On vous aligne et la colonne part cahin-caha. Mais un fourgon militaire coupe la colonne en deux, et vous voilà perdu dans le fond du quinzième arrondissement. Vous piétinez, vous hésitez, vous repartez, vous vous trompez de bastion, et on recommence tout. Telle est la vie héroïque de vos bien-aimés défenseurs ! Dieu veuille, chers amis, qu'ils n'aient jamais plus graves occupations ! Paris a eu peur : mais*

le gouvernement a maté sévèrement les rouges : le petit troupeau de partageux n'ose pas encore lever la tête car le général Trochu défère les traînards devant une cour martiale. Le gouvernement vient d'ailleurs de déclarer solennellement qu'il ferait respecter la propriété et que la province, rassurée, peut se porter au secours de Paris... Ce serait trop en effet de lui demander de mourir si on lui prenait ses champs !

On trouve ici que les journaux sont dangereux et je crois qu'on a raison : malgré leur pathétique déclaration d'union sacrée, ils discutent, apprécient les combats et les engagements, critiquent tout. Il faudrait moins parler pour ne pas décourager nos troupes et ne pas ébranler leur confiance dans leurs chefs.

Paris est triste, mais Paris est debout. Il s'habitue aux armes. Il retrouve l'énergie morale, l'abnégation, la vie simple si bien oubliée. Plus de sybarites, plus de « petits crevés », ils ont disparu. Ce revirement est noble et beau, il fera couler dans nos veines un sang nouveau grâce auquel nos enfants vaudront mieux que nous. »

La lettre se terminait par des serments d'amitié et de fidélité qui tirèrent les larmes des yeux de Julie.

* *
*

La guerre et la défaite s'étaient abattues comme un typhon sur la France. Tous, à Chinon comme à Paris, communiaient dans un transport pathétique : le mal étant de toute évidence l'œuvre de nos divisions politiques, il fallait faire silence. L'essentiel était d'arrêter les armées prussiennes et de défendre Paris. Durant quinze jours, on voulut « croire » à tout prix. On se réconfortait mutuellement, on se parlait dans les rues, on s'écrivait, on se rendait visite quasiment tous les jours entre amis. Mais fin août, tout était perdu et, le 4 septembre, l'empereur, mitraillé depuis deux jours dans la forteresse de Sedan incendiée, faisait flotter le drapeau blanc dans un enfer de fer et de feu, demandant un armistice et rendant son épée au roi de Prusse. Il était prisonnier, et toute son armée avec lui emmenés en Allemagne à travers nos provinces dévastées.

La terrible nouvelle se repandit dans tout le pays comme une traînée de poudre : à Paris, ce ne fut qu'un cri : « L'empereur seul s'est rendu ! Il n'y a pas de paix possible, la guerre continue ! » Mais les faubourgs grondaient, l'émeute était à la porte. Allait-on revoir la Révolution ? Le soir, il paraît qu'on défilait devant les Tuileries avec des torches, des drapeaux voilés de crêpe, et qu'on criait « Vive la République » sans que la force publique intervienne.

Le lendemain matin, Chinon égaré apprenait que, durant la nuit, l'Assemblée s'était réunie et avait proposé la déchéance de l'Empire. Que Paris était dans la rue et que c'était vraiment la révolution. Encore une ! Les vieux assis sur les bancs de la Grand'Place se souvenaient : « C'est la troisième que nous voyons en quarante ans ! » Il faisait encore très chaud, on causait, on se passait les journaux. À la terrasse du café du Chêne vert, on commentait le contenu des dépêches qui filtraient sans cesse de la mairie ; certains hommes, hirsutes et mal habillés, traversaient la place en criant : « Vive la République » et « À bas l'Espagnole ! » Toute la journée, les nouvelles tombaient : la foule à Paris assiégeait la Chambre, réclamant la destitution de l'Empire.

Le matin, Julie avait accompagné Gustave qui se rendait à la mairie, et elle était là, sans voix, dans les attroupements, écoutant les groupes : partout c'était la consternation, mais surtout la fureur « Contre ce gouvernement, contre l'impératrice » surtout. Et très très loin, au fond d'elle-même, Julie entendait gronder, des hurlements, des vociférations, des huées, des insultes, une sorte de tonnerre lointain qui venait de plus loin que ses souvenirs : c'était l'angoisse de sa grand-mère, sa voix cassée, ses récits haletants, ses yeux perdus ! « La Révolution, ma petite fille, Dieu fasse que vous ne revoyiez plus jamais cela ! »

Vers midi, elle rentra, le ventre noué, respirant mal, et s'assit chez elle, les mains vides, les yeux vagues. Elle s'aperçut que ses mains tremblaient. Elle les posa sur ses genoux et attendit... Mais elle n'attendait rien !

Le lendemain, la foule ayant brisé les grilles des Tuileries et assiégé les palais, l'impératrice avait disparu. Elle avait dû s'enfuir par une porte arrière, du côté du musée, dans un fiacre anonyme sans que personne s'en aperçoive. La foule, alors, comme par un reflux de marée, était allée à la Chambre, avait brisé les grilles, envahi le Palais-Bourbon, débouché dans la salle des séances, et à grands cris, pris la place du président. Seul le fameux Gambetta avait réussi à parler et avait déclaré « la patrie en danger », proclamant la déchéance de l'Empire. Après quoi (quels souvenirs !), la foule avait emmené les députés proclamer la République à l'hôtel de ville, et déclarer le général Trochu président. Mais Dieu merci, disait-on à Chinon, on ne parlait pas de tête coupée sur des piques, ni de violences de fait.

Le lendemain, honteuse de sa faiblesse, Julie se secoua et décida d'aller voir Caroline dont la mère avait, paraît-il, décidé de quitter Paris et de venir se réfugier chez sa fille. Elle avait pu arriver à Tours la veille, il avait fallu aller la chercher, demi-impotente et surtout (Caroline le lui avait toujours dit), « très difficile ». Autoritaire et dure, elle avait élevé Caroline avec une grande sévérité, lui donnant ce qu'elle appelait « une très bonne éducation »

Julie avait souvenir, à Tours, de goûters chez Mme de Fontaines, assise sur des chaises rigides à grand dossier, sous le regard impitoyable d'une dame dont la nuque ne fléchissait jamais, et de ce chocolat brûlant dans lequel on n'avait pas le droit de tremper sa tartine. Elle se souvenait des discours sans fin de Mme de Fontaines sur la nécessité de se respecter et se faire respecter.

C'était bien elle, vieille mais toujours hautaine. Elle était installée dans le plus profond fauteuil du salon, ne s'appuyant ni le dos ni les bras :

— Voilà la petite Julie indressable de Marmoutiers ? Approchez donc que je vous voie (geste de la canne presque menaçant), non, pas dans le soleil ! Ah ! toujours ces yeux insoumis qui ne savent pas se baisser ! Caroline, je t'en prie, fais taire les enfants, on ne s'entend pas.

En fait, on n'entendait qu'elle, cette voix cuivrée, haut perchée, qui vous vrillait les oreilles et aussi le cœur.

— Comment allez-vous, madame ?

— Mal ! Comme notre pauvre pays. Je l'ai toujours dit : depuis l'abandon de tous nos principes et de toute morale, depuis la victoire de la racaille, il n'y a plus que désastre, honte et ruine. Paris va brûler, et le roi de Prusse nous écrasera. Nous ne l'aurons pas volé.

Caroline regardait Julie, atterrée... Il allait lui falloir vivre avec cette Cassandre ! Et jusqu'à quand ?

— Mais madame, hasarda Julie, il ne faut jamais perdre l'espoir, car nous avons encore une armée.

— Jolie armée ! (La vieille dame ricana.) Il faut les avoir vus passer, mal tenus, chantant, les officiers flambards, dans un laisser-aller qui n'est pas d'aujourd'hui.

Julie s'enfuit et rentra chez elle avec un regard désolé à sa pauvre amie. Dieu merci, la vie reprenait dans la maison des Chevaliers, Gustave était là avec le maire. Ils avaient apporté le brouillon de la déclaration de demain matin. M. Joubert, toujours sévère, eut néanmoins la courtoisie de la lire à Julie, sans doute pour juger de son effet :

> *« La patrie est en danger. Dans cette douloureuse situation, le dévouement est de rigueur. Il faut, pour résister à l'ennemi qui s'avance chaque jour vers nos foyers, nous familiariser avec le maniement de nos armes. Toutes les villes ont adopté ce moyen, faisons-le sans retard.*
>
> *En conséquence, à dater de demain lundi 19 courant, il y aura par semaine enseignement obligatoire les mardis, vendredis et dimanches, de 7 heures du matin à 9 heures et demie. Les tambours battront le rappel à 7 heures. L'exercice sera divisé en trois pauses de 40 minutes, non compris le repos. Il sera permis aux compagnies de s'exercer plus souvent. »*

Julie approuva et, très émue, s'en fut faire le thé. Quand elle revint, on en était aux uniformes.

— Vous tombez bien, madame, peut-être pourrez-vous nous éclairer : l'équipement de tous les citoyens mobilisés doit se faire à leurs frais. L'uniforme de la garde nationale est obligatoire, il doit être de drap bleu ou noir, avec pantalon et képi de couleur tranchée, écarlate. Cela risque d'être extrêmement coûteux... Avez-vous une idée ?

Julie réfléchit. Elle ne connaissait des vêtements masculins que ceux du tailleur de Gustave qui comptait parmi les meilleurs : un pantalon, une veste... du drap...

— Je ne crois pas que ça puisse valoir moins de vingt-cinq ou trente francs, même en mettant tout au mieux.

— La plupart des conscrits ne pourront absolument pas se le payer. Il faudra donc faire voter des fonds pour l'équipement et l'armement des citoyens de la commune. Cette mesure, d'ailleurs, a été prise dans nombre de grandes villes, en particulier à Tours.

— Je propose, monsieur le maire, une cotisation obligatoire de ceux qui sont empêchés de servir par l'âge, l'infirmité ou la maladie. Que penseriez-vous d'une cotisation de vingt-cinq francs ?

Julie intervint : pourquoi ne pas s'aboucher avec les marchands tailleurs de la région pour obtenir un prix unique aux meilleures conditions ?

Ayant servi le thé, elle se retira devant la fenêtre avec un ouvrage : il n'était question que des chevaux, de leur logement, de leur litière. C'était affolant :

— Pour chaque cheval, il faut quatre kilos de paille, un kilo d'avoine ou l'équivalent. Je crois, monsieur le maire, que les chevaux devraient trouver une litière toute faite chez l'habitant. Le commandement du détachement nous réclame 425 kilos d'avoine et 432 kilos de foin. Il va falloir faire un appel à la population...

Tout cela sonnait la fermeté, le courage, et cette rigueur si bien enterrée par Mme de Fontaines. Une sorte d'excitation gagnait Julie : oui, on se battait et on se battrait, rien n'était perdu. Combien avaient dit les journaux ? Un million d'hommes... Jamais les Prussiens ne passeraient !

Chapitre 24

Au fond du gouffre

Les six mois que dura la guerre restent dans les souvenirs de Julie un trou noir où elle ne sait plus comment elle a pu vivre. Juste le moment présent, au-delà du passé et du futur. Un présent qui chaque jour apportait sa croix.

De Paris, des armées, on ne savait plus rien : qui était mort, qui était prisonnier, qui était vivant, qui était blessé, qui s'était engagé et où ? Le siège de Paris s'était refermé le 19 septembre. Rien ne filtrait. Le roi de Prusse et Bismarck s'étaient installés à Versailles : ils se promenaient à cheval dans le parc de Louis XIV ! Il y avait eu, paraît-il, des pourparlers, mais le terrible Bismarck voulait la mort de la France. Les Prussiens, d'ailleurs, mentaient, répandant de fausses nouvelles pour démoraliser la France : ils captaient nos pigeons voyageurs, les renvoyaient avec des dépêches effarantes selon lesquelles toutes les grandes villes de province seraient révoltées : il y aurait des émeutes dans Paris, on accueillerait les Prussiens ici et là avec des acclamations. Aussi ne croyait-on plus rien.

On savait, par quelques évadés, que les villages étaient mitraillés, incendiés, les otages fusillés, les campagnes ravagées jusqu'à Chartres, en Normandie. Les armées prussiennes réquisitionnaient les particuliers, les municipalités, les départements. Les particuliers devaient nourrir leurs occupants et certaines denrées commençaient à manquer : le café et les cigares étaient introuvables. En Touraine, on s'en tirait encore. Mais à cent kilomètres de là, le foin, le fourrage, l'avoine, les chevaux et les voitures étaient réquisitionnés. Il fallait loger et entretenir chez soi les officiers ennemis et verser des contributions pour les hommes.

Les charges des communes, disait Gustave, s'élevaient de façon vertigineuse. Il faudrait emprunter aux banquiers locaux, sinon lancer des emprunts à quatre ou cinq pour cent. Entre Chinon et Tours, on pouvait encore prendre la diligence ou, à ses risques et périls, une voiture particulière. Mais la plupart des chemins de fer étaient arrêtés et plusieurs ponts coupés sur la Loire, dont ceux de Bourgueil et de Langeais.

La seule bonne nouvelle arriva fin août : à côté des informations et des avis officiels, on pouvait trouver dans la presse étrangère des listes de prisonniers et le moyen d'entrer en relation avec eux. François était découvert sur une liste. Il avait été emmené en Silésie, et les Allemands autorisaient l'envoi de lettres et d'argent. Julie en pleura de joie.

L'armée de la Loire se formait et tout le monde s'engageait : les officiers en retraite, les jeunes gens jusque dans les fermes reculées. Un samedi, au marché, Julie rencontra Berthe :

— Ah, madame ! Si vous saviez ! Firmin s'est engagé, il est parti, et moi...

Sous la grande jupe noire et le tablier bleu, le ventre de Berthe pointait. Elle était visiblement enceinte.

— Mais vous savez, on s'est mariés avant son départ Notre petit aura un père...

Que répondre ? Julie demanda des nouvelles de sa

belle-mère, de la marche de la ferme. Le petit frère, qui avait maintenant treize ans, assistait les deux femmes. Le mari était de plus en plus impotent. Les terres avaient souffert de la sécheresse, mais tout le monde à la ferme était vaillant et confiant. Julie s'en fut très vite, elle en avait les larmes aux yeux.

Dans les derniers jours de septembre, la nouvelle courut comme un éclair : à l'approche du blocus de Paris, le gouvernement envoyait à Tours une délégation de trois ministres, et Thiers faisait étape en revenant de Londres.

Tours ne se sentait plus : les hôtels étaient bondés, on discutait nuit et jour dans les cafés et les clubs, tout cela au milieu des troupes qui campaient ici et là dans la pagaille, et des francs-tireurs qui arrivaient et s'installaient. Gustave fit le voyage avec le maire : de passage, M. Thiers avait tenu une réunion de banquiers à la Préfecture, où Octave avait été convié : il faudrait des milliards pour financer la guerre et la résistance à outrance. On ne lèverait pas d'impôts, mais des emprunts, non seulement en France mais si possible à l'étranger.

Le 9 octobre, autre nouvelle fracassante : le fameux Gambetta, devenu un héros national et ministre des Armées, était arrivé en ballon de Paris et s'était posé à Tours pour y organiser la défense. Le reste du gouvernement restait prisonnier dans Paris assiégé. Son ballon, l'*Armand-Barbès*, avait été touché deux fois par des balles ennemies car il avait perdu de la hauteur. On n'avait pas pu le diriger et, les vents étant contraires, il avait mis deux jours pour arriver. Il formait un nouveau corps d'armée à Tours, à base de zouaves et de tirailleurs rentrés d'Algérie sous la conduite du général Lefort, délégué à la Guerre.

Julie imaginait le salon d'Hortense ! Elle n'avait pas pu accompagner Gustave à Tours car elle s'était engagée à l'hôpital pour soigner et nourrir les blessés. Elle se levait à l'aube et passait sa journée auprès de ces hommes qui revenaient de l'enfer, donnait à boire, à manger, refaisait les pansements, parlait, mais surtout écoutait : certains avaient été opérés sur le champ de bataille. Il y avait des membres coupés, des entrailles ouvertes, des récits haletants, atroces, où l'on se croyait entre les morts et les blessés, sous la mitraille modèle de l'artillerie prussienne, tandis que nos cavaliers et leurs chevaux étaient hachés sous vos yeux :

— Mais madame, à la fin, on jetait son sac et on se précipitait baïonnette en avant, avec un couteau à la main ! Et y'en a bien un sur deux qui y est resté.

À tous, Julie demandait des nouvelles de ceux qui y étaient, mais on ne savait rien ni des uns ni des autres. Elle avait tenté d'entraîner Caroline, mais sa mère avait décidé de monter chez elle un ouvroir pour faire tricoter à l'approche de l'hiver, et faire de la charpie avec des collectes de vieux tissus et vieux vêtements. Elle avait réquisitionné toutes les amies de Caroline ainsi que ses petits-enfants le jeudi après-midi.

On avait appris, par le dernier voyage de Gustave à Tours, qu'Hortense avait créé un comité de femmes tourangelles de secours aux blessés et aux prisonniers. Pour les blessés, Julie n'avait pas eu besoin de comité, mais pour les prisonniers, c'était une importante nouvelle. L'idée venait de Bâle, en Suisse, à l'initiative d'une banque qu'Octave connaissait : un comité suisse s'offrait à acheminer lettres, mandats et colis aux Français prisonniers en Allemagne. Il lui fallait des correspondants dans toutes les villes pour réunir de l'argent et des nourritures qu'ils distribueraient dans les camps où étaient entassés les soldats. L'hiver approchait. Fin septembre, il gelait déjà très fort dans l'Est.

Un autre comité venait de s'ouvrir à Lyon pour transporter gratuitement les colis vers les camps. À Tours, Hortense se dépensait sans limites. On savait par la Suisse que les soldats encasernés mouraient de faim. Ils seraient déjà plusieurs centaines de mille. Quant aux officiers, ils seraient logés à leurs frais chez l'habitant, obligés de se nourrir par leurs propres moyens. Leurs familles devaient donc leur envoyer de l'argent. Mais on allait enfin avoir des lettres, des nouvelles, des adresses, des échanges... Jacques ! Julie lui écrivit tout de suite et envoya la lettre à Hortense. (La poste marchait encore entre les deux villes.)

Gustave avait été très impressionné par l'activité de sa tante comme par ses discours sur la responsabilité des femmes et leur rôle : « Nous sommes les soutiens de l'armée, du courage national, et même du pouvoir », avait-elle dit. C'est d'ailleurs ce dont l'avait félicitée officiellement le délégué aux Finances de la délégation, M. Ernest Picard.

* *
*

Metz était assiégé depuis la fin d'août. Il y avait là Bazaine avec plus de 180 000 hommes, une armée entière, des armes et des canons. On était sûr qu'il allait sortir, bousculer le Kronprinz et voler au secours de Paris. Mais rien de sérieux ne se passait : quelques sorties sans succès dans le courant de septembre, puis une autre début octobre, puis plus rien. Des bruits circulaient, inquiétants : il paraît qu'ils négociaient en secret avec l'impératrice qui était en Angleterre et que ses envoyés avaient eu des sauf-conduits pour sortir de Metz. Mais ce n'était sûrement que de faux bruits, Bazaine était un grand homme de guerre, un génie qui préparait sûrement des surprises !

Et puis, le 30 octobre, un jour sombre, lugubre, où il

pleuvait enfin, où le froid s'installait, on apprenait l'horrible nouvelle : Bazaine avait capitulé, il avait ouvert Metz aux Prussiens qui avaient investi la ville, musique et fanfare en tête. Ils avaient emmené 150 000 hommes qui avaient dû livrer toutes leurs armes. Jamais, jamais dans les pires moments de notre histoire, on n'avait vu cela : des milliers de canons, de fusils, des dizaines de drapeaux, une trentaine de colonels, une dizaine de généraux, tous les blessés, tous les malades. Tous affamés et n'ayant plus rien à manger que les derniers biscuits de guerre.

Nulle part, on ne se parlait plus, on s'enfermait chez soi, les femmes étaient en noir, la France abattue, déconcertée, consternée. Le lendemain, c'était pire : Paris était en révolution : des manifestants avaient envahi l'hôtel de ville, insulté et enfermé des ministres et le général Trochu lui même, ainsi que le maire Ferry. Un certain Flourens avait proclamé un « Comité de salut public ». Heureusement, la Garde mobile avait délivré tout le monde, ce n'était pas encore la révolution. Et puis, il y avait Gambetta...

Il y avait Gambetta et il y avait Tours, devenue la vraie capitale, centre de la guerre : dès le surlendemain, la proclamation de Gambetta courait dans toute la France sur les fils télégraphiques : « Bazaine a trahi, nous avons été vendus, on continue la guerre, c'est la levée en masse de tous les hommes valides. Le temps de la défaillance est passé, nous vaincrons. » Trois jours plus tard, en effet, le général Chanzy était à Blois et marchait sur Paris. À Coulommiers, il rencontrait les Prussiens et on se battait partout sur la Loire. Il paraît qu'en collant son oreille contre terre, on entendait trembler le sol. En rentrant chez elle, ce soir-là, Julie trouva Marie et Eugène Diloy à plat ventre dans le jardin sous la pluie, prétendant entendre tonner le canon.

Et puis on apprit qu'on avait délivré Orléans, qu'il y avait des armées partout, qu'il en arrivait de Bretagne, de Normandie, qu'on avait retrouvé Bourbaki à la tête de l'armée du Nord et que Garibaldi arrivait avec les Italiens du côté de Belfort. On se crut sauvés. Tours respirait après avoir eu très peur, et la ville était en fête. On avait fait des illuminations et, chez Hortense, on avait mis des lampions et des drapeaux à toutes les fenêtres. Gambetta avait dit : « Vous êtes sur le chemin de Paris. N'oubliez jamais que Paris vous attend. » La presse titrait : « C'est le premier signal de la délivrance de la patrie. »

Mais depuis la Toussaint, la neige était tombée un peu partout, avec un froid précoce et cruel. On brûlait tout ce qu'on pouvait dans les cheminées de France, on faisait des économies sur la nourriture car il fallait tenir. Mais on y croyait encore et à chaque lueur d'espoir, les blessés de Julie avaient des yeux qui brillaient. Ils plaisantaient. En réalité, on ne comprenait plus d'un jour à l'autre où on en était car les nouvelles se contredisaient : vraies, fausses ? On ne savait plus rien.

Milieu novembre, partout, les Prussiens attaquèrent. Le 29, un ballon venu de Paris atterrissait près de Chinon et annonçait une victoire sous les murs de Paris : le général Ducrot était sorti, avait attaqué, et l'armée de la Loire montait sur Paris. Mais le lendemain, on apprenait de lourdes pertes en hommes, et voilà qu'Orléans était repris.

En fait, les responsables de la mairie, Gustave en tête, n'y croyaient plus depuis Metz. Ils avaient fait figure pour soutenir le moral de la population, mais ils nous savaient perdus. La vallée de la Loire envahie, rien ne défendait plus Tours. C'était, paraît-il, la panique : les hôtels se vidaient, de nombreux civils quittaient la ville. Il avait suffi pour cela d'une rumeur : on aurait vu, dans les faubourgs, vers la Membrolle, des cavaliers inconnus passer au grand galop et disparaître. C'était sans doute faux mais ce qui était vrai, c'est que rien ne défendait plus Tours et le gouvernement provisoire. Julie s'inquiétait pour Hortense, mais la diligence ne partait plus et il faisait moins dix degrés !

La neige n'avait pas fondu, nos pauvres soldats, à peine habillés, campaient à même le sol ou dans les granges... Les prisonniers, au fond de l'Allemagne et en Prusse, devaient grelotter. On parlait surtout des uhlans, qui étaient féroces, tuaient, violaient, incendiaient. À leur arrivée, dans les environs de Paris, il paraît que les femmes préféraient se jeter dans le puits et les vieillards se pendre.

On se battait à Beaugency, à Vendôme, mais surtout à Châteaudun, si près ! Il paraît que les corps francs du général de Lipowsky avaient justement fait un coup de main admirable : des centaines de morts, des prisonniers, des chevaux, des armes ramenées triomphalement dans la ville et gardées derrière des barricades. Mais l'armée bavaroise avait mitraillé et bousculé toutes les défenses et les représailles avaient été féroces : les Allemands avaient mis le feu à la ville, fait des centaines de morts, hommes, femmes et enfants passés à l'arme blanche, sans parler des otages civils emmenés enchaînés en Allemagne. Une barbarie sans nom ! Enfin, ils exigeaient que la ville verse un million de francs à ses vainqueurs. L'horreur ! Les blessés arrivaient dans des charrettes, des tombereaux, à l'hôpital de Chinon qui était plein. Il fallut ouvrir le couvent des religieuses.

Chaque soir, Gustave rentrait de la mairie épuisé, dînait, montait se coucher, soufflait les bougies et s'endormait sur le coup. Julie, étendue dans l'obscurité, cherchait en vain le sommeil, parfois pendant des heures. Elle comptait les jours depuis le siège de Paris : quarante, cinquante jours sans nouvelles d'Édouard. Vivait-il même ?

On avait parlé de soulèvement populaire, de typhus, mais surtout de sortie des remparts vers Versailles pour tenter de briser le cercle de fer qui emprisonnait Paris. En était-il ?

Maintenant, on parlait de famine, de vivres taxés, de prix envolés. On avait prévu des provisions de nourriture et de chauffage pour un siège de quarante-cinq jours... Or ils étaient deux millions de bouches à nourrir par un froid sibérien ! Tout cela grossissait, grossissait dans l'obscurité et se mélangeait aux récits quotidiens des blessés de l'hôpital : l'un d'eux, à Fleury-les-Aubrais, était resté toute la nuit, glacé, ventre ouvert dans la boue. Ce n'était que le lendemain au jour qu'on avait pu le ramasser. Sa température était descendue au minimum vital. Il contait les cahots de la carriole où il s'était réveillé, à même les planches. Son voisin était déjà mort.

Et l'autre, celui qui avait eu le visage fendu d'un coup de sabre et qui demandait à Julie, tout bas, avec un seul œil angoissé :

— Madame, vous qui êtes une femme, croyez-vous que ma fiancée pourra encore m'aimer comme ça ?

Elle avait bondi :

— Plus que jamais ! D'ailleurs, guéri, votre visage n'en sera que plus martial et plus noble. Il portera mieux que toutes les médailles.

Elle avait eu envie de rire de cette question, malgré l'horreur des chairs sanglantes, parce que Édouard... Elle imaginait Édouard avec une estafilade le long de ses yeux pâles. Ah, qu'elle le retrouve, et comme elle prendrait dans ses mains son visage, quel qu'il soit !

Et puis il y avait tous ceux dont le village avait été bombardé, la maison écroulée, la ferme rançonnée, le fils fusillé, la famille dispersée :

— Des barbares, madame ! Les Huns, Attila. Ma

femme et mes cinq enfants, où sont-ils maintenant, où vais-je les retrouver ?

À ce mot « retrouver », une cloche se mettait en branle dans la tête de Julie, enfouie dans son oreiller, et Mme Juliane entrait en scène : Édouard arrivait à l'hôpital, maigre, affamé, en loques. Il avait cette blessure au visage, mais si bien embobinée par la charpie de Mme de Fontaines, que Julie ne le reconnaissait pas dans le lot des brancardiers. Lui bien sûr la reconnaissait, mais il ne disait rien, etc., etc.

De roman en roman, Julie finissait par s'endormir, mais de plus en plus tard, à cause de ce froid qui gagnait jusqu'à son cœur.

* *
*

Dans la journée, Julie débordée à l'hôpital ne rentrait que le soir. Le jeudi, le matin, elle s'occupait de sa maison, des provisions de plus en plus difficiles, et l'après-midi, après la classe, envoyait ses filles à l'ouvroir de Mme de Fontaines. Toutes les autres femmes de conseillers municipaux tricotaient, et les enfants faisaient de la charpie. Mais on ne pouvait espérer tenir une dizaine d'enfants de huit à quinze ans pendant cinq ou six heures à griffer et bouchonner de vieux chiffons dans le calme. Marie et Eugène Diloy ne cessaient de chuchoter, de rire en cachette. Eugénie se rapprochait pour participer à la fête, bref, c'était l'indiscipline comme à l'école.

Ce jeudi soir, jour où arrivaient les blessés de Châteaudun, Mme de Fontaines convoqua sa fille après avoir renvoyé les enfants. Jamais sa robe noire ni son visage de marbre n'avaient été plus sombres. Comme jadis, lors des notes du samedi à Sainte-Ursule, elle commença :

— Assieds-toi, Caroline ! J'ai à te parler.

Toute l'enfance de Caroline lui remonta à la gorge : elle avait de nouveau dix ans.

— Je suppose que tu n'as pas été sans remarquer les manigances de ton fils ?

— Eugène ? Non, maman. Qu'a-t-il fait ?

— Tu n'as pas remarqué sans doute qu'il a quatorze ans et marche sur ses quinze ans ?

— Mais maman, on ne s'engage pas avant dix-huit ans ! Je ne suis pas inquiète.

— Non, mais quand on vous fait vivre avec des jeunes filles de treize ou quatorze ans, on n'a pas besoin de guerre pour vous ouvrir les yeux.

— Qu'est-ce que vous voulez dire ?

Caroline sentait monter dans sa gorge toute l'angoisse oubliée depuis si longtemps :

— Quelles jeunes filles ?

— Les petites G., dont l'aînée n'est pourtant pas belle mais a déjà des avantages.

— Marie ? Mais, maman, vous voulez rire...

Elle se mordit les lèvres. Le mot lui avait échappé et devant le visage de sa mère, elle aurait donné cher pour le rattraper :

— Je veux si bien en rire avec vous tous, que je te prie de bien vouloir avertir ton amie de ne plus envoyer ses filles à notre ouvroir. Elles n'en font plus partie. Je ne puis continuer à prendre en main nos travaux dans de telles conditions.

Caroline avait quitté le salon sans un mot. Comment expliquer à Julie cette folie de sa mère ? Elle tournait en rond dans sa chambre, puis se décida : le plus vite serait le mieux. Il avait encore neigé et dans les rues, l'épaisse couche blanche verglaçait depuis quatre heures. La brume gagnait, Julie devait être rentrée de l'hôpital.

Elle ne l'était pas. Seules, les deux petites filles étaient là avec Alphonsine et Léon. Caroline s'assit au salon, tandis que Alphonsine allumait précipitamment un feu. Marie entra, jouant en effet les jeunes filles de la maison, bien que son corsage ne laisse deviner qu'une très vague promesse :

— Venez vite vous installer dans cette petite chauffeuse, madame, il fait si froid. Maman ne va sûrement pas tarder. D'ailleurs, je crois que je l'entends dans la rue. Va voir, Eugénie, il me semble que c'est elle.

Caroline regardait évoluer ces deux innocentes. Ma mère est folle, pensait-elle. Qu'est-ce que je fais là et qu'est-ce que je vais dire ?

Julie, en effet, ouvrait la porte et secouait sa mante, son chapeau, ses chaussures enneigées :

— Caroline ! Mais depuis quand m'attends-tu ?

— J'arrive... Oh, Julie, je n'en peux plus : cette guerre, cet ouvroir, ma mère... Enfin surtout ma mère. Si tu savais ce qu'elle a encore inventé !

Caroline pleurait presque. Julie renvoya les enfants et crut tomber des nues quand Caroline, tout de go, lui raconta :

— Très bien, ma chère. J'emmène mes filles désormais à l'hôpital le jeudi. Il y a beaucoup à faire et il y a longtemps que j'en avais envie. Mais toi, pourquoi resterais-tu avec ta mère ? Viens avec nous !

Caroline la regardait, interdite. Elle secouait la tête :

— Je ne peux pas.

— Tu ne peux pas quoi ?

— Lui échapper, lui répondre. Non, je ne peux pas. Quand elle parle, c'est comme si j'étais attachée au sol et bâillonnée. Ça a toujours été comme ça. Tu ne peux pas savoir. Quand elle est arrivée de Paris, j'ai eu envie de me sauver de chez moi et puis, j'ai eu si honte... Parce que c'est ma mère, tu comprends, une femme de devoir, parfaite, une mère modèle.

Elle secouait une tête de petite fille battue. Non, c'était visible, elle ne pouvait pas, elle ne pourrait jamais.

* *
*

Le jeudi suivant, Julie emmena Marie et Eugénie à l'hôpital. Marie porterait à manger et Eugénie éplucherait dans les cuisines. Leur vue enchanta les blessés. Dès le premier soir, elles étaient devenues de véritables mascottes. Marie, si sérieuse, jouait les infirmières, commandait, raisonnait. Elle avait fait une amitié presque maternelle avec un jeune engagé, à peine vingt ans, qui avait été blessé à la tête et au bras et qu'elle appelait « Cercottes », parce qu'il ne cessait d'en parler, de raconter et de se lamenter :

— Cercottes ! Ah, ma bonne dame. Ah ma pauvre demoiselle, si vous saviez ce que c'était ! À Cercottes, les uhlans avec leurs gros manteaux et leurs bottes vernies... Dix contre moi. Je me suis réveillé traîné par mon sergent dans une grange. Cercottes ! Ça tombait, ça tombait, c'était l'enfer.

— Non, disait Marie sévère. C'était tout près d'Orléans, je le sais par mon père. L'enfer, c'est pour les uhlans, quand ils seront morts. Alors vous, vous allez boire ça, le docteur dit que vous devez dormir parce que votre tête ne marche pas bien.

— C'est bien vrai, ma pauvre demoiselle. Mais si vous aviez été à Cercottes...

Les semaines passaient. Le froid ne cessait d'empirer. On voyait arriver des gamins de vingt ans blessés, moitié gelés, en sabots et en veste crottée, avec de vieux fusils à tabatière rouillés. Ils avaient couché dehors sous la pluie ou par le gel, avec quelques cartouches dans leur musette et, en bandoulière, les biscuits empilés sur une ficelle !

Jules Diloy (était-ce pour fuir sa belle-mère ?) avait monté et équipé un corps franc qui devait rejoindre l'armée de Bourbaki. Caroline était en larmes dans sa belle maison de pierre blanche, sur le quai de la Vienne.

Début décembre (était-ce le 10 ou le 11 ?), Julie ne savait plus, tant il y avait de mauvaises nouvelles, on avait appris que la délégation du gouvernement quittait Tours avec tous ses fonctionnaires et se repliait sur Bordeaux. Gambetta était revenu, assailli par la population angoissée, puis il était reparti les rejoindre.

L'effet moral fut épouvantable sur toute la Touraine : on ne se sentait plus en sécurité à Tours. La ville, de surcroît, était pleine de blessés, de fuyards en loques qui arpentaient les rues en racontant de véritables désastres autour de Blois. Ils semaient la panique en annonçant l'arrivée imminente des uhlans, ce qui se révéla faux toute la semaine.

Julie brûlait d'aller prendre des nouvelles de sa tante, mais la diligence ne partait pas et chacun restait chez soi. Le 18 au soir, un cavalier annonçait à la mairie de Chinon que c'était fait : les Prussiens étaient arrivés dans Tours. La ville avait été bombardée, il y avait des morts et des blessés. Le maire, M. Gouïn, que Julie connaissait bien car c'était le plus gros banquier de Tours, s'était porté avec deux adjoints vers les troupes ennemies, traversant le pont de pierre sous les obus pour obtenir le cessez-le-feu de l'état-major prussien, campé en haut de la tranchée. La fusillade avait cessé, puis l'armée ennemie s'était ébranlée et avait défilé avec fanfare tout au long de la Grand-Rue.

L'état-major s'était installé à la mairie. Il exigeait du maire cinquante francs par tête d'habitant, il en estimait le nombre à quarante mille, ce qui faisait deux millions ! Plus dix mille rations de subsistance pour les hommes, le logement à domicile pour quatre mille officiers et trois mille rations d'avoine pour les chevaux. Toutes les armes privées, y compris les fusils de chasse et les dagues, devaient être déposées à la mairie sous peine des pires représailles.

Ce fut la panique à Chinon. Gustave décida de cacher le fusil de chasse et le grand couteau à découper de la cuisine sous une poutre, au fond de la cave sous la falaise : la « cave de cave », celle qui prenait tout au fond, à angle droit, derrière un tas de gravats. Il y faisait un noir de four. Julie y dissimula un sac de haricots secs de Rivière, car ces fonds de cave étaient très sains.

Une lettre d'Hortense fut déposée quelques jours plus tard par une des estafettes de la sous-préfecture : les Pillet logeaient deux colonels, l'un d'eux avait la chambre de Julie, l'autre celle des enfants. Ils prenaient leurs repas dans la salle à manger, Hortense et Octave se faisaient servir après eux dans un coin du salon, sur une petite table à jeu. Les deux hommes, comme d'ailleurs tous leurs pareils, exigeaient dix bons cigares par jour, du café, du cognac et une bouteille de vin à chaque repas. L'un des colonels, un Bavarois de bonne éducation, parlait français et tentait en vain d'établir des contacts. Julie devinait l'attitude d'Hortense ! L'autre, un Prussien, était brutal et insolent. Il avait placé un pistolet sous le nez d'Octave quand celui-ci avait tenté de s'enfermer dans le salon. Et tout cela n'était rien : les officiers, passe encore, mais dix mille soldats grossiers et insolents étaient logés à travers la ville chez les particuliers. Ils causaient de véritables ravages : toutes les provisions des familles y passaient. La mairie faisait venir tous les jours des environs des troupeaux de vaches et de moutons, du foin, de la paille, de l'avoine, des tonneaux de vin. Le maire était venu emprunter à la banque pour faire face et Octave, comme les autres banquiers et le maire lui-même, avait prêté à cinq pour cent, pour un temps illimité.

« *La dernière nouvelle,* concluait Hortense, *va te donner un grand chagrin, ma chère Julie : ton frère est en effet prisonnier et a reçu lettre et argent. Mais il a enfin pu nous écrire. Il a perdu une jambe à Reichshoffen. Gravement blessé au genou gauche qui semble avoir éclaté, son cheval s'est abattu sur lui et sur le membre blessé. Il n'a pu se dégager et est resté jusqu'à la nuit dans un véritable charnier. Il s'est réveillé sous la scie d'un chirurgien allemand qui lui a coupé la jambe à mi-cuisse. Inutile de te dire ce qu'il a souffert et dans quel état il est arrivé au fond de la Silésie, où il a pu trouver un ordonnance et une chambre de location.* » Julie monta dans sa chambre sans un mot et pleura jusqu'à la nuit. François ne pourrait plus jamais monter à cheval !

* *
*

Le 2 janvier, vers sept heures et demie, Julie enfilait sa mante et ses châles pour rejoindre l'hôpital quand on frappa à la porte. Le froid était intense et le jour à peine levé. On n'entendait aucun bruit dans la rue, d'ailleurs toujours enneigée :

— Laisse, dit Gustave, c'est à moi d'aller voir.

Mais ce n'était que la jeune domestique de Caroline, grelottante : Mme de Fontaines était morte cette nuit. Elle l'avait trouvée raide et glacée en venant lui porter son petit déjeuner, comme d'ordinaire, à six heures et demie. Le cœur sans doute avait lâché. Mme était bouleversée, elle était seule et ne savait que faire.

Cinq minutes plus tard, Julie la trouvait pétrifiée devant la dépouille de cette terrible mère, dont la mort avait détendu et sublimé le dur visage, la transformant en une sorte de statue romaine : les rides avaient disparu. La sévérité avait fait place à une étrange noblesse, méprisante. On découvrait qu'elle avait dû être très belle.

Ce n'était pas de consolation dont Caroline avait besoin, mais visiblement d'être rassurée : non, ce n'était pas de sa faute ! Non, le feu ne s'était pas encore éteint quand sa mère était morte ! Non, elle avait toujours été soumise, attentive, affectueuse, dévouée... Caroline ne pleurait pas, elle semblait torturée, paralysée :

— C'était une femme parfaite, tu comprends. Moi pas ! Je l'ai toujours déçue, j'aurais tant voulu trouver grâce à ses yeux, mais jamais, jamais, elle ne m'a dit que je faisais bien. Sans mon père qui m'aimait tant, je me serais toujours crue un monstre.

On enterra très vite Mme de Fontaines dans le caveau des Diloy. Toute sa famille était en Lorraine occupée, et on ne pouvait prévenir personne, sauf un de ses cousins, vieux colonel qui habitait un petit manoir près de Saint-Benoît-la-Forêt, et qui venait toutes les semaines instruire les jeunes recrues de la garde nationale. On avait annulé l'ouvroir et la femme du maire, Mme Joubert, s'était proposée à le tenir le même jour chez elle. Aussi Julie avait-elle convaincu Caroline de venir désormais à l'hôpital avec elle.

Le lendemain de l'enterrement, dès l'aube, Julie descendait de la rue Haute-Saint-Maurice vers le quai, par la venelle dont l'escalier avait enfin dégelé et sonnait à la porte des Diloy. La petite bonne ouvrait effarée :

— Ah ! Madame, c'est vous ! Venez vite, madame s'est trouvée mal, elle est dans la chambre de feue madame, on l'a étendue sur le canapé. Elle s'est réveillée mais elle pleure et elle ne dit rien...

Julie montait déjà quatre à quatre. Caroline était donc dans la chambre de Mme de Fontaines ? Qu'est-ce que cette femme terrible avait encore pu faire ?

— Laissez-nous, Amélie ! Je m'en arrange et j'irai vous voir à la cuisine.

Elle s'assit près de Caroline, la prit dans ses bras et la

berça sans mot dire. Son amie allait se livrer à son heure, il fallait attendre, mais ce fut très bref. Caroline se dégagea brutalement et, les yeux dans les yeux de son amie, prononça ces mots incroyables :

— Julie, je suis une bâtarde.

Et elle éclata de nouveau en sanglots, la tête dans ses mains.

— Qu'est-ce que tu dis là ? Mais voyons, où as-tu trouvé cette belle chose ?

— Là, dans le tiroir de sa table de nuit. Je me suis levée ce matin très tôt, j'avais si mal dormi, j'ai voulu ranger ses papiers officiels. Eh bien ! J'ai été adoptée par mon père quand elle l'a épousé, je devais avoir quelques mois. Mais qui alors, qui était mon père, qui suis-je ? Et je ne saurai jamais puisqu'elle est morte... Bâtarde, enfant naturelle, d'une mère image du devoir, de la vertu, de la dignité, une mère pour qui je n'étais rien qu'une misérable petite bâtarde.

Dans la tête de Julie, c'était un chaos où s'agitaient tant d'images et d'êtres qu'elle restait sans voix : « bâtards ! » Lui revenaient pêle-mêle sa grande peur au premier retour de Paris, Jeanne et Firmin, la petite Berthe qui se redressait fièrement : « On s'est mariés, madame » et Caroline, sévère sur le pas de sa porte, lui disant « se revoir ne dépendra que de toi ». Et puis Mme de Fontaines, statue de la justice aux yeux bandés, brandissant sans cesse le fléau de sa balance... Partout donc, partout, la vie recouvrait des gouffres secrets, un abîme où s'agitait une mêlée anonyme dans laquelle sa faute à elle, Julie, n'était que peccadille. Un éclair de soulagement passa pendant quelques instants dans ses yeux tandis que Caroline continuait son monologue. Mais Julie se reprit rapidement : sa pauvre amie recevait là une blessure mortelle, tout pour elle s'écroulait, et Julie n'avait pas écouté !

— J'ai perdu ma mère, mais j'ai aussi perdu mon père,

Julie ! Je l'ai perdu puisqu'il ne l'était pas. Le seul être qui m'ait aimée pourtant.

Il fallait l'arrêter. Julie se dressa comme Mme de Fontaines, comme Hortense disant que si les femmes faiblissent, c'est le pays qui s'écroule :

— Arrête, Caroline ! Tu as eu un père qui t'aimait et qui t'a élevée. C'est toi qui le renies, pas lui, et tu l'injuries en disant cela. Ton vrai père, ma chère, le monde s'en moque pas mal. C'est la guerre, on dirait que tu l'oublies. Paris meurt de faim et demain peut-être les canons prussiens vont écrouler ses murailles, sinon les nôtres, détruire toute notre histoire, brûler nos palais, hacher nos amis. Ici, à l'hôpital, il va mourir aujourd'hui un ou deux de ces blessés qui hurlent de douleur. Leurs femmes vont peut-être accoucher pendant ce temps. Alors ton père...

Caroline bondit :

— Et si c'était un Prussien après tout ? Qui te dit qu'à Nancy, il était même français ? Quelle horreur...

Caroline se tordait les mains :

— Assez ! Tu te fais du mal exprès. Tu as eu un père et une mère, et tu as eu bien de la chance. Moi, je n'ai pas connu ma mère et les enfants de nos blessés ne connaîtront peut-être pas leur père. Aujourd'hui c'est la guerre. Les uhlans sont à vingt kilomètres d'ici. On tire, on se bat, on tue à notre porte et nous avons la chance, à Chinon, de ne pas être occupés. Alors, habille-toi, je t'emmène, on a tous besoin de toi.

Les yeux noirs de Julie lançaient des flammes et donnaient un ordre plus puissant que tous les mots, un de ces ordres auxquels Caroline avait toute sa vie obéi. Elle se leva, sans un mot, descendit et enfila sa mante fourrée. Sur le quai de la Vienne, un soleil éclatant les accueillit. Il se levait au-dessus de l'eau glacée dans un ciel sans nuages. Le pont était toujours là (on ne l'avait pas fait sauter), avec ses arches rondes. La longue rangée de maisons blanches avec leurs toits bleus se découpait sur la falaise et les redoutes du château, immense forteresse qui s'allongeait sur un ciel pâle. Ça non plus, les Prussiens ne l'avaient pas eu et ne l'auraient jamais, pas plus que notre âme.

C'était un de ces jours d'hiver éblouissants, à l'air pur et glacé : « une beauté qui lave les cœurs », avait écrit un jour Édouard... Édouard dont elle ne savait rien, Édouard qui serait bombardé demain, qui n'avait sans doute plus rien à manger, qui peut-être sortait des forts avec ces corps francs qui venaient en vain d'attaquer les lignes prussiennes. « La beauté qui lave les cœurs », il avait dit cela, Édouard, avant la guerre... Il y avait six mois ? Non, il y avait mille ans !

Chapitre 25

La République

Huit jours plus tard, Paris tombait après cent trente-deux jours de siège. Le ministre des Affaires étrangères avait été signer à Versailles un cessez-le-feu, avec la reddition de tous les forts et livraison de leur armement. Ce n'était pas une « capitulation » comme à Sedan ou à Metz, mais un « armistice » ! L'armée ne serait pas prisonnière, seulement désarmée. Les drapeaux ne seraient pas livrés, mais cela au prix de deux cents millions à verser à l'« empire allemand », terme nouveau car quelques jours auparavant, le roi de Prusse avait été proclamé empereur d'Allemagne, et horreur, dans le château de Versailles, la galerie des Glaces entièrement décorée des drapeaux ennemis !

On apprenait enfin ce qu'avaient vécu les Parisiens : le bois de Boulogne et le bois de Vincennes avaient été pratiquement abattus tout entiers pour tenter de chauffer la population. Les vaches et moutons qui, la veille du siège broutaient en troupeaux les parcs parisiens jusque dans les Tuileries, avaient été mangés, ainsi que tous les chevaux et les animaux du jardin des Plantes. Il n'y avait plus ni feu ni pain. Les galettes de son et de blé noir étaient gelées. On avait mangé tout ce qui pousse et tout ce qui bouge, jusqu'aux rats, chassés dans les égouts. Les derniers jours, on avait droit à trois cents grammes de « pain Ferry » et vingt-cinq grammes de viande par personne. Les dernières pommes de terre avaient atteint trente francs la livre, le sucre vingt-cinq francs le kilo, et maintenant, il n'y avait plus rien.

Paris avait vécu sans théâtres, sans cafés pendant quatre mois, couvre-feu à vingt-deux heures. Dans les gares fermées, on avait fabriqué des canons ou des ballons. Dans les parcs, derrière Notre-Dame, sur les places et les boulevards où jadis se promenaient les élégantes, les défenseurs en treillis avaient fait l'exercice et l'entrainement. Mais les banlieues, animées par les chefs rouges, bougeaient sans cesse et inquiétaient les Parisiens, autant que le gouvernement.

Les assiégés n'avaient reçu aucune nouvelle, ballons et pigeons voyageurs étant réservés au gouvernement. Les journaux publiaient les bulletins officiels et les rumeurs les plus folles couraient chaque jour. On n'osait pas se parler, par crainte des espions.

Et puis la misère régnait : on avait dû taxer le pain, établir un moratoire pour ceux qui ne pouvaient plus payer leur loyer. Enfin, début janvier, les canons allemands avaient commencé à tirer. La rive gauche brûlait, il y avait des centaines de blessés, des hôpitaux touchés. Les obus tombaient sur les maisons et de beaux hôtels du faubourg Saint-Germain s'étaient écroulés. Tout ça était terrible, mais Julie brûlait : elle allait avoir des lettres, elle allait savoir. Chaque matin n'était qu'espoir.

Les chemins de fer étaient à demi détruits, les rails tordus, les ponts coupés, les poteaux télégraphiques et leurs fils arrachés, ce ne fut que le 6 février que Julie monta enfin à Tours pour embrasser Hortense et passer à la poste.

La diligence était bondée : des hommes, des femmes à demi cachés par des paniers emplis de volailles, de lapins, d'œufs, de choux. C'était la première fois que la diligence repartait depuis dix jours. En abordant la traversée de la forêt, tout le monde se regardait, un peu inquiets, car il semblait bien que là-bas, en haut de la deuxième grande côte, au carrefour de la Pucelle, il y avait un rassemblement, et que des éclairs d'armes brillaient au soleil. La voiture cahotait, rapide dans les descentes, puis remontait lentement entre les branches sombres et dénudées des grands chênes et des hêtres admirables. En haut, ce fut évident : les Prussiens étaient là. Une longue colonne, encadrée par ses officiers à cheval, avançait en chantant au pas cadencé des bottes, sous les casques à pointes.

À la vue de la diligence, claquement de bottes, ordres gutturaux, la colonne s'immobilisa. Ils étaient des centaines qui venaient de Tours, chaudement vêtus, propres, armes étincelantes. La diligence s'était arrêtée et un sous-officier s'avança, ouvrit la portière et embrassa d'un coup d'œil les passagers pétrifiés sous leurs paniers débordants qui sentaient le chou et la volaille. Il rit et dit quelque chose à l'officier à cheval, en tête de la colonne, qui rit aussi, donna un ordre, et la troupe repartit dans le claquement unanime de centaines de bottes. Julie n'oublierait jamais cette rencontre. C'étaient ses premiers Prussiens, c'était la morsure cruelle de la honte.

En arrivant à Tours, elle courut à la poste. Oui, il y avait une lettre pour Mme Juliane... Vivant, il était vivant. Elle tremblait de tous ses membres et eut du mal à décacheter.

La lettre était longue : sachant enfin se servir d'une arme, il était allé la semaine précédente avec son corps franc, le 19 janvier, faire cette dernière « sortie torrentielle » du général Trochu pour percer les lignes prussiennes vers Saint-Cloud. C'était la sortie du désespoir, celle de l'honneur aussi. Ils s'étaient battus jusque dans le château de Buzenval, mais l'armée tout entière avait dû lâcher ses positions sous un feu terrible auquel les nôtres ne pouvaient répondre. Il avait dû rentrer le soir, laissant des amis morts, blessés ou prisonniers. Il avait honte.

La ville de Tours était remplie de Prussiens : ils paradaient, causaient, entraient dans les magasins, caracolaient sur le mail et les boulevards, dévisageaient les femmes qui pressaient le pas, les yeux baissés, presque toutes en noir. Il faisait gris et froid, il y avait des drapeaux prussiens à tous les bâtiments publics.

En arrivant chez Hortense, Julie qui montait rapidement le grand escalier s'aperçut qu'un officier prussien descendait. Il la croisa et salua, presque avec excès. Que faire ? C'était un des occupants des Pillet. Julie eut un bref signe de tête et hâta le pas. À l'entrée, Joseph, fort amaigri, lui fit fête :

— Madame va être heureuse de voir madame. Si madame savait ce qu'est devenue la vie ici, etc., etc.

Au salon, Hortense disparaissait à moitié derrière les dossiers, les colis, les sacs postaux, qu'elle classait et triait avec l'aide de plusieurs dames d'âge, parmi lesquelles Julie reconnut Mme de Vaux, l'épouse du bâtonnier. Hortense aussi avait maigri. Elle avait les yeux cernés, mais elle était plus ferme que jamais :

— Mesdames, voici ma nièce qui, à Chinon, se dépense pour nos blessés. Je te présente, ma chère, le premier noyau tourangeau de l'Union des femmes de France qui vient de se constituer à Paris pour venir en aide aux victimes des malheurs publics. Les prisonniers vont rentrer, dès la paix signée et le premier million d'or versé aux Prussiens. Notre action touchera donc à sa fin, mais restent les victimes civiles pour lesquelles nous allons quêter et organiser des tombolas. Bien entendu, nous devons toucher tous les départements. Assieds-toi, ma chérie, nous comptons sur toi.

Hortense trônait. Durant les quatre mois de présence du gouvernement à Tours, son salon avait souffert de la présence d'une certaine Mme Pelouze, châtelaine de Chenonceaux, qui s'était installée à l'hôtel de Bordeaux dans un appartement du second étage, juste au-dessus de la salle de réunion des députés. On la disait maîtresse de Grévy. Immensément riche, et elle attirait toute la classe politique : M. Thiers, le duc Decaze, le vicomte de Falloux, le comte Daru, le ministre Buffet, etc. On appelait son salon « la petite Chambre ». Hortense, à son arrivée, lui avait déposé sa carte et on en était resté sur une défensive polie. Le salon Pillet avait conservé l'armée, l'administration préfectorale, la finance et les notables tourangeaux. Mais la politique était chez Mme Pelouze. L'occupation ayant chassé cette « rivale », Hortense n'était pas fâchée de faire connaître son initiative sociale et les hommes maintenant trouvaient chez elle les femmes occupées.

On causait avec animation. Il n'était question que de l'héroïsme de M. Gouïn qui avait doublement sauvé la ville car il avait obtenu un rendez-vous du général prussien et, pendant plus d'une heure, avait discuté pied à pied avec son vainqueur. Le général se retranchait derrière les instructions du prince Frédéric mais le maire menaça de démissionner avec tout son conseil municipal si les exigences financières n'étaient pas adoucies.

M. Gouïn lui-même avait raconté à Octave cette dramatique entrevue : « Général, avait-il dit, comment une ville de consommation, sans commerces, sans industries, sans grandes fortunes serait-elle en état de supporter la moitié de cette contribution ? » Le général l'avait alors menacé : « Si la ville n'accède pas à la demande du gouvernement prussien, vous serez personnellement responsable, votre personne, monsieur le maire, en répondrait. » Se levant, il avait alors répliqué : « Général ! vous pouvez disposer de moi. S'il vous plaît de me faire fusiller, ce serait une grande gloire pour ma famille que de voir son chef succomber pour une pareille cause. J'ai deux fils, l'un combat à Paris, l'autre dans l'armée de Chanzy, la vie n'a plus assez de charmes pour que j'y tienne. » C'est ainsi qu'il avait obtenu que la contribution de Tours passe de deux millions à quatre cent mille francs !

Julie, très émue, s'asseyait devant un tas d'enveloppes quand Octave et ses deux neveux associés firent irruption, fourrés de nouvelles :

— Les Français sont ruinés, les communes aussi, mais la France est riche et le restera. M. Thiers va lancer un premier emprunt de libération avec confiance. Les Français vendront sûrement leurs devises étrangères pour le couvrir. Il n'est pas exclu qu'il n'ouvre un jour de nouveaux emprunts internationaux. La rente sera de cinq pour cent, ce qui est honnête (c'était Octave).

— Dix millions d'électeurs, six millions de rentiers, je suis sûr, mon oncle, que ce sera un succès, et que nous allons relever la tête (c'était l'aîné des neveux).

Le seul point noir, disaient-ils tous les trois, c'était la politique :

— Nous sommes en fait en république. Mais les Prussiens n'en veulent pas et vont nous contraindre à des élections pour accepter de traiter. Et pour cela, il faut que Paris se tienne tranquille.

Julie frémit : Paris n'était donc plus sûr ? Édouard était encore garde national. Et qu'est-ce que c'était que cette république qui pouvait encore mettre la capitale à feu et à sang ?

Octave, décidément très optimiste, la rassurait :

— Mais mon enfant, une république n'est pas le règne de quelques sectaires, ni d'une commune (il se redressa), pas non plus le règne de Paris sur la province. D'ailleurs, nous allons voter, et la politique n'est pas affaire de sentiments mais de raison.

Les femmes se taisaient. Ces questions-là ne les concernaient pas. En revanche, Julie apprit que les Bavarois qui cantonnaient chez l'habitant volaient toutes les pendules. Que chez Mme de Vaux, un soir de beuverie, ils avaient brisé tous les miroirs à coups de pistolets. Elle rentra le soir à Chinon, fourrée de nouvelles et le cœur brûlant. Il lui semblait reprendre vie et retrouver une Julie enfouie depuis cent ans, comme la Belle au bois dormant.

Au retour, une longue lettre de Marguerite l'attendait, contant les horreurs du siège : au début, on ne croyait pas que ça pouvait durer, on dilapidait même les provisions en donnant des « dîners de siège ». (On sait combien les Français sont légers !) Mais très vite, avec les grands froids, la raison leur était revenue. Par force ! Marguerite n'avait pas mangé de rat, Bonnier était riche, et avait pu presque jusqu'au bout payer deux francs une poignée de feuilles de chou et trente francs un boisseau de pommes de terre. Mais les malheureux, même les marchands qui avaient dû tous fermer boutique, étaient littéralement morts de faim. Elle-même avait eu si froid qu'elle avait passé tout le mois de janvier dans son lit, un peu par bronchite, un peu parce qu'il n'y avait plus de feu, et beaucoup parce qu'il n'y avait rien à faire. Elle se relevait à peine et découvrait que ses jupes tombaient, que ses corsages flottaient et que son quartier était plein de ruines. Mais « que Julie se rassure (clin d'œil, merci Marguerite), leurs amis avaient tous tenu bon », et elle réclamait des nouvelles. Seule l'amitié les consolerait de l'affreux désespoir où la défaite et les malheurs actuels les avaient plongées.

En effet, Paris grondait. Les couches populaires, affamées, étaient à bout, bonnes à prendre par tous les démagogues que le siège avait jusqu'ici paralysés. Tout l'important se passait à Bordeaux, Paris en était humilié. Les élections exigées par l'ennemi et improvisées en huit jours indignaient tous ceux qui pensaient et mettaient en fureur les couches populaires, car la province avec ensemble avait voté monarchiste ou conservateur.

La lettre tomba des mains de Julie . ce cauchemar n'était donc pas fini ? C'était ça la paix qu'on nous promettait ? Finie l'Union sacrée, la politique se remettait en route. Quand pourrait-elle aller à Paris ?

Gustave, en revanche, suivait de très près les nouvelles et plastronnait : oui, la Touraine n'avait élu que des notables, gens rassis et conservateurs dont on avait grand besoin pour panser les plaies du pays. Et puis, contre 15 000 francs de frais de réquisition, Chinon avait été déclarée « zone protégée » et ne connaîtrait pas d'occupation, ce qui était sans doute une très bonne affaire quand on découvrait le coût des occupants chez les particuliers. D'ailleurs, M. Durel, le préfet, qui avait quitté Tours lors du départ de la délégation, s'était installé maintenant à la sous-préfecture, dans Chinon qui devenait donc une zone neutralisée, au terme de la Convention de Versailles.

À part cela, l'armistice n'avait rien changé. Il n'avait point guéri miraculeusement les blessés, et les hôpitaux étaient toujours pleins. Julie y passait encore le plus clair de ses journées. Tout le mois de février, qui fut encore très froid, rien ne changea. Mais Tours et les environs étaient encore pleins de Prussiens et on apprit qu'un détachement de Bavarois était passé par Rivière et y avait séjourné deux jours ! Des officiers auraient occupé la propriété. Julie suppliait Gustave d'essayer d'en savoir plus long, mais il fallait encore être prudent, la paix ne serait signée qu'à la fin du mois.

* *
*

Le temps se traînait : le mois de mars arrivait, avec ses cruels soleils qui font voir les choses et les gens tels qu'ils sont. Pour la première fois depuis six mois, ce 3 mars, lendemain de l'annonce de la paix enfin signée, Julie se planta devant son miroir et s'observa. Un soleil glacé entrait par la fenêtre de sa chambre, dessinant ses traits sans pitié. Elle avait changé : pas vieilli, non, mais son visage s'était dessiné, aminci, modelé. La Dame à la rose, embuée d'un nuage nacré, était devenue une gravure, une eau-forte, au regard puissant. Les yeux noirs, qui lançaient des flammes si joyeuses, étaient graves.

« Est-ce qu'il va m'aimer maintenant ? Je ne suis plus la même, ni du dedans ni du dehors... » Pas un instant l'idée ne l'effleura que, lui aussi, pouvait avoir changé et même vieilli. Elle réfléchissait calmement devant son miroir, observant ses cheveux tirés à la hâte et ramassés en chignon comme chaque matin depuis la guerre, sa robe noire boutonnée jusqu'au menton. Alors elle arracha le peigne et fit tomber d'un coup brutal tous ses cheveux noirs, ouvrit sa robe, mordit ses lèvres et se sourit. Eh bien non ! Ce n'était pas perdu :

— J'ai trente-deux ans, je ne suis plus jeune, mais je ne suis pas vieille encore, et cette femme qui me regardait tout à l'heure n'est plus moi.

Il fallait enfin se coiffer, s'habiller, s'occuper d'elle. Elle n'alla pas ce matin à l'hôpital, et monta fouiller les grandes penderies du premier étage. Le *Journal des Modes* allait reparaître, la mode allait changer si ce n'était pas déjà fait par nécessité. On sentait bien que les grandes jupes et les jupons, c'était fini. Il faudrait resserrer la jupe du cher ensemble puce, amener l'ampleur derrière, dans le pouf. Elle l'enfila, essaya, se tournant et se retournant devant l'armoire à glace, piquant quelques épingles... Elle verrait ça bientôt à Tours avec Mme Leroy.

En attendant, il fallait terminer au plus tôt *La Petite Berthe*, qu'elle avait abandonnée, enceinte d'un Firmin (nommé Fernand), qui l'ayant sauvée du terrible « saint Bernard ou son chien », s'était engagé avant l'heure. Elle allait le faire revenir, blessé bien sûr, et pourquoi pas au visage, comme le soldat de la Loire ? Tout le jour, sa plume courut : description des batailles (là-dessus, elle en avait assez entendu pour aller vite), hôpital, infirmière, premières nouvelles... mais Firmin-Fernand savait-il lire et écrire ? Berthe sans doute ; lui, pas du tout.

C'est alors qu'elle s'aperçut enfin qu'elle ne savait rien du vrai Firmin ni de la ferme des Hautiers. Berthe avait dû accoucher. Les Prussiens étant passés par là, avaient sûrement rançonné et occupé la ferme. Elle eut honte mais, relancée, décrivait déjà l'officier prussien de chez Octave et ses hommes ivres et brutaux. Avec un courage héroïque, Berthe menaçait de se jeter dans le puits avec ses enfants s'ils approchaient. Le roman serait superbe et vraiment de circonstance.

* *
*

Le 3 mars, les préliminaires de la paix étant signés, Julie décida Gustave à prendre une voiture et à aller inspecter l'état de Rivière. C'était un jeudi et les enfants n'avaient pas classe. Le ciel était clair, pur, mais le vent encore glacé et la campagne désolée.

En arrivant à la propriété, Julie respira : tout semblait intact, le jardin, la grille, le perron, les portes. C'est en entrant que le passage des troupes leur sauta au visage : il y avait des bouteilles partout, vides et jetées çà et là avec des taches de vin sur les sols. Les Prussiens avaient dû boire une bonne partie de la cave ! Tout était sale et en désordre, les serrures forcées, mais apparemment, rien ne manquait.

Elle poussa la porte du salon : tout y était, pêle-mêle, mais intact. Elle eut un regard vers le grand et cher tableau qui trônait face à la fenêtre et recula : la Dame à la rose avait là, à droite, sous le sein délicatement suggéré... la Dame à la rose avait une large blessure, un coup de baïonnette au niveau du cœur. Elle avait été assassinée !

Julie se cramponna à la bergère de l'oncle Hercule, elle avait un malaise et vacillait. On l'avait poignardée, elle et son amour. C'était peut-être un symbole ? Elle sentit monter à sa gorge le pressentiment de quelque chose de terrible : le peintre et son modèle, ensemble, étaient là condamnés à mort :

— Ah ! Les sauvages, criait Gustave, un tableau de cette qualité et de cette valeur ! Il va falloir le faire réparer. On pourra peut-être demander à Édouard de venir le faire lui-même ? En attendant (très myope, il l'inspectait de près), on pourrait coller derrière un morceau de tissu. On ne verrait presque rien.

— Non, mon ami. (Julie reprenait vie.) Non, il faut le laisser comme ça en attendant. C'est une blessure de guerre, rien de plus noble aujourd'hui.

Les enfants qui avaient retrouvé leur chambre avec leurs lits défaits et des taches de vin, couraient chercher balais et plumeaux tandis que Gustave et Julie terminaient l'inspection. Pas de vrai dégât, même dans le linge, sauf à la cave. Comme le temps s'adoucissait, on décida de faire du feu et de rester deux jours pour tout remettre en ordre à la grande joie des enfants. Gustave repartait le soir même et reviendrait le lendemain soir les chercher.

Dès le matin, sous prétexte de rapporter du beurre et des œufs des fermes du voisinage, Julie partit seule vers les Hautiers, sans bien savoir comment elle s'y prendrait pour avoir des nouvelles. Pas question de visite, il fallait sauvegarder la dignité de Gustave et la sienne. Pas question de simuler un hasard auquel personne ne croirait. « Qu'est-ce que je viendrais faire dans cette famille ? », avait d'ailleurs dit Gustave, et que viendrait-elle y faire ? Ni Berthe ni Firmin ne savaient rien d'elle ni de Gustave. C'était un secret entre elle et Jeanne.

La ferme apparut, ombragée de grands arbres dénudés, mais qui assuraient au chemin d'accès une certaine discrétion. Elle avançait à pas légers, distinguait les fenêtres et portes closes, la cheminée qui fumait, le grand fumier auprès duquel elle avait découvert le petit Firmin, et derrière lequel s'ouvraient la grange et l'étable. Il n'y avait personne dans la cour. Que faire ? Elle allait s'en retourner. C'était la raison et elle avait été folle de venir.

C'est alors que de la grange sortit Firmin lui-même, un gros fagot dans les bras, et sifflotant. Il était donc revenu... intact ! Derrière son fagot, il ne la voyait pas. Il traversa la cour, poussa du pied la grosse porte de la pièce, et on entendit distinctement des cris de nouveau-né. Il entra, et la porte se referma sur le silence que seul brisait le caquetage des poules et des canards.

Merci, mon Dieu ! Julie, étrangement émue, entendait battre son cœur dans la solitude si sage de la campagne endormie par l'hiver. Il y avait donc une justice ! L'enfant de Berthe aurait ce que Firmin n'avait pas eu : un père. Elle rentra à pas lents, justifiée. Elle allait envoyer son roman à M. Chapier et, si le journal ne reprenait pas, à M. Bernard, pour être directement publié. Gustave revint le soir pour chercher « ses femmes », comme il disait, et les trouva dans une maison impeccable où rien ne trahissait plus le passage de la guerre, sauf un coup de baïonnette !

* *
*

Tout le mois de février régna une intense activité : on avait bien compris que les Prussiens ne partiraient que la paix signée et qu'ils ne signeraient jamais qu'avec un « vrai gouvernement élu ». Tout se passa si vite que Julie, comme tant d'autres, suivait mal : on avait bâclé les élections en quelques jours et, là-bas à Bordeaux, une assemblée avait nommé M. Thiers chef de « l'exécutif », mais on ne disait pas de « la République », ce qui causait des discussions sans fin dans toutes les réunions. Puis la paix fut signée et les occupants commencèrent à se retirer, sauf dans l'Est où il paraît qu'on se battait encore.

Les blessés guérissaient, rentraient chez eux, et on allait relever les ruines. Mais on n'avait plus les moyens d'indemniser personne. Ah ! Qu'il est long le temps, pour retrouver ces habitudes et cette facilité auxquels vingt ans de progrès vous avaient habitué ! Car il paraît qu'à Paris, trente mille uhlans, le lendemain de la signature, entraient dans la capitale par l'ouest et défilaient victorieux avec fifres et tambours, leurs drapeaux flottant au vent, dans une ville vide, fenêtres et portes closes, les statues de la Concorde voilées de noir. La France tout entière était triste. Julie et son mari, ce jour-là, restèrent enfermés, faisant aux enfants un grand cours sur la patrie, disant la longue et victorieuse histoire de notre pays. Gustave eut la délicatesse de sauter par-dessus la grande Révolution et ses massacres, accrochant quasiment au Versailles de Louis XIV les victoires de Napoléon. Il ne savait pas encore ce qui se passerait quelques jours plus tard dans Montmartre et dans tout Paris, où les « Communards » arrêtaient déjà des otages, fusillaient deux généraux et prenaient d'assaut l'hôtel de ville. Tandis que Paris se retrouvait assiégé, mais cette fois-ci, par les forces de l'ordre.

Plus question de rêver retourner à Paris. Plus de nouvelles. On passait sans transition de la guerre à la révolution... Et Édouard là-dedans ? Les nouvelles arrivaient pires chaque jour : M. Thiers et l'Assemblée avaient dû fuir à Versailles, les Communards étaient armés et si bien dressés contre le pouvoir que la mairie de Chinon (et elle ne fut pas la seule) décida de lever de nouveau une troupe de volontaires pour aller la défendre.

Les financiers, autour d'Octave, s'arrachaient les cheveux : cinq milliards or devaient être payés pour que les derniers occupants libèrent la France, et Paris était à feu et à sang. Hortense elle-même semblait atteinte, ayant perdu cette force qui soutenait Julie et les habitués de son salon : elle avait peur, quelque chose d'essentiel autour d'elle s'écroulait. Elle savait qu'on résiste à la guerre, pas à la révolution. C'est ce qu'elle tenta d'expliquer à Julie en venant la voir à Rivière pour « se ressourcer » disait-elle. Julie qui y passait trois jours, n'avait pas osé lui parler du tableau, et dès l'entrée, Hortense vit : son œil bleu passa rapidement du portrait à Julie elle-même, et celle-ci y lut une sorte de pitié :

— Ma pauvre petite ! Enfin, c'était la guerre, et ce n'était que cela. Ces gens n'étaient que des ennemis. Les ennemis, on les combat debout et dans l'honneur. On ne combat pas ceux des vôtres qui vous assassinent chez vous, au mépris de toute loi et de toute raison. On ne peut que fuir ou se cacher dans le déshonneur. Et ça, je ne peux pas le supporter, je ne le supporterai pas ! Mieux vaut mourir.

Elle s'assit lourdement et son regard arpentait les

commodes, les fauteuils de tapisserie, puis les grands arbres du jardin : tout son passé. Le passé !

— Ce qui arrive, ma chère, est très grave. C'est la faillite, l'écroulement de notre monde, de nos espoirs, du redressement et de la revanche pour nos descendants. Paris brûle déjà, on tue les otages sur des barricades, des femmes arrosent de pétrole les portes et les fenêtres auxquelles ces bandits mettent le feu. Les grandes villes de province, dans le Midi, s'agitent et élisent aussi des Communes : Lyon, Toulouse, Bordeaux, c'est la France qui éclate.

Le jour qui l'éclairait cruellement en faisait brusquement une vieille femme, lourde, aux cheveux gris et au visage blafard. Julie se sentit si mal qu'elle se leva brusquement :

— Venez, Hortense, venez près de la Vienne, allons marcher un peu dans ce paysage si beau, si doux, qui a toujours résisté à tout, guerres et révolutions. Venez admirer ce que rien n'atteindra jamais : cette lumière dans les branchages, ces couleurs du ciel et de l'eau, ces horizons bleutés aux courbes tendres, nos amis immuables et éternels.

C'étaient les mots d'Édouard durant ces instants déchirants de leur dernière séparation qu'il lui avait laissés en viatique : « Il nous reste la beauté, celle du monde qui nous entoure, cette nature qui nous domine tous. Tout est à toi, regarde, je te le donne. » Elle prit fermement le bras de sa tante et l'entraîna dans le chemin de halage. Il y avait encore des fougères rousses, une herbe verte, un ciel bleu, et des paillettes d'or dans la rivière.

Dans quelles pensées se perdait Hortense ? Julie revoyait sa grand-mère, qui était aussi la mère d'Hortense, et qui enfant, avait vécu l'autre Révolution, vu son monde passer cul par-dessus tête. Hortense marmonnait :

— Avoir eu du pouvoir, et ne plus être rien, c'est cela qu'il est impossible de vivre.

Julie ne répondit pas. Elle se moquait bien du pouvoir, mais elle traduisait si bien qu'elle en tremblait : « Avoir eu de l'amour et n'en plus avoir, c'est cela qu'il serait impossible de vivre. Mieux vaudrait mourir. »

Elles marchèrent longtemps, sans mot dire, et rentrèrent comme le soleil baissait.

La voiture d'Hortense l'attendait, il lui fallait repartir. Elle embrassa Julie et murmura : « Merci ma chérie, oui, merci » et s'engouffra dans la voiture. Ce fut, de toute sa vie, la seule faiblesse que Julie lui connut. Ni l'une ni l'autre n'en reparlèrent jamais.

* *
*

Le ciel commençait pourtant à s'éclaircir : les prisonniers revenaient. Les officiers les premiers, par les trains puis par leurs propres moyens. Pour les hommes, installés dans des camps ou des casernements sommaires, parfois sous des tentes bourrées de paille ou des baraques de planches, il fallait organiser les retours groupés, faire un plan de rapatriement et étaler les convois sur plusieurs semaines.

C'est le 12 mars que François apparut, à la gare de Tours, annoncé par un télégramme de Paris, trois heures plus tôt. Éléonore, ses parents et ses enfants, accompagnés des Pillet, fendaient la foule à l'arrivée du train. Les gens descendaient, parmi eux des officiers accueillis par des transports de joie et des larmes. Il y avait aussi tous les civils qui venaient de Paris. Le temps passait, le flot s'éloignait déjà et les premiers wagons étaient vides, quand deux employés arrivèrent aux marches des wagons du milieu : les blessés descendirent aidés et soutenus.

Dans le second wagon, François apparut en uniforme et sortit lentement : deux béquilles, une jambe de pantalon flottant au vent, repliée par une épingle double, un grand corps maigre qui refusait toute aide. On entendit frapper les béquilles l'une après l'autre sur chaque marche. C'était bien lui, le visage était creux, l'expression farouche. Les employés saluèrent, et le corps décharné qui flottait dans sa veste s'approcha. Il vit alors ses enfants terrorisés, Éléonore en larmes et il s'arrêta. Il ferma les yeux, on crut qu'il allait tomber, mais il se reprit, se redressa, jeta la béquille droite et tendit le bras vers Éléonore qui s'y précipita.

— Elle a été très bien, disait Hortense en décrivant le lendemain cette scène héroïque. Pour elle, seul compte son retour. Quant aux enfants, tu sais comment ils sont, il leur semble tout à fait normal que leur père n'ait qu'une jambe.

Julie était arrivée à la première heure chez son frère et en revenait bouleversée. Elle avait à peine pu parler :

— Je suis moins brave qu'elle ! Tous les mots me semblaient remuer le fer dans la plaie, tous les regards insulter son infirmité. Je ne pouvais que l'écouter et puis lui parler de nous, c'est-à-dire de rien, sauf de notre peur de l'avoir perdu. Mais la joie devant son malheur m'aurait semblé indécente et les larmes insultantes. Je n'ai su que le serrer dans mes bras en riant et pleurant tout à la fois. Bien sûr, il est revenu. Mais ce qu'il a souffert et ce qu'il a vécu est atroce. Éléonore assure qu'avec un pilon bien fait et l'habitude, personne ne s'en apercevra même plus, à peine lui. Je sais que c'est faux et que rien de ce que nous avons vécu durant cette guerre ne s'effacera. Intacts ou pas, nous ne serons plus jamais les mêmes.

Hortense qui savait tout, comme toujours, lui apprit que Blaise restait enfermé dans Belfort qu'on n'entendait pas lâcher, et qu'il avait peu de chances de revenir de sitôt. Qu'on démobilisait tous les corps francs, et que Jules Diloy allait donc ne pas tarder à reparaître.

Quand Julie rentra à Chinon, Jules était là : la nouvelle était parvenue déjà à la maison des Chevaliers, on ne sait ni par qui ni comment mais telle était la norme depuis les événements

Chapitre 26

Un autre monde

LE MOIS d'avril n'apporta aucun répit aux angoisses de la province : si le gouvernement de Versailles avait pu juguler les insurrections de Lyon, Toulouse, Saint-Étienne ou Marseille, la Commune de Paris, de plus en plus audacieuse, tenait toujours la ville et tentait une sortie sur Versailles pour renverser le gouvernement. À la suite de cela, l'armée occupa les forts, encerclant la capitale dont on ne savait de nouveau plus rien, sauf que M. Thiers laissait passer les approvisionnements par l'est.

Rassurée sur ce point, Julie tentait de se raisonner : ça ne pouvait pas durer éternellement. M. Thiers répétait que « la France devait et pouvait se relever ». D'ailleurs, ce mois d'avril apportait le répit délicieux des premiers jours de printemps, des œufs de Pâques et des cérémonies religieuses où Julie put communier après une rapide confession à un très vieux prêtre à demi-aveugle à la cathédrale : « Mon père, j'ai péché, il y a six mois, avec un homme que je n'ai jamais revu. »

— En avez-vous regret, mon enfant, et le ferme propos de ne pas recommencer ?

— Beaucoup de regrets, mon père. (On verrait après.)

Et hop, absolution ! Une absolution qui était bien la moindre des choses, alors que Julie vivait depuis plus de six mois sans nouvelles ni contacts, et pour le moment sans espoir. Les enfants étaient en vacances, on s'était établis à Rivière où Julie se sentait plus près d'Édouard et reprenait vie. La France n'avait pas éclaté comme disait Hortense, et les premières fleurs couvraient les prés. On faisait des salades de cœurs de pissenlits, on cueillait les premiers bourgeons éclos pour les mettre dans les vases, les peupliers au bord de l'eau avaient déjà de petites feuilles d'un gris très doux. On oubliait presque que Paris était aux mains des Communards. Julie, le soir, bâtissait dans sa tête un nouveau roman d'après-guerre qui commençait par le retour d'un prisonnier unijambiste.

Ce fut Caroline, débarquant avec une mine affreuse, qui replongea Julie dans la vraie vie. Caroline, de toute évidence, n'était nullement remise de son cauchemar :

— Julie, j'ai besoin de ton conseil. Je ne peux pas rester dans cette incertitude. Figure-toi que je suis allée voir mon cousin Adolphe, le colonel, à Saint-Benoît, et je lui ai tout raconté : la découverte des papiers dans le tiroir, ma naissance avant le mariage, l'adoption. Il m'a arrêtée avant la fin, et figure-toi qu'il était furieux : « Qu'est-ce que tu racontes là, ma pauvre enfant ? Tu n'as pas honte de salir la mémoire de ta propre mère ? Une bâtarde... Apprends qu'il n'y a jamais eu et qu'il n'y aura jamais de bâtard dans notre famille. » J'ai tenté d'insister, car à cette époque, il avait très bien connu ma mère, sa cousine germaine. Mais c'est tout juste s'il ne m'a pas mise à la porte. Quand je suis partie, il m'a regardée très sévèrement et m'a répété deux fois : « Souviens-toi de ce que je t'ai dit et répété : il n'y a pas de bâtard dans notre famille. » Je n'ai encore rien dit à Jules, parce qu'il est revenu épuisé et très affaibli, mais...

— Comment ? Tu voulais lui dire ?

— Évidemment, c'est mon mari.

— Mais pourquoi ? Ça ne peut lui faire que du mal, et qu'est-ce que ça changerait ?

— Mais nos enfants...

— Vos enfants n'ont rien à voir dans ces histoires. D'ailleurs, ton oncle a raison, ça ne sert qu'à faire du mal. Tu ne crois pas qu'un homme qui vient de se battre au risque de sa vie a besoin d'autre chose que de drames chez lui ? Tu m'as grondée autrefois, Caroline, et tu as eu raison. Aujourd'hui, c'est à moi de le faire.

Caroline restait sans voix, éperdue. Tout son monde intérieur, toute la rigidité de Mme de Fontaines s'écroulait sous la pression du bon sens.

— Je te répète moi aussi : dans nos familles, il n'y a pas de bâtard, et puisque tu ne veux pas le croire, je vais te confier un autre secret que tu rangeras fraternellement auprès du tien, dans le silence, puis l'oubli.

Et Julie conta Firmin, devant les yeux exorbités de son amie.

— Tu te souviens de ma broche ? Celle que je disais avoir perdue. Je l'ai vendue pour lui racheter un remplaçant et je n'ai rien dit à Gustave, sauf quand il s'est lui-même aperçu de sa disparition. La vérité, ma chère, on l'a en soi, et c'est déjà dur à porter, tu le sais maintenant. Elle retenait un mot célèbre qu'elle avait entendu à Paris, mais qu'elle n'osa pas dire : « La vérité est une chienne qu'on doit laisser au chenil. »

Les vacances de Pâques terminées, elle rentra à Chinon et le joli mois de mai s'annonça entre deux averses. Les femmes ne voulaient rien savoir des fautes de ce M. Thiers qui occupaient toutes les conversations : avoir fait enlever les canons de Belleville et de Montmartre, avoir supprimé les moratoires pour les loyers impayés de Paris, ça ne les concernait pas. Elles s'ennuyaient, n'aspirant qu'à la paix et à la fin de ce cauchemar.

Ce n'est que le 22 mai qu'on apprit l'horreur : le gouvernement avait envoyé les troupes avec Mac-Mahon pour mater l'insurrection, ils étaient entrés dans Paris et c'était la guerre ! Une guerre de rues, pire que l'autre, une guerre entre Français. Toute la semaine, la province vécut absente : on se battait à Paris, on tuait, on massacrait des deux côtés, les insurgés mettaient le feu partout, faisaient sauter les plus beaux monuments avec des barils de poudre et personne n'y pouvait rien.

Julie qui connaissait Paris comprenait mieux que Gustave ce que disaient les journaux : il y avait des barricades partout, des pavés entassés, derrière lesquels on se battait au pont d'Austerlitz, aux Buttes-Chaumont de si tendre mémoire. On incendiait de la rue du Bac à l'hôtel de ville. On égorgeait, on fusillait des otages sur les barricades de l'hôtel de ville. Tous ces noms-là, elle les connaissait. C'était parti de Montmartre, là-haut, où elle avait dîné un soir avec ce Paris, si beau, à ses pieds. Elle croyait voir ces femmes en cheveux qu'ils avaient tant croisées, arroser de pétrole les Tuileries et les monuments publics qu'Édouard lui avait fait admirer.

Gustave qui lisait tant de journaux expliquait le soir aux enfants que ces gens étaient des fous qui prétendaient se gouverner eux-mêmes, faire de la France un amas de communes, comme Chinon et sa mairie, et toutes indépendantes les unes des autres comme autant de petits royaumes. Une vraie folie !

Chez Hortense, les officiels étaient atterrés parce que cela se passait sous le regard de nos vainqueurs. Certains soupçonnaient Bismarck de soudoyer l'insurrection et de toute façon, bien que cela paraisse peu plausible, il profitait de cette agonie de notre nation. Octave et ses neveux étaient plus terre à terre :

— Et comment faire face à ce premier milliard que le traité exige pour que les Prussiens retirent leurs troupes de notre territoire ? On n'a déjà pas pu payer les premiers cinq cents millions, tant on est accablé par les réquisitions de leurs troupes.

Le dimanche suivant, tout était fini : Paris ensanglanté, éventré, Paris fumait et les prisons étaient pleines. Des milliers de prisonniers étaient entassés dans les forts ou emmenés à Versailles, et plus de dix mille d'entre eux étaient condamnés à la déportation.

Les premières lettres arrivèrent la semaine suivante. Celle d'Édouard et celle de Marguerite ensemble. Julie les lut tout haut, le soir, devant les enfants et les Diloy : Marguerite s'était cloîtrée, mais Édouard avait été partout, dessinant, esquissant près des barricades, se cachant derrière les portes cochères et se réfugiant dans les maisons abandonnées, menacées par le feu. Avec tous ses croquis, terribles, il projetait un tableau qui fixerait à jamais cette folie populaire et l'horreur grandiose des révolutions.

Marguerite, bien renseignée par Bonnier, faisait l'inventaire des destructions : les Tuileries, l'hôtel de ville, le Conseil d'État, la cour des comptes, la chancellerie de la Légion d'honneur, le Palais de justice, le ministère des Finances, la Caisse des dépôts, la chapelle de Louis XVI, sans oublier la colonne Vendôme, déboulonnée en premier. Tout avait brûlé pendant la semaine entière, éclairant des nuits d'angoisse et d'horreur. Bonnier avait dressé la conclusion en une phrase lapidaire : « La répression avait été une opération douloureuse, héroïque, qui avait trop tardé. La plus sombre des victoires, terrible mais nécessaire. »

Marguerite n'avait pas de mots pour décrire ce Paris sanglant, en ruine, cette ville mutilée, souillée, éperdue et sortant d'un cauchemar. On n'avait plus d'espoir qu'en M. Thiers, et le maréchal de Mac-Mahon. Comme Édouard, elle terminait par ces mots « quand nous reverrons-nous ? ».

* *
*

Les choses allèrent plus vite qu'on ne l'avait craint : Paris revivait et un mois plus tard, M. Thiers passait en revue à Longchamp une armée formidable de cent vingt mille hommes, devant des foules parisiennes bouleversées d'émotion.

Certes, l'argent manquait, et il fallait payer deux milliards aux Prussiens avant la fin de l'année. Tout cela allait coûter cher, mais M. Thiers lançait un emprunt à cinq pour cent qui en réalité, disait Octave, rapporterait du 6,17. On avait créé des petites coupures de papier-monnaie extrêmement pratiques, et on eut l'heureuse surprise, non seulement de voir l'emprunt couvert dans la journée, mais de le voir rapporter quatre milliards et demi ! Octave disait que la France avait relevé son crédit devant le monde entier.

Puis les journaux reparaissaient : on allait donc revoir le *Journal des Modes*. Julie avait terminé *La Petite Berthe* et écrivait à M. Chapier pour l'en avertir : quand pourrait-elle lui apporter son nouveau roman, « tout à fait de circonstance » ?

Le 7 juillet, quand Julie put enfin partir pour Paris, il faisait une chaleur torride. Elle ne savait plus comment s'habiller. Le premier numéro du *Journal des Modes* n'était pas encore sorti. Hortense prétendait que l'avenir était à la discrétion, surtout dans l'ampleur des jupes, aux couleurs sombres et neutres, à une sorte de deuil national en somme. Julie avait fouillé le grand placard et rabattu l'arrière de la jupe de la robe rose en un pouf assez discret. Sous un grand châle noir avec une petite paille blanche, elle espérait faire face à toute éventualité.

Dans son sac, *La Petite Berthe* qu'elle n'avait pas osé confier aux postes. Le cœur serré d'un mélange de joie et d'angoisse, elle s'installa dans un wagon bondé. Comment allait-elle les retrouver tous ?

Il faisait de plus en plus chaud et le train se traînait lentement. Les gares étaient souvent en ruine, certaines tout juste réparées. De sa vitre enfumée, Julie apercevait des villages incendiés, des maisons écroulées, des champs en friche... Un village détruit le long de la Loire, « Cercottes » ou l'équivalent ! Qu'était-il donc devenu, ce pauvre héros à demi fou, qui n'avait sans doute pas pu retrouver sa maison ?

Le train mit sept heures avec de nombreux arrêts. On étouffait. Enfin la couronne de Paris se dessina, pleine de ruines, puis en soufflant et sifflant, le train entra dans la gare au moment où l'orage enfin éclatait.

Édouard et Roland étaient sur le quai. Julie eut un haut-le-corps : Édouard avait le bras en écharpe. Il avait donc été blessé et ne le lui avait pas dit. Roland, qui avait dû perdre dix kilos, en était rajeuni, mais Édouard flottait dans sa blouse de peintre sous une grosse lavallière rose à pois noirs. Tous deux se regardaient intensément, et il semblait à Julie que ses yeux avaient encore pâli, elle y voyait comme un reflet du ciel. Ils montèrent en voiture en silence. Roland parlait seul, intarissable. Lui aussi avait assisté à de sérieux accrochages et passé des nuits d'angoisse au son du canon, des nuits où l'on voyait comme en plein jour à la lumière des incendies. Le dimanche, le jour de l'arrivée des Versaillais, il était comme tous les badauds que sont les Parisiens, sur la place de la Concorde pour voir les barricades : celle de la rue Royale, amas informe de pavés, de sacs de sable et de chiffons, était célèbre. Il y régnait un certain Napoléon, personnage pittoresque dont tout le monde parlait. Roland donc bavardait avec la foule quand une femme arriva, très agitée :

— Vous devriez rentrer, monsieur, et aussi ce monsieur anglais ! Mon mari que l'on a gardé de force à l'hôtel de ville dit que c'est pour aujourd'hui que les Versaillais attaquent.

Quelques minutes plus tard, un premier obus tombait sur la Concorde, faisant un trou énorme. Comme un seul homme, tous les Fédérés escaladèrent les barricades, traînant canons et fourgons sur les pavés, dans un tumulte infernal, et couraient vers l'hôtel de ville. Roland avait pu rentrer chez lui de justesse : les soldats de la Marine déboulaient, baïonnette au canon, depuis le Trocadéro.

La pluie frappait violemment le toit et l'orage grondait. Roland tenait à conduire Julie tout droit au lieu du désastre, mais d'emblée, il était évident qu'on s'était battu partout et que la ville était sens dessus dessous. Bien avant le boulevard Saint-Germain, des murs noirs, des trous dans la chaussée, de belles maisons éventrées, des tas de pierres repoussés sur les trottoirs. En arrivant à la Seine, ce fut l'horreur : des pans de murs noircis se dressaient comme des fantômes derrière le jardin ravagé. De la Seine à la rue de Rivoli, les restes du palais se découpaient sur un ciel noir que déchiraient les éclairs. Roland parlait, parlait, puis se frappa le front :

— Ah ! J'oubliais que ta tante Marthe est morte au début du siège. On n'a pu prévenir personne, sauf moi, bien que cousin très éloigné. Elle laisse peu de chose évidemment, mais elle a fait de toi son héritière : son notaire t'attend.

Julie eut une larme, était-ce pour tante Marthe ou pour toutes ces horreurs ? Pauvre tante, ses livres pieux, ses visites charitables, ses robes grises de petite souris épouvantée par la vie... Oui, elle irait voir le notaire. Mais Édouard lui prenait la main et la gardait jusqu'à l'hôtel de ville dont Roland ne voulut pas lui faire grâce.

Édouard avoua enfin qu'il avait été blessé à l'épaule, lors de la « sortie torrentielle ». Pas bien soignée évidemment, la blessure s'était infectée. Quant à l'articulation, elle n'était pas encore consolidée. Mais tout cela bien sûr, n'était rien. Il accompagna Julie dans la chambre rouge avec son bagage, tandis que Roland, trempé, se changeait, et il put enfin la recevoir, pantelante, dans ses bras.

On dînait tous chez Marguerite qui attendait Julie avec impatience. Demain, oui, demain, Édouard viendrait la chercher pour la conduire dès le matin au *Journal des Modes*... Mais d'abord chez lui.

* *
*

Rien n'avait changé, ni en elle ni en lui. Ce furent des instants fulgurants. Des éclats de bonheur, de tendresse, d'intelligence commune. Des instants qui ressemblaient à des feux d'artifice. Des gorgées de douceur qui entraient par les yeux, le contact d'une main, la chaleur d'un corps Des instants dont Julie savait qu'il faudrait les emporter avec elle, collés à sa peau et à son cœur. Elle riait, parlait, racontait :

— Depuis combien de temps sommes-nous séparés ? Dix ans au moins ! Dix ans habités par ta seule compagnie intérieure durant ces mois atroces. Dix ans pendant lesquels je vous ai aimé, monsieur, comme je respire. Au moins dix ans depuis ce banc de l'Alouette, ces larmes et ce mot : « Vous écrirez un beau roman d'amour ! » Non, je le vis et le vis chaque jour depuis les premiers instants.

Édouard la serrait contre lui, à court de mots. Il lui montra tous ses dessins de la semaine sanglante : barricades, drapeaux rouges, fusils, visages passionnés de femmes échevelées et même d'enfants. Julie feuilletait en silence. Elle voulait savoir si tout cela n'avait pas fait de l'ombre à son amour. Qu'est-ce que c'était, au milieu de tout cela, qu'une femme dont on ne savait rien, là-bas, inatteignable ?

Il y eut un silence puis il lui prit les deux mains, et, plongeant ses yeux pâles dans les siens, il eut ces mots étranges, inoubliables :

— Rassure-toi, j'ai fait la guerre, j'ai tué des hommes et perdu toute illusion sur le monde. Mais la seule chose que je ne puisse pas faire, c'est d'arracher ce lierre qui a poussé dans mon être et qui m'attache à toi par mille racines. Même si je n'en voulais plus (car figure-toi, ce n'est pas pratique d'aimer une femme qu'on ne voit jamais), même si je le voulais, je n'en serais pas débarrassé... Comme un vieux mur que le lierre dévore jusqu'au cœur, si le lierre meurt, on s'aperçoit qu'il n'y a plus de mur derrière...

Il y eut un long silence, puis Édouard murmura si bas qu'elle ne fut pas sûre d'avoir tout entendu :

— Quelle lâcheté ce serait, madame, de préférer la paix d'une âme indifférente aux tourments délicieux, parfois déchirants, d'une passion impossible ! Il murmura encore les mots d'orage et, à la fin, le « calme de l'âme ».

Il était profondément bouleversé par ces insurgés qu'il avait observés avec un curieux mélange d'horreur et de fascination :

— Tout ce sang, ces hommes couchés en joue, ces cadavres, et puis ces femmes, cette passion qui éclatait dans leur visage, presque comme dans l'amour. Leurs gestes, leurs cris, leur audace...

— Quoi, des femmes ? Mais comment, pourquoi ?

— Pourquoi... (Édouard parlait lentement, cherchant ses mots), parce que leurs souliers ouverts, parce que leurs robes en loques, leurs visages creusés avant l'âge, leur maigreur, et ces flammes dans leurs yeux... Parce que ce peuple, presque mort de faim, a cru sans doute gagner le paradis, celui de l'égalité et du pouvoir... Parce qu'on leur a fait vivre un rêve : venger leur malheur et celui des leurs, sauver leurs enfants de cet enfer qu'était leur vie, et il a suffi de quelques scélérats pour transformer le rêve en cauchemar. Une foule, je sais maintenant ce que c'est. Toutes les révolutions semblent mettre en fièvre les natures basses et prêtes à mal faire.

Julie écoutait passionnément :

— En somme, tu dis que c'était pour ce fameux progrès, dont ils étaient exclus ?

Édouard haussa les épaules :

— Plutôt son rêve. Le progrès, en bien comme en mal, entraîne la société au bord d'un abîme où elle peut tomber. Mais le changement est une loi inéluctable qui domine la nature.

— Édouard, on dirait que tu les approuves, que tu les excuses. Et je ne suis pas sûre, moi, de te comprendre. Après tout, je ne suis qu'une femme et ces choses-là...

Édouard sursauta :

— Qu'une femme ? Mais tu es mon égale, ma femme, ma sœur, tout cela à la fois. On dirait que tu n'oses pas être ?

Julie, saisie, repensait à Marguerite Durand, mais Édouard continuait, grave, presque sévère :

— Tu me demandes pourquoi, Julie... la raison de cette folie ? Mais il y avait au départ chez ces hommes le souci légitime de sortir de la misère, d'améliorer le sort des ouvriers qui les a fait se grouper, lire, réfléchir, lutter. Après ça, quoi ? Des meneurs et des foules, matières inflammables pour les agitateurs. Puis des échappés de Charenton que le sang rend fous furieux, exploitant leur malaise, leur malheur. Et ça explose, c'est l'insurrection ! Il y avait déjà eu des révoltes pendant le siège, mais les forces de l'ordre avaient eu le dessus. Ce qui était dangereux, ce n'étaient pas les révoltes, mais la vérité de leurs griefs. On ne les a pas écoutés, on n'a rien compris, c'est bien ça le vrai « pourquoi ».

Le monde de Julie vacillait. Il lui semblait le voir sous d'autres couleurs, avec d'autres yeux, et elle se taisait, épouvantée de ce qu'elle devinait, même autour d'elle.

Le lendemain, quand elle arriva de chez son éditeur, Édouard était à son chevalet et devant lui posait une jeune fille brune, de type espagnol, avec un visage brûlant, cheveux défaits, corsage déchiré sur une épaule nue :

— C'est Sidonie. Elle fait le tour de ses clients pour des poses. Son père a été blessé et se cache chez eux à Belleville, et ce qu'elle raconte mérite que tu l'écoutes.

— Bonjour, mademoiselle, vous posez pour le grand tableau sur l'insurrection ?

— Oui madame. Ce que je suis contente que M. Édouard le fasse ! On y était tous, les premiers jours, même mon petit frère qui a dix ans. Et on est bien triste maintenant. Ma mère a repris avec les deux derniers aux chaussures. Mais deux francs par jour, ça ne fait pas beaucoup pour nous tous. Alors je cherche du travail. Maman pique, les petits ramassent les recoupes, mais il n'y a plus de diligence, ils vont à pied.

Sidonie était bavarde et Édouard s'activait :

— Sidonie a quinze ans. Tu ne trouves pas, Julie, qu'elle a le visage d'une mystique ? Sainte Thérèse sur les barricades... ça me plaît bien !

Il rit, et d'un coup de fusain, termina l'esquisse d'une grande auréole autour de la tête.

— Voilà, Sidonie, c'est assez pour aujourd'hui. Je t'arrondis à un franc cinquante. Tu reviendras la semaine prochaine pour les couleurs. Tu remettras ton caraco rouge, et surtout, ne le raccommode pas !

La porte se referma, Julie restait debout dans sa robe rose, comme paralysée :

— Voilà, mon amie, ce que tu pourras raconter à Chinon si on te demande, comme tu l'as fait : « Pourquoi ? » Une femme et deux enfants, chaque jour, font cinq à six kilomètres à pied dans la nuit pour travailler douze heures et gagner quinze francs par semaine. Tu pourras dire que tu as vu les ruines de Paris, mais aussi celles d'une société d'aveugles.

Il avait l'air presque hostile. Quelque chose se brisa dans le cœur de Julie :

— Est-ce que c'est de ma faute, tout ça ? murmura-t-elle doucement.

— Ni la tienne ni la mienne, mais la nôtre à tous, et le pire serait de ne pas le savoir.

Il la prit dans ses bras, mais elle resta triste. Elle refusa qu'il la reconduise à la gare le lendemain. Elle devait aller dire adieu à Marguerite qui la ferait conduire par sa voiture. Elle était sur le pas de la porte, les deux mains dans celles d'Édouard :

— Pourquoi, Édouard, mais pourquoi nous sommes-nous aimés tout de suite au premier regard et sans même nous connaître, alors que... ?

— Parce que les cœurs sont touchés si on leur parle sur le ton qui est le leur et s'il répond de même. Les premières paroles, les tiennes, les miennes, ne disaient rien au fond. Mais elles étaient celles que nous attendions sans le savoir. Celles d'aujourd'hui aussi, même celles qui t'ont fait mal.

Julie avait eu beaucoup de peine à distraire quelques heures chaque jour pour faire figure et se rendre à ses affaires. Mais d'abord, celles de tante Marthe, et c'était toute une expédition. Le notaire de tante Marthe, comme le couvent, était à Passy, un charmant village peu touché par la guerre. Julie dut prendre une voiture, passer par la Concorde et les quais de la Seine encore meurtris, le cœur plein de remords, car pas une seule fois, à aucun de ses voyages à Paris, elle n'avait été voir sa tante ! Bien sûr, les nouvelles de la supérieure la disaient en enfance, et sans doute n'aurait-elle pas reconnu sa nièce. Mais c'était très mal. Pire encore quand on savait pourquoi. Elle n'avait pas mérité que sa tante lui laisse même une boîte d'allumettes.

Elle était donc arrivée très triste chez maître Leroux, beau vieux monsieur, long et sec, qui feuilletait un dossier vert pas bien épais, près d'un coffret que Julie reconnaissait :

— Mlle des Bordes, votre tante, madame, vous laisse par ce testament tout son avoir qui se monte à un modeste portefeuille écorné d'année en année au profit du couvent. Cinq mille francs, placés à cinq pour cent, ainsi que quelques bijoux et une liasse de lettres. Tout cela m'a été remis par la supérieure de la Médaille miraculeuse lors du décès de Mlle des Bordes, qui eut lieu, vous le savez, pendant le siège.

Julie avait ouvert le coffret. Les bijoux lui firent monter les larmes aux yeux : la charmante broche que tante Marthe portait à son mariage, le bracelet identique à celui de sa sœur, la mère de Julie, le collier de perles qui n'avait jamais été porté à sa connaissance. Il y en aurait pour Marie et Eugénie, sans faire de jalouses. Julie mit les lettres et les bijoux dans son sac, mais que faire des bons ? Le notaire refermait sur eux le dossier :

— Il me faudrait la signature de votre mari, madame, et ses instructions. Peut-être veut-il les vendre ?

Encore ! Ç'avait encore été la même chose : l'héritage de sa propre tante ne pouvait tomber que dans les mains d'un mari qui n'était rien à cette dernière. Il pouvait prendre, vendre, refuser, bazarder...

— Vous permettez, maître, que je jette un coup d'œil sur les lettres avant de vous quitter ? Peut-être y a-t-il des instructions ou des volontés...

Elle avait feuilleté rapidement : une lettre de sa mère, une autre de sa grand-mère (elle reconnaissait les écritures), une douzaine de lettres épinglées ensemble, à l'en-tête d'un couvent de jésuites et intitulées « Ma chère fille ! », et puis une enveloppe cachetée : « Pour Julie. »

De son écriture transparente et aérienne, tante Marie léguait les bijoux, souvenirs de famille, à ses deux petites-nièces et exhortait leur mère à « les élever dans l'amour du bien et de la vertu, celui du dévouement et le mépris des choses de ce monde. Tout ce qu'elle avait tenté d'inculquer à sa chère Julie, pour laquelle elle ne cessait de prier ».

Dieu merci, elle n'avait jamais su que sa chère Julie aimait un homme qui n'était pas son mari et écrivait des feuilletons dans un journal mondain, œuvre de perdition, ni que ces deux murs épais la séparaient de Dieu à qui la sainte femme avait remis sa pauvre petite âme.

Plus gaie, la visite au *Journal des Modes* : on y était en ébullition ! Le monde avait changé, la mode devait donc en faire autant. M. Chapier, très amaigri mais très aimable, feuilletait des liasses de dessins que la fausse Mme de Sainte-Adresse commentait avec excitation :

— Tiens, mais c'est notre Mme Juliane ! Toujours belle et avec un gros paquet qui fera les délices de nos lectrices. Pas trop triste, tout de même, ce roman ?

— Non, non, et ça finit bien, rassurez-vous ! Mais vous permettez que je jette un coup d'œil à ces dessins, moi aussi ? En province, nous ne savons rien...

Monsieur Chapier souriait et tournait les pages de la future première livraison :

— La mode, chère madame, est l'ornement de la société, mais elle traduit aujourd'hui son désarroi. Les Français sont ruinés, il faut donc être élégante à moindre frais : fini l'ampleur ! Tout le monde ne peut plus acheter quatorze mètres de tissu pour trotter et faire ses courses.

Tenez, voici une robe nouvelle qu'une femme ingénieuse peut faire avec deux robes un peu fatiguées, jupe de l'une sur jupe de l'autre. Là, c'est une transformation très simple des anciennes robes : toute la jupe est plaquée devant et ramassée derrière en pouf sur une tournure en demi-cage.

— Ici, on relance la polonaise, s'écria la fausse Mme de Sainte-Adresse : une robe de dessus dégage une ancienne jupe et forme traîne pour en faire une robe de dîner. Là, vous rénovez toutes vos toilettes grâce à une grosse écharpe nouée sur le pouf, avec rappel au bas des manches. C'est charmant.

Julie avait feuilleté, enchantée : en somme, le drapé doit maintenant être serré et s'enrouler sur les hanches, faisant une silhouette de panier surmontée d'une espèce d'allumette. Il vaut mieux être mince et avoir subi un siège.

Elle riait et feuilletait toujours.

— Tenez, avec un tablier drapé et un fichu, c'est ce que nous appelons le style « tapissier ». Ou cette robe fenaison, ça vous irait à merveille — avec ce toquet — ce sera la folie de l'hiver : ça tient du bonnet de police, de la schapska et du bonnet persan... C'est mignon, délicat, distingué !

Julie feuilletait :

— Mais monsieur, quelle audace dans les couleurs : vous êtes sûr que les femmes oseront ?

— Si c'est la mode, elles oseront tout chère madame ! Tenez, je vous vois très bien avec ces accessoires vert grenouille sur une robe noire, on encore avec ce violet monseigneur, vous qui êtes brune.

Julie était sortie, fourrée d'idées et d'une humeur charmante pour affronter le terrible M. Bernard, au coin des deux boulevards meurtris et encore encombrés des restes des barricades qu'elle enjambait en relevant discrètement sa jupe. M. Bernard retirait les deux premiers livres, avec parcimonie, mais c'était tout de même une bonne nouvelle.

Ne restait plus qu'à faire des adieux : à cette rencontre de l'été 71, dans la touffeur de l'atelier plein de croquis déchirants, fut dit entre Julie et Édouard l'essentiel de ce qui semble indicible entre les êtres. Avec des mots certes, mais accompagnés de silences, de gestes, de regards plus éloquents et plus riches que tant de phrases maladroites qui ne couvrent souvent qu'une part du réel. Elle rentrait différente, mûrie, elle avait cessé de rêver sa vie. Elle attendait en paix des miettes de bonheur à savourer : celles du festin des autres.

Chapitre 27

Est-ce que c'est ça l'amour, maman ?

La France se redressait avec une rapidité que l'Europe n'attendait pas. En deux ans, tous les emprunts furent couverts, les Prussiens payés, le territoire libéré. Restait à panser les plaies des destructions et des ruines. On discutait de la valeur comparée de la monarchie et de la République. Henri V plaisait bien à Julie par son air de douceur et son auréole d'héritier de nos rois, mais comme il ne cédait pas sur le drapeau blanc, on passa en République sans le moindre drame familial : Octave était franc-maçon, François tolérant et Gustave bourgeois jusqu'au bout des ongles.

Julie avait mis en chantier un nouveau roman qui coulait comme une source : Blanche, pure et belle jeune fille, apprenait qu'elle était née avant le mariage de sa mère et, dans un silence obstiné, refusait un charmant fiancé auquel elle ne pourrait jamais avouer cette tache infamante. Elle avait en elle-même les accents déchirants de Caroline et s'enfermait dans une expiation bienfaisante. Puis trouvait un matin un bébé abandonné sous le portail de la cathédrale, une lettre de femme désespérée épinglée sur son maillot. Blanche le recueillait, l'élevait, etc. Et Julie savait déjà que cet enfant était le fils d'un jeune héros de Reichshoffen, unijambiste qui, grâce à un vieil oncle colonel, apprenait un jour l'existence de cet enfant, la mort de la mère, et épousait Blanche, enfin justifiée. Restait à prier le Seigneur pour que Caroline ne tombe jamais sur le *Journal des Modes*.

Les enfants grandissaient. À seize ans, Marie était déjà une véritable maîtresse de maison, savait tout faire, et ses portraits au pastel étaient charmants. Eugénie chantait à ravir, s'accompagnant au piano. Elle devenait surtout très belle : brune à peau très blanche, les yeux bleus des La Gravière, immenses. Fine, élancée et délicate, elle dépassait en taille son aînée qui (on s'en aperçut lors de la communion de la cadette) n'avait pas pris un centimètre depuis ce grand jour, alors qu'elle avait de tous côtés « embonni ».

Déjà Eugénie faisait ombrage à sa sœur et cette dernière ne pouvait que s'en apercevoir. Leur relation était étrange : habitant des chambres voisines, se disant tout, partageant les mêmes passions, les mêmes rêves, elles s'adoraient et étaient inséparables. Mais une ombre s'était glissée entre elles. Eugénie admirait sa sœur aînée, l'écoutait et cherchait à lui plaire. Marie couvait sa sœur, son élève, son ombre et, par mille tracasseries, manifestait une jalousie féroce parfaitement ignorée : elle était sévère sur tout, exigeait d'Eugénie une soumission de disciple, la jugeait avec justice mais sans la moindre indulgence dans tout ce qu'elle faisait, comme dans ce qu'elle était, c'est-à-dire insouciante, légère, gracieuse et irréfléchie.

Julie voyait bien que la rivalité de cette délicieuse créature brisait le cœur d'une jeune fille trop intelligente qui avait reçu du ciel tout ce qui est inutile à une femme et l'avait privée de l'essentiel. Marie ne serait jamais belle, quoi qu'on fasse. Elle brûlerait toute sa vie de ses dons inutiles, et à qui pourrait-on la marier, sans dot ou presque, puisque la fortune des G. s'était partiellement envolée dans les terres brûlantes du Mexique ?

Plus grave, le phylloxéra, ce minuscule insecte venu d'Amérique, envahissait toutes les vignes de France et allait sûrement atteindre la Touraine, rongeant racines et troncs, condamnant les récoltes. On avait cru d'abord qu'il n'attaquerait pas nos cépages, mais seulement ceux d'Amérique. Hélas ! en deux ou trois ans, c'était la ruine des vignobles. Gustave n'avait vraiment pas besoin de ça.

Mais le plus grand changement dans la maison des Chevaliers fut la mort brutale de Léon. Quel âge avait-il ? On ne savait pas vraiment et Gustave le connaissait depuis toujours. Il buvait sec depuis toujours également. Or un matin, il fit une crise.

Alphonsine avait frappé très tôt à la porte de la chambre : Léon s'était éveillé et avait en vain tenté de se lever. Il se débattait furieusement, voyait des bêtes, on ne sait lesquelles, qui s'agitaient dans la chambre, le menaçant. Il tremblait de tous ses membres en émettant des paroles confuses. Gustave se leva en hâte. Léon avait dans son lit des yeux exorbités et invectivait des monstres invisibles. C'était un delirium tremens. Il avait toujours bu, mais sans doute plus qu'on ne le pensait. Impossible de le calmer et de le maîtriser, d'ailleurs il sombra brutalement dans une sorte de coma. On le transporta à l'hôpital où il mourut le lendemain sans avoir repris ses esprits.

Julie s'aperçut alors qu'Alphonsine était très vieille : elle ne pleurait pas, ne disait rien ; une statue de sel, toute droite et murée dans sa dignité. On découvrait alors qu'elle avait une tombe de famille dans un village près de Saumur où vivaient les neveux qu'elle avait élevés quand elle était très jeune, avant d'entrer en service à Chinon, à vingt ans, chez la terrible Mme G. C'est là qu'elle s'était mariée à Léon, cadet de cultivateurs, qui travaillait déjà à la verrerie. On fut tous en famille à Douai-la-Fontaine avec le cercueil. On découvrit alors la famille d'Alphonsine, dont on savait bien qu'elle continuait à les aider, envoyant à Noël toutes ses économies de l'année. Leur ferme était bien tenue et leur famille nombreuse : cinq grands garçons et deux fillettes, visiblement tous bien élevés.

La messe fut très digne. Eugénie qui était sensible comme une corde de violon pleura. Les neveux avaient fait un repas d'enterrement digne des maîtres, mais aussi du fameux dicton : « Un enterrement à Douai vaut un mariage ailleurs. » Eugénie, trop arrosée de saumur blanc, éclata de nouveau en sanglots au dessert et Alphonsine, émue, sortit enfin de son silence pour déclarer :

— Ça me fera gros cœur, ma petiote, de te quitter, toi si mignonne. Mais madame comprendra bien qu'à mon âge et seule, il faut me remplacer. Frédéric et Louise me prennent chez eux, je les aiderai pour les enfants.

— C'est bien normal, n'est-ce pas madame ? Tante Alphonsine va avoir soixante-quinze ans, ce sera bien la première fois qu'elle pourra se reposer un peu.

Julie aussi avait eu de la peine. Alphonsine avait accompagné, par ses silences et ses regards presque fraternels tous les grands moments de sa vie. Elle la revoyait près de son lit quand elle avait failli mourir, intelligente et utile : (« Quand j'ai eu moi aussi ma fausse couche... »). Elle la revoyait près du lit de mort de Mme G. (« Il faut aller vous reposer, madame, je vais veiller. ») Surtout dans la salle à manger, encadrée dans la porte, quand Mme G. avait eu son attaque. Alphonsine avait tout su, tout porté avec elle. Julie allait se sentir seule.

Et puis, il avait fallu chercher non pas un couple, les G. n'en avaient plus les moyens, mais une jeune, active et forte, qu'on ferait aider pour les gros travaux, mais qu'il faudrait d'abord former. Tout cela occupa beaucoup Julie qui tenait à conserver les mardis d'Hortense. Ils étaient moins brillants parce que tout un chacun portait un deuil, un chagrin, quelque malheur ou quelque souffrance discrètement cachés. On ne revit que lentement.

* *
*

Deux fois par an, Julie montait à Paris : journal ou éditeur, tout était bon. Elle acceptait maintenant les invitations pressantes de Marguerite qui s'acheminait lentement vers la fin d'une femme : le vieillissement, comme Hortense, d'un seul coup. Et elle tremblait de perdre Bonnier ! Julie avait accepté d'abord pour un soir, puis pour tout le séjour. Roland ne s'en était pas formalisé, au contraire, il venait déjeuner en pique-assiette, presque tous les jours, et Marguerite couvrait les soirées et les nuits de Julie à l'atelier.

Édouard l'accueillait toujours avec la même passion, mais Édouard était triste. Son grand tableau, *L'Insurrection*, sur un fond de flammes et d'incendie dans la fumée des barricades, la petite Sidonie brandissant un drapeau rouge devant une foule de blouses et de casquettes, n'avait pas plu. Disons-le tout cru, il avait fait scandale à l'exposition de 74. Comme le poème de M. Victor Hugo, *L'Année terrible*, on accusait ce tableau : tout haut, on n'y voyait qu'un entassement laborieux d'images redondantes, de rêves humanitaires, d'effusions puériles et lugubres. Mais tout bas, on l'accusait de complaisance. « Grandiloquent, sinistre et prétentieux », avait écrit *Le Moniteur*, ce qui était faux : il était déchirant, passionné et superbe.

— Mon tableau est sûrement ce que j'ai fait de plus achevé. C'est un cri de l'âme, traité d'un trait novateur où se fondent les lumières incendiaires et celles de la passion. La vérité, c'est qu'on ne veut pas se souvenir de ces « années terribles ». Il m'aurait fallu, comme les autres, faire rêver d'un avenir tranquille et mesquin, avec des jeunes filles au piano et d'heureuses mères parmi leurs bambins. Faire semblant en somme, ce que je ne saurai jamais faire.

Julie écoutait, désolée, le tableau était là, dans l'atelier, il était si bouleversant qu'Édouard l'avait tourné vers le mur.

— Ces années terribles, mon amie, sont maintenant pour l'histoire, pas pour nous. Mais nous, les peintres comme les poètes, sommes des témoins, et si les témoins sont muselés, bâillonnés, il n'y a que mensonge et ignorance.

Bref, il était profondément blessé et ne travaillait plus guère. Il faisait la grève du talent comme les ouvriers de Lyon et du Creusot. Julie était fort ennuyée, elle revoyait la petite Sidonie aux yeux de feu, les esquisses de Paris enflammé, oui, c'était superbe et bouleversant, mais elle imaginait là les neveux d'Édouard, la bouche pleine des intérêts de la rente, et leurs femmes projetant l'été des enfants sur la côte normande... Le talent, le génie ne se mangent pas en salade, et on ne décore pas sa maison avec des scènes d'horreur. Le pays aspirait à la paix et à l'oubli.

De ce voyage-là, Julie rentrait triste et même inquiète. Elle voyait passer dans les yeux célestes d'Édouard, si pâles, des lueurs d'angoisse, mais aussi de colère, de violence même. Cet ami si doux était aussi un homme, un être dur qui ne vit que sa propre vie, et non celle des autres, comme on vous le demande quand vous êtes une femme. Pour son art, elle le sentait bien, et pour son art seul, il pouvait faire un éclat, une folie. Lesquelles, elle ne le savait pas, mais elle serait trop loin pour deviner, prévoir, et le retenir.

Cet hiver 76, les jours étaient si longs et si sombres que pendant les heures creuses, Julie sombrait dans un étrange malaise, avec des frissons de l'âme inconnus. Elle s'en gourmandait : non, elle n'avait pas le droit de se laisser aller ni surtout de se plaindre. Elle possédait, au fond d'elle-même, un rare trésor : un autre être qui vous aime comme vous l'aimez, secret, enfoui au milieu de vous-même, alors que la vie de tant d'autres femmes ne reposait que sur un vide, ou une absence dont elles n'étaient même pas conscientes. Et comme Caroline, elles se débattaient en silence contre des monstres inexistants. Caroline et tant d'autres, qui avaient été des jeunes filles si gaies, souffraient de vapeurs, de migraines, de fatigue, de langueur, sinon de maux inconnus que la médecine ne pouvait expliquer que par les « nerfs ».

Non, elle n'avait pas droit à ces faiblesses. Quand le temps lui durait, quand les lettres tardaient, quand son corps languissait le matin après des rêves brûlants, elle s'activait : la maison, le jardin, les courses, les visites, les robes, chapeaux et fanfreluches dont le souci est un des plaisirs de la vie. Elle restait d'ailleurs élégante malgré les économies que réclamait hélas leur situation. « Ma force, pensait-elle, c'est Édouard, c'est notre amour. » Et elle vivait ses jours à terme, dans l'attente d'un avenir précis : une lettre ou un voyage. Et personne au monde ne se doutait de rien, ni Gustave qui ne prêtait jamais attention qu'aux apparences les plus confortables, ni ses filles qui n'étaient plus tout à fait des enfants et qui se découvraient elles-mêmes, dans un mystère et une ignorance qu'imposaient leur condition. Julie les observait, constamment surprise, un peu perdue devant ces êtres qui devenaient autres, et peut-être étrangers.

* *
*

La fille aînée de la cousine de Loches, Alice, la plus proche amie de Julie, se mariait au printemps, le 12 juin

78. Marie, qui avait dix-huit ans, avait arrêté ses études, Eugénie, qui n'en avait que seize, traînait en fin de classe, toujours étourdie, rieuse et oublieuse. Elle ne ferait pas de vieux os chez les religieuses et voulait se consacrer totalement à la musique.

Le mariage de leur cousine mit toute la famille en émoi : Marie et Eugénie seraient demoiselles d'honneur et ne rêvaient que robes, jupons, coiffures, chapeaux et ombrelles. De décolletés aussi, mais la mode s'était assagie depuis les folies impériales et la vertu régnait en maître jusque dans les corsets. Eugénie, brune, serait en rose, Marie, blonde, serait en bleu. Julie, pour elle, demeurerait fidèle au blanc. On courut à Tours, on eut une couturière à la journée pendant près d'un mois. Tout le monde tirait l'aiguille et Julie savait que Marie rêvait, comme elle jadis au bal de la Préfecture. Elle rêvait, mais de quoi, la pauvre chérie ? Quant à Eugénie, elle chantait et racontait mille folies, car elle n'était encore jamais sortie. Leur père leur apprenait la valse et la polka qu'elles répétaient ensemble, tandis que Julie écorchait les nouvelles partitions viennoises. Au dernier moment, on s'aperçut que ces demoiselles n'avaient que des bottines et pas de souliers de cérémonie. Grosse dépense, et à Tours, mais comme disait gaiement Julie à Gustave : « On n'est plus assez riche pour se permettre de paraître pauvre. »

Le 12 juin, à sept heures du matin — (merci mon Dieu, il allait faire assez beau) —, la famille G. s'installait en grande tenue dans une calèche de louage fort élégante. Les parents dans le fond, leurs filles sur la banquette avant. Et là, dans la lumière crue du matin, Julie eut comme en un éclair la révélation de la beauté d'Eugénie. Elle avait beaucoup d'Hortense, mais ce n'était pas comme sa tante une déesse impressionnante, car Eugénie était menue, mais elle avait la même beauté parfaite qui donnait l'impression d'éclabousser son entourage. Hortense, c'était la noblesse, Eugénie le style aérien, la légèreté. Dans sa robe vaporeuse couleur de rosée, elle faisait penser à la fée des contes, la bonne fée sur les pas de laquelle naissent des fleurs et des perles. La pauvre Marie, près d'elle, lui faisait mal à voir. Il ne faudrait pas qu'elles sortent ensemble, pensait-elle.

Toutes les voitures de la famille se bousculaient dans l'allée de tilleuls qui conduisait chez Alice. C'était un délicieux tohu-bohu : on se reconnaissait, on s'embrassait, on présentait ses enfants... « Mon Dieu, qu'il a grandi, je ne l'aurais jamais reconnu ! Qu'Eugénie est devenue belle ! Oh, que Marie ressemble à sa grand-mère, c'est tout à fait elle au même âge..., etc. » La mariée s'apprêtait encore, on irait à pied en cortège à l'église qui n'était pas loin et où attendait déjà le marié et tous les siens.

La maison d'Alice était une grande bâtisse carrée, ancienne maison forte, entourée d'une large terrasse où l'on prendrait des rafraîchissements avant de déjeuner sous les arbres du jardin. Les garçons d'honneur étaient déjà là avec leurs parents, et tous fort intimidés, les garçons comme les filles restaient entre eux, faussement à l'aise. Un regard se glissait parfois vers l'une ou l'autre, mais vite réprimé, jusqu'à ce qu'Alice elle-même sorte enfin en grande pompe annonçant :

— Voici la mariée !

Un cri unanime salua l'apparition d'Antoinette qui était superbe : flot de dentelle, pouf de fleurs blanches et longue traîne, taille de guêpe (cinquante centimètres soufflait sa mère) et charmante frimousse. Alice sortit alors de son sac un papier et lut :

— Voici les couples d'honneur : mesdemoiselles et messieurs, veuillez vous présenter à votre nom.

Suivirent trois couples de familles proches, puis :

— Marie G. et Frédéric Duplay, Eugénie G. et Alphonse Plassart.

Marie et Eugénie étaient le quatrième et le cinquième couple. Le dénommé Frédéric était un gros et grand garçon, d'une vingtaine d'années, ni beau ni laid, l'air sérieux et bien élevé. L'autre qui se tenait à l'écart, se détourna vivement et découvrit un visage d'une rare virilité. Il n'était pas grand, mais bien bâti, agile, vif, et son aimable sourire était surmonté d'un grand nez aquilin fort distingué qui semblait néanmoins appartenir à quelqu'un d'autre. Il salua jusqu'à terre, goguenard et charmant :

— Mademoiselle Eugénie, je vous ai aperçue dès que vous êtes apparue, et je m'occupais de savoir quel saint je devais prier pour que ce soit vous ma cavalière.

Eugénie rougit jusqu'aux oreilles, éclata de rire et prit son bras en susurrant :

— Et moi, je crois, monsieur Alphonse, que je m'y ferai assez bien.

Le cortège s'ébranla, la mariée au bras de son père, les couples d'honneur, les parents puis les beaux-parents en chassé-croisé, suivis du reste de la famille. Marie bavardait déjà activement avec M. Frédéric. Il faisait beau, les herbes coupées sentaient bon, les cloches de l'église sonnaient à toute volée.

Durant la messe, les demoiselles d'honneur rêvaient, les yeux baissés : robe, voile, musique, honneurs et fleurs... Les garçons regardaient discrètement les filles, comparaient, évaluaient, jugeaient. Alice avait demandé qu'Eugénie chante pendant l'office, accompagnée par l'harmonium. Un véritable feu croisé de tous les regards masculins l'accompagna quand elle se leva. Elle avait une voix très pure et très étendue, pas encore assez travaillée, mais bien placée.

Quand s'élevèrent les premières notes de l'*Ave Maria*

de Schubert, il y eut un frémissement général : par-devant, on se retournait, par-derrière, on se soulevait pour mieux voir, on chuchotait son nom, sa parenté...

Eugénie était modeste et naturellement à l'aise. Elle chantait donc avec plaisir, ignorant les regards et l'intérêt évident. Alphonse, dressé comme un jeune coq, vint lui offrir le bras pour quêter. Il la dévorait des yeux et Julie qui surveillait ses filles le trouvait bien entreprenant. Mais ce fut pire à la sortie : dès les marches de l'église, il lui parlait déjà tout bas : « Où avait-elle appris à chanter si bien ? — Dieu, que ce rose lui allait bien ! — Était-elle déjà beaucoup sortie ? — Savait-elle danser ? — Comment, elle était encore en pension chez les religieuses ? Il faudrait qu'elle vienne chez son nouveau cousin à Saumur, une ville ravissante, très gaie, et toute proche. — Comment, elle ne connaissait pas encore le célèbre Carrousel ? C'était un crime à réparer sans attendre. »

Eugénie se laissait glisser dans ce feu continu, riait, répondait, s'exclamait, s'étonnait avec ce naturel que Marie n'avait jamais pu corriger.

Les deux sœurs se retrouvèrent au vestiaire après le déjeuner :

— Ma pauvre petite, qu'est-ce que c'est que ce cavalier qu'on t'a donné qui parle comme une pie borgne et qui a l'air à peine bien élevé ? Je te plains.

— Oh non ! Si tu savais : d'abord il s'appelle Alphonse et il habite Saumur. Il paraît qu'on va nous inviter à l'École militaire, car il travaille déjà avec son père. Ils ont une maison de campagne sur la Loire avec un bateau...

Marie haussait les épaules :

— Il n'a pas l'air bien vieux pour travailler. Mais pour toi, ça vaut mieux, tu es trop jeune pour sortir.

Mais Eugénie s'était déjà envolée, on entendait s'accorder les violons, le bal commençait. Elle courait en ramassant sa robe, si vite qu'elle prit son soulier dans l'estrade et faillit tomber dans les bras d'Alphonse qui la guettait pour la première valse et ne la quitta qu'à la dernière.

Ce fut un coup de foudre, un vrai. Visiblement, Alphonse était sous le charme et n'était pas à son coup d'essai. Il savait parler aux jeunes filles, il avait déjà dû traîner quelques cœurs. Eugénie, éblouie, vivait un rêve et non seulement n'offrait aucune résistance, mais s'abandonnait pour la première fois au tourbillon de la « vraie vie ».

On rentra le soir très tard, dans la nuit, épuisés. Ce ne fut que le lendemain que Julie put faire face à la situation :

— Alors, mesdemoiselles, contentes ?

— Très beau mariage, maman. J'avais un cavalier intelligent (Marie se rengorgeait), il est parisien et il étudie pour être avocat.

— Quant à toi, Eugénie...

Eugénie l'interrompit d'un geste. Elle semblait troublée et regardait sa mère avec de grands yeux noyés :

— Moi, maman, Alphonse a dit qu'il voulait m'épouser. Je suis la femme qu'il a toujours rêvée, et jamais, jamais il n'en épousera une autre, et il va parler à ses parents. Oh, maman, que je suis heureuse !

Julie et Marie se regardaient stupéfaites. Marie ricana :

— Mais ma pauvre fille, tu as juste seize ans, et personne ne le connaît, ton Alphonse.

— Mais on va le connaître, ses parents vont écrire à papa. Ce sont sûrement des gens très bien puisqu'ils étaient invités. Ce sont d'ailleurs des cousins du marié.

L'affaire était grave. D'abord, comme le disait Marie et comme le répétait Gustave, Eugénie était beaucoup trop jeune. Et puis on ne marie pas la cadette avant l'aînée. Enfin, on ne va pas croire Eugénie, pauvre innocente, sur parole. Du calme...

Le soir, Julie parla sérieusement avec Gustave. La nuit tombait et leurs filles étaient dans leur chambre :

— Qu'est-ce que c'est que cette histoire, Julie ? Je n'avais rien vu, rien remarqué. Est-ce qu'au moins ce jeune homme a été correct avec cette enfant ?

— Ce jeune homme est simplement charmant et a charmé notre bébé qui, il faut bien le reconnaître, est devenue une jeune fille ravissante. Ça devait arriver.

— Tu crois qu'il faut prendre des renseignements auprès de ma cousine ?

— Sûrement pas, c'est beaucoup trop tôt. Tu ne sais pas ce qu'est une jeune fille : au premier bal, elle découvre le monde, elle rêve, elle embellit tout et perd la tête.

— Comme toi, ma chère, à la Préfecture. Mais moi, j'étais un homme sérieux, tu pouvais rêver en toute sécurité. Reste à savoir qui est cet Alphonse.

* *
*

La lettre d'Alice arriva huit jours plus tard : la famille d'Alphonse, un peu étonnée, un peu réticente, avait dû céder à ce fils unique et demander des renseignements sur les G. et sur Mlle Eugénie. Alice et son mari n'avaient que du bien à dire de ce jeune homme. Il avait vingt et un ans, avait été remplacé pour le service militaire et avait terminé ses études. Il était de suite entré chez son père, important commerçant en gros pour tout ce qui concerne les tissus et la mercerie. Tout Saumur les connaissait, Alphonse succéderait à son père, c'était un beau parti. Sa mère était en effet une cousine issue de germaine de leur gendre (suivait un véritable arbre généalogique où on reconnaissait des noms de la région), son gendre avouait qu'Alphonse était vif et boute-en-train, mais il se portait garant de son sérieux. Enfin, ils n'avaient pas parlé de dot. Alice comprenait bien que « marier la cadette, et si jeune, allait poser un problème, mais elle se permettait d'insister pour qu'ils réfléchissent à cette très solide proposition ».

Eugénie vivait de toute évidence hors du monde. Elle rêvait, n'écoutait plus sa sœur, tantôt souriait et chantait sans raison, tantôt restait oisive et l'air tourmenté. Personne n'osait plus parler ni d'Alphonse ni du mariage mais visiblement Eugénie ne pensait qu'à cela. On répondit à Alice en demandant un temps de réflexion et on décida de prendre d'autres renseignements : Octave par exemple saurait facilement ce que valait leur affaire. Un mois s'était donc passé quand Julie, qui rangeait un mouchoir de dentelle dans le tiroir d'Eugénie, tomba sur une lettre à peine dissimulée sous la pile. Une lettre... mon Dieu ! Dès le premier coup d'œil, c'était clair : Alphonse, dans un style assez bien tourné, déclarait sa flamme à Eugénie.

Les jeunes filles étaient dans le jardin. Julie replia la lettre et la remit en place. Les souvenirs affluaient : Blaise dans son uniforme, ses manières aisées, sa gaieté, et puis ces nuits agitées et son journal : « Si seulement c'était lui ! »

Non, il ne fallait pas attendre un prétendant mûr et sérieux, un de ces inconnus à qui on livre ses filles pour qu'elles soient à l'abri de tout, du pire comme du meilleur ! Le soir, dans le salon, comme Gustave discutait politique avec Marie (qui se disait royaliste), Julie entraîna Eugénie dans le jardin. Les soirées étaient longues et douces, elles s'assirent sur le banc, face au château, la lumière du soir était pure et des nuages roses s'effilochaient vers le couchant, dans le parfum entêtant des troènes.

— Eugénie, comment est-il possible que tu reçoives des lettres en cachette de ta mère ?

Eugénie, épouvantée, éclata en sanglots.

— Tu sais que c'est très grave pour une jeune fille qui peut en être déshonorée.

— Mais maman, si vous saviez ! Je crois que c'est ça, l'amour, je ne pense qu'à lui, je fais des rêves où il court et disparaît, et moi je cours après lui. Dans la journée, je ne sais plus ce que je fais. Si je ne le revoyais pas, je crois que j'en mourrais. Et puis quand nous dansions, il me serrait si fort que je n'étais plus la même, des pieds à la tête. Je défaillais. C'est bien ça l'amour, n'est-ce pas ?

Julie regardait au loin dans ce ciel rose et surtout dans son cœur : c'était bien ça. Et Eugénie avait peut-être la chance que ce soit avec un mari. Elle la prit dans ses bras et la berça doucement :

— Oui, ma chérie, c'est ça. Et j'espère surtout qu'il t'aime comme tu l'aimes...

— Ah ! Ça oui, je peux vous l'assurer.

— C'est la vie qui le dira, ma chérie... Un peu toi aussi.

— Alors vous voulez bien que je me marie ?

— Je te promets d'en parler à ton père...

Eugénie sauta du banc :

— Alors, c'est gagné !

Et elle courut dans sa chambre en dansant.

* *
*

Le mariage se fixa en octobre. La dot était bien modeste, mais on recevrait à Rivière, et pour cela, on couperait les peupliers de Marie, pour laquelle plus tard, on couperait ceux d'Eugénie.

Julie se tourmentait : comment annoncer la nouvelle à Marie ? Fallait-il la rassurer : « C'est un cas bien exceptionnel, à peine raisonnable, mais une occasion à saisir. Toi aussi, on te mariera à ton tour, bien sûr... »

Tourments inutiles ! Marie savait tout. Sa sœur lui

racontait nuit et jour les aventures de ses amours, la lettre, et même l'aide de maman. Marie n'avait rien dit de ce mariage et ne dirait sûrement jamais rien. Murée dans sa dignité, aimable, attristée du départ de sa sœur, elle était inatteignable.

Eugénie avait complètement changé vis-à-vis d'elle. C'est à peine si elle prenait le temps de s'apercevoir qu'elle existait. Alphonse avait absorbé toutes ses facultés. Cette sœur qui avait été jusqu'ici son maître et son double n'était plus guère qu'un meuble dont on se sert jusqu'à son départ. Mais ce n'était pas ça l'essentiel : l'essentiel, pour Marie, c'était qu'Eugénie l'abandonnait, serait une femme, et qu'elle restait fille.

Alphonse, qu'elle appelait déjà « mon cher beau-frère », apportait des chocolats et de menus cadeaux pour les deux sœurs, sans parler des cigares pour son futur beau-père. On ne pouvait être plus prévenant. Gustave se laissait gâter et ne se souciait pas de complications sentimentales, il était au nombre de ces égoïstes heureux que les passions des autres ne touchent guère.

Julie brûlait d'inviter Édouard au mariage mais n'osait en parler. Sa gorge se nouait quand elle s'y préparait. Ce fut curieusement Eugénie qui en lança le nom, d'ailleurs hors de propos :

— Je voudrais offrir à ma belle-mère ce portrait de moi enfant par ton peintre, tu sais maman ? Un joli dessin rehaussé d'aquarelle, avec une robe blanche dans le jardin de Rivière...

— Tiens, c'est vrai, dit Gustave. Il faudrait l'inviter, celui-là. C'est un grand homme à Paris.

Julie qui avait la liste devant elle ne dit rien et rajouta son nom. Elle en tremblait de bonheur.

Un mariage heureux est un instant radieux dans la banalité de la vie. Le bonheur vrai et partagé crée un climat d'insouciance, de gaieté, où se noient tous les chagrins et tous les fâcheux. Eugénie était belle, heureuse, Julie n'avait pas pris une ride et avait piqué sur le col fermé de son corsage blanc la même rose rouge que celle du tableau. Quand Édouard arriva avec Roland, il fit sensation : tout de gris vêtu, bottes brillantes, chapeau à large bord posé sur ses boucles claires, l'habit boutonné laissant voir sous la cravate rose à gros nœud, une chemise fine d'un blanc éblouissant. Tout le monde se retournait sur cet inconnu et Julie le buvait des yeux. Son épaule gauche était un peu plus haute que l'autre et le bras semblait un peu raide. Elle vit tout cela en un éclair, mais autour d'eux, il y avait pire : François avec un pilon et une canne, un jeune cousin d'Alfred au visage balafré. Il y avait surtout des manques : des veuves et des enfants encore en demi-deuil. Et pour eux, cette fête était beaucoup plus qu'une fête : un gage d'espoir, de renouveau, un pari déjà gagné sur l'avenir de la France et de tous les survivants, après le plus grand drame du siècle.

Les Saumurois étaient très gais, ils avaient décidé de rendre la fête campagnarde. Après les valses, le beau-père fit disposer tous les assistants en rond sur la pelouse, les mariés entrant au centre devaient embrasser tout le monde, tandis que l'on chantait un vieux couplet paysan :

Adieu donc, fleur du bel âge
Tous ces beaux jours sont passés
Le rang des femmes t'a en partage
Le rang des filles viens de quitter

Après quoi, tout le monde se prenait par la main et emprisonnait les mariés dans la ronde endiablée dite du « bouquet de la vie ».

Tout cela semblait aux G. un peu innocent, mais cette « famille adverse » était si saine et si joyeuse qu'il était difficile de la bouder. Alphonse et Eugénie s'éclipsèrent alors discrètement pour échapper à la « bolée de rôtie », la fameuse soupe servie dans un vase de nuit ! Eugénie en tenue de voyage monta en voiture à l'abri des regards, sous les grands arbres du bord de la Vienne. Julie éclata en sanglots, celle-ci pleurait aussi dans les bras de sa mère, mais beaucoup moins fort.

Édouard avait disparu. Laissant la noce danser les premières valses dans le jardin, Julie s'échappa discrètement et s'en fut se remettre et penser le long de la rivière. La lune était pleine et se reflétait dans l'eau, éclaboussant la campagne de paillettes d'argent. On entendait les violons, un brouhaha, des rires... Soudain, Julie s'arrêta : devant elle, le long d'un arbre, une silhouette grise bien connue, immobile, s'appuyait sur le tronc d'un sycomore. Édouard ! Édouard l'attendait, il avait deviné et la prenait dans ses bras. Ils s'étaient tous les jours vus de loin, n'échangeant que des politesses, des banalités et des mots tout faits. L'amour était là et pas seulement dans la calèche qui disparaissait si joyeusement. Julie s'aperçut alors qu'elle n'avait rien dit à Eugénie des réalités du mariage : pas de chanoine Brun, mais pas non plus de tendres conseils. Elle se souvenait de ces mots de la mère d'Amélie : « Tu demanderas ça à ton mari. » Eh bien oui, si Eugénie demandait à Alphonse, cet homme-là saurait lui répondre, et sans doute n'aurait-il pas besoin de mots.

Rendez-vous fut pris à l'Alouette le surlendemain. Les violons s'étaient tus, on servait un dernier vouvray, on trinquait, on s'embrassait, on se quittait. Hortense et Octave qui logeaient à l'hôtel du Chêne vert, à Chinon, restèrent les derniers :

— Bravo, ma chère ! Tu aurais sans doute pu mieux marier ta fille, compte tenu de sa beauté, mais ce n'est pas mal. Je crains seulement que tu ne puisses faire aussi bien pour sa sœur.

Marie ! Mais oui, où était Marie ? Sur les bords de la

Vienne, Julie avait oublié son aînée. Marie avait tenu vaillamment sa place tout le jour, mais il y avait un moment qu'elle avait disparu. Julie monta rapidement dans la chambre de ses filles, au premier étage. Il n'y avait pas de lumière, mais un petit bruit qui ressemblait fort à un sanglot lui fendit le cœur. Fallait-il entrer ? La prendre dans ses bras ? Et que lui dire ? Elle connaissait sa fille : jamais celle-ci ne lui pardonnerait d'avoir surpris sa faiblesse. Mais pouvait-elle l'abandonner ainsi, seule et peut-être désespérée ? Elle restait là, immobile dans l'obscurité, quand le pas de Gustave retentit dans l'entrée, puis sur les premières marches de l'escalier. Le sanglot s'arrêta net. Alors, Julie se glissa dans sa chambre où son mari la trouva en train d'allumer calmement la lampe :

— Épuisé, ma chère, je suis épuisé ! Enfin, c'était une belle fête, qui ne nous rajeunit certes pas, mais j'ai la conscience tranquille ; ma fille est en sécurité.

Il se coucha et, sur-le-champ, s'endormit. Au premier ronflement, Julie se leva sans allumer, sortit sur le palier, s'approcha de la porte de Marie et chuchota :

— Tu dors, ma chérie ?

Pas de réponse. Elle entrouvrit la porte et s'approcha du lit. La lune éclairait la chambre, son lit et ses boiseries Louis XVI, ses rideaux à fleurs, une forêt de cheveux blonds, une épaule et un drap blanc, rien ne bougeait. Une chouette hululait au loin. Tout était calme. Julie se pencha, posa un baiser léger sur la joue humide et souffla :

— Bonne nuit, ma chérie.

Il n'y eut pas un mouvement, mais elle aurait juré que Marie ne dormait pas, Marie qui allait souffrir et pour qui elle ne pouvait rien.

Chapitre 28

Les adieux

ÉDOUARD attendait, assis sur le banc de pierre de l'Alouette : il était là depuis des heures, seul. Roland lui avait encore laissé la maison car il n'aimait pas la campagne, sauf à la période des chasses. Édouard était là, oisif, les mains vides, buvant des yeux l'admirable ville bleue et son fleuve qui s'étendait à ses pieds, mais il était triste, le visage creux, le front plissé. Il n'avait même pas entendu la grille ni le pas léger de Julie et ne se leva que quand elle apparut au tournant du perron. Elle courait, se jetait dans ses bras, puis très vite, sentit une raideur, une retenue :

— Mon ami, qu'avez-vous ? Vous êtes malade ?

Elle s'inquiétait, scrutait ses yeux, son visage. Non, il n'avait rien, mais alors ? Il la tenait par les épaules, la regardait, on aurait dit qu'il avait envie de pleurer.

— Julie, je ne pouvais pas te le dire avant-hier, mais je vais partir.

— Partir... Que veux-tu dire ?

— Voyager, quitter Paris où je ne peux plus vivre. Cette société stupide, ces conversations solennelles, ces « jeunes gens » de quarante-cinq ou cinquante ans avec barbe, sans barbe, royalistes, républicains... on est pétrifié devant tant d'inutilité et d'insipidité. On sort des salons parisiens comme d'une peste assoupissante, au point de se régaler de l'air de la rue.

— Mais enfin, où veux-tu aller ?

— Loin, très loin. La vérité, Julie, c'est que je suis refusé, méjugé. Je ne peins plus que pour vivre d'insipides portraits classiques. Personne ne comprend plus rien à la peinture. Tout est raide, utilitaire, convenu, sévère. L'inertie glaciale de cette société tient en échec toute innovation, toute la gaieté de la nature. Et on finit par ressembler à ceux qu'on voit, c'est pourquoi il faut que je parte.

Julie n'écoutait pas, elle avait brusquement très froid :

— Voyager, mais où... combien de temps...

— Le temps qu'il faut pour me retrouver moi-même, réveiller ce pouvoir de l'âme et de l'esprit qu'est la création. Aujourd'hui, je ne peux plus rien faire, Julie, je te l'ai dit. Je suis comme détruit et je suis très seul.

Julie retint un cri . « Moi aussi ! » Mais Édouard continuait, moins pour elle que pour lui sans doute :

— Retrouver la nature ailleurs, m'y fondre et revenir enrichi de sa splendeur. Si mon œuvre ne plaît plus, c'est peut-être parce que je ne crée plus. Le public est avide de nouveauté, et ce n'est pas seulement par « la manière » qu'on lui plaît. Il faut s'enrichir soi-même pour pouvoir enrichir les autres. Il faut être un génie... un génie, c'est celui qui crée un style, qui abandonne la mode, la copie, la tradition, et qui invente. Pour inventer, je dois oublier, et pour oublier, partir loin, très loin.

Julie coupa court :

— Où vas-tu, tu le sais, n'est-ce pas ?

— En Algérie pour commencer, comme Delacroix. Mais de là, j'irai plus loin, à la découverte. Je ne sais pas encore.

— Je t'aime, Édouard ! C'est-à-dire que je sais ce que tu souffres, ou du moins en ai-je l'illusion, mais je vais être seule et te perdre peut-être pour des années. Je ne peux pas t'empêcher de partir et, si je le pouvais, je n'oserais sans doute plus, après ce que tu m'as dit. Mais je vais trembler et souffrir. J'ai mal, j'ai peur...

Édouard avait changé. Il ne la regardait plus sans cesse, ne la prenait pas dans ses bras comme il faisait au moindre chagrin. Il se parlait à lui-même, et c'est lui qu'il soignait :

— Il y a un mot de Chamfort, tu sais : « Dans la vie de l'homme vient un âge où il faut que le cœur se brise ou se bronze. » Cet âge est là.

La vie « de l'homme » ? Mais aussi celle de la femme, Édouard ! Et au premier chef, bien avant lui ! Le cœur de Julie saignait et elle ne répondait rien. Elle voyait s'amonceler autour d'elle des nuages épouvantables : pas de nouvelles, aucun moyen d'en avoir et, s'il était malade, personne pour se rendre à son chevet... et s'il mourait, le saurait-elle même ? Julie ne voyait plus rien : ni l'Alouette au milieu de ses roses, ni la ville bleue, mais un grand trou noir plein de monstres épouvantables. Elle restait atterrée, pâle, silencieuse... Édouard en revanche se reprenait :

— Julie, voyons ! Je ne pars pas au bout du monde : l'Algérie n'est pas une planète inconnue, des milliers de Français s'y sont déjà installés. Delacroix y est allé il y a vingt ans et en a rapporté des merveilles : l'éclat du soleil, des couleurs violentes, des valeurs fortes, et puis cette audace, cette liberté que nos malheurs ont assassinés.

Julie comprit alors que c'en était fait, qu'il avait déjà tout quitté :

— Quand pars-tu ?

— Jeudi prochain. Je remonte demain matin à Paris. J'ai attendu ce mariage pour te l'annoncer et je ne suis venu que pour te le dire.

— Et moi, Édouard, sans toi, que vais-je devenir ?

— Tu vas te souvenir que je t'aime où que je sois. Que je suis avec toi comme ce lierre sur un mur dont je t'ai parlé, et que quoi qu'il arrive, je t'aimerai toujours.

Il n'y eut plus alors que des gestes, des actes, sans un mot. L'adieu des corps, tendre, violent. Et quand il voulut la reconduire, elle fit non de la tête et se sauva sans se retourner pour ne pas éclater en sanglots. La diligence passait quelques minutes plus tard. Elle y monta si égarée que sa voisine, une grosse femme en coiffe, lui offrit un verre de vin qu'elle refusa.

* *
*

Huit jours plus tard, Julie reçut une grande lettre écrite par Édouard, le matin de son départ, dans le train, et postée à Marseille. Il était gai, enthousiaste, libéré. Il emportait le minimum : des traites pour les lieux civilisés, une ceinture doublée pleine de napoléons, facilement négociables partout. Une brosse à dents et un ou deux changes. En revanche, une provision de carnets de dessins, crayons et peintures. Il ferait surtout de l'aquarelle, plus rapide. Déjà, passant la ligne des oliviers, le soleil paraît-il n'était plus le même et l'éclat de la nature le pénétrait. Son bonheur était presque insultant. Il promettait néanmoins d'écrire chaque fois qu'une poste se présenterait, mais surtout que Julie ne s'inquiète pas : un long silence voudrait seulement dire qu'il avait quitté la civilisation pour plonger dans ce renouveau qu'il cherchait pour sauver son art.

Il y eut une lettre d'Alger, encore plus enthousiaste. Une véritable « prière sur l'Acropole », comme celle qu'Ernest Renan venait de publier à grand bruit dans la *Revue des Deux Mondes.* Ce n'était pas une prière aux dieux antiques, mais au soleil, à la mer scintillante et profonde, à la ville blanche. « Le blanc est une couleur cruelle », disait-il. Pourquoi ? Au fait... c'était celle de la Dame à la rose.

Il envoyait une pochade à l'aquarelle, une rue étroite aux maisons sans toits, grouillant d'une foule bigarrée aux couleurs aveuglantes, avec des ombres profondes. Tout cela suggéré à grands traits libres de pinceau. Presque rien, et tout un monde apparaissait qui faisait rêver. Depuis toujours, Julie cachait ses lettres près de son atelier, sous les piles de ses manuscrits, dans un recoin de la poivrière. Personne ne songerait jamais à aller chercher là-dessous.

Cet hiver-là, Julie décida d'emmener Marie à Tours aux mardis d'Hortense. La jeune fille séduisit une habituée, une vieille demoiselle lancée dans les œuvres, et surtout dans un grand projet : la reconstruction de l'antique basilique de Saint-Martin, la plus grande de France, dont il ne restait plus que deux tours formidables du XIIe siècle, dans un fouillis de maisons de bois et de ruelles, qui ne demandaient qu'à être démolies. Grâce à ses recherches, on venait de découvrir le tombeau de saint Martin, qui évangélisa la Gaule et vécut dans les grottes des falaises de la Loire.

Le sérieux, l'intelligence et la piété de Marie enchantèrent mademoiselle Cloque qui l'embaucha immédiatement, tous les mardis, pour l'aider dans ses œuvres charitables. Elle dirigeait en effet le vestiaire de Saint-Martin, qu'avait créé un certain M. Dupont, un véritable saint, mort l'an passé, et dont le tombeau avait déjà suscité plusieurs miracles. On pèlerinait dans sa chambre et Mlle Cloque n'eut de cesse qu'elle y ait emmené Marie, vivement impressionnée. Celle-ci, désormais, savait tout sur l'élection du nouveau pape, déployant une étonnante imagination quant aux troubles politiques que cette élection devait déclencher : le nouveau pape qu'il faudrait aller délivrer de sa prison du Vatican, « où Pie XI était sûrement mort de chagrin ». Elle prévoyait des violences sur la place Saint-Pierre. Mais non, le nouvel élu, Léon XIII, grand diplomate, avait ceint la tiare dans la paix et les traditions, et voilà qu'il prêchait la conciliation ! Marie, déçue, se rabattit donc sur saint Martin, et la nécessité du repentir pour assurer le relèvement de la France et le rétablissement de la morale. Elle citait volontiers le saint M. Dupont : « Pour que la France soit sauvée, il faut que Dieu y rentre en maître. »

Pour Julie, c'était un peu trop d'autant plus que M. Dupont avait aussi créé l'œuvre de « l'Adoration nocturne perpétuelle » sur l'emplacement de l'ancienne basilique. Les religieuses, vêtues d'une ample chasuble rouge sur leur robe blanche, se relayaient, immobiles, à genoux pendant des heures, les yeux perdus dans des visions célestes qu'aucun bruit ne venait jamais troubler. Et Julie avait tremblé que sa fille ne soit tentée. Mais Marie voulait vivre, et avait les deux pieds sur terre. Elle préférait les comptes et les rangements dans le vestiaire des pauvres, ou sa permanence pour les distributions. Julie arrivait maintenant avec elle chaque semaine sur le quai et elles s'y trouvaient pour la diligence du retour. On attendait d'ailleurs incessamment qu'un train relie Tours aux Sables-d'Olonne : il passerait par Chinon et s'y arrêterait, ce qui gagnerait beaucoup de temps.

Hortense recevait et soignait Mlle Cloque parce que Octave lorgnait l'énorme projet de démolition et de reconstruction. Aussi favorisait-elle l'amitié de sa petite-nièce avec l'égérie du catholicisme militant. Femme de franc-maçon qui ne mettait pas les pieds à l'église, elle partageait avec une chaleureuse sympathie les doléances sur le malheur du pape et les appels à sa délivrance.

Julie s'émerveillait de sa patience, car Mlle Cloque en matière politique, était si ultramontaine et si étriquée qu'on bâillait à l'entendre. Mais le salon d'Hortense n'avait pas de plus grand projet que de gagner financièrement ce qui serait le grand œuvre de l'après-guerre en Touraine.

En fait, Marie se battait pour survivre, cela se sentait. Elle était sur pied très tôt le matin, peignait furieusement, rapportait de Tours les dossiers de Mlle Cloque qu'elle mettait à jour, interrogeant son père sur les questions sociales et financières. Elle devenait une maîtresse femme, apte à gérer, classer, placer, calculer. Son père en était ravi et si fier qu'il semblait ignorer la cause de cette activité.

Car Marie se rongeait : Julie le voyait bien à cette fébrilité, à ce refus de parler d'autre chose que d'affaires et de banalités. À Rivière, elle se réfugiait le soir dans la chambre qu'elle occupait maintenant seule, près d'un lit vide. Ses amies se mariaient, l'une après l'autre. Elle s'activait aux tâches ménagères qui étaient plus lourdes depuis la mort de Léon et Julie la voyait cirer ses meubles, secouer ses tapis, ou descendre à la cuisine pour quelque pâtisserie qu'elle ferait beaucoup mieux d'éviter. Et Julie se rongeait pour elle.

Édouard écrivit d'Alger quelque temps, puis annonça un voyage dans le Sud pour découvrir le désert et ses « couchers de soleil sanglants ». Il avait monté une petite caravane de trois chameaux et deux bédouins, « hommes sûrs et bien armés ». Il partait à la découverte, en aventurier, et l'on sentait chez lui une excitation que Julie ne lui connaissait pas. Il terminait en la suppliant de ne pas s'inquiéter du silence qui pouvait durer, simplement parce qu'il quittait les villes et ne savait quand il pourrait atteindre un lieu habité. Il souffrait, disait-il enfin, de ne pouvoir recevoir aucune nouvelle et ne cessait de penser à elle. À son retour du Sahara, il trouverait le moyen de lui donner une adresse en s'y prenant longuement à l'avance. Il savait déjà qu'il voudrait aller en Égypte, sans doute par mer.

Pour Julie, ses voyages à Paris, plus rares, ressemblaient à des visites mortuaires : Paris lui semblait vide. Ce n'était plus qu'une énorme absence. Marguerite l'emmenait au théâtre, à l'Opéra, la promenait dans les quartiers rénovés, où tout revivait, mais pour elle, c'était un désert.

Gustave s'était inquiété de savoir qui était cette Marguerite chez qui Julie descendait maintenant officiellement :

— Je n'ai pas bien compris, cette Mme Bonnier, elle n'habite pas avec son mari ?

— Elle tient son salon politique et littéraire, un peu comme Hortense. Mais lui est très indépendant. Marguerite est son égérie, comme te l'a dit Roland.

Gustave tirait sa moustache, perplexe. « Égérie » ne lui disait pas grand-chose.

— Égérie, je veux bien, et Paris n'est pas Chinon, mais je n'accepterais pas que ma femme fréquente une femme entretenue.

— Pas entretenue ! Le métier d'hôtesse est un métier. Je ne fréquenterais d'ailleurs pas une cocotte, et je suis assez grande pour reconnaître une dame d'une fille...

Julie avait pris ses grands airs et Gustave se tut, mais le malaise persistait. De Marguerite non plus, il ne faudrait plus parler, et recevoir discrètement ses lettres, d'autant plus qu'Édouard lui avait écrit à elle aussi et qu'elle ne tarissait pas d'éloges sur sa courageuse aventure « qu'il fallait comprendre et qui le ramènerait dans toute la possession de son génie ». Julie soupirait et se résignait à la raison. Un homme est un homme, il est donc libre. Mais un peintre n'est pas tout à fait un homme comme les autres car il ne s'appartient pas.

Julie entama donc son dixième roman : l'héroïne, dont les parents ruinés partaient coloniser l'Algérie, périssait de solitude et de désespoir sous un soleil meurtrier, jusqu'au passage d'un explorateur qui voulait traverser le Sahara et devait revenir au dernier chapitre pour l'épouser. Elle décrivait un pays fastueux avec les mots d'Édouard, et son roman, pour la première fois, obtint un vrai succès d'estime de la part de l'affreux M. Bernard. Ses romans, édités, commençaient d'ailleurs à rapporter. Tous étaient retirés, certains huit ou dix fois. Le public était féminin et Julie recevait beaucoup de lettres de ses lectrices auxquelles elle répondait longuement. Toute cette agitation l'aidait beaucoup à supporter l'absence d'Édouard, dans une vie déjà réduite depuis dix ans à sa plus simple expression : « une vie de miettes », avait-elle souvent pensé. Mais aujourd'hui, le souvenir de ces miettes lui semblait un eldorado : à Paris, Édouard était présent d'une certaine manière, mais perdu dans le désert, sourd et muet, il ne l'était plus.

Les silences du désert durèrent deux mois. Édouard atterrit à Tunis, ébloui, bouleversé, disant renaître au monde après avoir retrouvé « une communication presque mystique avec le grand mystère de la nature, sa puissance, sa gravité, l'immensité de sa solitude ». Mais il voulait, avant de rentrer, voir l'Égypte de Bonaparte, les temples au langage mystérieux, le fleuve divin source de vie, et ces visages de pierre dont la perfection défiait trente siècles d'artistes : « Nos maîtres à tous ! » Que Julie écrive en poste restante à Alexandrie. Il allait s'embarquer et ne quitterait le port que lettre reçue.

* *
*

Dans la maison des Chevaliers, Eugénie manquait. Elle s'était installée chez ses beaux-parents, mais dans une charmante maison du fond du jardin qu'elle installait avec délice. Ils étaient tous allés la voir en août. Son éclat, sa beauté, sa gaieté, témoignaient d'un bonheur évident. À table, elle tenait en cachette la main d'Alphonse, à moins que ce ne soit lui qui commence, et ils se regardaient de cette indicible façon qu'ont les êtres quand ils se désirent.

Marie retrouvait sa sœur avec une sorte de soulagement et leur entente avait repris sans gêne. Marie sembla seulement blessée quand au départ, Eugénie entraîna Julie à l'écart et lui chuchota trois mots à l'oreille avant de se jeter dans ses bras. Elle était enceinte, sûrement, et ne l'avait avoué qu'à sa mère ! Une morsure inconnue atteignit la jeune fille. Pourtant c'était normal, or elle avait mal, très mal, et ne savait pas pourquoi. Elle dut prétexter une migraine subite pour expliquer son abattement que Gustave, producteur de chinon, attribua évidemment à ce saumur blanc « qui ne vaut rien pour le foie ».

Julie avait passé presque toute une nuit sous la lampe dans son atelier pour écrire à Alexandrie. Elle était lasse, elle était triste. Sa plume courait seule sur le papier. Elle lui disait que sans lui, dans la crainte permanente et la rareté des nouvelles, dans l'absence d'échanges, « c'était l'hiver dans son cœur ». Bien sûr, elle se réjouissait de le savoir heureux, enrichi, ébloui et libre, mais elle restait, « pauvre petite chose abandonnée, jetée là derrière la porte après le départ du maître : si tu atteins Alexandrie, tu trouveras cette lettre qui s'adresse à ton cœur, un cœur que j'ai entendu battre derrière la cuirasse que portent tous les hommes. Tu cours le vaste monde mais tu es la seule grande aventure de ma vie, et c'est le silence, la solitude, l'oubli. “Qui joue l'amour a perdu”, dit le proverbe. Je le savais, mon cher seigneur, et je l'ai joué quand même. Mais je meurs de chagrin et n'ai personne au monde pour m'accompagner dans ce dur tunnel. J'ai peur, Édouard, et je suis au bout de moi-même ».

Là, elle s'arrêta épouvantée : non, elle ne devait pas

écrire tout cela, elle ne l'avait d'ailleurs pas voulu, c'était sorti tout seul, malgré elle. Une intuition fugitive lui fit tout déchirer : et si cet amour encombrait Édouard ? Si c'était trop pour lui ? S'il ne savait plus qu'en faire ? Il ne l'avait pas demandé, ou plutôt elle ne savait plus qui d'elle ou de lui avait aimé le premier. Non, ce n'était pas cela qu'il fallait lui dire, mais plutôt : « Je t'attends, glorieux, basané, saturé de cette solitude et de ce silence que tu as tant désirés. Et je t'offrirai de nouveau, intacte, cette femme que tu as reçue corps et âme pour toujours... »

Elle reprit une feuille blanche et les mots se mirent à courir : « Ulysse est revenu près de la reine abandonnée à la folle tapisserie, et je sais que rien ne m'arrêtera, moi non plus, dans mon attente de toi : ni le silence ni le vide de la mer. Je lancerai ton nom jusqu'à ma mort sur le vent du nord qui descend vers toi : je te parle et te parlerai. En pensée, je te serre et te serrerai toujours dans mes bras, je me blottis et me blottirai contre ton épaule, je fais et ferai toujours semblant d'avoir chaud à ce cœur qui a toujours froid quand tu n'es pas là. Ne crains rien, je continue ma vie avec toi, comme le laboureur, en ne regardant que le bout du sillon, puis celui du lendemain qui me rapproche de ton retour. »

Le temps passait : l'été, puis l'automne, l'hiver 77 s'annonçait. Julie avait eu une lettre d'Alexandrie. Il avait reçu la sienne, la réponse était tendre, émue, il réalisait enfin l'abandon de Julie, enfermée dans le train-train quotidien à l'ombre d'une forteresse défunte depuis des siècles. Il comprenait le vide créé par l'absence d'Eugénie et ses angoisses pour Marie. Il promettait de revenir, le plus rapidement possible, mais après un périple tellement exceptionnel qu'il ne pouvait raisonnablement y renoncer : il avait rencontré à Alexandrie un certain Arnoux, homme d'affaires de haut vol, créateur de comptoirs en Afrique qui avait non seulement pénétré au cœur de l'Éthiopie, mais avait fait amitié avec le roi dont il était devenu le conseiller et le protégé. Il proposait à Édouard d'accompagner une caravane qui s'y rendait : quinze chameaux, dix hommes bien armés et un « drogman » formé là-bas par les églises coptes. Édouard ferait le portrait de ce souverain remarquable et moderne. Le pays, disait Arnoux, est d'une beauté, d'une étrangeté incomparables : des montagnes, des ravins, des paysages de rêve presque inconcevables, qu'aucun peintre jusqu'ici n'avait découverts. L'expédition était sûre, l'accueil garanti, c'était l'affaire de deux ou trois mois. Auparavant, il remonterait le Nil par barque, un crayon à la main, et rapporterait ainsi les merveilles de l'expédition d'Égypte. Il savait que Julie l'aimait assez pour le comprendre : elle était la seule, l'unique, il l'emportait avec lui.

Julie calculait : un mois au moins pour remonter le Nil. Au fait, est-ce si long ? (Elle fouilla les vieilles géographies des enfants, rangées sous la poussière de la poivrière.) Puis trois mois au moins pour ce roi au nom illisible, du temps perdu pour la traversée de la mer. De six mois à un an...

Chapitre 29

Le journal de Marie

L'HIVER s'annonçait, la maison était triste et Gustave n'allait pas bien. Il ne se plaignait pas mais traînait, las, découragé. Il dormait beaucoup et somnolait après le repas dans son fauteuil. Il n'avait pourtant que cinquante-six ans et se disait vieux. Et comme les deux femmes, Julie et Marie, protestaient, il prenait ses poses de jadis auprès du sous-préfet et sa voix des grands jours :

— Je suis un homme usé. C'est la guerre. Ce sont les charges terribles de nos administrés et de la défense nationale. Des soucis pour la vigne, mais surtout pour la verrerie qu'il faudrait sans doute que je vende... (il soupirait). Il faudrait un homme jeune qui reprendrait tout à zéro : il n'y a plus de clients, ou presque, je ne peux pas lutter avec les Italiens qui sont beaucoup moins chers.

Julie regardait Gustave ce matin d'avril : cher Gustave, si gentil, si brave ! Mais devant lui, son corps à elle avait toujours été absent. C'était comme si elle n'en avait pas. Il n'était pas habité, relié à lui par un fil invisible, comme auprès d'Édouard.

Mais ce n'étaient pas seulement les soucis qui le minaient : il avait sûrement quelque chose et Julie le pressait de consulter à Tours. Mais il tergiversait, niait ses malaises. Dès les premiers beaux jours, Julie lui proposa d aller s'installer à Rivière pour lui changer les idées : le printemps qui éclatait lui ferait du bien.

Ce printemps fut très doux : les feuilles tendres des peupliers étaient en argent, l'herbe pleine de taches blanches et or, les oiseaux chantaient et Julie, pourtant sans nouvelles, se sentait mieux. Mais Gustave s'enfonçait : un après-midi, vers cinq heures, il décida de quitter son fauteuil et d'aller se promener le long de la Vienne. Une heure plus tard, le temps avait déjà fraîchi et Gustave n'était pas rentré. Ce fut Marie qui s'inquiéta la première :

— Papa était trop fatigué pour se promener si longtemps. Je vais aller voir. Il a dit qu'il remontait le courant.

Et elle planta là son ouvrage, ramassa sa jupe et partit à pas rapides. Julie la suivit, un peu inquiète. Au bord de la Vienne, à quelques centaines de mètres, Gustave était étendu tout de son long, inconscient et raide. Depuis combien de temps ? Une heure, peut-être, car, à sa position, il était clair qu'il quittait la propriété. Il était totalement inconscient : sans doute « un coma diabétique », dit le médecin, « sans doute l'était-il et n'y avait-il pas pris garde ; sa mère l'était déjà. » Le lendemain, il était mort

Le chagrin de Marie fut atroce. Elle ne dit pas un mot, se coucha, se tourna vers le mur, refusant de boire et de manger. Sans larmes, comme terrassée, on aurait dit que la pauvre petite ne voulait plus vivre. Eugénie, arrivant le surlendemain, visiblement enceinte et en larmes, ne trouva que sa mère auprès de la chapelle ardente, dressée dans le salon. Elle pleura son père dans les bras de sa mère, parla longuement avec elle, n'osant pas forcer la porte de sa sœur, mais le soir venu, elle décida d'aller coucher près d'elle, dans leur chambre d'enfants. Elle prit une lampe et entra sans bruit avec son sac dans la chambre sombre et silencieuse. Ce qui se passa alors, Julie ne le sut pas, mais en montant elle-même, elle entendit un mélange de voix et de sanglots. Eugénie avait fait revivre sa sœur et, le lendemain, Marie apparut à son bras pour recevoir en silence les premières visites.

Elle assista à l'enterrement comme une somnambule, invisible derrière le voile opaque de sa toque. Serrant des mains sans répondre et sans entendre : « Quelle perte... Un homme si admirable... Une si bonne personne... Il a bien souffert... Nous lui devons tant... Toutes nos condoléances, etc. »

La mairie avait envoyé une couronne, Tout-Chinon défilait : le maire et le conseil municipal, le sous-préfet, le petit personnel administratif. Dans le fond de l'église, en remontant l'allée, Julie avait aperçu, tout en noir, Mme Bidault et fait semblant de ne pas la voir. À la sortie de la messe, une autre femme s'enfuyait, une femme en coiffe avec une pèlerine noire : Jeanne, qui avait dû se dissimuler derrière un pilier.

Julie était atterrée. Elle avait fait face toute seule : la veillée funèbre, les formalités, la déclaration, l'église, le cimetière, les télégrammes aux proches, les faire-part... Elle émergea le lendemain de l'enterrement après le départ des proches : François qui était venu avec les siens, les Pillet, la famille d'Alphonsine et elle découvrit un chagrin puissant, profond, amer, abominable. Elle avait vécu plus de vingt ans avec cet être doux, simple et courageux, si facile, aimant la vie et les siens, sans complications, un être de concorde, un bon mari en somme ! Compagne et compagnon, partageant jours et nuits, soucis, enfants, familles, maisons, toutes les joies quotidiennes, si normales qu'on n'y fait même pas attention, et qui sont la trame de nos existences. Il était mort et elle était seule, n'ayant échangé avec lui que la surface des choses. L'ayant trompé, lui ayant caché l'essentiel d'elle-même, et maintenant c'était fini : la mort avait tracé un trait au-delà duquel il n'y avait plus de possible.

Des remords ? Mon Dieu, il l'avait trompée lui aussi, le lui avait, comme elle, caché charitablement. Mais pour une femme, c'est plus grave, c'est même criminel, inavouable, alors que pour un homme, c'est banal, admis, parfois envié. Une culpabilité rôdait pourtant, surtout la nuit près d'un lit vide à tout jamais et elle n'osait plus penser à Édouard. Ses insomnies n'étaient hantées que par les angoisses matérielles.

Car Gustave avait géré seul toutes les affaires de la famille : ses biens et ceux de Julie, son entreprise, ses placements et toutes leurs finances. Julie ne savait rien et regardait sans les comprendre les gros cahiers et les dossiers du bureau de Gustave : il y avait ceux de la municipalité qu'elle fit porter au maire. Restaient le livre de comptes, identique à celui de madame mère, les cahiers : « dépenses — placements — verrerie — vignoble — Rivière — rue Haute-Saint-Maurice ». Dans tout cela, très bien tenu par la belle écriture soignée de Gustave, des papiers de banque incompréhensibles. À qui demander, à qui s'adresser, et où ? Bien sûr, le notaire allait régler la succession, Octave la conseillerait pour les placements, mais Julie se sentait perdue, assise les bras ballants devant un monceau de paperasses. Marie, qui se traînait si loin d'elle et de tout, s'éveilla enfin :

— Si vous permettez, maman, je peux vous expliquer. Papa m'a beaucoup parlé d'affaires les derniers temps. Tenez : « budget » couvre tous les dossiers : placements, affaires et immeubles. « Rentes », c'est le cinq pour cent des emprunts Thiers, papa en avait pris beaucoup et voici les placements précédents. Ici, dans « budget », sur cette colonne de droite, vous avez l'équilibre des rentrées et des dépenses, ce qui permet de savoir combien vous prenez par mois et par an.

Elle feuilletait avec aisance, classait, expliquait devant sa mère stupéfaite. Marie était vraiment une femme d'affaires, une femme remarquable, elle avait les qualités d'un homme. Julie le lui dit, les larmes aux yeux :

— Je dois tout à mon père, soupira Marie en fermant les dossiers. Comme lui, je vous aiderai.

* *
*

Le notaire surprit beaucoup Julie : elle n'héritait que d'une part du bien commun. Elle gardait en propre Rivière, son héritage, mais le reste était à partager avec ses filles. Marie, vivant avec sa mère, ne posait pas de problème immédiat, mais il fallait donner sa part à Eugénie. Que lui donner, que vendre ? Un gouffre d'ignorance et d'incompétence s'ouvrait sous ses pas. On courut chez Octave avec tous les livres. Eugénie jurait qu'elle ne voudrait rien et « que maman garde tout », mais tout le monde lui fit remarquer que son mari et son enfant imminent avaient autant de droits qu'elle à profiter de la fortune paternelle. On vendit donc la verrerie, mal, car elle ne cessait de décliner, la soierie était menacée par les importations du Japon. On garda la vigne qui n'avait pas encore été touchée par le phylloxéra. Restait aux deux femmes une part du solide portefeuille de bons du Trésor, écorné certes, mais « placement sûr et avantageux », assurait Octave, « à condition de ne pas y toucher ». Elles seraient à l'abri du besoin, si elles étaient économes. Marie, au retour, feuilletait les relevés de la banque : visiblement, elle comprenait, ce qui émerveillait Julie :

— Mais maman, qu'est-ce que c'est que ces rentrées : éditeur, journal, et tous les ans, et de plus en plus gros ?

Elle feuilletait, les sourcils froncés, penchée sous la lampe, et ses yeux de myope à demi fermés :

— Papa avait donc des placements dans un journal ? Qu'est-ce que c'est que ça ?

Julie restait interdite. Elle n'avait pas prévu cela. Mieux valait s'exécuter tout de suite, puisqu'un jour arriveraient d'autres chèques :

— C'est moi, et non ton père, à qui on a payé ces sommes. Il tenait à ce que personne ne le sache, mais j'écris des romans, ils sont publiés en feuilletons, puis en livres, d'où le journal et l'éditeur.

Marie regardait sa mère, incrédule :

— Vous ? Vous écrivez des romans ? Ce n'est pas possible...

— Tu ne m'en crois donc pas capable ?

— Mais si, pardon maman ! C'est que la chose est si étrange...

Son visage s'éclaira :

— Alors les voyages à Paris... On se demandait avec Eugénie...

— C'était cela, et ce le sera peut-être encore.

— Ça par exemple ! Eh bien, maman, bravo. Personne n'a pu s'en douter, c'est merveilleux. J'espère que vous continuerez, car cela me semble bien payé.

Qu'est-ce qui était merveilleux : que Julie écrive ou que personne ne le sache ? Julie sourit et ne répondit pas. Marie s'était replongée dans le livre de comptes et sa mère avait repris son ouvrage. Sa fille n'avait pas demandé ce qu'étaient ces romans, et encore moins à les lire. Le cœur de Julie se serrait, elle tirait mécaniquement l'aiguille de sa tapisserie (heureusement c'était le fond), un voile tombait entre elle et cette fille, apparemment si forte et pourtant si menacée. On n'en parla plus jamais.

* *
*

Le premier bébé d'Eugénie, un gros et superbe garçon, vint panser les chagrins de Julie : elle passa quinze jours avec Marie chez les Plassart, au chevet de l'accouchée. Le bonheur régnait de fondation dans cette famille et la venue d'un nouveau-né faisait fondre de tendresse : on but beaucoup, on baptisa Alphonse-fils à l'église, et à la maison au saumur.

Mais en quittant ces lieux si accueillants et cahotant vers Chinon, le cœur de Julie grelottait. Marie était triste et sa mère sentait bien qu'elle l'était doublement : pendant quinze jours, elle avait vraiment retrouvé sa sœur, sans les malaises du temps des fiançailles. Mais elle avait aussi mesuré sa solitude. Pas de mari, passe encore, mais pas d'enfants ! Ce bébé qu'elle avait pris dans ses bras, bercé, langé ! Julie aurait voulu prendre aussi son aînée dans ses bras, mais une herse invisible rendait à tout jamais ses défenses infranchissables.

Les deux femmes avaient gardé les abonnements aux journaux de Gustave et suivaient de près, non seulement les nouvelles locales, mais la politique. Marie se passionnait pour les princes et la candidature du comte de Paris, faute de mieux ; Julie, pour la politique internationale car la question d'Orient faisait les premières pages. La Russie était en guerre contre les Turcs et les Anglais hésitaient à s'en mêler. Tous les chrétiens d'Orient soumis à Constantinople souffraient dans leur vie et dans leur religion. La Méditerranée n'était plus sûre et Julie tombait chaque quinzaine sur des chroniques angoissées de la *Revue des Deux Mondes* : « *Ce n'est point en vérité sans une sérieuse et croissante émotion que l'on voit se dérouler d'heure en heure, à travers les plus dramatiques alternatives, cette grande controverse européenne qui se précipite comme pour courir un dénouement fatal. Il y a eu, à Londres et à Vienne, des paroles qui rendent le retrait difficile. Il y a le rappel des réservistes... l'état de l'Orient n'a cessé de s'aggraver. La Sublime Porte se traîne dans les abus, les iniquités, les banqueroutes, les popu-*

lations chrétiennes souffrent. Elles ont une sorte de droit à la protection. »

Alors, c'était la guerre ? Édouard était là-bas, « livré aux barbaresques », ou presque. Même s'il était prêt à revenir, comment pourrait-il s'embarquer ?

Et puis, la guerre avait éclaté, celle des Russes au Sultan de Constantinople, un homme qui régnait sur tout le Moyen-Orient et qui massacrait nos consuls sans hésiter. Guerre victorieuse, mais avec le congrès de Berlin qui devait démembrer l'empire Ottoman, ces pays déjà si désorganisés devaient être sens dessus dessous, et toutes les pauvres nations en transe. Les Turcs avaient promis des réformes pour les sujets chrétiens, et même la liberté des cultes, mais les choses ne devaient pas se passer aussi facilement que sur le papier. Les journaux ne parlaient que des « bachi-bouzouks », qui massacraient paraît-il un peu partout avec leur sabre courbe sous leurs turbans éclatants. Ils hantaient les rêves de Julie qui d'ailleurs ne savait pas vraiment où cela se passait, les cartes des enfants ignorant les noms des journaux, ce qui augmentait son angoisse.

Elle tentait de ne pas y penser, multipliait les visites à Caroline qui ne cessait de ressasser sa honte, s'humiliait, se dépensait en bonnes œuvres et dont l'état consternant lui donnait envie de réagir.

Son nouveau roman, *Le Vœu de Valentine*, serait excellent. L'héroïne était fiancée à un superbe et séduisant marin que la guerre avait surpris en Orient. Les nouvelles parvenues lui apprenaient que le bateau avait fait naufrage au large de l'Égypte et que des pirates avaient razzié hommes et biens sur les côtes d'Afrique. Le temps passait si cruellement que la jeune fille (Valentine) faisait vœu d'entrer au couvent si, dans deux ans, son bien-aimé n'était pas revenu. Julie était intarissable sur les angoisses, espoirs et désespoirs de Valentine. Elle la faisait entrer au couvent dans les larmes et décrivait, lors de la cérémonie des vœux, Valentine, novice, étendue tout de son long sur les dalles glacées de la chapelle quand, à grand bruit, un homme fendait la foule et criait : « Dieu tout-puissant qui m'avez sauvé, rendez-moi la fiancée qui me fut si fidèle. » Brouhaha, cris, sanglots, etc., et Julie se sentait mieux. Mais à elle, aucune nouvelle ne parvenait !

En octobre 78, elle partait pour Paris avec *Le Vœu de Valentine*, mais Paris n'était plus Paris : le vide qu'elle y trouverait l'épouvantait, aussi avait-elle décidé d'emmener Marie. Ce n'était plus la Julie d'Édouard, mais Mme G. et sa fille, à qui la première montrait la capitale, la présentait à son amie Marguerite et partageait avec elle la chambre rouge de chez Roland. François, devenu colonel, était entré au cabinet du ministre de la Guerre et toute la famille occupait un grand appartement sur le Champ-de-Mars.

Marie avait d'abord accepté ce voyage avec froideur, comme un dû, mais dans Paris, sa joie et son admiration touchèrent Julie et lui firent un peu honte de son ancien égoïsme. Marguerite félicita Julie de l'intelligence et de la curiosité intellectuelle de sa fille, mais elle lui glissa dans l'oreille qu'hélas, elle non plus n'avait reçu aucune nouvelle depuis la carte d'Alexandrie. Enfin, il ne fallait pas perdre espoir : dans ces pays soumis au Sultan, on pouvait rester bloqué des années par une administration militaire et stupide. Roland, lui, avait son idée : Édouard était un drôle de gars, un peu braque, on ne pouvait savoir ce qui lui passerait par la tête. C'était un solitaire à qui il aurait fallu une liaison élégante et non de misérables aventures sans suite :

— Une femme du monde ! Je lui en ai souvent parlé, je lui en ai présenté, mais il ne voulait rien entendre. Je me suis même demandé s'il n'était pas amoureux d'une femme inattaquable. C'était son genre de ne rien dire et, avec ses airs romantiques, il n'était pas fâché de s'entourer de quelque mystère. Son maître Delacroix lui avait un peu tourné la cervelle.

— Moi, je ne l'ai jamais trouvé normal, coupa Marie, qui assistait à l'entretien avec un air pincé. On aurait toujours dit qu'il cachait quelque chose. Je ne le trouvais pas sympathique.

Julie se taisait, bouleversée : cela se voyait donc ? Même un bon gros comme Roland, dont la finesse n'était pas la qualité première, avait en fait deviné :

— Enfin, concluait Roland, il doit se plaire dans les fastes d'Orient. Je le verrais bien dans quelque cour de pacha, au milieu des vahinés, couronné d'un turban empanaché.

Julie souriait, elle ne savait pas très bien, à cette perspective, si elle se réjouissait ou se rongeait de jalousie. Mais qu'il revienne, mon Dieu, d'abord qu'il revienne !

* *
*

Il y avait maintenant deux ans qu'Édouard était parti, et aucune nouvelle n'était parvenue. Un matin de juillet, à Rivière, les foins étaient coupés, les troènes embaumaient, la nature explosait sous les premières canicules. Julie en se levant fut percée d'un poignard invisible et faillit s'écrouler : « Il est mort, je le sais, je le sens. Édouard est mort et ne reviendra jamais. »

Avec ce cri intérieur, une douleur profonde, mystérieuse, au fond de ses entrailles, la déchira. Elle haletait, interdite, trébuchante : non, ce n'était pas vrai, pas possible, pas raisonnable, il n'y avait aucune raison : pas le moindre bruit de trouble en Abyssinie, rien dans les journaux, ni guerre ni révolte dans la région. Qu'est-ce que c'était que cette voix et cette douleur, cette irruption abominable dont on ne sait quelle provenance ? Non, il ne pouvait pas mourir, elle ne le croirait jamais : il était prisonnier... malade, perdu dans ces montagnes sauvages... recueilli par ces peuples au langage inconnu... Dévalisé peut-être et sans argent, à pied, dans des lieux inconnus, jusqu'au jour où il pourrait retrouver son chemin.

Mais oui, c'était bien cela. Elle bousculait dans sa tête les images de l'histoire sainte : rochers à pic, montagnes à perte de vue, déserts sans fin, villages de bergers en pierre crue, chemins escarpés avec des ânes et des chameaux. Elle se jurait qu'il reviendrait et finit par éclater en sanglots.

La douleur persista plusieurs jours. Elle n'était pas intolérable, elle était sournoise, mystérieuse, maudite. Julie se coucha, fit venir le médecin. Ayant palpé, il parla de colique néphrétique ou hépatique et conseilla de boire beaucoup. Au bout de huit jours, la douleur disparut. Julie restait comme vidée d'une part d'elle-même, faible, égarée.

Marie non plus n'allait pas bien. Toujours digne et soignée, elle ne souriait jamais et parlait de moins en moins, s'enfermant dans sa chambre sous prétexte de peinture et de gravure. Toutes ses amies de Chinon s'étaient mariées. Si elle les visitait, elle revenait l'œil fixe, ne parlait qu'en mots retenus de naissances et de berceaux.

Un jour qu'elle était en visite chez Noémie, la fille de Caroline récemment mariée, Julie entra dans sa chambre pour laver ses petits rideaux de tulle avec ceux du salon et ceux de sa propre chambre. Sur le bureau, un gros carnet à couverture de cuir noir était ouvert. La haute et ferme écriture de Marie s'arrêtait au milieu de la page. Elle s'arrêta : son journal ! Marie elle aussi tenait donc un journal, comme la Julie d'il y a vingt ans. Elle hésitait. Avait-elle le droit de violer ses secrets ? Elle avait pris le cahier et n'osait tourner la page. Celle-ci débutait par ces mots terribles : « *Qu'est-ce donc que ma vie ? Une succession de gestes sans but et sans valeur pour quiconque. La solitude. Mon Dieu ! Faites qu'elle ne soit pas mon lot pour toujours.* »

Elle ouvrit au hasard, au milieu, au début, feuilletant rapidement : « Je ne lis pas vraiment », se disait-elle le cœur battant. Dans un style éloquent, Marie, de page en page, criait son désespoir, sa solitude et son angoisse : « *Pourquoi, à vingt ans, suis-je obsédée par la mort ? Je l'appelle, alors que je n'ai pas encore vécu. J'étouffe, enfermée dans ce carcan d'une petite ville, avec de petits moyens dans une maison d'autrefois où le passé seul a des droits. Oh oui, je voudrais vivre, mais je n'ai devant moi qu'une invisible muraille de Chine qui fait d'une femme une prisonnière.* »

Julie feuilletait, le cœur lui manquait à chaque page. Marie priait, suppliait la Vierge de la sortir d'ici, même au prix de cruels renoncements : « *Vierge sainte, je vous offre quelque chose d'essentiel dans le meilleur de la vie, prenez mais donnez-moi un mari, un foyer et le droit d'exister.* »

Julie ferma brutalement le cahier noir et le replaça ouvert sur le bureau. Le cœur lui manquait. Son enfant souffrait et, derrière sa parfaite éducation, cette froideur et cette dignité insupportable, elle agonisait. Il n'était pas possible de la laisser ainsi et ce n'était pas à la Vierge de lui trouver un mari, mais à elle, sa mère. Il fallait la marier, fut-ce en renonçant, comme elle le disait, à des exigences que l'on croyait absolues.

Le soir même, elle annonçait à Marie qu'elles allaient toutes les deux à Tours le lendemain, par le premier train, merveille récente qui, sur la nouvelle ligne de Tours-Les-Sables-d'Olonne, s'arrêtait à Chinon. On gagnait près d'une heure sur le trajet. Elle invoqua une prétendue lettre d'Hortense qui les attendait sans faute à son jour. Si Marie préférait, elle pourrait, bien sûr, passer la journée avec Mlle Cloque.

Marie sembla ravie : oui, Mlle Cloque, dans sa dernière

lettre, annonçait l'envoi d'une demande officielle aux autorités : Paris construisait à Montmartre une immense basilique, en expiation des crimes de la Commune, Tours se devait donc de reconstruire la basilique historique de Saint-Martin, orgueil des chrétiens depuis plus de mille ans et livrée aux vautours de la Révolution. On organisait un nouveau pèlerinage pour toute la région : à La Salette ou dans un autre lieu de l'apparition de la Vierge dont Marie ne savait plus le nom. Julie sentait bien que sa fille aurait aimé en faire partie, mais décida de ne rien entendre pour le moment. Ce n'était pas d'un pèlerinage dont Marie avait besoin, mais d'un mariage et d'un vrai départ.

Chapitre 30

« Un gaillard bien sympathique »

HORTENSE était seule et poussa un cri de joie en voyant apparaître Julie, fraîche, élégante et d'un pas décidé :

— Quelle surprise ! Je ne t'attendais pas aujourd'hui. Tu restes déjeuner bien sûr. Joseph ! Nous avons un convive de plus.

— Deux, car Marie m'accompagne et est actuellement chez Mlle Cloque. Je voulais vous voir seule, Hortense, j'ai un gros souci et j'ai besoin de vous.

Hortense était assise et l'observait, les yeux plissés car sa vue baissait, mais Julie sentait son attention et une curiosité évidente :

— Un souci si grave, voyons ça ?

— Voilà : il faut absolument que je marie Marie.

Hortense sursauta :

— Qu'est-ce que tu me racontes là ? Marie ? Marie aurait fauté...

Julie éclata de rire :

— Non, non ! Évidemment non, je dis « absolument » parce que j'ai découvert qu'elle est désespérée et n'attend plus rien de la vie.

Et elle conta la découverte du journal, les accents déchirants et les prières. Hortense réfléchissait en silence :

— Tu es sûre qu'elle n'entrerait pas au couvent ? Elle est si entichée de religion ?

— Elle n'y resterait pas trois jours. Elle est incapable d'obéir et de s'humilier. On dirait que vous ne la connaissez pas.

Hortense éclata de rire :

— Elle ferait pourtant une parfaite mère supérieure !

— Mais en attendant, elle se ferait jeter dehors. D'ailleurs, elle n'y songe nullement.

— Bon. Mais ma pauvre amie, comment marier une jeune fille sans argent, sans beauté, mais avec des prétentions... justifiées d'ailleurs.

— Si je suis là, Hortense, c'est que j'ai une idée : pourquoi ne pas chercher parmi ces jeunes gens entreprenants et désargentés à qui Octave prête de quoi s'établir ? Peu importe la fortune ou son absence, ou même l'éducation... bien que (elle hésitait, honnête), bien que jamais Marie n'épouserait un rustre.

Hortense songeait : la réflexion de Julie lui avait fait ouvrir les yeux tout grands, comme quand elle prenait une décision :

— Un des jeunes clients d'Octave, tiens, tiens... Ma foi, tu me fais souvenir de ce qu'il me racontait avant-hier soir. Il avait reçu un jeune homme très beau, fils d'une veuve et sans le sou qui, disait-il, était assez fou pour penser qu'un banquier prêtait sans aucune garantie si on avait un bon projet ! Il voulait créer je ne sais quelle entreprise et ne pouvait donner ni caution ni hypothèque. Ton oncle riait et il disait . « Dommage, le gaillard était bien sympathique. »

Julie rêvait . très beau, travailleur, sympathique... Hortense s'était arrêtée et reprenait d'une autre voix .

— Et je me souviens qu'il lui aurait donné une sévère leçon en lui disant qu'on ne prêtait jamais sans garantie. sauf à sa propre famille, et encore...

Les deux femmes se regardaient en silence : une entreprise, un prêt sans garantie, la famille...

— Mais voilà, c'est tout fait, s'écriait Hortense. Je vais en parler dès ce soir à ton oncle. Si ce jeune homme acceptait d'épouser sa nièce, il prêterait à un neveu. La garantie, ce serait Marie.

Julie sentait battre son cœur jusque dans ses tempes. Oui, pourvu qu'Octave accepte. Et aussi Marie ! Car on ne savait qui était ce « gaillard », quelle famille, quelle éducation ? Beau garçon d'accord, fils d'une veuve passe encore, mais qu'était cette entreprise pour laquelle il cherchait un banquier ? Car Marie était une maîtresse femme, et pas de celles qui laissent aux hommes toutes les décisions. Elle pourrait être une aide précieuse dans une entreprise, elle savait compter, connaissait les placements boursiers, les bilans, les prévisions. Julie rêvait déjà et un autre roman prenait forme. Elle se secoua et remercia sa tante avec chaleur et parla d'autre chose.

Marie revint déjeuner puis, ayant passé encore l'après-midi avec Mlle Cloque, revint dans une grande excitation : le ministère des Cultes avait refusé de soutenir le grand œuvre tourangeau, alors qu'on totalisait maintenant deux millions de souscripteurs ! C'était une indignité.

— Je le savais, dit sobrement Hortense, mais ma chère, ne te désole pas, il y a pour toi d'autres choses importantes que la reconstruction d'une basilique.

Julie l'interrompit fermement : qu'Hortense ne la fasse pas rêver tant qu'on ne savait rien de ce jeune homme ! Les deux femmes rentrèrent le soir à Chinon sans la moindre allusion au sympathique gaillard.

Une lettre d'Hortense arriva deux jours plus tard : elle savait tout et tout le monde était d'accord : le jeune homme, M. Graf, se prénommait Victor et portait superbement son nom. Il était l'aîné de trois enfants. Son père, qui avait une fabrique de chapeaux, était mort d'une longue et cruelle maladie quand il avait quinze ans, et l'affaire avait si bien périclité qu'elle était en faillite à sa mort. Sa mère avait peint des éventails et des boîtes à bijoux, et élevé au mieux ses enfants. Victor était, à vingt-deux ans, champion international d'escrime (France-Hongrie) et champion de grand bicycle (Tours-Orléans). Il voulait créer un magasin à service multiple dans le quartier des Halles, ayant travaillé pour les faïenceries de Giens et pour un magasin de cristallerie de la rue de Paradis à Paris. Octave n'avait pas été par quatre chemins. Il avait attaqué par ces mots :

— Puisque vous voulez un prêt sans garantie, jeune homme, seriez-vous prêt à épouser ma nièce, sans dot ou presque, ce prêt constituant une dot que vous me rembourserez en quinze ans ?

Le jeune homme avait accepté après avoir demandé tout de même comment était cette nièce :

— Elle a vingt ans, ce n'est pas une beauté, mais elle a une gentille figure et de très beaux cheveux. C'est surtout une femme intelligente qui a du caractère et sur qui on peut compter.

Hortense avait donc organisé un déjeuner dans quinze jours pour la présentation.

* *
*

La lumière de la lampe au pétrole (une folie, mais qui changeait la vie), jetait des reflets d'or dans la chevelure de Marie, penchée sur sa broderie. Julie cousait en silence et observait sa fille : triste, courageuse, inatteignable. Il fallait pourtant y aller :

— Marie, j'ai reçu une lettre de ta tante Hortense. Figure-toi qu'elle veut te marier. Elle a un prétendant dont elle dit beaucoup de bien et propose une rencontre dans une quinzaine. Je n'ai évidemment rien répondu encore, qu'en dis-tu ?

Marie avait cessé de coudre, immobile, l'aiguille levée au bout de l'aiguillée. Julie crut voir la main trembler. Il y eut un long silence :

— Pourquoi pas ? Que dit-elle de ce projet ?

La voix était un peu rauque, les yeux baissés, la main tremblait indiscutablement, elle la posa sur son ouvrage. Julie se jeta à l'eau : tout y passa : la famille, les projets, les championnats sportifs, la belle allure.

— Mais alors, pourquoi moi ? dit enfin Marie en plantant ses yeux dans ceux de sa mère.

Julie reprit vite sa tapisserie, tournant la tête :

— Mais parce que tu es en âge de te marier et que ta famille s'en serait préoccupée plus tôt sans la mort de ton père.

Ça sonnait un peu faux. Marie le sentait sûrement :

— Un homme d'affaires qui veut créer une entreprise, il me semble que c'est très bien pour toi. Tu pourrais l'aider beaucoup.

Là, Julie eut sa récompense : Marie se détendit, lâcha son ouvrage, les yeux humides.

— Oh ! Merci maman et merci à Hortense. Je n'aurais jamais cru qu'on s'occuperait de moi. Quand est ce déjeuner ?

— Dans une bonne quinzaine, car il faut, ma chérie, que tu commandes une jolie toilette.

— Ah, je sais ce que je veux : du violet, parce que je suis blonde et encore en deuil. Une robe violette avec un pouf à ruban plus foncé et un toquet de même.

Marie éclatait de bonheur, elle en était belle avec son teint animé, ses boucles blondes indisciplinées, oui, elle pouvait être charmante. La robe violette causa, dans les semaines suivantes, de violentes discussions. Marie la vou lait très claire, or ça la grossissait. Elle avait choisi un modèle avec un ruché autour de l'encolure, ce qui l'engoncerait, car son cou était court. Enfin elle s'inventa de commander un bouquet de violettes de Parme à piquer sous le menton. Un vrai désastre ! Julie tentait sans succès d'endiguer les dégâts : la robe violette moulait le buste généreux et le visage en sortait avec peine sous sa trop large chevelure. On aurait dit un œuf de Pâques ! Ainsi apparut-elle auprès de sa mère, plus fine que jamais, dans le salon d'Hortense, le dimanche 8 septembre 1879.

Quand la porte s'ouvrit sur l'annonce de Joseph, M. Victor Graf entra, mitraillé par quatre paires d'yeux. Il était plus que beau : très grand, très mince mais musclé, les jambes longues et les épaules larges ; blond, le profil grec et parfait, le nez légèrement aquilin mais très fin, la moustache conquérante et avec mouche sous le menton. Souriant, l'air dégagé, vêtu de blanc, veste et pantalon moulés à la dernière mode. Marie ne devait pas dépasser son épaule si elle y parvenait.

Hortense avançait, il baisait correctement les mains des dames... Présentations, salutations, conversation et un doigt de frontignan. Tout se passait au mieux. Sur la demande de Marie, Hortense avait fait figurer au menu des œufs à la coque, « seul moyen, disait-elle, de juger de la bonne éducation d'un homme. S'il ne fait couler ni blanc ni jaune, c'est parfait ». Et ce fut parfait. Marie souriait, posait d'aimables questions sur ses succès sportifs :

— Et vous avez gagné cette course... cent vingt kilomètres, et sur un grand bicycle... Je ne comprends même pas comment on peut tenir debout sur cette roue.

— L'équilibre, c'est facile, mademoiselle Marie, depuis qu'on a une petite roue derrière. Mais hélas, cette course, je ne l'ai pas gagnée, figurez-vous, et par pure innocence de ma part. Mon ami Budan m'avait proposé de rester ensemble pour s'entraider durant tout le parcours. À l'arrivée, disait-il, on se donnerait la main et on gagnerait ensemble, ex æquo. Je l'ai soutenu sur tout le parcours, et aux dix derniers mètres, cet animal a foncé sans crier gare et m'a gagné d'un mètre.

Il riait de bon cœur, quand Octave l'interrompit :

— Voilà, mon cher ami, une générosité qui augure bien mal pour vos affaires. Il vous faudrait un ange gardien... et plus gardien qu'ange !

Tout le monde rit, seule Marie observait avec sérieux ce trop beau et trop bon garçon :

— Vous avez eu affaire, monsieur Victor, à un escroc. Heureusement dans le monde il n'y a pas qu'eux, et de bons rapports sont toujours utiles.

Julie respira. Marie était sage, gracieuse, et le prétendant emplissait le salon d'une atmosphère d'aisance et de bonheur contagieux.

On apprit que les faïenceries de Gien et l'entreprise de la rue de Paradis lui livreraient rapidement un premier fonds. Il fallait maintenant trouver l'emplacement. L'entreprise « Tout pour la maison » doublerait rapidement les Nouvelles galeries Duthoo qui, disait-il, ne pouvaient se spécialiser en tout. Marie écoutait en silence et n'en perdait pas un mot, tandis qu'Hortense faisait valoir son talent de peintre, mais aussi ses connaissances financières, si rares chez une jeune fille.

Victor se levait enfin pour prendre congé et remercier Hortense de son hospitalité. Hortense lui présenta la main amicalement sans se lever, et comme il était très grand, il se pencha vivement pour la baiser, et crac ! On entendit une déchirure. Tout le fond de son pantalon trop serré sur des muscles d'athlète s'ouvrait. Marie, juste en face et quasiment à hauteur, éclata de rire. Et elle riait encore quand Victor, vivement relevé et épouvanté, saluait du chapeau et se retirait à reculons.

— Alors, demandait Hortense qui s'amusait fort, alors Marie, avoue qu'il est beau, tout de même ?

Marie avait repris son sérieux et ses airs supérieurs C'est sans sourire et gravement qu'elle répondit :

— Cela me convient. Merci ma tante.

* *
*

On coupa des peupliers, on vendit des valeurs (surtout pas les emprunts d'État) et, ne pouvant réaliser l'héritage de Marie, Julie décida qu'elle mettrait en vente la maison des Chevaliers et se retirerait à Rivière.

Eugénie poussa des cris d'horreur : sa mère ne pouvait pas vivre toute l'année seule à la campagne, abandonner sa maison, ses souvenirs, ses amis et ses habitudes. Marie protestait faiblement qu'elle ne voulait rien, mais elle savait que cet héritage serait essentiel pour leur installation. Le carnet noir avait disparu, elle avait retrouvé son assurance, ne parlait plus que de chiffres, d'affaires, de dépôts et de bilans. Victor était attentionné et visiblement subjugué par l'intelligence de sa fiancée. Qui dirigerait en fait l'entreprise ? Octave avait repris confiance et les fiancés avaient avec lui de grandes réunions dont tous sortaient en parfaite entente.

Il y avait presque trois ans qu'Édouard avait disparu. Rien n'avait filtré, ni bruit ni nouvelle, même indirecte. Julie avait tenu bon, s'interdisant d'y penser jusqu'au mariage de Marie et nul n'avait pu soupçonner son angoisse. Elle avait fait face à tout, trop aidée par sa fille à qui revenait toujours la décision finale.

Marie avait accepté que sa mère invite Marguerite à son mariage, bien que la situation de cette « Mme de Wissembourg » ne soit pas très claire à ses yeux. Julie l'avait présentée à Paris sans allusion à Bonnier. Pour Marie, cette femme avait un salon politique et lui avait témoigné une estime flatteuse. Marguerite vint donc avec un cadeau somptueux : un milieu de table en argent massif qui éclaboussait la présentation des cadeaux. La présence de son amie bouleversait Julie : c'était un peu d'Édouard, et à Rivière ! Aussi accepta-t-elle l'invitation de son amie à venir chez elle à Paris après le mariage.

Eugénie relevait tout juste de ses couches, un second garçon, et la joie que lui causait le mariage de sa sœur était communicative. Victor plut à tout le monde. Le couple descendant la nef, la mariée fraîche et ronde, n'arrivant à l'épaule du marié que grâce aux fleurs qui la couronnaient, était attendrissant.

Eugénie resta une semaine auprès de sa mère avec ses bébés et sa bonne, puis Alphonse vint la chercher. Au moment de monter en voiture, Eugénie embrassait sa mère quand celle-ci éclata en sanglots, s'accrochant des deux mains à sa fille, et murmurant :

— Non, non, ne me quitte pas !

Jamais, de toute sa vie, Julie n'avait perdu son contrôle. Elle avait été triste, avait pleuré les siens, avait été malade, mais tout cela comme il sied à une dame. Eugénie, bouleversée, la serrait dans ses bras et Alphonse, comme tout homme, attendait interdit que les femmes se séparent. Mais ce ne fut que quelques instants, Julie s'était reprise .

— Non, non, pardon ! Ce n'est rien, un peu de fatigue.

— Maman, je ne veux pas vous laisser comme ça. (Elle se tournait vers Alphonse) : n'est-ce pas mon ami ?

— Mais non, tout va bien, je t'assure, je n'ai que le temps de ranger et je pars la semaine prochaine chez Marguerite. Au retour, je m'occuperai de nos affaires et je m'installerai ici, puis je viendrai te voir.

Se tournant alors vers la maison, sa façade et son perron éblouissants de blancheur, entre les roses et les arbres centenaires, elle sourit lentement, d'un sourire très doux, très tendre :

— Tu vois, ma chérie, j'ai tout ça, j'ai cette beauté, je ne suis donc pas seule et je ne le serai jamais.

Chapitre 31

Les lenteurs du temps

JULIE prenait le thé chez Marguerite. Celle-ci observait Julie qui buvait son thé en silence, l'air absent :

— Julie, il faut absolument sortir de cette incertitude. Édouard n'avait-il vraiment aucune famille ? Ne vous a-t-il jamais parlé de ses parents, de cousins, que sais-je ? Que ses amis ne sachent rien, c'est normal, mais sa famille ?

Julie réfléchissait :

— Il m'a souvent parlé de sa sœur, Antoinette, qu'il aimait beaucoup et qui est mariée. Je sais qu'elle a plusieurs enfants, mais je ne sais pas le nom de son mari ni son adresse.

— Difficile en effet... Roland ne la connaissait pas, ni lui ni aucun de ses amis ?

— Non, hélas ! Je sais qu'Édouard lui en parlait en effet, mais il ne l'avait jamais vue.

Marguerite réfléchissait. Le silence durait, puis son visage s'éclaira :

— Et son atelier, qu'est-il devenu ?

Julie tressaillit, bouleversée :

— Son atelier, mais oui ! Il a dû, depuis plus de deux ans, être loué ou vendu ! Il y a sûrement quelqu'un, et qui n'a pu y entrer que grâce à sa sœur. Oh ! Marguerite, merci ! J'y vais... Vous permettez ?

Elle s'était déjà levée et courait chercher son chapeau.

Dieu, qu'elle connaissait bien cet omnibus rouge qui conduisait vers la gare de l'Ouest ! Tant de souvenirs se pressaient ! Elle avait trouvé une place assise et, le cœur sur les lèvres, regardait passer ces rues arpentées jadis avec Édouard, toujours douces, sous la pluie comme sous le soleil.

À la porte de la cour où s'ouvraient les ateliers, il lui sembla qu'Édouard allait ouvrir, qu'elle allait entendre sa voix un peu rauque : « C'est toi, ma belle, j'arrive... » comme autrefois.

Elle hésitait, le cœur battant, devant la porte de planches rustiques dont la peinture s'écaillait. Non, c'était fou, il fallait frapper. La porte s'ouvrit après un petit remue-ménage. Un homme jeune et quelconque la regardait, interrogatif :

— Vous cherchez ?

— Excusez-moi, monsieur, je suis une amie du peintre qui vous a précédé dans cet atelier. J'aurais voulu avoir des nouvelles de lui.

Rien n'avait changé : la galerie avec le lit et l'armoire, le chevalet, les toiles tournées vers le mur, une jeune fille qui posait, et puis l'odeur, surtout l'odeur !

— Je suis désolé, madame, je n'ai pas connu mon prédécesseur ici, je viens de prendre cet atelier, c'est une dame qui me l'a loué.

— Vous savez son nom et son adresse ?

Julie haletait. Elle avait chaud et le sang à la tête.

— Je vais sûrement vous retrouver ça, j'ai les papiers quelque part. Attendez !

Il montait, ouvrait l'armoire :

— Voilà le bail... Voyons, Mme Duroy, 22, faubourg Saint-Antoine. C'est bien ça ?

— Oui monsieur, je vous remercie. Savez-vous quelle

est la couleur de l'omnibus qui conduit vers la rue Saint-Antoine, et à quelle hauteur ?

— Le vert, qui va à la Bastille.

Il était redescendu et observait cette belle femme brune qui semblait prête à défaillir :

— Puis-je quelque chose pour vous, madame ? Un verre d'eau...

— Non, merci, monsieur, vous avez déjà fait pour moi plus que vous ne pouvez imaginer. Merci !

Le jeune peintre la regarda filer vers la gare : au fait, qui était ce peintre avant lui ? Il haussa les épaules et reprit sa palette en marmonnant :

— Drôle d'histoire...

* *
*

Il était 6 heures quand Julie arriva au 22 du faubourg Saint-Antoine, c'était une maison d'autrefois, trois étages, avec de jolis balcons, entre un magasin de meubles et une boulangerie. Elle sonna : on bougeait à l'étage, on descendait l'escalier, une femme ouvrait et Julie reçut un choc : elle avait les yeux pâles d'Édouard et son visage aigu. Grande et mince, elle la regardait interrogative :

— Madame ?

— Vous êtes Antoinette, n'est-ce pas ?

La voix de Julie s'étranglait :

— Oui, mais, est-ce que je vous connais ? Attendez... Vous ressemblez à... mais vous êtes la Dame à la rose, son amie Julie ?

Elle s'émouvait, ouvrait la porte et lui tendait les mains :

— Entrez, entrez, si vous saviez combien il m'a parlé de vous, mais je ne savais que votre prénom.

— Moi aussi ! C'est pour ça que je n'ai pas pu encore

savoir. Mais vous, avez-vous eu quelque nouvelle ? Je n'ai plus rien depuis plus de deux ans.

Antoinette la regardait en silence, hésitante :

— Il est mort, n'est-ce pas ?

— Oui, Julie, l'année dernière en avril. On ne l'a su qu'en décembre par un missionnaire de là-bas, qui avait des lettres à nous remettre. On lui avait tout volé, sauf ça. Pour nous, l'enveloppe avait nom et adresse. Il y en a une pour vous, avec simplement : « Ma chère Julie » et visiblement inachevée.

Julie était si pâle qu'Antoinette la prit dans ses bras et l'assit sur un fauteuil.

— Je vous demande pardon du mal que je vous fais mais...

Elle l'embrassa et Julie éclata en sanglots.

— Je le savais, bien sûr ! Vous avez dit avril l'an dernier, n'est-ce pas ?

Et tout lui revint en mémoire : la douleur aiguë dans les entrailles ce matin-là, en s'éveillant. Cette douleur sans cause et si profonde que le médecin n'avait pu identifier et qui l'avait tenue toute une semaine, couchée, incapable de vivre sans savoir pourquoi. Et cette brutale intuition : « Il est mort, je le sens, je le sais. »

Elle pleurait doucement, la main d'Antoinette dans la sienne :

— Avez-vous su comment ?

— Il paraît qu'il revenait de chez ce roi dont il avait fait le portrait, avec de l'or, des bijoux et des cadeaux que le roi lui avait donnés. Son escorte a été surprise une nuit dans un défilé. Ils ont tous été tués et la caravane dévalisée. La Mission, à quelques lieues de là, l'a su et a pu l'enterrer. C'est par un des leurs qui revenait à Paris qu'on a eu des nouvelles.

Julie s'était reprise et se leva :

— Donnez-moi cette lettre, s'il vous plaît, mon dernier souvenir.

La lettre était longue et en effet inachevée. Elle contait la découverte de ce roi copte Menelik, être fascinant, de son portrait, de cette Cour perdue sur un haut plateau, de cadeaux fabuleux. Il commentait dans la joie le périple du retour, qui devait durer un bon mois, et il espérait pouvoir poster cette lettre au Caire. Que Julie attende « un homme rénové, qui renaissait de ses cendres, tel le Phénix, qui était autre et toujours le même... » Et ça s'arrêtait là.

Antoinette loua un fiacre pour la reconduire chez Marguerite. Édouard était mort, heureux, glorieux, amoureux. « Il est mort, moi aussi », dit-elle à Antoinette en l'embrassant.

Marguerite recueillit son amie, la soigna, la veilla pendant plusieurs jours, et Julie repartit seule vers son destin, le visage creusé, mais l'âme apaisée : elle allait pouvoir ne plus rien attendre, vivre son deuil et se souvenir. La Dame à la rose était morte, le sabre courbe des brigands turcs avait achevé la blessure de la baïonnette prussienne.

* *
*

La maison des Chevaliers était vendue et le notaire avait achevé la succession. On avait fait vite car Marie était pressée, elle avait besoin d'argent pour monter « Tout pour la maison » et meubler son appartement. Elle devait à Mlle Cloque et au saint M. Dupont la découverte d'un grand local vide sur la place des Halles, avec trois étages, le tout masquant un grand terrain vague qui s'étendait presque jusqu'à la rue Descartes et qui pourrait servir d'entrepôt. Elle s'installait un appartement proche, sur la place. Dans le magasin, elle distribuait les étages aux différents secteurs de faïence, porcelaine, verrerie, et matériel de cuisine. Tout avait été remis à neuf avec un grand escalier central, et on y avait englouti, outre l'argent d'Octave, tous les bons d'État de Gustave. Julie avait donné tous ses meubles, ne gardant que ceux de son atelier : sa commode de jeune fille, son bureau et la bibliothèque, disant qu'elle n'avait besoin de rien puisque Rivière ne pouvait être qu'encombré.

Elle s'installa, au début de l'automne : les arbres doraient lentement, les roses tiendraient jusqu'aux gelées, et les soirées étaient encore douces. Elle avait conservé la remplaçante d'Alphonsine, Maria, qui venait justement d'une ferme voisine des Hautiers. Elle ne sentait donc pas encore le passage entre son ancienne et sa nouvelle vie. Les travaux de la maison, du jardin, la routine de tant d'années occupaient les lenteurs du temps et le chagrin son cœur.

Il avait été convenu avec ses filles qu'elle continuerait à venir à Tours voir Hortense et Marie qui continuerait à veiller sur ses comptes et ses affaires. Eugénie viendrait la chercher tous les mois pour passer quelques jours à Saumur et lui enverrait ses aînés en garde pour ses troisièmes couches. La vie continuait et tout le monde se raccrochait à de bonnes paroles rassurantes qui traçaient pour Julie une vie bien remplie et enrubannait sa solitude comme un paquet cadeau. Le veuvage était un état si banal qu'on s'y laissait glisser mollement sans rien attendre que le lendemain.

Julie s'étonnait chaque matin devant sa glace de ne pas être tombée en poussière, comme elle l'était dans son cœur. Elle avait quarante-cinq ans mais n'avait bougé ni dans son visage ni dans son corps si mince. Quelque chose pourtant était mort en elle, et elle le découvrit au début de l'hiver, un jour que Marie était venue déjeuner à Rivière pour lui annoncer sa première grossesse :

— Vous devriez retourner un peu à Paris voir votre éditeur. Est-ce que vous avez commencé quelque chose ? Non ? J'espère que vous allez vous y remettre maintenant que tout est en place ici.

Julie n'avait rien écrit depuis le dernier roman qu'elle avait terminé après la mort de Gustave. C'était le dix-septième et tous avaient été retirés. Mais elle n'avait rien envie d'écrire. Plus grave, rien à écrire !

Bien installée à Rivière sous le grand tableau de la *Dame à la rose* où elle avait placé son bureau de jeune fille, elle s'était installée comme de coutume. Mais de coutume, sa plume courait sur la moindre injonction de ses rêveries, et voilà qu'elle ne courait plus, restait en l'air. Et dans la tête de Julie, un grand vide s'installait. Les seuls mots qui venaient, c'étaient des mots d'amour, des souvenirs, un échange de tendresse, un dialogue interrompu qui continuait tout seul en elle.

Écrire à un mort, ça n'avait aucun sens, il ne le fallait sûrement pas. Pourtant, au bout de quelques mois, un soir d'hiver que le poêle ronflait tout doucement et que la lune s'était levée, elle posa sa broderie, une petite chemise festonnée pour le futur petit Plassart qui s'annonçait le mois suivant. Elle s'assit à sa table et sa plume se mit à écrire : « *Tu n'es plus, mon amour, et le monde est vide. Il n'y a plus d'homme, plus d'ami, plus de compagnon. Ton souvenir, ta présence sont en moi jusqu'à ma mort, tout le reste est contrainte, mensonge et masque, factice, plaqué. Rien n'est vrai. Je suis morte et je vis encore.* »

Elle se retourna vers le grand tableau qui semblait respirer derrière elle. Alors, brusquement, elle eut une inspiration : mais oui, elle écrirait encore ! Elle écrirait à Édouard, et ses lettres, elle les emporterait avec son âme pour les remettre à la sienne dans l'éternité. Elle écrivit en grosses lettres sur la couverture du cahier cartonné, tout neuf : « Je demande que ce cahier et les suivants soient enterrés avec moi sans être lus. Ceci est mon testament. » Signé, Julie G.

« Un jour, vous écrirez un grand roman d'amour, mais c'est encore trop tôt. » Il était achevé, elle allait l'écrire, pour lui et pour elle seuls.

* *
*

La vie autour de Julie bouillonnait : ses deux filles étaient enceintes, ses deux petits-fils prenaient forme de futurs hommes. Marie et Victor avaient ouvert « Tout pour la maison », engagé deux vendeurs. Victor se chargeait seul des achats et de l'organisation, Marie seule des comptes. Leur entente semblait parfaite, la grossesse de Marie l'épanouissait et lui donnait un surcroît d'assurance.

C'est dans ce printemps 82 qu'Octave mourut. Une simple grippe et cet homme qui avait toujours si bien vécu, si paisiblement régné sur des millions, s'éteignait en trois jours, sans drame et sans angoisse.

Prévenue la première par télégramme, Julie se précipita chez sa tante. Elle la trouva calme et plus noble que jamais, organisant un superbe enterrement à la cathédrale pour cet incroyant. Avait-elle jamais aimé cet homme qui l'avait tant admirée, écoutée, couverte d'or ? Qu'avait-il été pour elle ? Un maître à penser et à vivre, ou seulement un marchepied ? Était-il possible qu'il n'y ait eu qu'un superbe attelage social pour parader et régner dans Tours ? Julie regardait sous les vitraux de la cathédrale, étincelants des rouges et des bleus du Moyen Âge, cette haute et superbe silhouette dont même les voiles noirs ne parvenaient à faire une pleureuse. Les cierges qui, par dizaines, entouraient le catafalque, étincelaient près d'elle et magnifiaient la veuve plus que le défunt. Debout, toujours debout, sauf un soir de révolution, Hortense semblait à Julie, immortelle.

De fait, ses neveux héritant de leur oncle, on pouvait craindre qu'elle ne se retrouve sans fortune. Or le testament d'Octave lui laissait en propre l'hôtel Pillet et une rente mensuelle sur les revenus de la banque jusqu'à sa mort. Cette rente était substantielle, calculée pour lui permettre de garder son train de vie, et indexée sur l'or. Le deuil fermait son salon pour un an, Julie fut priée de venir lui tenir compagnie plus souvent. Elle passait donc plusieurs jours par semaine à Tours et reprit contact avec ses amis. On l'invita, elle sortit. La ménopause amenait dans sa génération des vapeurs, des bouffées de chaleur, des cheveux blancs trop nombreux pour être arrachés, des corsets trop étroits, les premières rides et les teints gris. Pas encore pour elle.

Alice de T., qui luttait en vain contre l'obésité, avait retrouvé un mari glorieux, un des rares non vaincus qui avaient défendu Belfort. Il était maintenant général et avait été nommé à Tours à la grande joie de sa belle-famille. Il recevait à Saint-Cyr, dans la propriété de fonction qui dominait la Loire, presque à pic, au milieu d'un très beau parc. Julie sortit de son deuil pour y retrouver ses amis, « les amis de notre belle jeunesse », disait-elle en souriant. Tous mariaient leurs fils et leurs filles, la troisième des cinq enfants d'Élise épousait le fils de Nestor Pillet, l'aîné des neveux d'Hortense. La fête était superbe : mariage au pied de la propriété dans la ravissante petite église de Saint-Cyr, celle de la fameuse confession (« Dieu vous aime, mon enfant »), puis réception somptueuse dans la propriété.

La nuit était tombée, on tirait sur la Loire un feu d'artifice qui semblait embraser les tours de la cathédrale. Il y avait là toute la Touraine : des robes claires, mais sagement fermées jusqu'au col, des officiels dignes et raides,

Julie connaissait presque tout le monde. Le parc était fleuri, les tilleuls embaumaient. C'était une belle soirée comme on en fait en Touraine. Mais Julie comparait cette fête avec celle d'il y a dix ans : l'Alouette, le banc sur l'autre falaise, là-bas, au-delà du Cher, et le pas d'Hector qui lentement lui apportait la vie.

La nuit était tombée. Julie avait quitté la foule et rêvait seule dans un bosquet lorsqu'un bras entoura ses épaules : c'était Blaise, toujours beau dans son uniforme de cérémonie, qui souriait :

— Julie ! Solitaire et abandonnée ! La petite fée du bal de la Préfecture, toujours belle et si triste ! Julie, que puis-je pour vous ?

Son bras l'enserrait et ses yeux la caressaient dans l'ombre :

— Qu'avez-vous, Julie ? Je sais bien, hélas, que Gustave vous a quittée, mais je sais aussi que vous êtes de celles qui ont vécu. Cela se voit, un homme ne s'y trompe pas. Vous êtes une femme qui ne peut vivre sans... (il allait dire sans homme)... pas vivre sans amour.

Julie souriait, émue : Blaise avec son ironie, sa cour sans espoir, sa gaieté, son amitié, lui était devenu plus que fraternel. Elle rit :

— Voulez-vous bien vous taire, mauvais garçon !

— Non, Julie, je sais ce que je dis, et vous savez bien que je vous ai toujours aimée et désirée depuis le premier jour. Je n'étais pas assez riche pour vous épouser, mais aujourd'hui, laissez-moi vous consoler. Je sais que vous savez aimer et moi je vous aime.

Son bras enserrait la taille de Julie et son visage cherchait le sien dans la pénombre des grands tilleuls, il chuchotait à son oreille, sa moustache la caressait, elle se dégagea doucement, paisible, indifférente :

— Non, Blaise, je ne veux pas, je ne peux pas.

Elle le regardait gravement, ses yeux noirs jetant cette

pluie de flammes comme jadis (« Ne me regardez pas avec ces yeux-là, je vais prendre feu »). Mais ses yeux regardaient au-delà et ne le voyaient pas :

— Mais pourquoi, Julie... Vous mon amie de toujours... Ah ! vous en aimez un autre ?

— Oui, Blaise, et il est mort.

Blaise eut un recul, interdit, puis d'un geste tendre, il lui prit les deux mains et les baisa lentement :

— Pardon, Julie, je ne savais pas, je suis désolé.

Et lui prenant le bras, il la ramena en silence, jusqu'à la fête. Élise accourait :

— Blaise, mais où étais-tu ? On te cherche partout pour ouvrir le bal avec ta fille. Ah ! les hommes, ma pauvre Julie, si nous n'étions pas là...

Et elle s'en fut, entraînant son mari et tourbillonnant dans ses jupons. Elle lui arrivait à l'épaule, n'avait jamais rien vu ni rien compris.

* *
*

La vie continuait : celle de Julie ne semblait guère avoir changé, elle voyait ses amis, sa cousine, ses voisins de campagne, les recevait, échangeait nouvelles et banalités, mais elle ne fréquentait le salon d'Hortense que pour voir sa tante et sa fille Marie. L'affaire des Congrégations battait son plein et rendait la vie sociale très difficile. Hortense et ses neveux respectaient certes l'indignation des catholiques, mais ne la partageaient pas. On savait bien au début qu'on ne toucherait qu'aux jésuites, mais à l'automne 1880, il fallut se rendre à l'évidence : toutes les Congrégations d'hommes étaient dissoutes. Marie, bien entendu, militait pour la résistance à outrance, le refus des demandes d'autorisation et parlait avec éloquence des « martyrs, barricadés dans les couvents ». Elle faisait partie du « Comité tourangeau de résistance catholique » et assista en prière au forcement de la porte de Saint-Grégoire. Elle racontait le geste héroïque d'un petit cousin d'Éléonore, capitaine en garnison à Angers, qui avait brisé son épée devant le grand portail du collège Montgazon plutôt que de commander le forcement et d'y entrer avec ses troupes. Il avait été cassé ! Difficile évidemment de la faire taire, elle ou Mlle Cloque, en présence de M. Glorian, membre du tribunal des Conflits, chargé de statuer sur la plainte en violation de domicile des congrégations expulsées.

Une atmosphère de passion transformait ce haut lieu de l'esprit à la mode du XVIIIe en un champ clos où chacun étouffait à grand-peine l'explosion de ses convictions. Marie chuchotait volontiers que Jules Ferry avait dit à la Chambre : « J'arracherai à l'Église l'âme de la jeunesse française ! »

Et pour couronner le tout, il y avait eu l'année précédente l'anniversaire de la Semaine sanglante au cimetière du Père-Lachaise, devant le mur des Fédérés. Puis l'amnistie des Communards qui avait choqué la province. On avait espéré que les incendiaires et assassins seraient exclus de la grâce, mais c'était pratiquement l'amnistie totale. Comment faire taire, devant le préfet, les notables tourangeaux ?

Enfin, durant l'année 81, il y avait eu deux élections : celle de la Chambre et celle des Conseils départementaux. Partout, les conservateurs avaient été en minorité. Comble de malheur, Gambetta vint à Tours faire un grand discours qui blessa la province : « Il faut rendre à l'État, disait-il, ses prérogatives que les pouvoirs locaux lui ont confisqués. » Une insigne maladresse.

Hortense sentait venir des temps sombres pour son salon dont elle savait bien que la mort d'Octave avait sonné le glas. Elle était maintenant une vieille dame, ne s'habillait que de noir (pour faire valoir ses bijoux, avouait-elle à Julie), se proclamait au-dessus des partis et faisait ouvroir pour les pauvres un mercredi par mois. Julie ne quittait plus Rivière que pour elle. Bien sûr, il y avait Marie, mais celle-ci ne venait que rarement chez sa tante et Julie reconnaissait à peine sa fille dans cette jeune femme imposante, assurée, fourrée de chiffres et de projets. Le petit René, un enfant très doux et très sérieux, à près de deux ans, était encore élevé par une nourrice, et Julie rêvait devant ce petit, si beau, d'un avenir qu'elle ne connaîtrait pas. Marie le lui confia quand la nourrice tomba malade. L'enfant était si réfléchi et silencieux que Julie se sentait presque intimidée.

Marie, venant le rechercher, avait ouvert un carton d'aquarelles que Julie avait oublié dans le salon. Elle s'exclama :

— Qu'est-ce que c'est que ça, maman ? On dirait des peintures d'enfant... Pas de détails, pas de fini, des esquisses sans doute ? Tiens, toujours le même sujet, les mêmes arbres, les mêmes bois, et ces deux personnages (du moins on le suppose), des silhouettes d'un seul coup de pinceau... C'est vous, maman, qui faites ça ?

— Mon Dieu, oui...

Julie hésitait. Marie comprendrait-elle ce que l'école moderne attendait de la peinture ? Cette femme d'affaires en était si loin ! Les mots d'Édouard se pressaient pourtant dans la tête de Julie : « Le peintre songe d'abord à rendre son impression et non à copier la réalité. À rendre visible l'atmosphère qui l'enveloppe et, dans le même sujet, la variété des lumières. L'exécution est secondaire, l'émotion essentielle... »

Marie ricanait :

— C'est un peu comme ce que faisait votre peintre, maman. Même dans ce portrait (elle inspectait *La Dame à la rose*), votre robe blanche est un véritable arc-en-ciel ! Au fait, qu'est-il devenu, celui-là ?

Julie n'avait pas répondu et, prenant René dans ses bras, s'était écriée :

— C'est vrai qu'il a les yeux bleus des La Gravière lui aussi. Ton fils sera très beau, très grave, et je suis sûre que sa vie ne sera pas celle de tous.

Marie, flattée, avait oublié les aquarelles et, de ce jour, Julie ne les laissa plus dans le salon mais monta les cartons dans le placard du grenier, près des lettres d'Édouard.

Chapitre 32

Était-elle vraiment singulière ?

À Madame Graf, place des Halles, à Tours.

Ma chère Marie,

Je t'écris un peu inquiète au sujet de maman. Tu sais que je lui avais confié Alphonse à cause de la coqueluche de François. Je ne m'étais pas arrêtée en le conduisant, mais François étant guéri, je suis restée deux jours avec elle et le bébé Pierre qui est un amour, et que Dieu merci je nourris encore, ce qui l'a sûrement préservé de la contagion.

J'ai trouvé maman étrange, comme hors du monde, très loin dans un autre univers, intérieur et mystérieux. Elle a vieilli bien sûr, et la fin de notre fardeau féminin a été pour elle très dure : vertiges, bouffées de chaleur, cheveux gris... mais c'est le sort commun. Il y a autre chose, car je sais que les troubles ont cessé. Je ne sais comment te dire : elle est paraît-il très souvent découragée, triste, couchée même, souffrant des nerfs, avec des palpitations, des angoisses. Bien sûr, elle n'en dit rien, c'est Maria qui m'a raconté. Serait-elle neurasthénique ?

Elle m'a dit avoir été très heureuse de la présence d'Alphonse. Il faut dire que, pour ses six ans, il est très en avance et curieux de tout. Il m'a raconté que maman l'emmenait partout jusqu'en forêt pour lui apprendre à regarder la beauté de la nature, les plumes du coq, les feuilles de trèfles, les nuages, ou les reflets de lumière dans la Vienne. Elle lui disait : « Tout cela est à toi, je te le donne ! »

Mais ce qui m'a terrorisée, j'ose à peine te l'écrire : Maria avant mon départ m'a prise à part et m'a dit ceci : « Madame me fait peur quelquefois, elle me regarde d'une drôle de façon, comme si elle ne me voyait pas. Mais depuis qu'il fait froid, elle ne peut plus sortir tous les jours des heures pour peindre ou dessiner dans les bois. Alors, elle écrit sans fin et ses yeux, madame, on dirait qu'ils lancent des flammes et qu'ils vous traversent ! Un soir surtout, elle est sortie par grand froid et elle est allée au puits. Elle y est restée penchée, accrochée au rebord des deux mains. J'avais si peur que je n'osais pas bouger. Quand elle est revenue, j'ai vu qu'elle avait pleuré. »

Chère grande sœur, qu'en penses-tu et que faire ? Je lui ai cent fois proposé de venir habiter avec nous en gardant Rivière pour l'été. Elle a toujours refusé, comme tu sais, en souriant et en secouant lentement la tête, tandis que ses yeux noirs vous transpercent.

Pardon de ne pas te voir plus souvent : mes trois gaillards me tiennent en lisière, lisière délicieuse d'ailleurs. Je te sais très occupée, mais réponds-moi vite car je suis réellement inquiète.

Je t'embrasse affectueusement ainsi que les tiens.

Eugénie, à Saumur, le 18 janvier 1883

* *
*

À Madame Alphonse Plassart, place des Ardiliers, à Saumur

Ma chère Eugénie,

Merci de ta grande lettre où je te retrouve, comme toujours, impressionnable et trop sensible. Je te rassure tout de suite, je vois maman presque toutes les semaines puisqu'elle vient à Tours pour tante Hortense et que je m'arrange souvent pour m'échapper du bureau quelques minutes. Maman a vieilli, bien sûr, ses cheveux ont beaucoup blanchi, elle est tout en noir, un peu amaigrie, mais presque inchangée. Elle a reçu un grand choc récemment avec la mort de son amie Marguerite, cette femme un peu mystérieuse chez qui elle descendait à Paris. C'est une lettre de Roland qui le lui a appris il y a un mois.

Elle m'a parlé de ses promenades, de ses dessins qu'elle aquarelle en rentrant et qui, je t'avoue, me semblent bien « lâches », peu soignés. Elle qui autrefois « léchait » ses portraits, s'est mise à l'aquarelle dans un flou un peu étrange dont elle dit en riant : « C'est ce que je sens, ce qui est caché, ce que je devine. » À mon avis, tout cela ne vaut rien, mais tu sais qu'elle a toujours été un peu singulière, avec cette façon de s'enfermer dans son atelier.

Quant aux contes de Maria, tu la connais : elle voit le loup partout ! Par ailleurs, elle s'occupe fort bien de la maison et de maman. Elle avait appelé le docteur Charles quand maman a eu ses fameuses faiblesses. Pour lui, ce sont les nerfs, et il m'a franchement parlé de neurasthénie, m'assurant que maman n'a rien. Je suis beaucoup plus inquiète pour tante Hortense qui baisse terriblement et ne veut pas l'admettre. Son salon s'en ressent, elle parle trop, suit mal, fait répéter, et je trouve qu'elle radote un peu, racontant toujours les mêmes histoires. Ce sont ses neveux que l'on vient voir, mais ils y sont de moins en moins.

Quant à nous, ma chère sœur, nous sommes sur la voie d'une prompte réussite, nous remboursons nos prêts plus vite que je ne l'espérais car « Tout pour la maison » ne désemplit pas sur les deux étages. Nous avons dû engager une troisième et charmante vendeuse, Joseph et Amélie étant trop simples pour la clientèle que nous attirons déjà. Tu n'imagines pas la beauté des verreries que Victor a choisies pour le troisième étage que nous allons bientôt ouvrir. Car nous passons aux objets d'art : milieux de table, plateaux et décors d'argenterie.

René grandit beaucoup et parle presque couramment. C'est le portrait de son père.

Partage, ma chère sœur, mon affection avec tous les tiens
Marie
Tours, le 2 novembre 83

* *
*

Eugénie restait songeuse, la lettre sur ses genoux. De sa fenêtre, elle apercevait la Loire, somptueuse et royale, sous les arches exquises du pont de pierre et la longue rangée des façades Renaissance sur le quai. Tout était si doux, si bleu, qu'elle tentait de se raisonner : oui, Marie avait toujours été plus raisonnable qu'elle. Seule à la campagne, il était bien normal que sa mère ait les nerfs fragiles. Elle avait vu les fameuses aquarelles, libres en effet, et pourtant très émouvantes. C'était Paris qui l'avait changée. Marie, avec sa raison raisonnante, n'avait rien vu, mais de Paris, maman était toujours revenue différente : si gaie, si vive, racontant mille merveilles et au courant de tout. Quant à cette Marguerite, la petite Eugénie en avait rêvé comme d'une sorte de fée et, quand devenue Mme Plassart elle avait découvert au mariage de Marie cette vieille dame impressionnante, elle en avait été presque mal à l'aise. Sa mort creusait sûrement un trou dans la vie de maman.

Eugénie rêvait, les mains vides, la lettre à terre. Nos parents, au fond, qu'en savons-nous ? Elle revoyait son père, grand et sûr de lui, sachant tout, si gentil pourtant. Sa mère tourbillonnant dans ses premiers souvenirs, éblouissante, vive, avec ses robes à crinoline, ses chapeaux coquins. Elle disparaissait en effet de-ci de-là, et la maison semblait s'éteindre. Son père et Marie régnaient solennellement et Eugénie s'ennuyait. Et puis sa mère s'enfermait dans son atelier interdit où la petite Eugénie allait tambouriner pour un oui ou pour un non, et maman répondait sans ouvrir, n'importe quoi. Un jour, pour rire, Marie avait demandé derrière la porte :

— Maman, est-ce qu'on peut sauter par la fenêtre ?

Elle avait répondu après un long silence :

— Mais oui, mes chéries !

Et un grand éclat de rire avait fait s'ouvrir la porte. Maman leur avait tapé sur le bout du nez avec sa plume et avait renvoyé les petites coquines avec prière de ne plus déranger sans raison absolue.

Était-elle vraiment singulière, comme dit Marie ? Brusquement, elle la revit ce fameux soir : « Maman, est-ce que c'est ça, l'amour ? » Son sourire, ses yeux de feu et cette douceur — « Oui, ma chérie, c'est ça ! » Et elle ressentait cette chaleur qui environnait sa personne rêveuse, ses yeux perdus sur un songe inconnu. Jeune, sa mère avait donc aimé ce père qui lui ressemblait si peu ? Elle ne les avait jamais vus s'embrasser, se prendre les mains en cachette, ni se chercher dans le mystère d'un regard silencieux. C'était même une idée presque choquante ! Une idée qu'on ne doit pas avoir pour ses parents, une idée qui ne viendrait sûrement pas à Marie !

Et pourtant, pourtant, comme elle avait fondu à ces mots : « Oui, ma chérie, c'est bien ça l'amour. » Eugénie ne lui avait jamais vu un tel visage, elle était devenue une autre femme.

Le soleil baissait, la Loire pâlissait et les ombres des quais s'allongeaient. Eugénie se secoua : qu'allait-elle chercher là ? Maman n'avait plus ni mari ni enfant, elle était triste, c'est tout de même bien normal. Elle avait la chance d'être encore en si bon état, pas vraiment vieille. Assise sous son grand portrait, elle était encore un peu la Dame à la rose.

Le temps passa, Eugénie eut un quatrième fils et Marie une fille. L'année 1892 s'achevait. Il fit très froid dans les derniers jours de décembre et la Loire gela. On patina sur les étangs et les débordements de la Vienne. On grelottait à Rivière et dans ces grandes maisons de campagne, battues par le vent, dès qu'on quittait les poêles.

Ce soir-là, Maria avait fait une poule au pot pour du bouillon chaud, car madame était encore partie courir les bois, une folie ! Elle allait revenir gelée.

Julie était en effet allée en forêt. Elle avait marché vite pour se réchauffer, longtemps, très longtemps. Puis à l'instant où le soleil plongeait derrière les grands bois d'hiver, la nuit était venue, brutale. Un souffle glacé passait entre les hêtres décharnés dans la petite clairière où elle était venue avec Édouard le soir du mariage d'Eugénie. La clairière des adieux... « Je pars, Julie... »

Alors vint comme une tornade, d'on ne sait où, de nulle part, la sensation brutale d'une présence. Il n'y avait personne et pourtant quelqu'un était là, invisible, un souffle, une âme. Elle en était envahie, enserrée. Elle aurait pu toucher cette âme si elle n'avait été immatérielle.

Édouard ! Il était mort et il était là. Il était près d'elle, l'environnait, la pénétrait. Une peur atroce lui tordit les entrailles. L'air autour d'elle en était plein, son cœur battait si fort qu'elle l'entendait sans comprendre d'où venait ce bruit. Elle resta quelques instants collée au sol, incapable de faire un mouvement, puis s'enfuit en courant comme une folle à travers les troncs de plus en plus sombres. Elle tomba littéralement sur la méridienne du salon, épouvantée. Oui : il était revenu vers elle... peut-être pour la rechercher.

Elle se sentait si faible qu'elle dut sans doute s'évanouir quelques instants. Maria la trouva très pâle :

— C'est servi, madame, j'ai fait du bon bouillon, ça va vous réchauffer.

Mais Julie ne répondait pas. Une douleur terrible dans la poitrine, affreuse. Puis une violente diarrhée et elle eut à peine le temps de courir puis de revenir s'étendre sous son portrait. Elle refusa jusqu'au bouillon.

Une heure après, elle montait se coucher, étonnée : qu'avait-elle bien pu manger à midi ? Elle avait un peu moins mal et se coucha, Maria la laissa paisible avec un livre et son bouillon. Le lendemain matin, quand elle monta le thé comme d'ordinaire, elle frappa plusieurs fois, puis ouvrit : madame était assise dans un fauteuil, le visage serein, les deux mains crispées sur les accoudoirs, morte.

Le docteur Charles parla du cœur, d'infarctus : « Une belle mort, elle n'a pas eu le temps de souffrir. » Il envoya immédiatement des télégrammes à Marie et deux religieuses de Chinon vinrent pour une toilette mortuaire et une veillée funèbre.

On mit à Julie une robe blanche, on l'installa sur un grand drap blanc sous le portrait de la *Dame à la rose*. Étendue, le visage reposé, elle avait une sorte de sourire étrange, on aurait dit qu'elle entendait chanter les anges.

Chapitre 33

« Comme une absolution »

— LE PLUS simple serait sans doute que nous disions tout de suite s'il y a quelque chose à quoi nous tenons vraiment l'une et l'autre.

Marie, tout de noir vêtue inspectait d'un coup d'œil rapide le salon de Rivière, les tentures d'un rose fané très doux, les fauteuils de tapisserie fleurie à fond noir, les commodes anciennes des La Gravière, le grand tapis de Savonnerie qui montrait la corde, tout ce cadre vieillot et romantique où sa mère était née et avait décidé de mourir.

Ni elle ni Eugénie ne pourraient garder Rivière. Eugénie avait déjà la grande propriété sur la Loire, trésor de sa belle-famille à laquelle elle s'était déjà fort attachée, sa belle-mère malade et presque impotente lui en ayant confié la direction. C'était à quelques kilomètres de Saumur et les enfants l'adoraient. Marie avait besoin d'argent, on avait encore emprunté aux Pillet pour ouvrir le troisième étage consacré aux objets d'art, et puis surtout, elle rêvait d'une maison, une vraie et belle maison dans le quartier des Halles, une maison ancienne comme celle de sa grand-mère, cette maison des Chevaliers qu'elle pleurait encore. (Le quartier Saint-Martin en était plein.) Ou bien tout près de cette basilique qu'on allait enfin reconstruire, rue Descartes, réduite hélas de plus de moitié par rapport à l'ancienne, sans même y incorporer ses anciennes tours : de l'Horloge et Charlemagne. C'était néanmoins une victoire de Mlle Cloque et de M. Dupont, vingt ans d'effort : on reconstruisait, sur le lieu même du tombeau de saint Martin, une autre basilique.

Rivière était donc en vente, il fallait tout vider de la cave au grenier. Les deux sœurs s'étaient donné deux jours, ce qui ne serait pas trop pour le partage. Elles étaient arrivées en fin de matinée par un de ces soleils cruels du mois de mars qui ne font pas croire au printemps parce qu'il gèle encore, et qui mettent à nu toutes les plaies de l'âge, l'usure et les rides des choses comme celles des visages. Rivière, qu'habitait encore l'ombre de Julie, faisait mal aux deux femmes. Eugénie avait les larmes aux yeux en embrassant sa sœur.

Elles s'étaient installées au coin du feu et Marie avait pris comme toujours la direction des opérations. Elle répétait fermement :

— Nous devons d'abord dire l'une et l'autre s'il y a quelque chose à quoi nous tenons vraiment.

— Eh bien, puisque tu me le permets, je t'avoue que je ne tiens qu'à une seule chose : le grand portrait de maman, la *Dame à la rose.*

— Ça ne vaut rien, ma chère. Je lisais récemment les comptes rendus du Salon, car j'ai trop peint pour m'en désintéresser : les primés sont d'une tout autre facture. Gustave Moreau, Rosa Bonheur ou Fantin-Latour ne sont cotés que parce qu'ils respectent les règles. Moi, je voudrais les fauteuils.

Eugénie, silencieuse, secouait la tête en souriant. Comme jadis sa mère, elle se planta devant le tableau :

— Ça ne fait rien, ce n'est pas pour sa valeur que je le veux. Prends si tu veux le salon de tapisserie, j'ai ce qu'il me faut.

— Je te signale que ça vaut beaucoup plus.

— Mais puisque tu en as envie, il est pour toi.

On partagea les commodes et les bibelots sans problèmes. Dans la salle à manger où Maria avait préparé un déjeuner bien chaud pour ces dames, les choses allèrent très vite car Eugénie était pressée d'en finir :

— Tu n'as pas besoin de vaisselle ni de verrerie, n'est-ce pas ? Tu croules sous les nouveautés. Prends donc l'argenterie qui est belle et moi, le reste, le service bleu et les cristaux.

On passa au premier : avec la grande armoire à linge et le placard aux vêtements commencèrent les difficultés. Marie, en tant qu'aînée, voulait les draps et services de table aux initiales des La Gravière, et ils étaient de beaucoup les plus beaux et les plus ornés. Eugénie défendait son droit aux souvenirs pour ses fils. Elle ne céda que contre tout ce qui était brodé par sa mère : nappes, draps et napperons.

Tout le grand placard, sauf quelques fourrures, fut abandonné au chiffonnier, car on avait pratiquement tout gardé depuis Hercule et madame mère. On sauva les vestes de soie brodées de la cour de Charles X et la robe violette en velours de Gênes des fiançailles de Gustave ainsi que quelques chapeaux pour en faire des déguisements. Et puis la robe blanche de la Dame à la rose qui échut évidemment à la propriétaire du tableau.

Après le déjeuner, on passa aux chambres. Tout alla bien, sauf pour les lits. Les deux sœurs, cramponnées à leurs souvenirs, tenaient à leur propre lit. Or c'était une paire, ravissante, d'époque Louis XVI et peinte de ce gris-vert que le temps avait rendu si doux :

— Écoute, Marie, prenons chacune le nôtre !

— Mais c'est une paire, tu leur ôtes la moitié de leur valeur.

— Eh bien tant pis ! Moi, je m'en moque, toi, tu te rattrapes sur le salon de tapisserie.

Dans la chambre des parents, les bijoux reposaient sur le velours capitonné de la boîte en marqueterie que, petites filles, les deux sœurs éblouies avaient admirés, palpés, sous le regard de leur mère. On discuta longuement : bagues, broches, colliers, montres et chaînes, épingles de cravate... Plusieurs générations d'hommes et de femmes, des deux côtés, avaient accumulé de quoi faire rêver les plus raisonnables et Marie se montra émue pour la première et la seule fois de la journée. La montre de son père lui arracha une larme. On évalua, on discuta et on dut partager les deux dormeuses dont les diamants étaient fort beaux : pas très gros, mais leurs flammes roses et bleues qui étincelaient jadis aux oreilles de Julie, étaient exceptionnelles. Marie et Eugénie décidèrent de les faire monter chacune en bague pour leur première fille.

Finalement d'accord, les deux sœurs montèrent au grenier. Sous les grosses poutres de châtaignier qu'aucune toile d'araignée ne déshonorait, c'était un bric-à-brac décourageant. Il y avait plus de cinquante ans que les La Gravière occupaient cette maison sans qu'aucun héritage ait exigé de partage. On avait donc entassé là les débris inutiles de deux générations : malles, coffres, meubles et objets ébréchés, vieux tableaux, bibelots, vêtements et chapeaux démodés, livres et revues, le tout recouvert d'une poussière séculaire et de crottes de souris. Côté nord, un vasistas fendu vous envoyait un vent glacé, et les deux sœurs s'arrêtèrent, grelottantes et découragées :

— Qu'est-ce qu'on peut faire de tout ça, murmurait Eugénie.

— Faisons l'inventaire d'abord, répondait fermement Marie qui s'était reprise. Et puis on fera venir le chiffonnier. Si tu veux, je pourrai m'en occuper, ces gens-là sont de vrais escrocs, il faudra discuter.

Les jeunes femmes, un peu dégoûtées, remirent leurs gants et commencèrent à bouger les meubles, à ouvrir caisses et malles : miracle ! Il y avait là tous leurs souvenirs d'enfant, et Eugénie s'exclamait, attendrie :

— Ma chère poupée Jeannette ! Maman avait repeint sa figure, tu te souviens ? Et je croyais qu'elle l'avait jetée. J'ai pleuré. C'est tout de même vrai qu'elle était laide et sale, mais je l'aimais tant. Je la garde bien sûr.

— Et le petit service de poupée de Gien ! Je l'avais oublié. Mais il est très joli, et il y a presque tout. La soupière a son couvercle et ses deux anses. Je le garde si tu veux bien.

— Oui, mais je prends alors tous les meubles de poupée : l'armoire à glace est adorable. Le petit bureau, je le ferai réparer.

Dans le fond du grenier, on découvrit des portraits . l'oncle Hercule par maman. Superbe ! Les carnets de dessin des enfants à Marmoutiers.

— Pas si mal les miens ! Tiens, voici un carnet de retraite de communion. Ça n'est pas le mien, ça semble celui de maman (Marie feuilletait), pas très pieuse déjà !

— Que veux-tu dire ? Maman a toujours été exacte aux offices et généreuse pour les œuvres.

— Non, mais tu te souviens peut-être que, pour ma communion, elle avait oublié d'être à jeun pour communier avec moi. Et je peux t'assurer que, faiblesse ou pas, ça ne m'arriverait jamais.

On faisait deux parts : l'essentiel pour le chiffonnier, et un petit tas de ce qu'on gardait. Vers quatre heures, on avait pratiquement terminé et les deux sœurs se préparaient à descendre quand Marie, qui avait l'œil, avisa un placard le long de la porte.

— Et ça ? On ne l'a pas fait. On n'en finira donc jamais ?

Elle ouvrit la porte : le placard était propre et rangé : sur la planche haute, il y avait dix-sept livres reliés en cuir blanc de « Mme Juliane ». Sur celle du milieu un grand tas d'aquarelles et un tas plus modeste de lettres. Sur la planche d'en dessous, trois cahiers à couverture noire :

— « Je souhaite que ces cahiers soient placés dans mon cercueil sans être lus. Ceci est mon testament. »

Eugénie tremblait, et ce n'était pas seulement de froid. Marie avait perdu son assurance et pâli. Les deux femmes restaient immobiles, silencieuses, et Eugénie éclata en sanglots :

— Affreux ! dit Marie. Il est trop tard pour suivre son désir. On ne rouvre pas un cercueil. Et de surcroît, ça n'a aucun sens.

On voyait bien qu'elle hésitait, en proie à un terrible désir de savoir, déchirée par son honnêteté foncière. Elle avança la main et prit le premier cahier :

— Je ne veux rien lire, rassure-toi ! Je veux seulement savoir si c'est l'écriture de maman.

Elle ouvrit d'un coup sec au milieu, et referma de suite :

— C'est bien d'elle. Un journal seulement. Je crois qu'il faut tout brûler.

Eugénie pleurait et prenait les deux autres tas, lettres et aquarelles, pour les descendre. Dans le salon, en face du portrait qui occupait l'entre-deux fenêtres, Maria avait entretenu un grand feu de chêne « pour quand ces dames redescendraient, sûrement gelées ».

Eugénie ouvrait les livres, intriguée : *La Petite Berthe, Le Vœu de Valentine, La Petite Marquise, L'Abandonnée, Un miracle pour Amélie,* etc.

— Toujours cette Mme Juliane, et rien qu'elle... Maman aimait donc tellement ses livres ?

Marie couvrait sa sœur d'un regard apitoyé :

— Ma pauvre petite, tu ne sais donc jamais rien ? Mme Juliane, c'est maman. C'est elle qui écrivait ces livres, là-haut dans son atelier.

Eugénie restait sans voix, bouleversée : quoi, maman avait écrit, publié toute une collection, et elle, sa fille, n'en avait rien su ? Sa mère était morte sans le lui dire ? Elle en avait les larmes aux yeux.

— Alors, ses voyages à Paris ? Je m'étais toujours demandé... C'était ça ?

— C'était ça. Et l'atelier et ces airs de mystère, ces silences, ces sourires qui nous énervaient tant en faisant non de la tête, et cette neurasthénie, ces promenades solitaires dans la forêt... Maman était vraiment une femme singulière. Tu ne t'en étais donc pas aperçue ?

Eugénie pleurait et d'une petite voix d'enfant gémissait :

— C'est vrai, je n'ai rien su d'elle. Et maintenant c'est trop tard.

— Écoute, tu ne vas pas toi aussi faire des romans. Les livres, tu les gardes si tu veux, moi je brûle par respect son journal.

Marie arracha les couvertures cartonnées et jeta les trois cahiers sur les braises. Lentement, très lentement, le bord des feuillets collés les uns aux autres rougissait puis noircissait. Il faudrait près d'une heure pour qu'il ne reste que cendres. Les deux femmes regardaient en silence, puis le feu prit et elles s'assirent. Eugénie feuilletait le tas des aquarelles. C'était bien ce que Marie lui avait décrit : une recherche très lâche d'impressions. Des arbres, des fleurs, des sous-bois, des couchers de soleil et du plein midi. Ça ne représentait que des rêves, mais c'était charmant. Marie, épuisée, s'était à demi étendue sur la méridienne et regardait de loin :

— Elles ne valent vraiment rien, je t'assure. Mais tu es tellement sentimentale que tu vas sûrement les garder. Moi, de toute façon, je n'en peux plus. Finissons-en !

Elle prit le tas de lettres posé près d'elle, jeta un rapide coup d'œil et se leva :

— Je ne connais pas cette écriture. Des amis de maman sûrement. Aucun intérêt ! D'ailleurs le courrier est sacré, je brûle.

Et d'un seul geste, elle envoya dans le feu, qui maintenant flambait fort, le seul trésor de Julie.

Les lettres s'éparpillèrent dans le feu et s'enflammèrent d'un seul coup. C'était une haute écriture avec des hampes élégantes, une écriture très noble, très libre, un peu folle, et toutes les lettres étaient visiblement de la même main. Eugénie était mal à l'aise : qu'est-ce que c'était que ça ?

Un coup de vent fit refluer les flammes et s'envoler des morceaux. Elle se pencha vivement au risque de se brûler et retira le haut d'une page encore lisible en biais. Elle vit d'un seul coup d'œil :

ne sais pas si je vous aime,
c'est que pour vous servir,
jusqu'à moi-même,
reux de mourir.

Marie s'était réétendue et Eugénie, égarée, regardait dans son grand cadre la Dame à la rose, souriante, innocente, et à jamais silencieuse : celle qui disait, avec des yeux perdus : « Oui, ma chérie, c'est bien ça l'amour. »

La dernière lettre s'envolait en fumée, le soleil se couchait, si rouge qu'on aurait cru un incendie. Et puis la nuit tomba d'un seul coup, comme une caresse, comme la paix de l'oubli, comme une absolution... mais comme le mystère éternel de ceux qui ne sont plus.

Postface

Ceci est un roman, mais Julie a existé et vécu à Chinon sous le second Empire et durant la guerre de 70. C'était mon arrière-grand-mère. Elle avait chez elle la collection reliée en cuir blanc de ses dix-sept romans, tirés et retirés, qui ont disparu.

Je ne sais rien d'elle et ne l'ai vue qu'une fois : elle avait 87 ans et moi 4, mais je n'ai jamais oublié ces yeux de feu qui lançaient des éclairs de passion et vous brûlaient de leur mystère

Pour l'histoire de la Touraine à son époque, je remercie la mairie de Chinon, M. Leveel, M. Montel et Mme Ariès-Gouïn pour m'avoir livré leurs propres archives.

Cet ouvrage a été réalisé par la
SOCIÉTÉ NOUVELLE FIRMIN-DIDOT (Mesnil-sur-l'Estrée)
pour le compte de La Librairie Plon

Achevé d'imprimer en mai 2002

Cet ouvrage a été réalisé par la
SOCIÉTÉ NOUVELLE FIRMIN-DIDOT (Mesnil-sur-l'Estrée)
pour le compte de LA LIBRAIRIE PLON

Achevé d'imprimer en mai 2002

Imprimé en France
Dépôt légal : décembre 2000
N° d'édition : 13298 - N° d'impression : 59661